Gröls Verlage

„Bücher sind wie Fallschirme. Sie nützen uns nichts, wenn wir sie nicht öffnen."

Gröls Verlag

Redaktionelle Hinweise und Impressum

Das vorliegende Werk wurde zugunsten der Authentizität sehr zurückhaltend bearbeitet. So wurden etwa ursprüngliche Rechtschreibfehler *nicht* systematisch behoben, denn kleine Unvollkommenheiten machen das Buch – wie im Übrigen den Menschen – erst authentisch. Mitunter wurden jedoch zum Beispiel Absätze behutsam neu getrennt, um den Lesefluss zu erleichtern.

Um die Texte zu rekonstruieren, werden antiquarische Bücher von Lesegeräten gescannt und dann durch eine Software lesbar gemacht. Der so entstandene Text wird von Menschen gegengelesen und korrigiert – hierbei treten auch Fehler auf. Wenn Sie ebenfalls antiquarische Texte einreichen möchten, finden Sie weitere Informationen auf www.groels.de

Viel Freude bei der Lektüre wünscht Ihnen das Team des Gröls-Verlags.

Adressen

Verleger: Sophia Gröls, Im Borngrund 26, 61440 Oberursel

Externer Dienstleister für Distribution & Herstellung: BoD, In de Tarpen 42, 22848 Norderstedt

Unsere „Edition | Werke der Weltliteratur“ hat den Anspruch, eine der größten und vollständigsten Sammlungen klassischer Literatur in deutscher Sprache zu sein. Nach und nach versammeln wir hier nicht nur die „üblichen Verdächtigen“ von Goethe bis Schiller, sondern auch Kleinode der vergangenen Jahrhunderte, die – zu Unrecht – drohen, in Vergessenheit zu geraten. Wir kultivieren und kuratieren damit einen der wertvollsten Bereiche der abendländischen Kultur. Kleine Auswahl:

Francis Bacon • Neues Organon • **Balzac** • Glanz und Elend der Kurtisanen • **Joachim H. Campe** • Robinson der Jüngere • **Dante Alighieri** • Die Göttliche Komödie • **Daniel Defoe** • Robinson Crusoe • **Charles Dickens** • Oliver Twist • **Denis Diderot** • Jacques der Fatalist • **Fjodor Dostojewski** • Schuld und Sühne • **Arthur Conan Doyle** • Der Hund von Baskerville • **Marie von Ebner-Eschenbach** • Das Gemeindekind • **Elisabeth von Österreich** • Das Poetische Tagebuch • **Friedrich Engels** • Die Lage der arbeitenden Klasse • **Ludwig Feuerbach** • Das Wesen des Christentums • **Johann G. Fichte** • Reden an die deutsche Nation • **Fitzgerald** • Zärtlich ist die Nacht • **Flaubert** • Madame Bovary • **Gorch Fock** • Seefahrt ist not! • **Theodor Fontane** • Effi Briest • **Robert Musil** • Über die Dummheit • **Edgar Wallace** • Der Frosch mit der Maske • **Jakob Wassermann** • Der Fall Maurizius • **Oscar Wilde** • Das Bildnis des Dorian Grey • **Émile Zola** • Germinal • **Stefan Zweig** • Schachnovelle • **Hugo von Hofmannsthal** • Der Tor und der Tod • **Anton Tschechow** • Ein Heiratsantrag • **Arthur Schnitzler** • Reigen • **Friedrich Schiller** • Kabale und Liebe • **Nicolo Machiavelli** • Der Fürst • **Gotthold E. Lessing** • Nathan der Weise • **Augustinus** • Die Bekenntnisse des heiligen Augustinus • **Marcus Aurelius** • Selbstbetrachtungen • **Charles Baudelaire** • Die Blumen des Bösen • **Harriett Stowe** • Onkel Toms Hütte • **Walter Benjamin** • Deutsche Menschen • **Hugo Bettauer** • Die Stadt ohne Juden *und viele mehr….*

Knut Hamsun

Mysterien

Inhalt

1

Um die Mitte des vorigen Sommers war eine kleine norwegische Küstenstadt der Schauplatz einiger höchst ungewöhnlicher Begebenheiten. Ein Fremder tauchte auf, ein gewisser Nagel, ein merkwürdiger und eigentümlicher Scharlatan, der eine Menge auffallender Dinge trieb und ebenso plötzlich wieder verschwand, wie er gekommen war. Dieser Mann erhielt sogar einmal Besuch von einer jungen geheimnisvollen Dame, die in Gott weiß welcher Angelegenheit kam und nicht wagte, sich länger als ein paar Stunden am Orte aufzuhalten. Doch dies alles ist nicht der Anfang ...

Der Anfang ist: Als das Dampfschiff gegen sechs Uhr abends am Kai anlegte, zeigten sich auf Deck zwei, drei Reisende, darunter ein Mann in einem grellgelben Anzug und mit einer weißen Samtmütze. Dies war am Abend des zwölften Juni, und an diesem Tag hatten viele Häuser der Stadt zur Feier der Verlobung von Fräulein Kielland geflaggt; sie war gerade am zwölften Juni bekanntgegeben worden. Der Bursche des Zentralhotels ging sogleich an Bord, und der Mann in der gelben Kleidung überließ ihm sein Gepäck. Gleichzeitig gab er sein Billett bei einem der Steuerleute ab. Dann aber begann er auf Deck auf und ab zu wandern und ging nicht an Land. Er schien sehr erregt zu sein. Als das Dampfschiff zum drittenmal läutete, hatte er noch nicht einmal seine Verpflegung bezahlt.

Während er nun hiermit beschäftigt war, sah er plötzlich, daß das Schiff schon abstieß. Einen Augenblick stutzte er, dann winkte er dem Hotelburschen auf dem Kai und sagte zu ihm über die Reling hinweg:

Gut, bringen Sie mein Gepäck trotzdem hinauf und halten Sie ein Zimmer bereit.

Damit nahm ihn das Schiff weiter in den Fjord hinaus.

Dieser Mann war Johan Nilsen Nagel.

Der Hotelbursche zog das Gepäck auf einem Karren heim; es bestand nur aus zwei kleinen Koffern und einem Pelz – ja, auch einem Pelz, obwohl es mitten im Sommer war –, außerdem aus einem Handkoffer und einem Geigenkasten. Keines der Stücke war gezeichnet.

Am Tag darauf, gegen Mittag, fuhr Johan Nagel am Hotel vor, er war mit zwei Pferden den Landweg gefahren. Ebensogut, ja weit leichter, hätte er auch den Seeweg nehmen können. Trotzdem war er gefahren. Er hatte noch einiges Gepäck dabei: einen Koffer, eine Reisetasche, einen Mantel und einen Plaid mit etlichen Sachen darin. Auf dem Plaidriemen waren die Buchstaben J. N. N. mit Perlen eingestickt.

Noch im Wagen sitzend, fragte er den Wirt nach seinem Zimmer. Und als er in den ersten Stock hinaufgeführt worden war, begann er die Wände zu untersuchen – wie dick sie seien, und ob man aus dem Nebenzimmer etwas hören könnte. Dann fragte er plötzlich das Mädchen:

Wie heißen Sie?

Sara.

Sara. – Und dann: Kann ich etwas zu essen bekommen? Also Sie heißen Sara? Hören Sie, fügte er hinzu, ist in diesem Haus einmal eine Apotheke gewesen?

Sara antwortete erstaunt:

Ja. Aber das ist mehrere Jahre her.

Soso, mehrere Jahre? Ja, ich merkte es sofort, als ich in den Gang hereinkam. Ich erkannte es nicht am Geruch, aber ich hatte es doch sogleich im Gefühl.

Beim Essen sprach er die ganze Zeit kein einziges Wort. Seine Mitreisenden vom Dampfer am Abend vorher, die beiden Herren, die am oberen Ende des Tisches saßen, schnitten einander Gesichter zu, als er hereinkam, trieben sogar ziemlich offensichtlich Spaß mit seinem gestrigen Ungeschick, doch er tat, als höre er es nicht. Er aß rasch, schüttelte über den Nachtisch den Kopf und erhob sich plötzlich, indem er sich rücklings über das Taburett gleiten ließ. Er zündete sich sofort eine Zigarre an und verschwand die Straße hinunter.

Und nun blieb er bis weit über Mitternacht aus. Kurz bevor es drei Uhr schlug, kam er nach Hause. Wo war er gewesen? Es zeigte sich später, daß er zum Nachbarort zurückgegangen war, hin und zurück den ganzen langen Weg zu Fuß gegangen war, den er am Vormittag erst mit dem Fuhrwerk zurückgelegt hatte. Er mußte einen höchst wichtigen Anlaß gehabt haben. Als Sara ihm aufschloß, war er ganz durchnäßt von Schweiß; er lächelte jedoch dem Mädchen wiederholt zu und war in ausgezeichneter Laune.

Gott, welch herrlichen Nacken haben Sie, Menschenkind! sagte er. Ist Post für mich gekommen, während ich fort war? Für Nagel, Johan Nagel? Uff, gleich drei Telegramme! Ach, hören Sie, tun Sie mir den Gefallen und nehmen Sie das Bild an der Wand dort weg, bitte schön! Damit ich es nicht immer ansehen muß. Es ist so langweilig, im Bett zu liegen und es die ganze Zeit vor Augen zu haben. Napoleon der Dritte hatte nämlich keinen so grünen Bart. Vielen Dank.

Als Sara gegangen war, blieb Nagel mitten im Zimmer stehen. Er stand vollkommen still. Ganz abwesend begann er auf einen einzelnen Punkt an der Wand zu starren, und abgesehen davon, daß sein Kopf immer mehr auf die eine Seite sank, bewegte er sich nicht. Dies dauerte lange Zeit.

Er war unter Mittelgröße und hatte ein braunes Gesicht mit einem seltsamen, dunklen Blick und einem feinen, frauenhaften Mund. An dem einen Finger trug er einen einfachen Ring aus Blei oder Eisen. Er hatte breite Schultern und mochte etwa achtundzwanzig oder dreißig Jahre alt sein, auf keinen Fall mehr als dreißig. An den Schläfen begann das Haar zu ergrauen.

Aus seinen Gedanken erwachte er mit einem so starken Ruck, daß es fast wie gemacht aussah, gerade als hätte er, obwohl er allein im Zimmer war, schon lange überlegt, ob er diesen Ruck machen solle. Dann zog er einige Schlüssel aus der Hosentasche, etliche lose Münzen und eine Art Rettungsmedaille, die an einem traurig zugerichteten Band hing. Diese Sachen legte er auf den Tisch bei seinem Bett. Darauf steckte er seine Brieftasche unter das Kopfkissen und nahm aus der Westentasche die Uhr und ein Fläschchen heraus, ein kleines Medizinglas, das ein Giftzeichen trug. Die Uhr behielt er einen Augenblick in der Hand, ehe er sie weglegte, aber das Fläschchen schob er sofort wieder in die Tasche zurück. Nun zog er den Ring ab und wusch sich; das Haar strich er mit den Fingern zurück, den Spiegel benutzte er überhaupt nicht.

Als er bereits zu Bett gegangen war, vermißte er plötzlich seinen Ring, den er auf dem Waschtisch hatte liegenlassen, und als könne er nicht ohne diesen schäbigen Eisenring sein, stand er wieder auf und streifte ihn an. Schließlich erbrach er die drei Telegramme, hatte aber noch nicht einmal das erste zu Ende gelesen, als er schon kurz und stumm auflachte. Er lag da und lachte vor sich hin; seine Zähne waren außerordentlich hübsch. Dann wurde sein Gesicht wieder ernst, und kurz darauf schleuderte er die Telegramme mit größter Gleichgültigkeit von sich. Sie schienen aber trotzdem eine bedeutende und wichtige Sache zu berühren: es war darin die Rede von zweiundsechzigtausend

Kronen für ein Gut, sogar von einem Angebot, die Summe bar auszubezahlen, wenn der Verkauf sofort zustande käme. An diesen trockenen, kurzen Geschäftstelegrammen war nichts Lächerliches; doch trugen sie keine Unterschrift. Einige Minuten danach war Nagel eingeschlafen. Zwei Kerzen brannten auf dem Tisch. Er hatte vergessen, sie auszulöschen, sie beleuchteten sein glattrasiertes Gesicht und seine Brust und warfen ein stilles Licht auf die Telegramme, die weit geöffnet dalagen …

Am Morgen darauf sandte Johan Nagel jemand auf das Postamt. Er erhielt einige Zeitungen, darunter auch ein paar ausländische, aber keinen Brief. Seinen Geigenkasten stellte er mitten im Zimmer auf einen Stuhl, wie um die Aufmerksamkeit darauf zu lenken; aber er öffnete ihn nicht und ließ das Instrument unberührt liegen.

Im Lauf des Vormittags unternahm er weiter nichts. Er schrieb nur einige Briefe und ging, in einem Buche lesend, in seinem Zimmer auf und ab. Außerdem kaufte er in einem Laden ein Paar Handschuhe, und ein wenig später, als er auf den Markt kam, erstand er für zehn Kronen einen kleinen, roten jungen Hund, den er gleich darauf dem Wirt verehrte.

Diesen jungen Hund hatte er zum Gelächter aller Leute Jakobsen getauft, obgleich es noch dazu ein Weibchen war.

Er unternahm also während des ganzen Tages nichts. Er hatte keine Geschäfte in der Stadt, machte keine Besuche, ging auf keines der Büros und schien keinen Menschen zu kennen. Im Hotel wunderte man sich ein wenig über seine auffallende Gleichgültigkeit gegen alles, ja sogar gegen seine eigenen Angelegenheiten. So lagen immer noch die drei Telegramme in seinem Zimmer offen auf dem Tisch, er hatte sie nicht mehr angerührt, seit er sie am Abend vorher hingeworfen hatte. Er brachte es auch fertig, auf direkte Fragen gar nicht zu antworten. Zweimal hatte der Wirt versucht, aus ihm herauszubekommen, wer er sei und wozu er in die Stadt gekommen wäre, aber beide Male war er darüber hinweggegangen. Noch ein eigentümlicher Zug kam im Laufe des Tages zum Vorschein: obwohl er keinen Menschen im Ort kannte und sich an niemand gewandt hatte, war er doch am Eingang zum Kirchhof vor einer jungen Dame der Stadt stehengeblieben, einfach stehengeblieben, hatte sie angesehen und ohne ein Wort der Erklärung sehr tief gegrüßt. Die Dame war über und über errötet. Darauf hatte der freche Mensch den Landweg eingeschlagen, war bis zum Pfarrhof gegangen und an ihm vorbei – etwas, was er übrigens auch in den folgenden Tagen tat. Da das Hotel am Abend geschlossen wurde, mußte ihm immer aufgesperrt werden, so spät kam er von seinen Wanderungen heim.

Am dritten Morgen, als Nagel gerade aus seinem Zimmer trat, wurde er vom Wirt angesprochen, der ihn begrüßte und einige liebenswürdige Worte vorbrachte. Sie gingen auf die Veranda hinaus und setzten sich dort, und der Wirt kam auf eine Kiste mit frischen Fischen zu sprechen, die er versenden wollte:

Auf welche Weise soll ich nun diese Kiste am besten verschicken, können Sie mir das sagen?

Nagel sah die Kiste an, lächelte und schüttelte den Kopf.

Nein, davon verstehe ich nichts, antwortete er.

Schade, ich dachte, daß Sie vielleicht viel auf Reisen gewesen seien und an anderen Plätzen gesehen hätten, wie man so etwas am besten macht.

O nein, ich bin nicht viel auf Reisen gewesen.

Pause.

Sie haben sich vielleicht mehr – ja, mit anderen Dingen befaßt. Sie sind vielleicht Geschäftsmann?

Nein, ich bin kein Geschäftsmann.

So, Sie sind also nicht in Geschäften hier?

Keine Antwort. Nagel zündete eine Zigarre an, rauchte langsam und sah in die Luft. Der Wirt beobachtete ihn von der Seite.

Möchten Sie uns nicht einmal ein wenig vorspielen? Ich sah, daß Sie eine Geige dabei haben, begann der Wirt wieder.

Nagel antwortete gleichgültig:

Ich habe es aufgegeben.

Kurz darauf erhob er sich ohne weiteres und ging. Einen Augenblick später kam er zurück und sagte:

Da fällt mir ein: Sie können mir übrigens jederzeit die Rechnung geben, wenn Sie wollen. Es ist mir ja ganz gleich, wann ich bezahle.

Vielen Dank, antwortete der Wirt, das eilt nicht. Sollten Sie länger hierbleiben, müssen wir es ja doch etwas billiger berechnen. Ich weiß nicht, ob Sie längere Zeit bleiben wollen.

Nagel wurde plötzlich lebhaft und antwortete sofort – es stieg ihm sogar ohne vernünftigen Grund eine leichte Röte ins Gesicht.

Ja, es kann gut sein, daß ich eine Weile hierbleibe, sagte er. Das kommt ganz auf die Umstände an. Übrigens – ich habe es Ihnen vielleicht noch nicht gesagt: ich bin Agronom, Landwirt, ich komme von einer Reise zurück, und es ist ganz gut möglich, daß ich mich einige Zeit hier aufhalten werde. Aber ich habe vielleicht sogar vergessen ... Mein Name ist Nagel, Johan Nilsen Nagel.

Dabei kam er auf den Wirt zu, drückte ihm herzlich die Hand und bat um Entschuldigung, weil er sich nicht schon früher vorgestellt habe. In seinen Mienen war keine Spur von Ironie zu sehen.

Vielleicht kann ich Ihnen ein besseres und ruhigeres Zimmer verschaffen, sagte der Wirt. Sie wohnen jetzt dicht an der Treppe, und das ist nicht immer angenehm.

Danke vielmals, nicht nötig. Das Zimmer ist ausgezeichnet, ich bin sehr zufrieden damit. Außerdem kann ich von meinen Fenstern aus den ganzen Markt überblicken, und das ist ja sehr unterhaltend.

Ein wenig später sagte der Wirt:

Ja, Sie haben sich also für einige Zeit frei gemacht? Sie wollen jedenfalls den Sommer über hierbleiben?

Nagel erwiderte:

Zwei, drei Monate, vielleicht auch länger, ich weiß es noch nicht so genau. Das hängt ganz von den Umständen ab. Wir wollen sehen.

In diesem Augenblick kam ein Mann vorüber und grüßte den Wirt. Es war ein unansehnlicher Mensch, klein von Wuchs und äußerst ärmlich gekleidet; sein Gang war so mühsam, daß es auffiel, und doch kam er ziemlich rasch von der Stelle. Obwohl er sehr tief grüßte, griff der Wirt nicht zum Hut; Nagel dagegen nahm seine Samtmütze ganz ab.

Der Wirt sah ihn an und sagte:

Diesen Mann nennen wir Minute. Er ist ein wenig einfältig, leider; er ist ein seelenguter Kerl.

Das war alles, was über Minute gesprochen wurde

Vor einigen Tagen –, sagt Nagel plötzlich, vor einigen Tagen las ich in den Zeitungen, daß man hier irgendwo im Wald einen Mann tot aufgefunden habe, um wen handelte es sich eigentlich? Ich glaube, er hieß Karlsen. War er von hier?

Ja, antwortet der Wirt, er war der Sohn einer hiesigen Hebamme; Sie können ihr Haus von hier sehen, das rote Dach da draußen. Er kam jetzt nur in die Ferien nach Hause und machte da auch gleich seinem Leben ein Ende. Aber es ist jammerschade um ihn, es war ein begabter Junge, und er sollte bald Prediger werden. Man weiß nicht recht, was man davon halten soll; die Sache ist ein wenig verdächtig, ja. Denn da beide Pulsadern durchschnitten waren, kann es sich wohl schwerlich um einen Unglücksfall gehandelt haben. Jetzt hat man auch das Messer gefunden, ein kleines Federmesser mit weißem Heft; die Polizei fand es gestern noch am späten Abend. Vermutlich ist eine Liebesgeschichte mit im Spiel gewesen.

Soso. Herrscht denn wirklich noch ein Zweifel darüber, daß er sich selbst umgebracht hat?

Man hofft das Beste. Das will sagen, es gibt Leute, die glauben, er habe das Messer in der Hand gehalten und sei so ungeschickt gestolpert, daß er sich zu gleicher Zeit an zwei Stellen verletzt habe. Das dürfte aber doch unwahrscheinlich sein, sehr unwahrscheinlich. Doch wird er ganz bestimmt in geweihter Erde begraben werden. Nein, er ist wohl leider kaum gestolpert!

Sie sagen, daß man das Messer erst gestern abend gefunden habe, lag es denn nicht neben ihm?

Nein, es lag einige Schritte weiter weg. Er muß es, nachdem er es benützt hatte, weggeschleudert haben, in den Wald hinein; man fand es durch einen reinen Zufall.

So. Aber aus welchem Grund mag er wohl das Messer weggeworfen haben, wenn er ja doch mit offenen Schnittwunden dalag? Es war ja doch für alle klar, daß er ein Messer benützt hatte?

Ja, Gott mag wissen, was er damit beabsichtigt haben mag; aber wie gesagt, es ist wohl eine Liebesgeschichte dabei im Spiel gewesen. Etwas so Verrücktes habe ich noch nie gehört; je mehr ich darüber nachdenke, desto schlimmer kommt es mir vor.

Weshalb glauben Sie, daß eine Liebesgeschichte mit im Spiel gewesen sei?

Aus verschiedenen Gründen. Etwas Bestimmtes läßt sich übrigens nicht sagen.

Aber kann er nicht von selbst gefallen sein, unfreiwillig? Man fand doch den Leichnam in einer so entsetzlichen Lage. Lag er nicht auf dem Bauch, das Gesicht in einer Wasserpfütze?

Doch, und er hatte sich gräßlich beschmutzt. Aber das hat schließlich nichts zu bedeuten, er kann auch damit eine Absicht verfolgt haben. Vielleicht hat er auf diese Weise die Spuren des Todeskampfes in seinem Gesicht verbergen wollen. Niemand kann das wissen.

Hat er etwas Schriftliches hinterlassen?

Er soll im Gehen etwas auf ein Stück Papier geschrieben haben. Er pflegte übrigens oft so auf den Wegen dahinzugehen und etwas aufzuschreiben. Nun denkt man sich, daß er das Messer benützt haben könnte, um den Bleistift zu spitzen, oder daß er es zu einem anderen Zweck gebraucht habe und dann hingefallen sei und sich dabei erst das eine Handgelenk genau an der Pulsader, danach das andere Handgelenk genau an der Pulsader verletzt habe, alles beim gleichen Sturz. Aber ganz richtig, er hat etwas Schriftliches hinterlassen, er hielt ein kleines Stück Papier in der Hand, und auf dem Papier standen die Worte: O wäre doch dein Stahl so scharf, wie es dein letztes Nein gewesen!

Welch ein Gewäsch. War das Messer stumpf?

Ja, es war stumpf.

Hätte er es nicht vorher schleifen lassen können?

Es war nicht sein Messer.

Wem gehörte es denn?

Der Wirt bedenkt sich ein wenig, sagt dann aber:

Es gehörte Fräulein Kielland.

Fräulein Kielland? fragt Nagel. Und gleich darauf fragt er weiter: Nun, und wer ist Fräulein Kielland?

Die Tochter des Pfarrers, Dagny Kielland.

Das ist ja ganz merkwürdig. Hat man so etwas schon gehört! War denn der junge Mann so vergafft in sie?

Ja, das war er wohl. Übrigens sind alle in sie vergafft, er war nicht der einzige.

Nagel verfiel in Gedanken und schwieg. Dann unterbrach der Wirt die Stille:

Was ich Ihnen jetzt hier erzählt habe, ist ein Geheimnis, und ich bitte Sie ...

Soso, antwortet Nagel. Ja, da können Sie ganz ruhig sein.

Als Nagel bald darauf zum Frühstück ging, stand der Wirt bereits in der Küche und berichtete, daß er endlich mit dem gelben Mann auf Nummer sieben ein ordentliches Gespräch gehabt habe. Er ist Agronom, sagte der Wirt, und kommt aus dem Ausland. Er äußerte, daß er einige Monate hierbleiben werde. Gott weiß, was das für ein Mann ist.

2

Bereits am gleichen Abend traf Nagel mit Minute zusammen. Es kam zu einem langweiligen und endlosen Geschwätz zwischen den beiden, zu einem Gespräch, das wohl seine drei Stunden dauerte.

Das Ganze ging vom Anfang bis zum Ende folgendermaßen zu:

Johan Nagel hielt sich im Café des Hotels auf und hatte eine Zeitung in der Hand, als Minute hereinkam. Es saßen noch mehrere Leute an den Tischen ringsum, darunter eine dicke Bäuerin mit einem schwarz und rot gestrickten Tuch um die Schultern. Minute tat, als kenne er alle, er grüßte höflich nach rechts und links, wurde aber mit Gelächter und lauten Rufen empfangen. Selbst die Bäuerin stand auf und wollte mit ihm tanzen.

Nicht heute, nicht heute, sagt er ausweichend, und damit geht er zum Wirt hin und wendet sich, die Mütze in der Hand, an ihn:

Ich habe die Kohlen in die Küche hinaufgetragen, mehr ist für heute wohl nicht mehr zu tun?

Nein, antwortet der Wirt, was sollte sonst noch zu tun sein?

Nein, freilich, sagt Minute und tritt furchtsam zurück.

Er war ungewöhnlich häßlich, hatte zwar ruhige, blaue Augen, aber hervorstehende, unheimliche Schneidezähne und einen ganz verrenkten Gang, denn er litt an einem Gebrechen. Sein Haar war schon ziemlich grau. Der Bart war dunkler, doch so dünn, daß die Haut überall durchschimmerte. Dieser Mann war einmal Seemann gewesen, lebte jetzt aber bei einem Verwandten, der am Hafen unten einen Kohlenhandel hatte. Wenn er mit jemand sprach, sah er selten oder niemals vom Boden auf.

Man rief ihm von einem Tische zu. Ein Herr in grauen Sommerkleidern winkte eifrig und zeigte ihm eine Bierflasche:

Kommen Sie her und lassen Sie sich ein Glas Muttermilch geben. Auch möchte ich gerne sehen, wie Sie ohne Bart aussehen.

Ehrerbietig, die Mütze immer noch in der Hand, und mit gekrümmtem Rücken, näherte sich Minute dem Tisch. Als er an Nagel vorbeikam, grüßte er eigens zu ihm hin und bewegte ein ganz klein wenig die Lippen. Er bleibt vor dem grauen Herrn stehen und flüstert:

Nicht so laut, Herr Bevollmächtigter Jüngerer juristischer Beamter., ich bitte Sie. Sie sehen, es sind Fremde da.

Herrgott, sagt der Bevollmächtigte, ich wollte Ihnen doch nur ein Glas Bier anbieten. Und nun kommen Sie her und schimpfen, weil ich zu laut spreche.

Nein, Sie verstehen mich falsch, und ich bitte um Entschuldigung. Aber im Beisein Fremder möchte ich nicht gerne etwas von den alten Geschichten wissen. Ich kann jetzt auch kein Bier trinken.

Was können Sie nicht? Kein Bier trinken?

Nein, ich danke Ihnen, jetzt nicht.

Soso, Sie danken mir jetzt nicht? Wann danken Sie mir denn? Hahaha, sind Sie ein Pfarrerssohn! Sie sollen auf Ihre Ausdrucksweise besser achtgeben.

Oh, Sie verstehen mich falsch. Nun, das ist nicht zu ändern.

Soso, keinen Unsinn. Was ist denn eigentlich mit Ihnen los?

Der Bevollmächtigte zieht Minute auf einen Stuhl nieder, und dieser bleibt auch einen Augenblick sitzen, steht aber gleich wieder auf.

Nein, lassen Sie mich doch, sagt er, ich kann das Trinken nicht vertragen; in der letzten Zeit noch weniger als früher, Gott weiß, woher das kommt. Ehe ich mich besinne, bin ich betrunken und kenne mich nicht mehr aus.

Der Bevollmächtigte erhebt sich, sieht Minute fest an, drückt ihm ein Glas in die Hand und sagt:

Trinken Sie.

Pause. Minute sieht auf, streicht sich das Haar aus der Stirne und schweigt.

Gut, um Ihnen den Willen zu tun; aber nur einige Tropfen, erwidert er dann. Nur ein wenig, damit ich die Ehre habe, mit Ihnen anzustoßen.

Austrinken! ruft der Bevollmächtigte und muß sich abwenden, um nicht in Lachen auszubrechen.

Nein, nicht ganz, nicht ganz. Warum soll ich austrinken, wenn es mir widerstrebt? Seien Sie mir nicht böse, und runzeln Sie nicht die Stirne: für diesmal will ich es ja tun, wenn Sie durchaus wollen. Hoffentlich steigt es mir nicht in den Kopf. Es ist lächerlich, ich vertrage so wenig. – Auf Ihr Wohl!

Austrinken, austrinken! schreit der Bevollmächtigte wieder. Bis auf den Grund! So, ja, das war richtig. So. Jetzt setzen wir uns und schneiden Grimassen. Erst knirschen Sie einmal ein bißchen mit den Zähnen, dann schneide ich Ihnen den Bart ab und mache Sie um zehn Jahre jünger. Aber erst mit den Zähnen knirschen.

Nein, das tue ich nicht, nicht in Gegenwart aller dieser fremden Menschen. Das dürfen Sie nicht verlangen, ich tue es wirklich nicht, antwortet Minute und will gehen. Ich habe auch keine Zeit, fügt er hinzu.

Auch keine Zeit? Das ist schlimm. Haha, das ist wahrlich schlimm. Nicht einmal Zeit?

Nein, jetzt nicht.

Hören Sie: wenn ich Ihnen nun schon lange einen anderen Rock statt dieses alten hier zugedacht hätte ... Lassen Sie mich übrigens sehen, doch, er ist schon ganz mürbe, ja, sehen Sie! Der verträgt keinen Fingerdruck mehr. Und der Bevollmächtigte bohrt den Finger in ein kleines Loch hinein. Es gibt nach, der Stoff hält gar nichts mehr aus, sehen Sie, nein, wollen Sie wohl hersehen!

Lassen Sie mich los! Um Gottes willen, was habe ich Ihnen denn getan? Und lassen Sie meinen Rock los!

Herrgott, ich verspreche Ihnen ja einen anderen Rock, gleich morgen, ich verspreche es im Beisein von – hören Sie: eins, zwei, vier, sieben – also im Beisein von sieben Leuten. Was ist denn heute mit Ihnen los? Sie blähen sich auf und sind böse und möchten am liebsten uns alle zusammen niedertrampeln. Doch, das möchten Sie. Nur weil ich Ihren Rock anfasse.

Ich bitte um Vergebung, es war nicht meine Absicht, böse zu sein; Sie wissen, daß ich Ihnen gerne jeden Gefallen tue, aber ...

Na, dann tun Sie mir den Gefallen und setzen Sie sich.

Minute streicht sein graues Haar aus der Stirne und setzt sich.

Gut, tun Sie mir nun weiterhin den Gefallen und knirschen Sie ein wenig mit den Zähnen.

Nein, das tu' ich nicht.

So, das tun Sie nicht. Wie? Ja oder nein?

Guter Gott, was habe ich Ihnen denn getan? Können Sie mich nicht in Frieden lassen? Warum muß denn gerade ich den Narren für alle abgeben? Der Fremde dort sieht her, ich habe es bemerkt, er behält uns im Auge und lacht vermutlich auch. So ist es immer. Schon am ersten Tag, an dem Sie als Bevollmächtigter hierherkamen, hat Doktor Stenersen mich gepackt und Sie gleich angelernt, Ihren Spaß mit mir zu treiben, und nun lehren Sie den Herrn dort das gleiche. Einer nach dem andern lernt es der Reihe nach.

Soso. Ja oder nein?

Nein, hören Sie! schreit Minute und springt vom Stuhl auf. Aber als fürchte er, zu hochmütig gewesen zu sein, setzt er sich wieder und fügt hinzu: Ich *kann* auch gar nicht mit den Zähnen knirschen, wirklich nicht.

Was, das *können* Sie nicht? Haha, freilich können Sie es. Sie knirschen ganz ausgezeichnet mit den Zähnen.

Bei Gott, ich kann es nicht!

Hahaha! Aber Sie haben es doch schon früher einmal gekonnt?

Ja, aber da war ich betrunken. Ich erinnere mich auch gar nicht mehr daran, damals tanzte alles vor meinen Augen. Zwei Tage lang war ich krank danach.

Ganz richtig, sagte der Bevollmächtigte, damals waren Sie betrunken, das gebe ich zu. Warum plappern Sie das übrigens im Beisein aller dieser Leute aus? Das ist mehr, als ich gesagt haben würde.

In diesem Augenblick ging der Wirt hinaus. Minute schweigt; der Bevollmächtigte sieht ihn an und sagt:

Nun, wird's bald? Denken Sie an den Rock.

Ich denke daran, antwortet Minute, aber ich will und kann nun einmal nicht mehr trinken, jetzt wissen Sie es.

Sie wollen und können! Hören Sie, was ich sage? Wollen und können, sage ich. Und wenn ich es Ihnen hineinschütten muß ... Mit diesen Worten steht der Bevollmächtigte auf, das Glas von Minute in der Hand. So, Mund auf!

Nein, bei Gott im Himmel, ich will kein Bier mehr! ruft Minute bleich vor Erregung. Und keine Macht der Erde kann mich dazu zwingen! Ja, Sie dürfen mir nicht böse sein, aber es wird mir übel davon, Sie wissen nicht, wie mir zumute ist. Tun Sie mir das nicht an, ich bitte Sie aufrichtig darum. Lieber will ich – ohne Bier ein wenig mit den Zähnen knirschen.

Nun, das ist etwas anderes, sehen Sie, das ist, zum Teufel, etwas ganz anderes. Wenn Sie es ohne Bier tun wollen –

Ja, lieber ohne Bier.

Unter lautem Gelächter der Umhersitzenden knirscht Minute endlich mit seinen fürchterlichen Zähnen. Nagel liest scheinbar immer noch in seiner Zeitung; er sitzt ganz still auf seinem Platz am Fenster.

Lauter! Lauter! ruft der Bevollmächtigte; knirschen Sie lauter, wir können es ja sonst nicht hören.

Minute sitzt steif und gerade auf seinem Stuhl. Mit beiden Händen hält er sich fest, als fürchte er umzufallen, und knirscht mit den Zähnen, daß ihm der Kopf zittert. Alle lachen. Auch die Bäuerin lacht. Sie muß sich die Augen trocknen, weiß sich nicht mehr zu helfen vor Lachen und spuckt aus lauter Verzückung sinnlos zweimal auf den Boden.

Gott steh mir bei! heult sie ganz hingerissen. Ach, dieser Bevollmächtigte!

So! Lauter kann ich nicht mehr knirschen! sagt Minute, wirklich nicht, Gott ist mein Zeuge, Sie dürfen es mir glauben, jetzt kann ich nicht mehr.

Nein, nein, ruhen Sie sich nur ein wenig aus und fangen Sie dann wieder an. Aber mit den Zähnen knirschen müssen Sie. Später schneiden wir Ihnen den Bart ab. Trinken Sie nun ein bißchen; doch, Sie müssen, sehen Sie, es steht schon da.

Minute schüttelt den Kopf und schweigt. Der Bevollmächtigte zieht seinen Geldbeutel heraus und legt ein Fünfundzwanzigörestück auf den Tisch. Dann sagt er:

Übrigens pflegen Sie es für zehn zu tun, aber ich gönne Ihnen auch fünfundzwanzig; ich erhöhe Ihr Honorar. So!

Ach, plagen Sie mich doch nicht, ich will nicht mehr.

Sie wollen nicht mehr? Sie weigern sich?

O du himmlischer Gott, hören Sie doch endlich einmal auf und lassen Sie mich in Frieden! Weiter treibe ich es nicht mehr diesem Rock zulieb, ich bin doch auch ein Mensch. Was wollen Sie eigentlich von mir?

Nun will ich Ihnen etwas sagen: Wie Sie sehen, streife ich dieses bißchen Zigarrenasche in Ihr Glas ab, sehen Sie es? Und dann nehme ich dieses unbedeutende Schwefelhölzchen hier und dieses winzige Schwefelhölzchen da und werfe diese beiden Schwefelhölzer in Ihr Glas, während Sie zusehen. So! Und jetzt bürge ich Ihnen dafür, daß Sie Ihr Glas bis zum Grund austrinken werden. Ja, das werden Sie.

Minute sprang auf. Er bebte sichtlich, sein graues Haar war wieder in die Stirne hereingefallen, und er starrte dem Bevollmächtigten gerade ins Gesicht. Dies währte einige Sekunden.

Nein, das geht zu weit, das geht zu weit! ruft sogar die Bäuerin. Das dürfen Sie nicht tun! Hahaha, Gott bewahre mich vor Euch!

Sie wollen also nicht? Sie weigern sich? fragt der Bevollmächtigte. Auch er erhebt sich und bleibt stehen.

Minute machte eine Anstrengung – wollte etwas sagen, brachte aber kein Wort hervor. Alle sahen ihn an.

Da steht plötzlich Nagel von seinem Tisch am Fenster auf, legt die Zeitung hin und geht quer durch den Raum. Er übereilt sich nicht und macht keinen Lärm, dennoch zieht er die Aufmerksamkeit aller auf sich. Bei Minute bleibt er stehen, legt seine Hand auf dessen Schulter und sagt mit lauter, klarer Stimme:

Wenn Sie Ihr Glas nehmen und es diesem jungen Hund da auf den Kopf schlagen, dann gebe ich Ihnen zehn Kronen bar und nehme alle Folgen auf mich. Er deutete dem Bevollmächtigten gerade ins Gesicht und wiederholte: Ich meine diesen jungen Hund da.

Mit einem Schlag wurde alles still. Minute sah erschrocken von einem zum andern und sagte: Aber ... Nein, aber ... Weiter kam er nicht, doch dies wiederholte er mit zitternder Stimme immer wieder und in einem Ton, als sei es eine Frage. Niemand sagte etwas. Der Bevollmächtigte trat wie betäubt einen Schritt zurück und griff nach seinem Stuhl; er war ganz weiß geworden. Auch er sagte nichts. Sein Mund stand offen.

Ich wiederhole, sagte Nagel noch einmal laut und langsam, ich gebe Ihnen zehn Kronen, wenn Sie diesem jungen Hund Ihr Glas auf den Kopf schlagen. Das Geld habe ich hier in der Hand. Auch vor den Folgen brauchen Sie keine Angst zu haben. Wirklich zeigte Nagel einen Zehnkronenschein vor und hielt ihn Minute hin.

Minute aber betrug sich merkwürdig. Er strebte plötzlich in einen Winkel des Cafés, lief mit seinen verrenkten Schritten auf diesen Winkel zu, und ohne zu antworten, setzte er sich dort nieder. Da saß er mit geneigtem Kopf und schielte nach allen Seiten, während er mehrere Male wie in Angst die Knie emporzog.

Nun ging die Türe auf, und der Wirt kam zurück. Er begann in seinen eigenen Sachen zu kramen und achtete nicht auf das, was um ihn her vorging. Erst als der Bevollmächtigte plötzlich emporsprang und mit einem wütenden, beinah stimmlosen Ausruf beide Arme gegen Nagel aufhob, wurde der Wirt aufmerksam und fragte:

Was in aller Welt ...

Aber niemand antwortete. Der Bevollmächtigte schlug zweimal wild zu, stieß aber jedesmal auf Nagels geballte Faust. Weiter kam er nicht. Sein Mißgeschick reizte ihn, und er schlug sinnlos in die Luft, als wolle er sich alles vom Leibe halten; endlich taumelte er seitlich gegen die Tische hin, dann gegen ein Taburett und fiel aufs Knie. Er schnaufte laut, die ganze Gestalt war vor Wut unkenntlich geworden. Überdies hatte er seine Arme an diesen beiden spitzen Fäusten zerstoßen, die ihm überall, wohin er auch geschlagen hatte, im Weg gewesen waren. Jetzt entstand ein allgemeiner Tumult im Café, die Bäuerin und ihr Begleiter flüchteten an die Türe, während die anderen einander irgend etwas zuriefen und dazwischentraten. Endlich erhebt sich der Bevollmächtigte wieder und geht auf Nagel zu, er bleibt stehen und schreit, die Hände vor sich hin haltend, in lächerlicher Verzweiflung, da er keine Worte findet:

Du verdammter ... hol dich der Teufel, du Laffe!

Nagel sah ihn an und lächelte. Er ging zum Tisch, nahm den Hut des Bevollmächtigten und überreichte ihm diesen mit einer Verbeugung. Der Bevollmächtigte riß den Hut an sich und wollte ihn in seiner Wut zurückschleudern, bedachte sich jedoch und setzte ihn mit einem Knall auf den Kopf. Dann wandte er sich um und verließ das Café. Als er ging, zeigte der Hut zwei große Beulen, und er sah dadurch sehr komisch aus.

Jetzt drängte der Wirt sich vor und verlangte eine Erklärung. Er wandte sich an Nagel, ergriff ihn am Arm und sagte:

Was geht hier vor? Was soll das bedeuten?

Nagel antwortete:

Lassen Sie gefälligst meinen Arm los; ich laufe nicht davon. Im übrigen geht hier nichts vor, ich habe den Mann, der eben hinausging, beleidigt, und er wollte sich verteidigen, daran ist nichts auszusetzen; alles ist in Ordnung.

Der Wirt aber wurde zornig und stampfte auf den Boden.

Ich verbitte mir hier jeden Krach! rief er, das verbitte ich mir! Wollen Sie Lärm machen, dann gehen Sie auf die Straße, hier will ich nichts davon wissen. Die Leute sind ja verrückt!

Ja, schon recht! unterbrechen ihn einige Gäste, aber wir haben das Ganze mit angesehen! Und erfüllt vom Drang des Bürgers, es mit dem zu halten, der für den Augenblick Sieger ist, ergreifen sie für Nagel unbedingt Partei.

Sie erklären dem Wirt den ganzen Zusammenhang.

Nagel selbst zuckte mit den Schultern und ging zu Minute hin. Ohne jede Einleitung fragte er den kleinen grauhaarigen Narren:

In welchem Verhältnis stehen Sie eigentlich zu dem Bevollmächtigten, daß er Sie auf diese Weise behandeln darf?

Ach, Unsinn, antwortet Minute, ich stehe in gar keinem Verhältnis zu ihm, er ist mir fremd. Ich habe ihm nur einmal auf dem Marktplatz für zehn Öre etwas vorgetanzt. Er treibt im übrigen immer seinen Spaß mit mir.

Sie tanzen also den Leuten etwas vor und lassen sich dafür bezahlen?

Ja, ab und zu. Aber nicht oft, nur wenn ich zehn Öre haben muß und sie auf keine andere Weise auftreiben kann.

Wozu brauchen Sie denn das Geld?

Zu allerhand. Fürs erste bin ich ein dummer Mensch, ich bin wenig begabt, und das ist nicht gut für mich. Als ich noch Seemann war und mich selbst ernährte, ging es in jeder Beziehung besser. Dann aber erlitt ich einen Schaden, ich fiel aus der Takelage und bekam einen Bruch, und seitdem konnte ich mich nicht mehr gut allein durchbringen. Ich bekomme mein Essen und was ich sonst noch brauche, von meinem Onkel, wohne auch bei ihm und habe es gut dort, ja Überfluß an allem, denn mein Onkel hat eine Kohlenhandlung. Und ich selbst trage auch ein wenig zu meinem Unterhalt bei, besonders jetzt im Sommer, wenn wir fast keine Kohlen verkaufen können. Das ist so wahr, wie ich hier sitze und es Ihnen erzähle. In solchen Zeiten tun mir die zehn Öre wohl, ich kaufe immer etwas dafür und bringe es nach Hause. Was aber den Bevollmächtigten betrifft, so belustigt es ihn gerade, daß ich einen Bruch habe und nicht ordentlich tanzen kann.

Dann weiß also Ihr Onkel davon, daß Sie gegen Bezahlung auf dem Marktplatz tanzen?

Nein, nein, das weiß er nicht, so etwas dürfen Sie wirklich nicht glauben. Er sagt oft: Weg mit diesem Narrengeld! Ja, er nennt es oft Narrengeld, wenn ich mit meinen zehn Ören heimkomme, und er schilt mich aus, weil ich mich so zum besten halten lasse.

Dies also war das erste. Und das andere?

Wie bitte?

Jetzt das andere?

Ich verstehe nicht.

Sie sagten, daß Sie fürs erste ein dummer Mensch seien; nun, aber jetzt fürs zweite?

Ja, wenn ich das sagte, bitte ich um Entschuldigung.

Sie sind also nur dumm?

Ich bitte aufrichtig um Vergebung!

War Ihr Vater Pfarrer?

Ja, mein Vater war Pfarrer.

Pause.

Hören Sie, sagt Nagel, wenn Sie nichts zu versäumen haben, lassen Sie uns eine Weile zu mir heraufgehen, in mein Zimmer. Ist es Ihnen recht? Rauchen Sie? Gut! Ja, bitte, ich wohne hier oben. Es würde mich sehr freuen, wenn Sie mit mir heraufkommen wollten.

Zur großen Verwunderung aller gingen Nagel und Minute in den ersten Stock hinauf, wo sie den ganzen Abend über zusammenblieben.

3

Minute nahm Platz und zündete sich eine Zigarre an.

Trinken Sie nichts? fragte Nagel.

Nein, ich trinke nicht viel, ich werde so verwirrt davon und sehe in ganz kurzer Zeit alles doppelt, antwortete sein Gast.

Haben Sie jemals Champagner getrunken? Ja, das haben Sie natürlich?

Vor vielen Jahren auf der silbernen Hochzeit meiner Eltern habe ich Champagner getrunken.

Hat das gut geschmeckt?

Ja, ich erinnere mich, daß es gut geschmeckt hat.

Nagel klingelte und ließ Champagner kommen.

Während sie rauchen und an den Gläsern nippen, sagt Nagel plötzlich und sieht Minute fest dabei an:

Sagen Sie – ja, es ist nur eine Frage, und sie wird Ihnen vielleicht lächerlich vorkommen – könnten Sie sich für eine gewisse Summe als Vater eines Kindes eintragen lassen, dessen Vater Sie nicht sind? Es fällt mir nur so ein.

Minute sah ihn mit weit geöffneten Augen an und schwieg.

Für eine kleinere Summe, für fünfzig Kronen. Oder sagen wir bis zu zweihundert Kronen? fragt Nagel. Es kommt nicht so genau darauf an.

Minute schüttelt den Kopf und schweigt lange.

Nein, antwortet er dann.

Könnten Sie das wirklich nicht? Ich würde das Geld bar ausbezahlen.

Das nützt nichts. Nein, das kann ich nicht tun, diesen Dienst kann ich Ihnen nicht erweisen.

Warum denn nicht?

Bitten Sie mich nicht, lassen Sie mich. Ich bin auch ein Mensch.

Na, vielleicht war es zuviel verlangt. Warum sollten Sie auch jemand einen solchen Gefallen tun? Aber ich möchte Ihnen noch eine Frage stellen: Wären Sie bereit ... könnten Sie für fünf Kronen, eine Zeitung oder eine Papiertüte auf den Rücken geheftet, durch die ganze Stadt gehn – hier am Hotel anfangen und den Weg über den Marktplatz und den Hafen nehmen –, könnten Sie das tun? Und für fünf Kronen?

Beschämt senkt Minute den Kopf und wiederholt mechanisch: Fünf Kronen. Sonst antwortet er nichts.

Na ja, oder zehn Kronen, wenn Sie wollen; sagen wir zehn Kronen. Für zehn würden Sie es also tun?

Minute streicht das Haar aus der Stirne.

Ich begreife nicht, warum alle Leute, die hierherkommen, von vornherein wissen, daß ich jedermanns Narr bin, sagt er.

Wie Sie sehen, händige ich Ihnen das Geld sofort aus, fährt Nagel fort; es hängt nur von Ihnen ab.

Minute heftet die Augen auf den Schein, starrt einen Augenblick verloren auf dieses Geld, schleckt sich den Mund danach ab und bricht aus:

Ja, ich ...

Entschuldigen Sie! – Entschuldigen Sie, daß ich Sie unterbreche, sagt Nagel rasch, um den anderen am Sprechen zu verhindern. Wie ist Ihr Name? Ich weiß nicht – ich glaube nicht, daß Sie mir gesagt haben, wie Sie heißen.

Mein Name ist Grögaard.

Grögaard. Sind Sie mit dem Eidsvoldsmann Mitglied des ersten norwegischen Stortings, der am 17. Mai 1814 in Eidsvold dem Lande das Grundgesetz gab, auf dem die Verfassung beruht. verwandt?

Ja, das auch.

Wovon sprachen wir doch nur? Ja, Grögaard? Ja, Sie wollen natürlich nicht auf diese Weise die zehn Kronen verdienen?

Nein, flüstert Minute schwankend.

Hören Sie nun zu, sagt Nagel und spricht sehr langsam.

Ich will Ihnen mit Freuden diese zehn Kronen geben, weil Sie das, was ich Ihnen vorschlug, nicht tun wollten. Und außerdem will ich Ihnen gerne noch einmal zehn Kronen geben, wenn Sie mir das Vergnügen machen, das Geld anzunehmen. Springen Sie nicht auf; diese kleine Gefälligkeit macht mir nichts aus, ich habe jetzt viel Geld, genug Geld, ich werde dieser paar Kronen wegen nicht gleich in Verlegenheit kommen. – Als er das Geld hervorgesucht hatte, fügte Nagel hinzu: Sie machen mir eine Freude. Bitte!

Minute aber sitzt jetzt stumm da, sein Glück steigt ihm zu Kopf, und er kämpft mit dem Weinen. Er zwinkert mit den Augen und schluckt. Nagel sagt:

Sie sind wohl ungefähr vierzig Jahre alt?

Dreiundvierzig, ich bin über dreiundvierzig.

Stecken Sie das Geld nun ein. Wohl bekomm's! – Wie heißt der Bevollmächtigte, mit dem wir im Café unten sprachen?

Das weiß ich nicht, wir nennen ihn nur den Bevollmächtigten. Er ist Bevollmächtigter an der Hardesvogtei.

Ja, ja, es ist ja auch gleichgültig. Sagen Sie ...

Verzeihung! – Minute kann sich nicht mehr halten, er ist überwältigt und will sich unbedingt erklären, obwohl er wie ein Kind stammelt. Entschuldigen Sie – und verzeihen Sie mir! sagt er. Und lange Zeit kann er nichts mehr hervorbringen.

Was wollten Sie sagen?

Dank, aufrichtigen Dank aus ganzem ...

Pause.

Ach, das ist ja schon erledigt.

Nein, warten Sie ein wenig! rief Minute. Ja, ich bitte um Verzeihung, es ist noch nicht erledigt. Sie glaubten, daß ich es nicht tun *wollte*, daß es Halsstarrigkeit sei und daß es mir Freude mache, mich auf die Hinterfüße zu stellen; aber so wahr

Gott … Kann man sagen, es sei erledigt, wenn Sie möglicherweise sogar den Eindruck bekommen haben, daß ich den Preis überlegte und es für die fünf Kronen nicht tun wollte? Ja, das war alles.

Schon gut. Ein Mann mit Ihrem Namen und Ihrer Bildung darf keine solchen Narrenstreiche machen. Da fällt mir ein … ja, Sie kennen natürlich alle Verhältnisse in der Stadt, nicht wahr? Ich habe vor, einige Zeit hierzubleiben, mich tatsächlich für ein paar Sommermonate niederzulassen, was meinen Sie dazu? Sind Sie aus dieser Stadt?

Ja, ich bin hier geboren; mein Vater war Pfarrer hier, und die letzten dreizehn Jahre habe ich hier gewohnt. Seit ich gebrechlich geworden bin.

Tragen Sie denn nicht Kohlen aus?

Ja, ich trage die Kohlen aus; das geht ganz gut, falls Sie deshalb fragen sollten. Ich bin es schon gewohnt; es schadet mir nicht, ich muß nur beim Treppensteigen vorsichtig sein. Im vorigen Winter bin ich einmal hingefallen und habe mich so verletzt, daß ich lange Zeit den Stock benützen mußte.

Wirklich? Wie kam das?

Es war auf der Treppe der Bank. Auf den Stufen lag ein wenig Eis. Ich trug einen ziemlich schweren Sack. Als ich halbwegs hinaufgekommen bin, sehe ich hoch oben auf der Treppe Konsul Andresen. Und da wollte ich umkehren und wieder hinuntergehen, damit der Konsul vorbei könnte. Er verlangte es nicht, aber es war selbstverständlich. In diesem Augenblick glitt ich aus und fiel auf die rechte Schulter. Was ist mit Ihnen los? sagte der Konsul zu mir, Sie schreien ja gar nicht. Sie haben sich also nicht verletzt? Nein, antwortete ich, ich hatte noch Glück! Aber schon nach fünf Minuten fiel ich zweimal hintereinander in Ohnmacht; außerdem schwoll mir wegen meines alten Übels der Unterleib auf. Übrigens bedachte mich der Konsul reichlich, obwohl er keine Schuld hatte.

Haben Sie keinen anderen Schaden erlitten? Haben Sie sich nicht am Kopf verletzt?

Doch, auch das. Ich spuckte auch einige Zeit Blut.

Und der Konsul half Ihnen, während Sie krank waren?

Ja, großartig. Er schickte mir alles mögliche, vergaß mich an keinem Tag. Das Schönste von allem aber war, daß er, als ich wieder aufstehen konnte und ihn aufsuchte, um ihm zu danken, bereits die Flagge hatte hissen lassen. Er hatte ausdrücklich den Befehl gegeben, nur mir zu Ehren die Flagge zu hissen, obwohl auch Fräulein Fredrikkes Geburtstag war.

Wer ist Fräulein Fredrikke?

Seine Tochter.

So. Ja, das war ja hübsch von ihm … Ach, hören Sie, Sie wissen wohl nicht, weshalb vor einigen Tagen hier in der Stadt geflaggt wurde?

Vor einigen Tagen? Warten Sie, vor ungefähr einer Woche? Das war wegen Fräulein Kiellands Verlobung, Dagny Kiellands Verlobung. Ja, ja, eine nach der anderen verlobt und verheiratet sich und reist fort. Ich habe jetzt Freunde und Bekannte so ungefähr im ganzen Land umher, und keiner ist darunter, den ich nicht gerne wieder treffen möchte. Ich sah sie alle zusammen spielen und in die Schule gehen, sah sie konfirmiert werden und heranwachsen. Dagny ist erst dreiundzwanzig Jahre alt. Sie war das Kind der ganzen Stadt. Sie ist auch schön. Sie hat sich mit Leutnant Hansen verlobt, der mir seinerzeit diese Mütze geschenkt hat. Auch Leutnant Hansen ist von hier.

Hat Fräulein Kielland helles Haar?

Ja, sie hat helles Haar. Sie ist ungewöhnlich schön, und alle haben sie gern.

Ich glaube, ich bin ihr am Pfarrhof begegnet. Pflegt sie einen roten Sonnenschirm zu tragen?

Ganz richtig! Soviel ich weiß, besitzt hier sonst niemand einen roten Sonnenschirm. Wenn Sie eine Dame mit einem dicken gelben Zopf gesehen haben, dann ist es Fräulein Kielland gewesen. Keine andere aus der Gegend ist ihr gleich. Aber Sie haben vielleicht noch nicht mit ihr gesprochen?

Doch, vielleicht auch mit ihr gesprochen. – Und gedankenvoll sagt Nagel vor sich hin: *Das* also war Fräulein Kielland!

Ja, aber nicht richtig mit ihr gesprochen, Sie haben vielleicht noch kein längeres Gespräch mit ihr gehabt? Darauf können Sie sich noch freuen. Wenn sie etwas lustig findet, lacht sie laut auf, und oft kann sie über beinahe nichts lachen, sie ist so fröhlich. Sie werden sehen, wie aufmerksam sie zuhört, wenn Sie etwas erzählen, und auf Ihre Worte achtet, bis Sie fertig sind, dann erst antwortet sie. Aber wenn sie antwortet, errötet sie leicht. Das Blut steigt ihr zu Kopf. Ich habe es oft bemerkt, wenn sie mit jemand sprach. Sie wird dann sehr schön. Bei mir ist das etwas anderes, mit mir schwätzt sie, wie es sich eben trifft, und macht weiter keine Umstände. Ich könnte auf der Straße zu ihr hingehen, und sie würde stehenbleiben und mir die Hand geben, auch wenn sie es eilig hätte. Wenn Sie das nicht glauben wollen, so dürfen Sie es nur einmal beobachten.

Ich glaube es gerne. Sie haben also eine gute Freundin an Fräulein Kielland?

Natürlich nur insofern, als sie immer nachsichtig mit mir ist. Auf andere Weise wäre es ja nicht möglich. Wenn ich eingeladen werde, komme ich manchmal auf den Pfarrhof, und anscheinend hat man auch nichts dagegen, wenn ich einmal ungebeten hinkomme. Als ich krank war, lieh mir Fräulein Dagny auch Bücher, ja, sie kam selbst damit zu mir, trug sie den ganzen Weg unterm Arm.

Was waren das wohl für Bücher?

Sie meinen, was für Bücher ich lesen und begreifen könne?

Diesmal verstehen Sie mich falsch. Ihre Frage ist scharfsinnig, aber Sie verstehen mich falsch. Sie sind ein interessanter Mensch. Ich meinte, was für Bücher diese junge Dame besitzt und liest. Das würde ich gerne wissen.

Ich erinnere mich, daß sie mir einmal Garborgs „Bauernstudenten“ und noch zwei andere Bücher brachte, das eine war wohl Turgenjews „Rudin“. Aber bei einer anderen Gelegenheit las sie mir laut aus Garborgs „Unversöhnlichen“ vor.

Gehörten diese Bücher ihr?

Ihrem Vater. Es stand der Name ihres Vaters darin.

Übrigens: als Sie damals zu Konsul Andresen kamen, um ihm zu danken, wie Sie erzählen ...

Ich wollte ihm für seine Hilfe danken.

Jawohl. War die Flagge gehißt, bevor Sie kamen?

Ja, er hatte sie meinetwegen hissen lassen. Das sagte er selbst.

Ganz richtig. Aber sollte die Flagge nicht wegen des Geburtstages gehißt worden sein?

Doch, vielleicht. Das kann schon sein. Auch das ist in Ordnung. Es wäre doch eine Schande gewesen, wenn an Fräulein Fredrikkes Geburtstag die Flagge nicht aufgezogen worden wäre.

Ja, da haben Sie recht ... Um auf etwas anderes zu kommen: Wie alt ist Ihr Onkel?

Er ist wohl ungefähr siebzig Jahre alt. Nein, das ist vielleicht zuviel. Aber auf jeden Fall über sechzig. Er ist sehr alt, doch noch rührig für sein Alter. Zur Not kann er sogar noch ohne Brille lesen.

Wie heißt er?

Auch er heißt Grögaard. Wir heißen beide Grögaard.

Hat Ihr Onkel ein eigenes Haus oder wohnt er zur Miete?

Er hat das Zimmer, in dem wir wohnen, gemietet, aber die Kohlenhandlung gehört ihm. Es fällt uns nicht schwer, die Miete zu bezahlen, falls Sie das meinen sollten. Wir bezahlen mit Kohlen, und bisweilen kann auch ich mit irgendeiner Arbeit ein wenig abtragen.

Ihr Onkel trägt wohl keine Kohlen aus?

Nein, das trifft mich. Er wägt sie ab und steht allem vor, und ich trage aus. Ich kann ja auch eher damit herumgehen, weil ich stärker bin.

Gewiß. Und zum Kochen haben Sie wohl irgendeine Frau?

Pause.

Entschuldigen Sie, antwortet Minute, werden Sie bitte nicht ärgerlich. Ich will gerne gehen, wenn es Ihnen lieber ist. Sie wollen mir vielleicht eine Freude machen, indem Sie sich mit mir unterhalten. Es kann Ihnen aber doch wohl kein Vergnügen bereiten, von meinen Verhältnissen zu hören. Es ist zwar auch möglich, daß Sie aus irgendeinem anderen Grund, den ich nicht kenne, mit mir sprechen, und in diesem Fall ist es ja gut so. Aber wenn ich jetzt fortgehe, tut mir keiner etwas zuleide, das dürfen Sie nicht glauben. Ich treffe keine übelgesinnten Leute. Der Bevollmächtigte steht gewiß nicht vor der Türe und lauert mir auf, um sich zu rächen, falls Sie das befürchten sollten. Und selbst wenn er dort stünde, würde er mir auf keinen Fall etwas antun, das glaube ich nicht.

Sie machen mir ein Vergnügen, wenn Sie noch bleiben. Aber Sie brauchen sich nicht verpflichtet zu fühlen, mir etwas zu erzählen, weil ich Ihnen nur ein paar Kronen für Tabak vorgestreckt habe. Sie sind vollkommen frei; ganz wie Sie wollen.

Ich bleibe! ich bleibe! ruft Minute. Und er fügt hinzu: Gott segne Sie! Ich bin glücklich, daß Sie ein wenig Vergnügen daran finden, mit mir zusammen zu sein, wenn ich mich auch eigentlich über mich selbst und über meinen Anzug hier schämen müßte. Ich hätte mich schon ein wenig anständiger anziehen können, wenn ich Zeit gehabt hätte. Dies ist eine alte Jacke meines Onkels, sie hält nichts mehr aus, das ist schon wahr, sie verträgt keinen Fingerdruck mehr. Nun hat der Bevollmächtigte auch noch einen langen Schlitz hineingerissen. Ich hoffe, Sie entschuldigen es ... Nein, eine Frau, die uns kochen könnte, haben wir nicht. Wir kochen und waschen alles selbst. Das ist nicht sehr beschwerlich, wir befassen uns auch so wenig wie möglich damit. Wenn wir zum Beispiel am Morgen Kaffee kochen, trinken wir am Abend den Rest, ohne ihn wieder aufzuwärmen, und ebenso ist es mit dem Mittagessen, das wir sozusagen ein für allemal bereiten, wie es sich gerade trifft. Was können wir in unserer Lage uns besseres wünschen? Und außerdem ist die Wäsche meine Sache. Das ist ein kleiner Zeitvertreib für mich, wenn ich nichts anderes zu tun habe.

Jetzt ertönt unten im Hotel eine Glocke, und man hört die Leute die Treppen zum Abendessen hinuntergehen.

Es läutet zum Essen, sagt Minute.

Ja, antwortet Nagel. Aber er erhebt sich nicht und zeigt auch keine Ungeduld, im Gegenteil, er setzt sich noch besser zurecht und fragt: Sie kannten vielleicht auch diesen Karlsen, den man neulich hier im Walde tot aufgefunden hat? Das war doch eine traurige Sache?

Ja, sehr traurig. Und ob ich ihn gekannt habe! Ein prächtiger Mensch und ein edler Charakter. Wissen Sie, was er einmal zu mir gesagt hat? An einem Sonntagmorgen wurde ich ganz früh zu ihm gerufen, es ist nun wohl ein Jahr her, voriges Jahr im Mai. Er bat mich, einen Brief zu besorgen. – Ja, erwiderte ich, das will ich gerne tun; aber ich habe heute so schlechte Stiefel an, daß ich mich damit nicht gut unter den Leuten sehen lassen kann. Wenn es Ihnen recht ist, will ich erst nach Hause gehen und ein anderes Paar zu leihen nehmen. – Nein, das ist nicht nötig, antwortet er, das macht nichts aus, wenn Sie nur nicht naß darin werden. – Er dachte sogar daran, daß ich in diesen Schuhen naß werden könnte! Na, und dann steckt er mir eine Krone in die Hand und gibt mir den Brief. Als ich bereits auf dem Gang bin, reißt er die Türe wieder auf und kommt mir nach. Er strahlt so sehr über das ganze Gesicht, daß ich stehenbleibe und ihn ansehe. In seinen Augen ist ein feuchter Glanz. Da umarmt er mich, schmiegt sich an mich, umarmt mich tatsächlich und sagt: Gehen Sie nun mit diesem Brief, alter Freund; ich werde schon noch an Sie denken. Wenn ich einmal Pfarrer bin und ein Amt habe, sollen Sie zu mir kommen und die ganze Zeit bei mir bleiben. Ja, gehen Sie nun, und Glück auf! – Er erhielt ja nun leider kein Amt; aber er hätte sicher sein Wort gehalten, wenn er am Leben geblieben wäre.

Und dann überbrachten Sie den Brief?

Ja.

Und freute sich Fräulein Kielland, als Sie ihn brachten?

Wie können Sie wissen, daß er an Fräulein Kielland gerichtet war?

Wie ich das wissen kann? Sie sagten es ja eben selbst.

Ich? Das ist nicht wahr.

Hehe, es ist nicht wahr? Glauben Sie, daß ich hier vor Ihnen sitze und Sie anlüge?

Nein, entschuldigen Sie, es kann schon sein, daß Sie recht haben. Ich hätte es aber auf keinen Fall sagen dürfen. Das geschah aus Versehen. Nein, habe ich das wirklich gesagt?

Warum nicht? Hat er Ihnen denn verboten, es zu sagen?

Nein, nicht er.

Sondern sie?

Ja.

Nun gut, es soll bei mir begraben sein. Doch können Sie begreifen, warum er sich gerade jetzt umgebracht hat?

Nein, das begreife ich nicht. Das Unglück sollte nun einmal geschehen.

Wissen Sie, wann er beerdigt werden soll?

Morgen mittag.

Dann wurde nicht mehr über diese Sache gesprochen. Eine Zeitlang schwiegen beide. Sara steckte den Kopf zur Türe herein und meldete, daß das Essen fertig sei. Bald darauf meinte Nagel:

Ja, nun ist also Fräulein Kielland verlobt. Wie sieht ihr Bräutigam eigentlich aus?

Leutnant Hansen? Ein frischer und ganz ausgezeichneter Mann! Sie wird keine Not bei ihm leiden.

Ist er reich?

Sein Vater ist sehr reich.

Ist der Vater Kaufmann?

Nein, Schiffsreeder. Er wohnt einige Häuser weit von hier. Er hat übrigens kein großes Haus, aber es ist groß genug für ihn, denn wenn der Sohn fort ist, sind nur noch die beiden Alten da. Sie haben auch eine Tochter, die in England verheiratet ist.

Und wieviel besitzt wohl der alte Hansen? Was meinen Sie?

Vielleicht eine Million. Das weiß niemand.

Pause.

Ja, sagt Nagel dann, es ist schlecht verteilt in dieser Welt. Wenn nun Sie ein wenig von diesem Geld hätten, Grögaard?

Nein, Gott bewahre, wozu das? Man muß zufrieden sein mit dem, was man hat.

Das sagt man so ... Mir fällt eben eine Frage ein: Sie haben wohl nicht viel Zeit zu anderer Arbeit, wenn Sie immer diese Kohlen austragen müssen? Nein, das kann ich verstehen. Ich hörte allerdings, wie Sie den Wirt fragten, ob er heute noch mehr für Sie zu tun habe.

Nein, antwortet Minute und schüttelt den Kopf.

Es war unten im Café. Sie sagten, daß Sie die Kohlen in die Küche gebracht hätten. Und dann fragten Sie, ob es für heute sonst nichts mehr zu tun gäbe.

Fiel Ihnen das auf? Das hatte einen anderen Grund. Ich hoffte, das Geld für die Kohlen sogleich zu bekommen, aber ich wagte nicht, geradezu darum zu bitten. Das ist der ganze Zusammenhang. Wir waren jetzt eben in Verlegenheit und setzten unsere Hoffnung auf dieses Geld.

Wieviel brauchen Sie, damit Sie aus der Verlegenheit kommen? fragt Nagel.

Gott bewahre Sie! ruft Minute laut. Sprechen Sie nicht mehr davon, uns ist bereits mehr als reichlich geholfen. Das Ganze drehte sich um sechs Kronen, und jetzt sitze ich hier mit Ihren zwanzig Kronen in der Tasche da, Gott möge es

Ihnen vergelten! Aber so war es, wir schuldeten diese sechs Kronen unserem Kaufmann für Kartoffeln und etliche andere Sachen. Er hatte uns die Rechnung geschickt, und wir zerbrachen uns beide die Köpfe darüber, wie wir dieses Geld herschaffen sollten. Jetzt hat es ja keine Not mehr, nun können wir ruhig schlafen und morgen wieder aufstehen und zufrieden sein.

Pause.

Ja, ja, jetzt wollen wir austrinken und uns für heute abend trennen, sagt Nagel und erhebt sich. Ihr Wohl! Ich hoffe, daß wir uns heute nicht zum letztenmal gesehen haben. Sie müssen mir wirklich versprechen, mich wieder zu besuchen, ich wohne also hier auf Nummer sieben. Vielen Dank für heute!

Nagel sagte dies in vollkommen aufrichtiger Art und Weise und schüttelte Minutes Hand. Er begleitete seinen Gast hinunter und ging mit ihm bis zur Haustüre, hier nahm er wie schon früher einmal seine Samtmütze ganz ab und grüßte tief.

Dann verabschiedete sich Minute. Während er rücklings die Straße hinaufging, verbeugte er sich unzählige Male. Er brachte aber kein Wort hervor, obwohl er sich die ganze Zeit bemühte, etwas zu sagen.

Als Nagel das Speisezimmer betrat, entschuldigte er sich unnötig höflich bei Sara, weil er so spät zum Abendbrot kam.

4

Am nächsten Morgen wurde Johan Nagel durch Sara, die anklopfte und ihm seine Zeitungen brachte, geweckt. Flüchtig sah er die Zeitungen durch und warf sie eine nach der anderen auf den Boden. Ein Telegramm mit der Nachricht, daß Gladstone einer Erkältung wegen zwei Tage lang das Bett gehütet habe, nun aber wieder gesund sei, las er zweimal durch und brach darauf in Lachen aus. Dann legte er die Arme unter den Nacken und fiel in folgenden Gedankengang – alles, während er ab und zu laut mit sich selbst sprach:

Es ist gefährlich, mit einem offenen Federmesser durch den Wald zu gehen. Wie leicht kann man so ungeschickt stolpern, daß die Klinge über beiden Handgelenken zuschnappt. Wie erging es doch diesem Karlsen ...? Es ist übrigens auch gefährlich, mit einem kleinen Medizinglas in der Westentasche herumzugehen. Man kann hinfallen, das Glas zerbricht, die Splitter dringen in das Fleisch ein, und das Gift geht ins Blut über. Kein Weg ist ohne Gefahr. Was dann? Aber auf dem Weg, den Gladstone geht, gibt es keinen Sturz. Ich sehe Gladstone mit haushälterischer Miene seines Weges gehen. Sehe, wie er jeden Fehltritt vermeidet, wie die Vorsehung und er im Verein zusammenhelfen, ihn zu beschirmen. Nun ist auch seine Erkältung vorbei. Gladstone wird leben, bis er an lauter Zufriedenheit stirbt.

Pastor Karlsen, warum wühltest du dein Gesicht in eine Wasserpfütze? Soll die Frage offen bleiben, ob das geschah, um deine Todesgrimassen zu verbergen, oder ob dich ein Krampf dazu zwang? Du wähltest übrigens deine Zeit wie ein nachtscheues Kind. Den hellen Tag, die Mittagsstunde. Und du lagst mit einem Lebewohl in der Hand da. Kleiner Karlsen, kleiner Karlsen!

Und warum suchtest du zu deinem kleinen brillanten Vorhaben den Wald auf? Kanntest du den Wald, hatte er dir mehr zu sagen als ein Acker, ein Weg oder ein See? Im Walde ging der Knabe jung, den ganzen langen Tag, la la la la. Da haben wir zum Beispiel die Vardalswälder, am Wege nach Gjövik. Dort zu liegen und zu träumen und sich zu vergessen, in die Luft zu starren, in den Himmel zu gucken, hehe, bis man beinahe hört, wie dort oben über einen gewispert und geflüstert wird: Der dort, meint Mama selig, nein, wenn der herkommt, dann gehe ich meines Weges, sagt sie und macht dies zu einer Kabinettsfrage. Hehe, antworte ich, und sage zu mir selbst: Pst, laß dich nicht stören, laß dich nicht stören! Und dies sage ich so laut, daß ich mir die allgemeine Aufmerksamkeit zweier Engelweibchen zuziehe, nämlich der ehrengeachteten Tochter des Jairus und der Svava Björnson. Hehehe. –

Zum Teufel, was liege ich hier, und worüber lache ich? Soll das etwa Überlegenheit sein? Nur Kinder sollten Erlaubnis haben zu lachen, und ganz junge Mädchen, sonst niemand. Das Lachen ist ein Rudiment aus der Affenzeit, ein widerlicher und schamloser Ton aus der falschen Kehle. Wenn man mich unter dem Kinn kitzelt, wird es irgendwo aus meinem Körper herausgetrieben. Was sagte doch der Schlächter Hauge einmal zu mir? Schlächter Hauge, der selbst ein lautes Lachen hatte und sich damit sehr bemerkbar machte? Er sagte, daß keiner, der seine vollen fünf ...

Nein, welch reizende kleine Tochter er hatte! Damals, als ich sie auf der Straße traf, regnete es gerade; sie hatte das Geld für die Dampfküche verloren, trug einen Napf in der Hand und weinte. Mama selig, sahst du von deinem Himmel aus, daß ich keinen einzigen Schilling besaß, mit dem ich das Kind hätte trösten können? Und daß ich mir deshalb das Haar auf der Straße raufte? Da kam die Musik vorbei; die hübsche Diakonissin wandte sich um und warf mir einen glänzenden Blick zu; dann ging sie still nach Hause, gesenkten Hauptes, – vermutlich traurig über sich selbst wegen dieses glänzenden Blickes, den sie mir geschenkt hatte. Aber in demselben Augenblick riß mich ein langbärtiger Mann mit weichem Filzhut am Arm zurück, ich wäre sonst überfahren worden. Ja, weiß Gott, ich wäre ...

Horch! eins ... zwei ... drei; wie langsam es schlägt! Vier ... fünf ... sechs ... sieben ... acht; ist es schon acht Uhr? Neun ... zehn. Zehn Uhr ist es schon! Ja, da muß ich aufstehen. Wo schlug doch die Uhr? Im Café unten konnte es doch nicht sein? Na, es ist gleichgültig, gleichgültig, gleichgültig. Aber war das gestern im Café nicht ein ganz gelungener Auftritt? Minute bebte, ich kam zur rechten Zeit. Ganz bestimmt hätte es damit geendet, daß er das Bier mitsamt der Zigarrenasche und den Zündhölzern getrunken hätte. Was dann? Darf man dich naseweisen Grünspecht fragen: Was dann? Warum mischst du dich eigentlich in die Angelegenheiten anderer? Wozu bin ich überhaupt in diese Stadt gekommen? Geschah es wegen irgendeiner Katastrophe im Universum, zum Beispiel wegen Gladstones Erkältung? Hehehe, Gott helf dir, Kind! Wenn du ehrlich bist, mußt du sagen, was wahr ist: eigentlich warst du auf dem Heimweg, wurdest aber vom Anblick dieser Stadt – so klein und elend sie ist – plötzlich heftig gepackt und warst nahe daran, vor geheimnisvoller und unfaßbarer Freude zu weinen, als du alle diese Flaggen sahst. – Übrigens war es der zwölfte Juni, man flaggte für Fräulein Kiellands Verlobung, zwei Tage später traf ich sie selbst.

Warum mußte ich sie gerade an jenem Abend treffen, als ich in einer zerrissenen Stimmung war und nicht darauf achtete, was ich tat? Wenn ich an das Ganze denke, schäme ich mich wie ein Hund:

Guten Abend, mein Fräulein! Verzeihen Sie, ich bin fremd hier, ich machte einen Spaziergang und weiß nun nicht mehr, wo ich bin.

Minute hat recht, sie errötet sofort, und wenn sie antwortet, errötet sie noch mehr.

Ja, wo wollen Sie hin? sagt sie und mißt mich mit den Augen.

Ich nehme meine Mütze in die Hand und stehe barhäuptig da, und in dieser Stellung verharrend, fällt mir ein zu antworten:

Möchten Sie so freundlich sein und mir sagen, wie weit es bis zur Stadt ist. Die genaue Entfernung.

Das weiß ich nicht, erwidert sie; nicht von hier aus. Aber der erste Hof, an den Sie kommen, ist der Pfarrhof, und von dort ist es eine Viertelstunde bis zur Stadt. Damit will sie ohne weiteres gehen.

Ja, tausend Dank, sage ich, wenn aber der Pfarrhof auf der anderen Seite dieses Waldes liegt und Sie dorthin oder noch weiter wollen, so erlauben Sie mir, Sie zu begleiten. Die Sonne scheint nicht mehr, darf ich Ihren Sonnenschirm tragen? Ich werde Sie nicht belästigen, nicht einmal sprechen, falls es Ihnen so lieber ist. Wenn ich nur an Ihrer Seite gehen und dem Zwitschern der Vögel zuhören darf! Nein, gehen Sie nicht, nicht gleich! Warum laufen Sie davon?

Als sie aber trotzdem weiterlief und nicht auf mich hören wollte, sprang ich ihr nach, damit sie meine Entschuldigung hören konnte:

Der Teufel mag Ihr helles Angesicht holen, wenn es nicht den stärksten Eindruck gemacht hat!

Nun aber rannte sie so wild davon, daß sie mir in ein paar Minuten aus den Augen war. Den schweren blonden Zopf nahm sie beim Laufen einfach in die Hand. So etwas war mir auch noch nicht vorgekommen.

So trug es sich zu. Ich wollte sie nicht belästigen, hatte nichts Böses im Sinn; ich möchte wetten, daß sie ihren Leutnant gern hat, es konnte mir nicht einfallen, mich in dieser Beziehung ihr aufzudrängen. Aber es ist gut so, es ist alles gut; ihr Leutnant würde mich vielleicht fordern, hehe, er würde sich mit dem Bevollmächtigten, dem Bevollmächtigten der Hardesvogtei, zusammentun und mich fordern ...

Übrigens möchte ich wissen, ob der Bevollmächtigte Minute einen neuen Rock geben wird. Wir können einen Tag warten, wir können vielleicht zwei Tage warten, hat er es dann aber immer noch nicht getan, so erinnere ich ihn daran. Punktum. Nagel.

Ich weiß hier eine arme Frau. Sie hat mich so schamhaft angesehen, als wollte sie mich um etwas bitten, hat es aber noch nicht gewagt. Von ihren Augen bin ich vollkommen besessen, obwohl ihr Haar weiß ist. Viermal habe ich einen Umweg eingeschlagen, um zu vermeiden, daß ich sie treffe. Sie ist nicht alt – nicht das Alter hat sie weiß gemacht. Ihre Augenbrauen sind noch erschreckend schwarz, grausam schwarz, die Augen darunter glimmen. Sie trägt beinahe stets einen Korb unter der Schürze und schämt sich dessen. Immer wenn sie an mir vorbeigekommen ist, drehe ich mich nach ihr um und sehe dann, daß sie auf den Markt geht und ein paar Eier aus dem Korb nimmt. Diese zwei, drei Eier verkauft sie an irgend jemand, worauf sie wieder mit ihrem Korb unter der Schürze heimgeht. Sie wohnt in einem winzigen Haus unten am Kai. Das Haus hat nur ein Erdgeschoß und ist nicht angestrichen. Ich habe sie einmal durch das Fenster gesehen. Es sind keine Vorhänge dort. Nur einige weiße Blumen sah ich. Sie selbst stand weit drinnen in der Stube und starrte zu mir her, als ich vorbeiging. Gott weiß, was das für eine Frau ist; ihre Hände sind ganz klein. Ich könnte dir vielleicht ein Almosen geben, weißes Mädchen, aber lieber würde ich dir auf andere Art helfen.

Übrigens weiß ich sehr wohl, warum deine Augen mich so fesseln, ich wußte es von Anfang an. Es ist seltsam, daß einem eine Jugendliebe so lange nachgehen kann und sich dann und wann immer wieder meldet. Und doch hast du *ihr* gesegnetes Antlitz nicht, weiße Frau, auch bist du viel älter als sie. Ach ja, aber sie verheiratete sich dann mit einem Telegraphenbeamten und zog nach Kabelvaag! Nun, soviel Köpfe, soviel Sinne; ich konnte nicht auf ihre Liebe warten und sollte sie auch nicht bekommen. Dabei war nichts zu machen ... So, da schlägt es halb elf Uhr ... Ist das möglich! Nun, daran ist nichts zu ändern. Aber wenn du nur wüßtest, wie innig ich zwölf Jahre lang an dich gedacht und dich niemals vergessen habe ... Hehe, das ist ja aber auch mein eigener Fehler gewesen, sie konnte nichts dafür. Während andere ein Jahr lang daran denken und damit basta, gehe ich umher und denke zehn lange Jahre daran.

Ich helfe der weißen Eierfrau, sowohl durch ein Almosen wie auch auf andere Weise – um ihrer Augen willen! Geld gibt es in Fülle, ich brauche nur zuzugreifen, zweiundsechzigtausend Kronen für ein Landgut, bar in der Hand. Hoho, ich brauche nur einen Blick auf den Tisch zu werfen und sehe hier vor meinen Augen drei telegraphische Dokumente von größtem Wert ... Es ist zum Lachen! Man ist Agronom und Kapitalist, man verkauft nicht ohne weiteres beim ersten Angebot, man schläft einmal darüber und bedenkt sich. Ja, man bedenkt sich. Und niemand stutzt, obwohl man mit Absicht den Witz so grob macht und das Ganze so dick wie nur möglich aufträgt. Mensch, dein Name ist Esel! Man kann dich an der Nase herumführen, wie es einem einfällt.

Dort aus meiner Westentasche zum Beispiel sieht ein kleiner Flaschenhals heraus. Medizin, Blausäure. Ich trage das Zeug der Kuriosität halber mit mir herum und habe nicht den Mut, davon Gebrauch zu machen. Wozu besitze ich nun diese Blausäure, und warum habe ich sie angeschafft? Humbug, auch dies, nur Humbug, moderner Dekadenzhumbug, Reklame und Aufschneiderei. Pfui ...

Oder nehmen wir ein so unschuldiges Ding wie meine Rettungsmedaille. Ich habe sie, wie man zu sagen pflegt, ehrlich verdient, man pfuscht überall ein bißchen hinein, man rettet auch Menschen. Aber Gott weiß, ob das nun in Wirklichkeit ein Verdienst von mir war. Urteilen Sie selbst, meine Herren und Damen: Ein junger Mann steht am Geländer, er weint, seine Schultern zucken; als ich ihn anspreche, sieht er mich verstört an, und plötzlich eilt er in die Kajüte hinunter. Ich folge ihm, aber er ist bereits zu Bett gegangen. Ich lese die Liste der Fahrgäste durch, finde den Namen des Mannes und sehe, daß er nach Hamburg reist. Dies ist am ersten Abend. Von nun ab behalte ich ihn ständig im Auge, ich überrasche ihn an ungewöhnlichen Plätzen und blicke ihm ins Gesicht. Warum tue ich das? Meine Herren und Damen, urteilen Sie selbst! Ich sehe ihn weinen, etwas peinigt ihn fürchterlich, und oft sieht er irr und hingerissen in die Tiefe hinunter. Was geht das mich an? Doch wohl gar nichts, und deshalb urteilen Sie selbst, nehmen Sie sich kein Blatt vor den Mund! Ein paar Tage vergehen, wir haben Gegenwind und hohe See. Nachts um zwei Uhr geht der junge Mann nach achtern. Ich bin schon auf der Lauer und beobachte ihn, der Mond wirft einen gelben Schein auf sein Gesicht. Was jetzt? Er sieht sich nach allen Seiten um, streckt die Arme empor und springt über Bord, die Beine voraus. Einen Schrei jedoch kann er nicht mehr unterdrücken. Bereute er seinen Entschluß? Befiel ihn im letzten Augenblick Angst? Wenn nicht, warum schrie er dann? Meine Damen und Herren, was hätten Sie an meiner Stelle getan? Ich überlasse Ihnen die Entscheidung. Vielleicht würden Sie den ehrlichen, wenn auch ein wenig versagenden Mut eines Unglücklichen respektiert haben und still in Ihrem Versteck liegengeblieben sein. Ich dagegen brülle zum Kapitän auf der Brücke hinauf und springe über Bord, ich auch. Und vor lauter Eile springe ich sogar mit dem Kopf voran. Ich schlage um mich wie ein Rasender, suche nach allen Richtungen und höre, daß oben auf dem Schiff mit Donnerstimme Kommandoworte gerufen werden. Dann stoße ich plötzlich auf seinen einen Arm, er ist ausgestreckt und steif, die Finger sind gespreizt. Er stampft ein wenig mit den Beinen. Gut, ich nehme ihn beim Nacken, er wird schwerer und schwerer, legt sich auf die faule Seite und stampft auch nicht mehr. Schließlich macht er doch einen Ruck, sich zu befreien. Ich werde mit ihm herumgewirbelt, die See geht hoch und schlägt unsere Schädel zusammen, vor meinen Augen dunkelt es. Was sollte ich tun? Ich knirsche mit den Zähnen, fluche in wilden

Tönen und halte den Burschen getreu und beharrlich die ganze lange Zeit am Nacken, bis das Boot endlich herankommt. Was hätten Sie an meiner Stelle getan? Ich rettete ihn wie ein roher und rücksichtsloser Bär, und was weiter? Ja, habe ich es Ihnen nicht schon überlassen, selbst zu urteilen, meine Damen und Herren? Auf mich brauchen Sie durchaus keine Rücksicht zu nehmen. Aber denken Sie sich den Fall, sage ich, dem Mann wäre sehr viel daran gelegen gewesen, nicht in Hamburg zu landen. Da haben wir die Bescherung! Er sollte vielleicht jemand treffen, den er eben nicht treffen wollte. Die Medaille aber ist eine Medaille für verdienstvolle Taten. Und ich trage sie in meiner Tasche herum und werfe sie durchaus nicht vor die Schweine. Auch darüber müssen Sie urteilen, urteilen Sie nur, zum Henker, was bekümmert das mich? Das Ganze geht mich so wenig an, daß ich mich nicht einmal mehr an den Namen des unglücklichen Menschen erinnere, obwohl er ganz gewiß noch heute lebt. Weshalb tat er es? Vielleicht aus hoffnungsloser Liebe, vielleicht ist wirklich eine Frau mit im Spiel gewesen, was weiß ich, es ist ja auch gleichgültig. Basta! ...

Ja, die Frauen, die Frauen! Da haben wir nun zum Beispiel Kamma, die kleine Dänin Kamma. Gott bewahre mich! Zärtlich wie eine kleine Taube, ganz krank vor Zärtlichkeit, und voller Hingabe, aber trotzdem imstande, einem den letzten Schilling herauszulocken, ja einen bis zur Armut auszusaugen, und dies nur, indem sie ihren Kopf listig auf die Seite legt und flüstert: Simonsen, bitte, Simonsen! Na, Gott mit dir, Kamma, du warst voller Hingabe, fahr nun zur Hölle, wir sind quitt ...

Und jetzt stehe ich auf ...

Nein, vor dieser Art muß man sich in acht nehmen. Mein Sohn, hüte dich vor Frauengunst, sagt ein großer Dichter, – oder was nun eben ein großer Dichter sagt. Karlsen war ein schwacher Mann, ein Idealist, der für seine starken Gefühle in den Tod ging, das heißt, für seine dünnen Nerven, was wiederum heißt, aus Mangel an kräftiger Kost und Arbeit im Freien ... hehe, und Arbeit im Freien. „O wäre doch dein Stahl so scharf, wie es dein letztes Nein gewesen!“ Er verdarb sich die ganze gute Nachrede mit dem Zitat eines Dichters. Angenommen, ich hätte Karlsen noch rechtzeitig getroffen, wenn auch am letzten Tag, so doch wenigstens eine halbe Stunde vor der Katastrophe, und er hätte mir da erzählt, daß er in seiner Todesstunde jemand zitieren wollte, hätte ich ihm ungefähr folgendes gesagt: Sehen Sie mich an, ich habe meine vollen fünf Sinne, ich bin im Namen der Menschheit daran interessiert, daß Sie Ihre letzte Stunde nicht mit dem Zitat irgendeines großen Dichters beschmutzen. Wissen Sie, was ein großer Dichter ist? Ein großer Dichter ist ein Mensch, der sich nicht schämt, der sich wirklich nicht schämt. Andere Narren haben Augenblicke, in denen sie im stillen Kämmerlein vor Scham über sich selbst erröten, der große Dichter aber nicht. Sehen Sie mir nun noch einmal in die Augen: Wollen Sie jemand zitieren, so zitieren Sie einen Geographen und stellen Sie sich nicht bloß. Victor Hugo – haben Sie Sinn für das Komische? Baron Lesdain sprach eines Tages mit Victor Hugo. Im Lauf des Gespräches fragte der hinterlistige Baron Lesdain: Wer ist Ihrer Meinung nach Frankreichs größter Dichter? – Victor Hugo schnitt ein Gesicht, biß sich in die Lippe und sagte endlich: Alfred de Musset ist der zweitgrößte! Hehehe. Aber Sie haben vielleicht keinen Sinn für das Komische? Wissen Sie, was Victor Hugo im Jahre 1870 tat? Er schrieb eine Proklamation an die Bewohner der Erde, worin er den deutschen Truppen auf das strengste verbot, Paris zu belagern und zu bombardieren. – Ich habe hier sowohl Enkel wie auch andere Familienmitglieder, ich wünsche nicht, daß diese von Granaten getroffen werden, sagte Victor Hugo.

Aber, was soll denn das, ich habe noch immer keine Stiefel! Wo bleibt denn Sara damit! Es ist bald elf Uhr, und sie hat sie noch immer nicht gebracht.

Also zitieren wir einen Geographen ...

Diese Sara hat übrigens eine herrliche Figur. Wenn sie geht, beben die Hüften genau wie die Lenden einer zum Platzen fetten Stute. Das ist ganz großartig. Ich gäbe etwas darum, wenn ich wüßte, ob sie in ihrem Leben schon einmal verheiratet gewesen ist. Auf jeden Fall kreischt sie nicht sehr, wenn man sie in die Seite pufft, und sie ist wohl zu allem möglichen aufgelegt. Ich habe einmal eine Ehe gesehen, sozusagen miterlebt! Hm. Meine Herren und Damen, das war an einem Sonntagabend auf einer Bahnstation in Schweden, auf der Station Kungsbacka. Darf ich Sie bitten, genau zu beachten, daß es an einem Sonntagabend war. Sie hatte große weiße Hände, er eine nagelneue Kadettenuniform und noch keinen Schnurrbart, so jung war er noch. Sie fuhren zusammen nach Göteborg, und jung war auch sie, sie waren alle beide reine Kinder. Ich beobachtete sie, hinter meiner Zeitung versteckt; sie waren vollkommen hilflos, weil ich dabeisaß. Die ganze Zeit sahen sie einander an. Das Mädchen hatte blanke Augen und konnte nicht still sitzen. Vor Kungsbacka pfiff der Zug. Er ergriff ihre Hand, sie verstanden einander, und sobald der Zug anhielt, sprangen sie beide eiligst hinaus. Nun läuft sie zu dem Häuschen „Für Frauen“, und er schreitet ihr nach, dicht hinterher, – bei Gott, er irrt sich, er geht zu den „Frauen“ hinein, er auch! Und hastig schließen sie die Türe hinter sich.

Im selben Augenblick beginnen die Kirchenglocken in der Stadt oben zu läuten, denn es war Sonntagabend. Unter vollem Glockengeläute waren sie da drinnen. Drei Minuten, vier Minuten, fünf Minuten vergehen. Wo bleiben sie? Die Glocken läuten immer noch, Gottvater mag wissen, ob sie nicht zu spät kommen! Da öffnet er endlich die Türe und schaut heraus. Er ist barhäuptig, sie steht dicht hinter ihm und setzt ihm die Mütze auf, er dreht sich zu ihr um und lächelt. Dann springt er über die Treppe hinunter, sie kommt nach, noch an ihren Kleidern nestelnd, und als sie den Zug erreichten und ihre Plätze einnahmen, hatte keine Seele sie beobachtet, nein, niemand außer mir. Die Augen des Mädchens waren ganz golden, sie sah mich an und lächelte. Aber ihre kleine Brust hüpfte hoch auf und nieder, auf und nieder. Einige Minuten später waren sie beide eingeschlafen. Sie starben weg, wo sie saßen, so herrlich müde waren sie.

Wie finden Sie dies, meine Herren und Damen? Meine Erzählung ist zu Ende. Ich übergehe die vortreffliche Dame dort, die mit dem Zwicker und dem steifen Herrenkragen, das heißt, die mit den blauen Strümpfen. Ich wende mich an jene zwei oder drei unter Ihnen, die ihre Tage nicht mit zusammengebissenen Zähnen und in gemeinnütziger Wirksamkeit verbringen. Entschuldigen Sie, wenn ich jemand verletzt habe, ich bitte ganz besonders die verehrte Dame mit dem Zwicker und den blauen Strümpfen um Vergebung. Sehen Sie, jetzt erhebt sie sich, sie erhebt sich. Bei Gott. Entweder geht sie nun ihres Weges oder sie will jemand zitieren. Und wenn sie jemand zitieren will, so will sie mich damit widerlegen. Aber wenn sie mich widerlegen will, wird sie ungefähr so sagen: Hm, wird sie sagen, dieser Herr hat die roheste Vorstellung vom Leben, die ich je angetroffen habe, und wie sie nur einem Mann möglich ist. Heißt *das* leben? Ich weiß nicht, ob diesem Herrn vollkommen unbekannt ist, was einer der größten Denker der Welt über das Leben gesagt hat: Leben – ein Krieg mit den Wichten in unserem Herzen und Hirn, sagt er ...

Leben – ein Krieg mit den Wichten, ja. In unserem Herzen und Hirn. Das stimmt. Meine Herren und Damen, der Norweger Per Postillon fuhr eines Tages einen großen Dichter. Während sie nun fuhren, fragte der einfältige Per Postillon: Mit Verlaub, was ist das nun eigentlich, das Dichten, nach Ihrer Meinung? – Der große Dichter formt einen zusammengekniffenen Mund, strafft seine Vogelbrust zum äußersten auf und bringt folgende Worte hervor: Dichten – sich selber richten, mit unbefangener Stirn. – Worauf sich der Norweger Per Postillon in jeder Faser getroffen fühlt.

Elf Uhr. Die Stiefel, zum Teufel, wo bleiben die Stiefel? ... Nun, wenn man aber alle und jeden angreifen wollte –

Eine hohe, bleiche Dame, schwarz gekleidet und mit dem rosigsten Lächeln, wollte mein Bestes und zog mich am Ärmel, um mir Einhalt zu tun. Bringen Sie selbst eine solche Bewegung zustande wie dieser Dichter, sagte sie, dann haben Sie wenigstens das Recht, mitzureden.

Hehe, antwortete ich. Ich, der ich nicht einmal einen Dichter kenne und niemals mit einem gesprochen habe; ich, der ich Agronom bin und von klein auf mein Leben mit Guano verbracht habe, ich, der nicht einmal einen Sonnenschirm andichten konnte, nicht zu reden vom Tod und vom Leben und dem ewigen Frieden!

Ja, ja, oder wie ein anderer großer Mann, sagt sie dann. Sie machen sich wichtig und reißen alle großen Männer herunter. Aber die großen Männer stehen immer noch und werden stehenbleiben, solange Sie leben, das werden Sie sehen.

Meine gnädige Frau, antwortete ich, und ich beugte ehrfürchtig meinen Kopf; meine gnädige Frau, du großer Gott, wie halbgebildet, wie entsetzlich halbgebildet klingt das, was Sie da sagen. Entschuldigen Sie übrigens, daß ich so frei herausrede; aber wären Sie ein Mann und keine Frau, so würde ich auf meine Seligkeit schwören, daß Sie zur Linken gehören. Ich reiße nicht alle großen Männer herunter, aber ich beurteile doch nicht die Größe eines Mannes nach dem Umfang der Bewegung, die er hervorruft, ich beurteile ihn aus mir selbst heraus, aus dem Ermessen meines kleinen Gehirns, aus meinem seelischen Schätzungsvermögen heraus. Ich beurteile ihn sozusagen nach dem Geschmack, der mir von seiner Wirksamkeit auf der Zunge bleibt. Das ist keine Wichtigtuerei, es ist ein Ausschlag der subjektiven Logik meines Blutes, es kommt nicht vor allem darauf an, eine Bewegung hervorzurufen, in der Gemeinde Höivaag bei Lillesand Kingo durch Landstad verdrängen zu lassen. Es handelt sich durchaus nicht darum, einen Aufruf unter einer Schar von Juristen, Lehrerinnen, Journalisten oder galiläischen Fischern zu machen oder eine Schrift über Napoleon le petit herauszugeben. Es kommt darauf an, auf die *Macht* einzuwirken und sie zu erziehen, auf die Auserwählten und Überlegenen, die Herrenmenschen, die Großen, Kaiphas, Pilatus und den Kaiser. Was hülfe es, auf das Pack Einfluß zu haben, wenn ich trotzdem dem Kreuze überantwortet würde? Man kann das Pack so zahlreich machen, daß es mit den Krallen ein Stück Herrentum an sich reißt; man kann ihm ein Schlächtermesser in die Hand geben und ihm gebieten zu stechen und zu morden, und man kann es wie die Esel vor sich hertreiben, um bei einer Abstimmung die Oberhand zu gewinnen. Aber den *Sieg* gewinnen, im geistigen Sinn gewinnen, die Welt um Fußbreite vorwärtsbringen, – nein, das kann das Pack nicht. Die großen Männer sind vortreffliche Konversationsthemen, aber der hohe Mann, die hohen Männer, die Herren, die Weltgeister zu Pferde, die müssen sich erst lang besinnen, bevor sie wissen, wer gemeint ist, wenn von den großen Leuten gesprochen wird. Da bleibt dann das große Mannsbild zurück und wird vom großen Haufen, der wertlosen Majorität, dem Juristen, der Lehrerin, dem Journalisten und dem Kaiser von Brasilien bewundert.

Nun, meinte die gnädige Frau ironisch ... Der Vorstand klopft auf den Tisch und bittet um Ruhe, aber die Dame sagt beharrlich: Nun, da Sie aber nicht *alle* großen Männer angreifen, müßten Sie doch einige oder wenigstens einen nennen können, der auch vor Ihren Augen Gnade findet. Das zu hören wäre amüsant.

Da antworte ich:

Das könnte ich wohl. Jedoch, Sie würden mich zu brutal beim Wort nehmen. Wenn ich nun einen oder zwei oder zehn nennte, so würden Sie nur glauben, daß ich außer diesen keine andern mehr wüßte. Und im übrigen, wozu sollte das Ganze dienen? Ließe ich Ihnen zum Beispiel die Wahl zwischen Leo Tolstoi, Christus und Immanuel Kant, würden sogar Sie sich bedenken, ehe Sie den richtigen von diesen auswählten. Vielleicht sagten Sie, alle drei seien große Männer gewesen, jeder in einer Art, und darin wäre die ganze liberale und fortschrittliche Presse mit Ihnen einig ...

Ja, wer ist nun also Ihrer Meinung nach der Größte von diesen? unterbricht sie mich.

Meiner Meinung nach, gnädige Frau, ist nicht der Größte, der den größten Umsatz erzielt, obwohl dies ja immer den meisten Lärm in der Welt machen wird. Nein, die Stimme *meines* Blutes sagt mir, daß *der* der größte ist, der dem Dasein am meisten Grundwert gegeben hat, den meisten positiven Vorteil. Der große Terrorist ist am größten, seine Dimension ist die unerhörte Hebelkraft, die Weltkörper zu heben vermag.

Aber von den drei genannten ist es doch wohl Christus, der ...?

... ist es Christus, ja! beeile ich mich zu sagen. Da haben Sie ganz recht, gnädige Frau, und es freut mich, daß wir uns doch in diesem Punkt einig sind ... Nein, überhaupt halte ich von der Gabe, Umsatz zu erzielen, von der Verkündergabe sehr wenig, von dieser rein formellen Begabung, immer das rechte Wort im Maul zu haben. Was ist ein Verkünder, ein berufsmäßiger Verkünder? Ein Mann, der den negativen Nutzen eines Zwischenhändlers hat, ein Agent in Waren. Und je mehr er in Waren macht, desto größere Weltberühmtheit erlangt er! Hehe, so ist es, je marktschreierischer er ist, desto mehr kann er sein Geschäft erweitern. Aber welchen Wert hat es, meinem guten Nachbar Ola Nordistuen Fausts Ansichten über das Dasein zu verkünden! Wird das vielleicht die Denkungsart des kommenden Jahrhunderts verändern?

Aber wie soll es denn Ola Nordistuen ergehen, wenn keiner ...?

Ach, zum Teufel mit Ola Nordistuen! unterbrach ich sie. Ola Nordistuen hat in dieser Welt nichts anderes zu tun, als umherzugehen und auf sein seliges Ende zu warten, das heißt, je früher, je lieber sich zu drücken. Ola Nordistuen ist dazu da, die Erde zu düngen, er ist der Soldat, über den Napoleon mit beschlagenem Pferde hinwegreitet, das ist Ola Nordistuen – daß Sie es wissen! Ola Nordistuen ist, der Teufel hol mich, nicht einmal ein Anfang, von einem Ende gar nicht zu reden; er ist nicht einmal ein Komma in dem großen Buch, sondern nur ein Flecken im Papier. Das ist Ola Nordistuen ...

Schweigen Sie! Um Gottes willen! sagt die Dame erschreckt und sieht zum Vormann hin, ob er mich nicht hinauswerfen lassen wird.

Gut! antworte ich, hehehe, gut, ich werde nichts mehr sagen. Gleichzeitig aber fällt mein Blick auf ihren schönen Mund, und ich füge hinzu:

Entschuldigen Sie, meine gnädige Frau, daß ich Sie mit solchem Unsinn und Geschwätz so lange aufgehalten habe. Dürfte ich Ihnen aber wenigstens für Ihre gute Absicht danken? Wenn Sie lächeln, ist Ihr Mund so wunderbar schön. Leben Sie wohl.

Nun aber errötet sie über das ganze Gesicht und lädt mich zu sich ein. Einfach heim in ihr Haus. Zu sich. Hehehe. Sie wohnt in der und der Straße, die und die Nummer. Sie möchte gerne noch ein wenig länger mit mir über dies alles sprechen, sie sei nicht einig mit mir und hätte vieles einzuwenden. Wenn ich morgen abend käme, würde sie ganz allein sein. Ob ich also morgen abend kommen wolle? Danke. Auf Wiedersehen also.

Und dann wollte sie doch nichts anderes von mir, als mir eine neue weiche Decke zeigen, ein nationales Muster, ein Gewebe aus dem Hallingtal.

Und draußen scheint die Sonne ...

Er sprang aus dem Bett, zog die Vorhänge auf und sah hinaus. Die Sonne schien auf den Markt, es war schönes Wetter. Er klingelte. Er wollte Saras Nachlässigkeit mit den Schuhen benützen, ihr heute ein wenig näherzukommen. Wir wollen sehen, aus welchem Stoff dieses Drontheimer Mädchen mit den sinnlichen Augen gemacht ist. Es ist gewiß nur Humbug.

Er nahm sie einfach um den Leib.

So lassen Sie mich doch! sagte sie zornig und stieß ihn fort.

Da fragte er kalt:

Warum habe ich meine Stiefel nicht früher bekommen?

Ach ja, entschuldigen Sie nur, antwortete Sara. Wir haben heute Wäsche und so viel zu tun.

Bis zwölf Uhr hielt er sich daheim auf, dann ging er auf den Kirchhof zum Begräbnis von Karlsen. Wie gewöhnlich hatte er den gelben Anzug an.

5

Als Nagel auf den Friedhof kam, war noch niemand zu sehen. Er ging zum Grab und schaute hinunter; auf dem Grunde lagen zwei weiße Blumen. Wer hatte sie hinabgeworfen, und in welcher Absicht war dies wohl geschehen? Diese weißen Blumen habe ich schon früher einmal gesehen, dachte er. Plötzlich fiel ihm ein, daß er noch nicht rasiert sei. Er sah auf die Uhr, überlegte einen Augenblick und ging dann schnell wieder in die Stadt zurück. Mitten auf dem Marktplatz sah er den Bevollmächtigten auf sich zukommen. Nagel steuerte gerade auf ihn los und sah ihn an, aber keiner der Herren sagte etwas, auch grüßten sie einander nicht. Nagel ging zum Barbier. Im selben Augenblick begannen die Kirchenglocken zum Begräbnis zu läuten.

Er ließ sich reichlich Zeit, sprach mit niemand, sagte kein Wort, betrachtete dagegen mehrere Minuten lang die Bilder an den Wänden, ging von Wand zu Wand und sah sich jedes einzelne genau an. Endlich kam er an die Reihe und legte sich in den Stuhl.

Als er fertig war und eben auf die Straße hinaustrat, erblickte er den Bevollmächtigten, der umgekehrt zu sein schien und nun auf etwas wartete. In der linken Hand trug er einen Stock. Sobald sein Blick auf Nagel fiel, nahm er ihn in die rechte und begann ihn zu schwingen. Beide gingen langsam aufeinander zu. – Als ich ihn vorhin traf, hatte er noch keinen Stock, dachte Nagel. Dieser Stock ist nicht neu; er hat ihn nicht gekauft, sondern zu leihen genommen. Er ist aus spanischem Rohr.

Als sie Seite an Seite gekommen waren, blieb der Bevollmächtigte stehen. Auch Nagel stand sofort still; beide hielten sie beinahe gleichzeitig an. Dann schob Nagel seine Samtmütze vor, wie um sich im Nacken zu kratzen, und setzte sie wieder auf. Der Bevollmächtigte dagegen stemmte seinen Stock fest auf das Steinpflaster und lehnte sich darauf zurück. So stand er einige Sekunden und sagte immer noch nichts. Plötzlich richtete er sich auf, wandte Nagel den Rücken und ging seines Weges. Schließlich sah Nagel ihn um die Ecke beim Friseur verschwinden.

Dieser stumme Auftritt spielte sich in Anwesenheit mehrerer Leute ab. Unter anderem hatte auch ein Mann, der mit Losen hausierte, das Ganze gesehen. Ein wenig entfernt von ihm saß ein Gipsfigurenhändler, und auch dieser hatte den seltsamen Auftritt beobachtet. In dem Figurenhändler erkannte Nagel einen der Gäste wieder, die die Szene im Café am Abend vorher miterlebt und dann dem Wirt gegenüber seine Partei ergriffen hatten.

Als Nagel zum zweiten Mal in den Friedhof kam, hielt der Pfarrer bereits seine Rede. Es war schwarz von Menschen. Nagel ging bis zum Grab, ließ sich dann aber abseits auf einer großen, neuen Marmorplatte nieder, die folgende Inschrift trug: „Wilhelmine Meek. Geboren den 20. Mai 1873, gestorben den 16. Februar 1891.“ Sonst nichts. Die Platte schien noch ganz neu zu sein, die Erde ringsum war erst vor kurzem festgestampft worden.

Er winkte einen kleinen Jungen zu sich heran.

Siehst du den Mann dort, den mit dem braunen Rock? fragte er.

Ja, den mit der Mütze? Das ist Minute.

Geh hin und bitte ihn herzukommen.

Und der Junge ging. Als Minute kam, erhob sich Nagel, reichte ihm die Hand und sagte:

Guten Tag, lieber Freund. Es freut mich, Sie wiederzusehen. Haben Sie die Jacke bekommen?

Die Jacke? Nein, noch nicht. Aber die bekomme ich schon, antwortete Minute. Vielen Dank für gestern – und Dank für alles! Ja, ja, heute begraben wir Karlsen! Ja, in Gottes Namen, wir müssen uns dareinfinden.

Sie setzten sich beide auf die neue Marmorplatte und sprachen miteinander. Nagel zog einen Bleistift aus der Tasche und begann etwas auf die Platte zu schreiben.

Wer liegt hier begraben? fragte er.

Wilhelmine Meek. Wir nannten sie übrigens der Kürze halber nur Mina Meek. Sie war beinahe noch ein Kind; ich glaube nicht, daß sie schon zwanzig Jahre alt war.

Nein, sie war nicht einmal achtzehn, der Inschrift nach zu schließen. War sie ein guter Mensch, sie auch?

Sie sagen das so sonderbar; wieso ...

Ich habe nur die schöne Eigenschaft an Ihnen bemerkt, daß Sie über alle Menschen Gutes sprechen, wer es auch sein mag.

Hätten Sie Mina Meek gekannt, würden Sie dies sicher auch tun. Sie war ein ganz ungewöhnlich guter Mensch. Wenn jetzt jemand Gottes Engel ist, so ist sie es.

War sie verlobt?

Verlobt? Nein, nein. Nicht daß ich wüßte. Nein, sicher nicht; sie betete immer und sprach laut mit Gott, oft mitten auf der Straße, so daß die Leute es hörten und stehenblieben. Alle hatten Mina Meek gerne.

Nagel steckte den Bleistift in die Tasche. Auf der Platte stand jetzt ein Vers, er nahm sich auf dem weißen Marmor schlecht aus.

Minute sagte:

Sie erregen viel Aufsehen. Ich stand dort drüben und hörte der Rede zu; aber ich bemerkte, daß mindestens die Hälfte des Gefolges sich mit Ihnen beschäftigte.

Mit mir?

Ja. Mehrere flüsterten und fragten einander, wer Sie seien. Nun sehen sie herüber.

Wer ist die Dame mit der großen schwarzen Feder auf dem Hut?

Die mit dem weißen Schirmstock? Das ist Fredrikke Andresen, Fräulein Fredrikke, von der ich Ihnen erzählte. Und jene, die neben ihr steht, die eben zu uns hersieht, ist die Tochter des Polizeimeisters; sie heißt Fräulein Olsen, Gudrun Olsen. Ja, ich kenne sie alle. Dagny Kielland ist auch hier; sie hat heute ein schwarzes Kleid an, und das steht ihr beinahe besser als irgend etwas anderes; haben Sie sie gesehen? Ja, heute haben übrigens alle schwarze Kleider an, das ist selbstverständlich; ich sitze hier und schwatze. Sehen Sie den Herrn dort mit dem blauen Frühjahrsmantel und der Brille? Das ist Doktor Stenersen. Er ist nicht Distriktsarzt hier, er ist nur praktizierender Arzt und hat sich erst im vorigen Jahr verheiratet. Seine Frau steht ein wenig weiter weg. Können Sie die kleine dunkle Dame mit der Seidenkante am Mantel sehen? Das ist seine Frau. Sie ist etwas kränklich und muß immer warm angezogen sein. Dort kommt auch der Bevollmächtigte ...

Nagel fragte:

Können Sie mir Fräulein Kiellands Verlobten zeigen?

Leutnant Hansen? Nein. Er ist nicht hier, er ist auf der Seereise; er reiste schon vor mehreren Tagen ab, gleich nach seiner Verlobung.

Nach einigem Schweigen sagte Nagel:

Auf dem Grunde des Grabes lagen zwei Blumen, zwei weiße Blumen – wissen Sie, woher die sein können?

Doch, antwortete Minute. Das heißt ... ist dies eine direkte Frage? ... Es ist eine Schande, das zu erzählen; vielleicht wäre es mir möglich gewesen, sie auf dem Sarg anzubringen, wenn ich darum gebeten und sie nicht auf diese Weise weggeworfen hätte; aber was würden dort auch zwei Blumen noch ausgemacht haben? Und wo ich sie auch angebracht hätte, es wären doch nicht mehr als zwei Blumen gewesen. Da stand ich lieber heute morgen kurz nach drei Uhr auf, ich darf wohl sagen, heute nacht, und legte sie ins Grab. Ich war auch ganz auf dem Grunde unten und legte sie zurecht und sagte ihm dabei zweimal laut Lebewohl. Dies machte einen so starken Eindruck auf mich, daß ich danach in den Wald gehen und mir vor Schmerz die Hände vor die Augen halten mußte. Es ist seltsam, sich von jemand für immer zu trennen, und obwohl Jens Karlsen in jeder Beziehung hoch über mir stand, ist er mir doch ein guter Freund gewesen.

Diese Blumen waren also von Ihnen?

Ja, sie waren von mir. Aber ich möchte mich nicht damit brüsten. Gott sei mein Zeuge. Eine solche Bagatelle ist auch nicht der Rede wert. Ich kaufte sie gestern abend, nachdem ich Sie verlassen hatte. Mein Onkel überließ mir eine halbe Krone, als ich ihm Ihr Geld brachte; er war so glücklich, daß er mich beinahe umgerissen hätte. Ja, er kommt sicher eines Tages selbst, um Ihnen zu danken; doch, doch, ganz gewiß, das tut er. Aber als ich diese halbe Krone bekam, dachte ich plötzlich daran, daß ich zum Begräbnis noch keine Blumen besorgt hatte, und ging gleich zum Kai hinunter ...

Zum Kai hinunter?

Ja, zu einer Dame, die da unten wohnt.

In einem kleinen Haus, das nur ein Erdgeschoß hat?

Ja.

Hat diese Dame weißes Haar?

Ja, ganz weißes Haar; haben Sie sie schon gesehen? Es ist die Tochter eines Schiffskapitäns, im übrigen aber ist sie sehr arm. Zuerst wollte sie meine halbe Krone nicht annehmen, ich legte sie aber doch auf einen Stuhl, obwohl sie sich sträubte und mehrere Male nein sagte. Sie ist so verschämt und leidet gewiß oftmals um ihrer Bescheidenheit willen Not.

Wissen Sie, wie sie heißt?

Martha Gude.

Martha Gude.

Nagel zog sein Notizbuch hervor, schrieb ihren Namen auf und sagte:

War sie verheiratet? Ist sie Witwe?

Nein. Als ihr Vater noch ein Schiff führte, reiste sie lange Zeit mit ihm; aber seit er gestorben ist, wohnt sie hier.

Hat sie denn keine Verwandten?

Das weiß ich nicht. Nein, kaum.

Wovon lebt sie denn?

Gott mag wissen, wovon sie lebt. Das weiß niemand. Sie bekommt aber übrigens sicher eine kleine Armenunterstützung.

Hören Sie, Sie sind also bei dieser Dame gewesen, dieser Martha Gude, wie sieht es bei ihr aus?

Wie soll es in einer alten, ärmlichen Stube aussehen? Ein Bett, ein Tisch, ein paar Stühle; drei Stühle, glaube ich, denn in dem Winkel beim Bett steht auch einer: der ist mit rotem Plüsch bezogen und muß an der Wand lehnen, sonst kann er nicht stehen, so schlecht ist er. Sonst habe ich nichts mehr bemerkt.

Ist wirklich nichts mehr da? Hängt nicht eine Uhr an der Wand, ein altes Bild oder sonst etwas?

Nein. Warum fragen Sie danach?

Der Stuhl, der nicht mehr stehen kann, ich meine den mit dem roten Plüsch, wie sieht der aus? Ist er sehr alt? Weshalb steht er denn beim Bett? Kann man noch darauf sitzen? Ist es ein Stuhl mit einer hohen Lehne?

Ja, mit einer hohen Lehne, glaube ich, ich erinnere mich nicht mehr genau daran.

Am Grab begann man zu singen. Die letzten drei Schaufeln Erde waren hinuntergeworfen worden. Als auch der Gesang zu Ende war, blieb es noch einen Augenblick vollkommen still; dann begannen die Leute sich nach allen Seiten zu zerstreuen. Der größte Teil ging durch den Kirchhof zu der großen Pforte, andere blieben stehen und sprachen leise miteinander. Eine Gruppe von Herren und Damen schlugen den Weg ein, der an Minute und Nagel vorbeiführte, alles miteinander junge Leute, Damen mit blanken, erstaunten Augen, die die beiden musterten. Dagny Kielland errötete stark, sie hielt die Augen geradeaus gerichtet und sah weder nach rechts noch nach links; auch der Bevollmächtigte sah nicht auf, er sprach gedämpft mit einer der Damen.

Als sie eben vorübergingen, blieb Doktor Stenersen stehen. Er winkte Minute, der sich erhob.

Nagel blieb allein zurück.

Möchten Sie nicht diesen Herrn bitten ... hörte er den Doktor sagen; mehr hörte er nicht. Aber kurz darauf wurde sein Name ziemlich laut genannt, und er erhob sich. Er nahm seine Mütze tief ab und grüßte.

Der Doktor bat um Entschuldigung; er habe von einer Dame, von einer der Damen seiner Begleitung, von Fräulein Meek, den peinlichen Auftrag erhalten, die Herren zu bitten, ein wenig vorsichtig mit diesem Stein, mit dieser Grabplatte umzugehen. Die Platte sei neu, sie sei eben angebracht worden, das Fundament noch frisch, das Erdreich noch ganz weich, das Ganze könne leicht zusammengedrückt werden, ehe man sich's versähe. Es sei die Schwester der Verstorbenen, die darum ersuchen lasse.

Nagel bat vielmals um Verzeihung. Es sei eine Gedankenlosigkeit von ihm gewesen, eine Nachlässigkeit. Und er verstünde die Besorgnis der Dame wegen des Steines vollkommen. Er danke dem Doktor auch bestens.

Unterdessen hatten sie begonnen weiterzugehen. Als sie zur Pforte gekommen waren, sagte Minute Lebewohl, und der Doktor und Nagel blieben allein. Erst jetzt stellten sie sich einander vor.

Der Doktor fragte:

Und nun wollen Sie wohl für einige Zeit hierbleiben?

Ja, antwortete Nagel. Man muß doch der Mode folgen, im Sommer auf dem Lande zu wohnen und Ferien zu machen, um sich für den Winter zu stärken und dann wieder anpacken zu können ... Sie haben hier eine nette kleine Stadt.

Woher sind Sie? Ich denke soeben über Ihren Dialekt nach.

Eigentlich stamme ich aus Finnmarken, ich bin Kvaene. Ich habe aber überall gelebt, ein wenig hier und ein wenig dort.

Kommen Sie jetzt aus dem Ausland?

Nur aus Helsingfors.

Nun unterhielten sie sich zunächst von gleichgültigen Dingen, bald aber gerieten sie auf andere Fragen, kamen auf die Wahlen, die Mißernte in Rußland, die Literatur und den verstorbenen Karlsen zu sprechen.

Was ist nun Ihre Ansicht, haben Sie heute einen Selbstmörder begraben? fragte Nagel.

Der Doktor konnte es nicht sagen, wollte es nicht sagen. Es gehe ihn nichts an, er möge sich deshalb auch nicht hineinmischen. Behauptet würde so vieles. Im übrigen aber, warum sollte es kein Selbstmörder gewesen sein? Alle Theologen müßten sich umbringen.

Warum eigentlich?

Warum? Weil ihre Rolle ausgespielt sei, denn unser Jahrhundert habe sie überflüssig gemacht. Das Volk habe begonnen selbst zu denken, und das religiöse Gefühl sei mehr und mehr verwischt worden.

Links! dachte Nagel. Er könne nicht begreifen, meinte er, welch ein Gewinn es für den Menschen sei, daß man alle Symbole, alle Poesie vernichte. Es dürfte übrigens noch die Frage sein, ob das Jahrhundert alle Theologen überflüssig gemacht habe, zumal das religiöse Gefühl eben *nicht* im Rückgang sei ...

Sicher nicht in den niederen Schichten des Volkes – obwohl auch hier mehr und mehr –; aber bei aufgeklärten Menschen sei es unbedingt im Abnehmen.

Ach, sprechen wir nicht mehr davon, brach der Doktor plötzlich ab; wir stehen auf einem zu verschiedenen Standpunkt. Er sei Freidenker, er habe diese Einwände schon unzählige Male gehört. Und hatte es ihn bekehrt? Zwanzig Jahre lang sei er der gleiche geblieben. Als Arzt habe er den Leuten die „Seele“ löffelweise herausgenommen! Nein, dem Aberglauben sei er entwachsen ... Was sagen Sie zu den Wahlen?

Die Wahlen? Nagel lachte. Ich hoffe das Beste, antwortete er.

Ja, ich auch, sagte der Doktor. Es wäre eine Schande, wenn das Ministerium für ein so durch und durch demokratisches Programm nicht die Mehrheit bekäme. Er sei links und radikal, sei es, seit er ein wenig Verstand habe. Er hege die größte Furcht für den Wahlkreis Buskerud, den Wahlkreis Smaalenene müsse er aufgeben. Die Sache ist die, meinte er dann, daß wir auf der linken Seite zuwenig klingende Münze besitzen. Sie und andere, die jetzt Geld haben, Sie müßten uns unterstützen. Jetzt gilt es doch wahrlich die Zukunft des ganzen Landes.

Ich? Habe ich so viel Geld? fragte Nagel. Ach, damit ist es nicht weit her.

Ja, ja, wenn Sie auch nicht gerade Millionär sind. Irgend jemand erzählte, daß Sie ein reiner Geldmensch seien, daß Sie zum Beispiel ein Landgut für zweiundsechzigtausend Kronen hätten.

Hehehe, so etwas ist mir auch noch nicht vorgekommen. Tatsache ist, daß ich in diesen Tagen ein kleines mütterliches Erbe erhalten habe, ein paar tausend Kronen. Das ist das Ganze. Aber ein Landgut besitze ich nicht, das ist eine Mystifikation.

Sie waren bis zum Haus des Doktors gekommen, einem gelbgestrichenen, einstöckigen Haus mit Veranda. Die Farbe war an mehreren Stellen abgeblättert, die Dachrinnen hingen in Fetzen herab. Im obersten Stock fehlte eine Scheibe, und die Vorhänge waren durchaus nicht sauber. Nagel fühlte sich von dem unordentlichen Aussehen des Hauses unangenehm berührt und wollte gleich umkehren; aber der Doktor sagte:

Wollen Sie nicht mit hereinkommen? Nicht? Dann hoffe ich Sie später einmal bei uns zu sehen. Meine Frau und ich würden uns sehr freuen. Wollen Sie nicht jetzt mit hereinkommen und sie begrüßen?

Ihre Gattin war doch mit auf dem Friedhof? Sie ist wohl kaum schon heimgekommen.

Da haben Sie freilich recht; sie ging mit den anderen. Na ja, sehen Sie ein anderes Mal herein, wenn Sie wieder vorbeikommen.

Nagel ging zum Hotel zurück; aber als er eben eintreten wollte, kam ihm ein Einfall. Er knipste mit den Fingern, schlug ein kleines, kurzes Gelächter auf und sagte laut: Jetzt möchte ich nur gerne wissen, ob der Vers noch dort steht! Damit ging er wieder zum Friedhof hinauf und blieb vor Mina Meeks Grabstein stehen. Nirgends war ein Mensch zu sehen. Der Vers aber war weggewischt. Wer hatte das getan? Von den Buchstaben war keine Spur zurückgeblieben.

6

Am nächsten Morgen befand sich Nagel in einer zarten und frohen Stimmung. Sie war, noch während er im Bett lag, über ihn gekommen, und es schien, als ob sich die Decke seines Zimmers plötzlich höbe und höbe, ins Unendliche emporhöbe und zu einem fernen, klaren Himmelsgewölbe würde. Und auf einmal fühlte er einen milden, süßen Wind über sich, als läge er draußen im grünen Gras. Auch die Fliegen summten im Zimmer umher. Es war ein warmer Sommermorgen.

Er schlüpfte rasch in die Kleider, verließ, ohne zu essen, das Hotel und schlenderte in die Stadt. Es war elf Uhr.

Aus jedem Haus ertönte bereits Klavierspiel, von Stadtviertel zu Stadtviertel hörte man verschiedene Melodien durch die offenen Fenster, und auf der Straße antwortete ein nervöser Hund laut und mit langgezogenem Geheul. Nagel wurde von einem hellen Behagen erfüllt, unwillkürlich begann er leise vor sich hin zu singen, und als er an einem alten Mann vorbeiging, der ihn grüßte, nahm er die Gelegenheit wahr, ihm einen Schilling in die Hand zu drücken.

Er kommt an ein großes, weißes Haus. Im ersten Stock wird ein Fenster geöffnet, eine weiße, schlanke Hand hängt den Haken ein. Der Vorhang bewegt sich noch, die Hand ruht noch auf dem Haken, und Nagel hat das Gefühl, daß jemand hinter dem Vorhang stehe und ihn beobachte. Er hielt an und starrte hinauf, über eine Minute stand er auf seinem Posten, aber niemand kam zum Vorschein. Auf dem Schild vor der Tür stand: F. M. Andresen. Dänisches Konsulat.

Eben wollte Nagel gehen, als er sich aber noch einmal umwandte, streckte Fräulein Fredrikke ihr langes vornehmes Gesicht heraus und sah ihm mit erstaunten Augen nach. Wieder blieb er stehen, die Blicke trafen sich, ihre Wangen begannen sich zu färben. Und wie um ihm Trotz zu bieten, zog sie die Ärmel ein wenig hinauf und lehnte sich auf den Ellbogen ins Fenster. So verharrte sie lange. Nichts schien sich ändern zu wollen, und schließlich mußte Nagel ein Ende machen und gehen. Im gleichen Augenblick fuhr ihm eine merkwürdige Frage durch den Kopf. Ob die junge Dame wohl hinter dem Fenster auf den Knien lag? In diesem Fall – dachte er – sind die Zimmer in der Wohnung des Konsuls ziemlich niedrig, da das Fenster kaum über sechs Fuß hoch ist und nur einen Fuß breit unterhalb des Daches anfängt. Er mußte selbst über diesen merkwürdigen Gedanken lachen; was zum Teufel ging ihn Konsul Andresens Wohnung an!

Und er schlenderte weiter.

Unten am Hafen war die Arbeit in vollem Gang. Speicherleute, Zollbeamte und Fischer liefen durcheinander, ein jeder war mit dem Seinen beschäftigt. Das Gangspill rasselte, zwei Dampfschiffe pfiffen beinahe gleichzeitig zur Abfahrt. Die See war ganz glatt, die Sonne lag darauf und verwandelte das Wasser in eine einzige goldene Platte, in die Schiffe und Boote bis zum Bug eingeschmolzen zu sein schienen. Von einem ungeheuren Dreimaster weit draußen hörte man einen erbärmlichen Leierkasten, und wenn die Dampfpfeifen und das Gangspill einen Augenblick schwiegen, tönte dessen traurige Melodie wie die bebende, verhauchende Stimme eines verzagenden Mädchens herüber. An Bord des Dreimasters trieb man seinen Scherz mit dem Leierkasten und begann nach seinem rührenden Gesang Polka zu tanzen.

Nagels Blick fiel auf ein Kind, ein ganz kleines Mädchen, das dastand und eine Katze an sich preßte. Die Katze hing ganz geduldig herunter, und ihre Hinterbeine ruhten beinahe auf der Erde, sie rührte sich nicht. Nagel streichelte dem Mädchen die Wange und sagte:

Ist das deine Katze?

Ja. Zwei, vier, sechs, sieben.

Ach, zählen kannst du auch?

Ja. Sieben, acht, elf, zwei, vier, sechs, sieben.

Er ging weiter. In der Richtung des Pfarrhofes taumelte eine weiße Taube sonnentrunken vom Himmel herab und verschwand hinter den Baumwipfeln; sie sah aus wie ein schimmernder Silberpfeil, der in der Ferne zur Erde fiel. Irgendwo wurde ein kurzer, beinahe lautloser Schuß gelöst, und bald darauf stieg aus dem Wald auf der anderen Seite der Bucht ein Schweif von blauem Rauch auf. Als er zur letzten Hafenbrücke gekommen und einige Male auf dem verlassenen Kai auf und ab gegangen war, schritt er, ohne darüber nachzudenken, die Höhe hinauf und in den Wald hinein. Er ging wohl eine gute halbe Stunde immer tiefer und tiefer in den Wald und hielt schließlich auf einem kleinen Steig an. Alles war still. Nicht einmal ein Vogel war zu sehen, und am Himmel stand keine Wolke. Er ging noch ein paar Schritte vom Weg ab, suchte sich einen trockenen Fleck und legte sich der ganzen Länge nach auf den Rücken. Zur Rechten hatte er den Pfarrhof, zur Linken die Stadt und über sich das unendliche Meer des blauen Himmels.

Wer nun da oben sein, sich zwischen Sonnen herumtreiben könnte und Kometenschweife um seine Stirne fächeln fühlte! Wie klein war doch die Erde und wie winzig die Menschen. Welch ein Norwegen mit zwei Millionen Hinterwäldlern und einer Hypothekenbank zum Lebensunterhalt! War es der Mühe wert, für so wenig Mensch zu sein? Im Schweiße seines Angesichtes arbeitete man sich mit den Ellbogen einige kümmerliche Jahre vorwärts, um dann trotz allem, trotz allem zu vergehen! Nagel griff sich an den Kopf. Oh, das endete noch damit, daß er sich aus dieser Welt empfahl, die Sache zum Abschluß brachte! Würde er jemals Ernst damit machen können? Ja. Bei Gott im Himmel ja, er würde nicht zurückweichen! Und in diesem Augenblick war er über den einfachen Ausweg, der sich schließlich noch immer darbot, ganz entzückt. Vor Begeisterung kam ihm das Wasser in die Augen, und er atmete beinahe hörbar. Er wiegte sich bereits auf dem Himmelsmeer und fischte mit einer Silberangel und sang dazu. Und sein Boot war aus duftendem Holz, die Ruder blinkten wie weiße Schwingen, das Segel aber war aus hellblauem Seidenstoff und wie ein Halbmond geschnitten …

Eine bebende Freude durchzog ihn, er fühlte sich hingerissen, verzaubert und versteckte sich förmlich in dem grellen Sonnenschein, der ihn umgab. Die Stille machte ihn ganz benommen vor Zufriedenheit, nichts störte ihn, nur in der Luft oben rauschte der weiche Ton, der Ton des ungeheuren Stampfwerkes. Gott, der sein Rad trat. Im Walde ringsum rührte sich nicht ein Blatt und nicht eine Nadel. Nagel kroch zusammen, schüttelte sich und zog vor Behagen die Knie unter sich an, weil alles so gut war. Etwas rief nach ihm, und er antwortete ja. Dann stemmte er sich auf die Ellbogen und sah um sich. Niemand war da. Noch einmal sagte er ja und lauschte; aber niemand zeigte sich. Das war doch sonderbar, er hatte so deutlich rufen hören. Aber er dachte nicht mehr darüber nach, vielleicht war es nur eine Einbildung gewesen, auf jeden Fall wollte er sich nicht mehr stören lassen. Er war in einem rätselhaften Zustand, erfüllt von seelischem Wohlbehagen. Jeder Nerv in ihm war wach, Musik zog durch sein Blut, er fühlte sich mit der ganzen Natur, mit der Sonne und den Bergen und allem anderen verwandt, spürte aus Bäumen und Erdhaufen und Halmen sich von seinem eigenen Ichgefühl umrauscht. Seine Seele wurde groß und volltönend wie eine Orgel, und niemals mehr konnte er vergessen, wie die milde Musik in seinem Blut gleichsam auf und nieder schwebte.

Einige Zeit lag er noch so da und genoß seine Einsamkeit. Dann hörte er Schritte unten auf dem Steig, wirkliche Schritte, über die er nicht im Zweifel sein konnte. Er hob den Kopf und erblickte einen Mann, der aus der Stadt kam. Ein langes Brot unter dem Arm, kam der Mann des Weges und führte eine Kuh am Strick hinter sich her. Beständig wischte er sich den Schweiß aus dem Gesicht und ging der Wärme wegen in Hemdärmeln, aber trotzdem trug er einen dicken roten Wollschal zweimal um den Hals gewickelt. Nagel lag still und beobachtete den Bauern. Das war er! Das war der Hinterwäldler, der Norweger, hehe, ja, das war der Eingeborene, mit dem Brot unter dem Arm und der Kuh dicht auf den Fersen! Ach, welch ein Anblick! Hehehehehe, Gott steh dir bei, du biederer Wiking Norwegens! Möchtest du nicht den Schal ein wenig lockern und die Läuse auslüften? Du könntest nicht mehr leben, du bekämst zuviel frische Luft und müßtest daran sterben. Und die Presse würde deinen zu frühen Abgang beklagen und eine Nummer daraus machen. Um aber Wiederholungen vorzubeugen, würde der liberale Stortingsmann Vetle Vetlesen einen Vorschlag zur strengen Schonung des nationalen Ungeziefers einreichen.

In Nagels Gehirn schoß eine lustige Bitterkeit nach der anderen empor. Er erhob sich und ging erregt und mißmutig heimwärts. Nein, er hatte doch immer wieder recht, überall gab es nur Läuse und alten Käse und Luthers Katechismus. Und die Menschen waren mittelgroße Bürger in zweistöckigen Hütten; sie aßen, und tranken zu des Leibes Notdurft, verschönten sich das Leben mit Toddy und Wahlpolitik und handelten tagaus, tagein mit grüner Seife und Messingkämmen und Fischen. Nachts aber, wenn es donnerte, lagen sie da und lasen vor lauter Angst im Johan Arendt. Ach, schenk uns eine einzige ordentliche Ausnahme, laß sehen, ob das möglich ist! Schenk uns zum Beispiel ein ausgewachsenes Verbrechen, eine hervorragende Sünde! Aber nicht so eine lächerliche und bürgerliche Abc-Verirrung, nein, die seltene und haarsträubende Ausschweifung, die delikate Ruchlosigkeit, die Königssünde, voll der rohen Herrlichkeit der Hölle. Ach, das Ganze war so kleinlich. Was sagen Sie zu den Wahlen, mein Herr? Ich hege die größte Furcht für Buskerud ...

Aber als er über die Anlegebrücken wieder zu den Speichern kam und dort das geschäftige Leben um sich her sah, wurde seine Laune nach und nach heller, er wurde wieder froh und begann zu singen. Dies war kein Wetter, um finster zu sein, es war ein schönes Wetter, ein Prachtwetter, ein lodernder Junitag. Die ganze kleine Stadt blitzte im Sonnenschein wie ein verzauberter Ort.

Als er durch die Hoteltüre ging, hatte er schon längst seine ganze Bitterkeit vergessen; sein Herz war ohne Groll, in seinem Innern strahlte wieder die Vorstellung von einem Boot aus duftendem Holz mit einem hellblauen Seidensegel, das die Form eines Halbmondes hatte.

Den ganzen Tag über blieb er in dieser Stimmung. Gegen Abend ging er wieder aus, nahm wieder den Weg zum Meer hinunter und fand von neuem tausend Nichtigkeiten, die ihn in Entzücken versetzten. Die Sonne sank, das brutale, brennende Licht wurde gedämpft und goß sich weich über das Wasser aus; alles war still, nur von den Schiffen drang noch Lärm herüber. Nagel sah, daß da und dort auf der Bucht Flaggen gehißt wurden. Auch von mehreren Häusern in der Stadt wehten Fahnen. Bald darauf hörte die Arbeit bei allen Lagerhäusern auf.

Er dachte nicht darüber nach, ging wieder in den Wald hinaus, schlenderte auf und ab, kam bis zu den Wirtschaftsgebäuden des Pfarrhofes und sah in den

Hofplatz hinein. Von dort ging er wieder in den Wald, drang bis zur dunkelsten Stelle vor, die er finden konnte, und setzte sich auf einen Stein. In die eine Hand stützte er den Kopf, und mit der anderen trommelte er auf dem Knie. So saß er lange Zeit, vielleicht eine ganze Stunde, und als er sich endlich erhob und sich wieder auf den Weg machte, war die Sonne schon untergegangen. Das erste Grau der Dämmerung lag über der Stadt.

Dort wartete seiner eine große Überraschung. Als er aus dem Walde trat, entdeckte er rings auf den Höhen eine Menge lodernder Feuer, vielleicht zwanzig Scheiterhaufen, die von allen Seiten her wie kleine Sonnen brannten. Auf dem Wasser draußen war ein Gewimmel von Booten, und an Bord der Boote strich man bengalische Zündhölzer an, die mit roter und grüner Flamme leuchteten. Von einem der Boote, in dem ein Quartett sang, stiegen sogar einige Raketen in die Luft. Viele Menschen waren auf den Beinen, beim Dampfschiffkai war es schwarz von Leuten.

Nagel stieß einen kleinen Ruf der Überraschung aus. Er wandte sich an einen Mann und fragte, was diese Feuer und diese Fahnen zu bedeuten hätten. Der Mann sah ihn an, spuckte aus, sah ihn wieder an und antwortete, es sei der dreiundzwanzigste Juni, Johannisnacht. So, Johannisnacht! Ja, ganz richtig, das war kein Mißverständnis und stimmte auch mit dem Datum überein. So, Johannisnacht heute; ein Gutes kam zum andern, nun war auch noch Johannisnacht! Nagel rieb sich vergnügt die Hände und ging zum Dampfschiffkai, er auch, und viele Male wiederholte er bei sich selbst, daß er doch ein unvergleichliches Glück habe.

Von weitem schon sah er Dagny Kiellands blutroten Sonnenschirm in einer Gruppe von Damen und Herren, und als er auch Doktor Stenersen dabei entdeckte, überlegte er nicht lange, sondern ging zu ihm hin. Er grüßte, drückte die Hand des Doktors und blieb lange Zeit barhäuptig stehen. Der Doktor stellte ihn der Gesellschaft vor; auch Frau Stenersen reichte ihm die Hand, und Nagel setzte sich neben sie. Sie war bleich und hatte eine graue Hautfarbe, die ihr ein kränkliches Aussehen gab; aber sie schien noch sehr jung zu sein, kaum über zwanzig Jahre. Sie war warm gekleidet.

Nagel setzte die Mütze auf und sagte, sich an alle wendend:

Ich bitte Sie, es entschuldigen zu wollen, daß ich mich in Ihre Gesellschaft eindränge, daß ich so ungerufen komme ...

Aber Bester, Sie machen uns ein Vergnügen, unterbrach Frau Stenersen liebenswürdig. Vielleicht könnten Sie sogar ein Lied zustande bringen?

Nein, das kann ich nicht, antwortete er, ich bin musikalisch so unbegabt wie nur irgend möglich.

Es ist im Gegenteil gut, daß Sie kommen; wir sprachen eben über Sie, äußerte der Doktor, Sie spielen doch Geige?

Nein, entgegnete Nagel wieder und schüttelte den Kopf; er lächelte. Ich spiele nicht. Plötzlich aber steht er ohne jeden Anlaß auf und sagt, während seine Augen ganz glänzend werden: Ich bin so froh heute. Den ganzen Tag über, seit ich heute früh erwachte, ist es so prachtvoll schön gewesen. Zehn Stunden lang bin ich in dem wunderbarsten Traum umhergegangen. Denken Sie sich: ich werde buchstäblich von der Vorstellung verfolgt, daß ich mich in einem Boot aus wohlriechendem Holz, mit einem halbmondförmigen Segel aus hellblauer Seide, befinde. Ist das nicht schön? Den Geruch des Bootes kann ich nicht beschreiben, ich könnte es nicht, und wenn ich auch noch so gerne wollte, noch so geschickt im Schildern wäre. Aber stellen Sie sich vor: es war mir, als sei ich draußen und fischte und als benützte ich eine Silberangel. Entschuldigen Sie, aber finden nicht wenigstens Sie, meine Damen, daß dies ... Nein, ich weiß nicht.

Keine der Damen antwortete; verlegen sahen sie einander an und fragten mit den Augen, was nun zu tun sei. Endlich aber begann eine nach der anderen zu lachen; sie waren schonungslos und lachten laut über das Ganze. Nagel blickte sie der Reihe nach an, seine Augen waren noch blank, offenbar dachte er noch an das Boot mit dem blauen Segel. Seine beiden Hände aber zitterten ein wenig, obgleich das Gesicht ruhig war.

Der Doktor kam ihm zu Hilfe und sagte:

Ja, das ist also eine Art Halluzination, die ...

Nein, Verzeihung, erwiderte er. Doch, meinetwegen; übrigens, warum nicht? Es kommt nicht darauf an, wie Sie es *nennen*. Ich war den ganzen Tag über so wundervoll benommen, gleichgültig ob das nun eine Halluzination ist oder nicht. Es begann schon heute morgen, während ich noch im Bett lag. Ich hörte eine Fliege summen. Dies war meine erste bewußte Empfindung, nachdem ich erwacht war. Danach sah ich die Sonne durch ein Loch im Vorhang hereinsickern, und mit einem Schlag war eine zarte, helle Stimmung in mir entstanden. In meiner Seele war ein Gefühl von Sommer. Stellen Sie sich vor, das weiche Rauschen des Grases zieht durch Ihr Herz. Halluzination – ja, das war es wohl, ich weiß es nicht. Beachten Sie aber, daß ich in einem gewissen Zustand der Empfänglichkeit gewesen sein muß, daß ich die Fliege gerade im richtigen Augenblick hörte, daß ich in diesem Augenblick gerade so viel und gerade diese Art von Licht brauchte, also nur einen Sonnenstrahl, der durch ein kleines Loch im Vorhang fiel, und so weiter. Als ich aber später aufstand und ausging, sah ich erst eine hübsche Dame in einem Fenster – dabei blickte er zu Fräulein Andresen hinüber, die die Augen niederschlug –, dann sah ich eine große Anzahl Schiffe, dann ein kleines Mädchen, das eine Katze in den Armen hielt, und so weiter. Lauter Dinge, von denen jedes einen Eindruck auf mich machte. Kurz darauf ging ich in den Wald, und dort sah ich dann das Boot und den Halbmond, nur indem ich auf dem Rücken lag und in den Himmel hinaufstarrte.

Die Damen lachten immer noch; auch der Doktor schien von ihrem Gekicher angesteckt zu werden, mit einem Lächeln sagte er:

Und dann fischten Sie also mit einer Silberangel.

Ja, mit einer Silberangel.

Hahaha.

Da stieg Dagny Kielland plötzlich das Blut ins Gesicht, und sie sagte:

Ich kann so gut verstehen, daß eine solche Vorstellung ... Ich für mein Teil kann deutlich das Boot und das Segel, diesen blauen Halbmond, sehen ... und eine weiße Silberangel, die in das Wasser fällt! Ich finde das schön.

Mehr konnte sie nicht sagen, sie stammelte und blieb stecken; sie sah zu Boden.

Nagel befreite sie sofort:

Nicht wahr? Ich sagte auch augenblicklich zu mir selbst: Paß auf, das ist eine Vorbedeutung, eine Warnung. Das soll eine Mahnung sein: Fische mit reinen Angeln, mit reinen Angeln! Sie fragten, Doktor, ob ich spiele? Ich spiele nicht, durchaus nicht; ich schleppe einen Geigenkasten mit mir herum, aber es ist nicht einmal eine Geige darin, der Kasten ist leider voll schmutziger Wäsche. Ich finde nur, es macht sich so gut, einen Geigenkasten unter den Koffern zu haben, deshalb schaffte ich ihn mir an. Ich weiß nicht, ob Sie nun einen schlechten Eindruck von mir haben; aber es ist jetzt nicht mehr zu ändern, trotzdem es mir wirklich leid täte. Übrigens ist die Silberangel an dem Ganzen schuld.

Die erstaunten Damen lachten nicht mehr; selbst der Doktor, der Bevollmächtigte Reinert – der Hardesvogteibevollmächtigte – und der Adjunkt saßen alle drei mit offenem Munde da. Alle miteinander gafften Nagel an, der Doktor wußte augenscheinlich nicht mehr, was er denken solle. Was in aller Welt war mit diesem wildfremden Menschen los? Nagel selbst setzte sich still nieder und schien nichts mehr sagen zu wollen. Das peinliche Schweigen wollte kein Ende nehmen. Jetzt aber sprang Frau Stenersen ein. Sie war die Liebenswürdigkeit selbst, sie saß da wie eine gute Mutter der ganzen Versammlung und paßte auf, daß keinem ein Leid geschehe. Absichtlich runzelte sie ihre Stirne und machte sich älter, als sie war, nur um ihren Worten ein größeres Gewicht verleihen zu können.

Sie kommen aus dem Ausland, Herr Nagel?

Ja, gnädige Frau.

Aus Helsingfors, glaube ich, sagte mein Mann.

Ja, aus Helsingfors. Das heißt, Helsingfors war mein letzter Aufenthaltsort. Ich bin Agronom, Landwirt, ich habe dort kurze Zeit die Schule besucht.

Pause.

Und wie finden Sie die Stadt? fragte die Dame wieder.

Helsingfors?

Nein, diese hier.

Oh, das ist eine vortreffliche Stadt, ein bezaubernder Ort! Von hier will ich nicht mehr fort, nein, wirklich nicht. Hehe, ja, erschrecken Sie übrigens nur nicht allzusehr, vielleicht gehe ich doch wieder einmal meines Weges, das kommt ganz auf die Umstände an … Übrigens, sagte er dann und stand auf, wenn ich störe, bitte ich vielmals um Entschuldigung. Die Sache ist nämlich die: ich würde sehr glücklich sein, wenn ich hier sitzen und bei Ihnen sein dürfte. Ich habe eigentlich nicht viele Menschen, mit denen ich zusammen sein kann, und bin für alle so fremd, daß ich mir angewöhnt habe, zuviel mit mir selbst zu reden. Es würde mir Freude machen, wenn Sie vollständig übersehen könnten, daß ich mich hier unter Ihnen befinde, und wenn Sie weitersprechen wollten wie vorher – ehe ich kam.

Sie haben sich doch wahrlich schon eine Reihe von Abwechslungen geleistet, sagte Reinert mit gehässiger Betonung.

Darauf antwortete Nagel:

Bei Ihnen, Herr Bevollmächtigter, habe ich mich noch privat zu entschuldigen, und ich will Ihnen jede Genugtuung geben, die Sie verlangen werden; aber nicht jetzt, nicht wahr? Nicht jetzt.

Nein, das gehört nicht hierher, meinte auch Reinert.

Außerdem bin ich heute so froh, fuhr Nagel fort, und ein warmes Lächeln flog über seine Züge. Dieses Lächeln machte sein Gesicht heller, einen Augenblick sah er aus wie ein Kind.

Es ist heute ein wunderbarer Abend, bald werden die Sterne aufleuchten. Überall auf den Höhen brennen Feuer, und vom Hafen her klingen Lieder. Hören Sie nur! es ist nicht so übel. Ich verstehe mich ja nicht darauf; aber ist es nicht ganz schön? Es erinnert mich ein wenig an eine Nacht auf dem Mittelmeer, an der Küste von Tunis. Ungefähr hundert Passagiere waren an Bord, ein Sängerchor, der von Sardinien kam. Ich gehörte nicht zu dieser Gesellschaft und konnte nicht singen. Ich saß nur auf Deck und hörte zu, während der Chor im Salon unten sang. Es dauerte beinahe die ganze Nacht hindurch; niemals werde ich vergessen, wie schön das in der schwülen Nacht klang. Heimlich schloß ich alle Türen zum Salon, schloß den Gesang sozusagen ein, und dann war es, als kämen die Töne vom Meeresgrund herauf, ja, als wolle das Schiff mit brausender Musik in die Ewigkeit einfahren. Stellen Sie sich so etwas Ähnliches vor wie ein Meer voll Gesang, einen unterirdischen Chor.

Fräulein Andresen, die Nagel am nächsten war, sagte unwillkürlich:

Mein Gott, wie herrlich das gewesen sein muß!

Nur einmal habe ich etwas Schöneres gehört, und das war im Traum. Aber es ist lange her, daß ich das träumte, ich war noch ein Kind. Man träumt nicht mehr so schön, wenn man erwachsen ist.

Nicht? meinte die junge Dame.

O nein. Doch ist das natürlich übertrieben, aber ... Meines letzten Traumes entsinne ich mich noch ganz deutlich: Ich sah ein offenes Moor ... Entschuldigen Sie übrigens, daß ich die ganze Zeit spreche und Sie mit dem Zuhören plage. Das kann auf die Dauer zu langweilig werden. Ich spreche nicht immer so viel.

Nun ergriff Dagny Kielland das Wort und sagte:

Es ist gewiß niemand unter uns, der nicht lieber Ihnen zuhörte, als daß er selbst etwas erzählte. Und indem sie sich zu Frau Stenersen beugte, flüsterte sie: Können nicht Sie ihn dazu bringen? Liebe, tun Sie es doch. Hören Sie doch nur seine Stimme!

Nagel sagte lächelnd:

Ich will ja gerne weiterschwätzen. Im großen und ganzen bin ich heute abend dazu aufgelegt; Gott weiß, was mit mir los ist ... Na, der kleine Traum war nun übrigens nichts Besonderes. Ich sah also ein offenes Moor, ohne Bäume, nur mit unendlich vielen Wurzeln, die überall wie seltsam verkrümmte Schlangen dalagen. Zwischen allen diesen verbogenen Baumwurzeln ging ein Wahnsinniger umher. Ich sehe ihn noch, er war bleich und hatte einen dunklen Bart, der Bart aber war so kurz und dünn, daß sein Gesicht überall hindurchschimmerte. Er starrte mit weitgeöffneten Augen um sich, und diese Augen waren voller Leiden. Ich lag hinter einem Stein versteckt und rief ihn an. Sofort sieht er zu dem Stein her, er wundert sich nicht über diesen Ruf. Es war, als wisse er, daß ich gerade dort liege, obwohl ich gut versteckt war. Er starrte immerzu auf den Stein. Ich dachte: Er findet mich trotzdem nicht, und im schlimmsten Fall kann ich davonspringen, wenn er kommt. Und obwohl es mir nicht angenehm war, daß er so zu mir herstarrte, rief ich ihn immer wieder an, um ihn zu ärgern. Er trat ein paar Schritte auf mich zu, hielt den Mund geöffnet und schien beißen zu wollen; aber er kam nicht vom Fleck. Die Wurzeln häuften sich vor ihm auf, er wurde ganz erdrückt von ihnen und kam nicht von der Stelle. Ich rief wieder; rief oftmals hintereinander und wollte ihn recht ärgern, ihn ganz wild machen, und er fing an, sich durch die Wurzeln durchzuarbeiten und sie wegzuschieben. Armweise warf er sie beiseite und kämpfte heftig, um zu mir herzukommen; aber es war vergebens. Ich konnte hören, wie er stöhnte, seine Augen waren ganz starr vor Schmerz. Als ich aber sah, daß ich vor ihm ganz sicher war, stand ich auf, schwang die Mütze, zeigte ihm meine ganze Gestalt und reizte ihn, indem ich unablässig hallo! rief, auf den Boden stampfte und hallo! rief. Ich ging sogar noch näher an ihn heran, um ihn noch blutiger zu reizen, streckte die Finger aus und deutete auf ihn und rief in schändlicher Nähe seines Ohres hallo!, um ihn, wenn möglich, noch mehr aus der Fassung zu bringen. Dann ging ich wieder zurück, ließ ihn stehen und sehen, daß ich ihm so nahe gewesen war. Aber noch gab er nicht alles auf, immer noch kämpfte er mit den Wurzeln, versuchte erbittert, sie loszuwerden, riß sich blutig, schlug sich ins Gesicht, erhob sich auf die Zehen und schrie zu mir herüber. Ja, stellen

Sie sich das vor; er stand auf den Zehen, sah mich an und schrie! Und sein Gesicht troff von Schweiß und war von einem fürchterlichen Schmerz verzogen, weil er mich nicht erreichen konnte. Ich wollte ihn noch weiter treiben, ging noch näher hin, knipste dicht vor seiner Nase mit den Fingern und sagte mit dem grausamsten Hohn Tihihihihi. Ich schleuderte eine Baumwurzel nach ihm, traf ihn an der Oberlippe, und es glückte mir, ihn beinahe zum Umfallen zu bringen. Aber er spuckte nur das Blut aus und griff sich an den Mund und fing wieder an, mit den Wurzeln zu kämpfen. Da meinte ich, es wagen zu können, und streckte die Hand aus, um ihn zu erreichen. Ich wollte den Finger auf seine Stirn setzen und mich dann wieder zurückziehen. Aber in diesem Augenblick bekam er mich zu fassen. Herrgott, wie entsetzlich war es, als er mich packte! Wütend griff er nach mir und hielt mich an der Hand fest. Ich stieß einen Schrei aus; doch er ließ meine Hand nicht mehr los. Und dann folgte er mir. Wir verließen das Moor, die Baumwurzeln waren nun, da er sich an meiner Hand festhielt, kein Hindernis mehr für ihn, und wir kamen an den Stein, hinter dem ich mich zuerst versteckt gehalten hatte. Als wir so weit gekommen waren, warf sich der Mann vor mir nieder und küßte die Erde dort, wo mein Fuß sie berührt hatte. Blutig und zerrissen lag er vor mir auf den Knien und dankte mir, weil ich so gut gegen ihn gewesen sei. Er segnete mich und bat auch Gott, mich zum Lohn zu segnen. Seine Augen waren offen und voll guter Gebete zu Gott für mich, und er küßte abermals, nicht meine Hand noch meinen Schuh, sondern die Erde, die mein Fuß berührt hatte. Ich fragte: Warum küssest du die Erde gerade dort, wo ich gegangen bin? – Weil, sagte er, weil mein Mund blutet und ich deine Schuhe nicht beschmutzen will. – Er wollte meine Schuhe nicht beschmutzen! – Dann fragte ich wieder: Aber warum dankst du mir, da ich dir doch nur Böses getan und dir Schmerz bereitet habe? – Ich danke dir, antwortete er, weil du mir nicht noch mehr Schmerz bereitet hast, weil du gut warst gegen mich und mich nicht noch mehr gemartert hast. – Ja, sagte ich da, weshalb aber schriest du mir zu und machtest den Mund auf, mich zu beißen? – Ich wollte dich nicht beißen, antwortete er, ich öffnete den Mund, dich um Hilfe zu bitten; aber ich brachte kein Wort heraus, und du verstandest mich nicht. Da aber schrie ich vor wirklich großem Leiden. – Deshalb schriest du? fragte ich wieder. – Ja, deshalb! ... Ich betrachtete den Wahnsinnigen, er spuckte noch Blut und betete trotzdem für mich zu Gott. Ich sah, daß ich ihm früher schon begegnet war, und daß ich ihn kannte; er war noch nicht alt, hatte graue Haare und einen dünnen, kläglichen Bart – es war Minute.

Nagel schwieg. Durch die Anwesenden ging ein Ruck. Der Bevollmächtigte Reinert schlug die Augen nieder und sah lange Zeit zu Boden.

Minute? War er es? fragte Frau Stenersen.

Ja, er war es, antwortete Nagel.

Uff, mir wird beinahe unheimlich zumute.

Denken Sie, ich wußte es! sagte Dagny Kielland plötzlich. – Ich erkannte ihn von dem Augenblick an, als Sie sagten, daß er niederkniete und die Erde küßte. Ich versichere Ihnen, ich erkannte ihn wieder. Haben Sie schon einmal mit ihm gesprochen?

Ach nein, ich habe ihn nur ein paarmal getroffen ... Aber hören Sie, es scheint, ich habe die Stimmung verdorben. Gnädige Frau, Sie sind ja ganz bleich! Was in aller Welt ... es war ja nur ein Traum!

Ja, das geht doch nicht! meinte auch der Doktor. Zum Teufel, was kümmert es uns, daß Minute ... Meinetwegen mag er jede Baumwurzel in Norwegen küssen. Seht, jetzt sitzt sogar Fräulein Andresen da und weint. Hahaha.

Ich weine durchaus nicht, antwortete sie; fällt mir gar nicht ein. Aber ich will gerne zugeben, daß dieser Traum Eindruck auf mich gemacht hat. Und ich glaube, das war übrigens auch bei Ihnen der Fall.

Bei mir! rief der Doktor. Nicht im geringsten, selbstverständlich! Hahaha, ich glaube, ihr seid alle miteinander verrückt. Nein, jetzt wollen wir ein wenig bummeln. Auf, alle Mann! Es fängt an, windig zu werden. Frierst du, Jetta?

Nein, ich friere nicht, wollen wir nicht lieber sitzenbleiben? antwortete seine Frau.

Aber jetzt hatte der Doktor sich einmal vorgenommen zu bummeln; er wollte absolut bummeln. Es sei windig, sagte er noch einmal. Er wollte sich ein wenig Bewegung verschaffen, und wenn er allein gehen müsse. Da erhob sich Nagel und folgte ihm.

Sie gingen einige Male auf dem Kai auf und ab, schoben sich durch die Menschenmassen, schwätzten und beantworteten die Grüße der Leute. So gingen sie vielleicht eine halbe Stunde miteinander hin und her, dann rief Frau Stenersen ihnen zu:

Nein, Jetzt kommt wieder einmal her! – Wißt ihr, was wir herausgefunden haben, während ihr fort wart? Ja, wir haben für morgen abend eine große Gesellschaft bei uns verabredet. Ja, auch Sie, Herr Nagel, müssen unbedingt kommen! Nur dürfen Sie sich unter einer großen Gesellschaft bei uns nichts anderes vorstellen als ein Mindestmaß an Essen und Trinken ...

Und ein Höchstmaß an Unsinntreiben, unterbrach der Doktor lebhaft. Das kenne ich. Na, das ist kein so schlechter Einfall; ich habe schon Schlimmeres aus deinem Munde vernommen, Jetta. – Der Doktor war mit einem Mal guter Laune und lachte bei der Aussicht auf diesen Abend gutmütig über das ganze Gesicht. – Kommen Sie nur nicht zu spät, sagte er. Und hoffentlich werde ich nicht fortgeholt.

Aber kann ich denn in diesem Anzug kommen? fragte Nagel. Ich habe keinen andern.

Alle lachten, und Frau Stenersen antwortete:

Freilich. Das ist ja gerade lustig.

Auf dem Heimweg ging Nagel neben Fräulein Dagny Kielland. Er hatte es nicht angestrebt, es geschah ganz zufällig; und die junge Dame gab sich keine Mühe, es zu verhindern. Eben hatte sie gesagt, daß sie sich schon auf morgen abend freue, es sei immer so gemütlich und frei bei Doktors, sie seien so ausgezeichnete Menschen, sie verstünden es so nett zu machen – da sagte Nagel plötzlich mit leiser Stimme:

Darf ich zu hoffen wagen, gnädiges Fräulein, daß Sie mir meine fürchterliche Dummheit von letzthin im Walde vergeben haben?

Er sprach heftig, beinah flüsternd, und sie war gezwungen zu antworten.

Ja, sagte sie, denn jetzt verstehe ich Ihr Betragen an jenem Abend besser. Sie sind gewiß nicht ganz so wie andere Menschen.

Danke! flüsterte er. Ach ja, ich danke Ihnen, wie ich noch niemals in meinem Leben jemand gedankt habe! Aber warum sollte ich nicht wie andere Menschen sein? Sie müssen wissen, gnädiges Fräulein, daß ich mich den ganzen Abend angestrengt habe, den Eindruck, den Sie zuerst von mir bekommen haben mußten, zu mildern. Ich habe nicht ein Wort gesagt, das nicht um Ihretwillen gesagt worden wäre. Was meinen Sie dazu? Bedenken Sie, ich hatte mich Ihnen gegenüber stark vergangen und mußte deshalb etwas tun. Ich bekenne, daß ich mich wahrhaftig den ganzen Tag über in einer etwas ungewöhnlichen

Gemütsbewegung befunden hatte; aber ich habe mich doch noch reichlich schlechter gemacht, als ich bin, und mich beinahe die ganze Zeit ein wenig verdächtig betragen. Es kam mir nämlich darauf an, Sie glauben zu machen, ich sei wirklich nicht ganz normal, ich beginge *überhaupt* bizarre Dinge. Auf diese Weise hoffte ich, Ihre Verzeihung um so leichter erlangen zu können. Darum drängte ich mich auch zu unrechter Zeit und Stunde mit meinen Träumen auf, ja, ich habe mir sogar mit dem Geigenkasten eine starke Blöße gegeben, habe freiwillig eine Grille von mir entschleiert, wozu ich nicht gezwungen gewesen wäre …

Entschuldigen Sie! unterbrach sie ihn hastig, aber warum erzählen Sie mir jetzt dies alles und verderben das Ganze wieder?

Nein, ich verderbe es nicht. Wenn ich Ihnen erzähle, daß ich damals im Walde wirklich einem bösen Einfall nachgab und Ihnen nachlief, so werden Sie das verstehen. Es war nur ein plötzlicher Drang in mir, Sie zu erschrecken, weil Sie so davonliefen. Ja, damals kannte ich Sie ja nicht. Wenn ich aber jetzt erzähle, daß ich genau so bin wie andere Menschen, so werden Sie auch das verstehen. Ich habe mich heute abend lächerlich gemacht und eine ganze Gesellschaft durch ein höchst exzentrisches Auftreten in Erstaunen versetzt, nur um Sie einigermaßen zu besänftigen, nur um Sie dazu zu bringen, mich auf jeden Fall anzuhören, wenn ich mich erklären würde. Dies habe ich erreicht, Sie haben mich angehört und alles verstanden.

Nein, ich muß offen sagen, daß ich Sie nicht ganz verstehe. Und dabei kann es auch ruhig bleiben; ich werde nicht darüber nachgrübeln …

Nein, natürlich nicht; warum sollten Sie auch über diese Frage nachdenken? Aber nicht wahr, diese Gesellschaft morgen abend wurde beschlossen, weil Sie alle miteinander glauben, ich sei ein ungewöhnlicher Mensch, von dem man sich etliche Sonderbarkeiten erwarten könne? Ich werde Sie vielleicht enttäuschen, vielleicht sage ich ha und ja, vielleicht komme ich überhaupt nicht. Was weiß ich!

Doch, Sie müssen natürlich kommen.

Muß ich? entgegnete er und sah sie an.

Sie sagte nichts mehr. Immer noch gingen sie nebeneinander her.

Sie waren am Weg zum Pfarrhof angelangt. Fräulein Kielland blieb stehen, brach in Lachen aus und sagte:

Nein, so etwas habe ich auch noch nie gehört! – Und sie schüttelte den Kopf.

Sie wartete auf die übrige Gesellschaft, die zurückgeblieben war. Er wollte fragen, ob er sie heimbegleiten dürfe, er war nahe daran, dies zu wagen; aber in diesem Augenblick wandte sie sich von ihm ab und rief zum Adjunkten zurück:

Kommen Sie nun, Adjunkt, kommen Sie nun! – Und sie winkte dazu eifrig mit der Hand, damit er sich mehr beeile.

7

Am nächsten Abend um sechs Uhr trat Nagel in die Stube des Doktors. Er glaubte zu früh gekommen zu sein; aber die Gesellschaft vom vorhergehenden Abend war bereits versammelt. Es waren auch noch ein paar neue Gäste da, ein Rechtsanwalt und ein junger, blonder Student. An zwei Tischen trank man schon Selters und Kognak; an einem dritten Tisch saßen die Damen, der Bevollmächtigte Reinert und der junge Student und sprachen miteinander. Der Adjunkt, dieser schweigsame Mann, der selten oder niemals ein Wort von sich gab, war einfach schon betrunken und in erregter Stimmung, mit flammenden Wangen sprach er laut über alles mögliche. Da haben wir nun Serbien, wo achtzig Prozent der Bevölkerung weder lesen noch schreiben können, ist dort alles so viel besser? Ja, das möchte er doch wirklich fragen! – Und er sah mit grimmiger Miene umher, obwohl ihm niemand widersprochen hatte.

Die Frau des Hauses rief Nagel heran, machte ihm am Tisch der Damen Platz und fragte, was er am liebsten trinken wolle. Sie sprächen eben von Kristiania, sagte sie. Es sei doch eine sonderbare Idee von ihm, in einer Kleinstadt sich niederzulassen, wenn er die Wahl habe und sogar in Kristiania leben könne.

Nagel fand dies nicht so sonderbar; er wollte doch den Sommer auf dem Land verbringen und Ferien machen. Übrigens möge er auf gar keinen Fall in Kristiania sein; Kristiania wäre der letzte Ort, den er wählen würde.

Wirklich? Aber es sei doch immerhin die Hauptstadt, sei der Treffpunkt für alles, was es im Lande an Größen und Berühmtheiten, an Kunst und Theater und allem möglichen gebe.

Ja, und dann alle die Fremden, die dort zusammenströmen! bemerkte Fräulein Andresen; Schauspieler, Sänger, Musiker, Künstler aller Art.

Dagny Kielland saß schweigend da und hörte nur zu.

Ja, ja, das könne schon sein, räumte Nagel ein; – er wisse selbst nicht, woher es käme, aber jedesmal, wenn von Kristiania die Rede sei, sähe er ein Stück der Graensenstraße vor sich und habe den Geruch von ausgehängten Kleidern in der Nase. Das sei wirklich wahr und keine Erfindung. Er wisse nicht, woher das käme. Kristiania mache ihm den Eindruck einer prahlerischen Kleinstadt mit ein paar Kirchen, ein paar Zeitungen, einem Hotel und einem gemeinsamen Pumpbrunnen – und mit den größten Menschen der Welt. Nirgends habe er die Menschen sich so brüsten gesehen wie dort, und, Herr du mein Gott, wie oft habe er sich nicht weggewünscht, wenn er dort gelebt hatte!

Der Bevollmächtigte konnte nicht begreifen, daß jemand eine solche Abneigung haben könne – nicht nur gegen einen einzelnen Menschen, sondern gegen eine ganze Stadt, gegen die Hauptstadt des Landes. Kristiania sei in Wirklichkeit jetzt nicht mehr so klein; es beginne unter den Städten von Rang seinen Platz einzunehmen. Und das Grand-Café sei kein unbedeutendes Café.

Nagel erhob zunächst keinen Einspruch gegen das Grand. Aber kurz danach runzelte er die Stirne und bemerkte so laut, daß alle es hören konnten:

Das Grand ist ein *einzig dastehendes* Café.

Das scheint nicht Ihre wirkliche Meinung zu sein.

Doch. Das Grand sei jener Ort der Stadt, wo alles Große einander begegne. Da säßen die größten Maler der Welt, die hoffnungsvollste Jugend der Welt, die elegantesten Damen der Welt, die gewandtesten Redakteure der Welt und die größten Dichter der Welt! Hehe, da säßen sie und bliesen sich voreinander auf – jeder seelenvergnügt, weil er von den anderen anerkannt würde. – Ich habe Herrn Jedermann dasitzen und sich darüber freuen sehen, daß andere Jedermanns ihn beobachteten.

Diese Antwort erregte allgemeines Ärgernis. Der Bevollmächtigte beugte sich zu Fräulein Kiellands Stuhl hinüber und sagte ziemlich deutlich:

So eine lächerliche Anmaßung!

Sie erwachte. Schnell sah sie zu Nagel hin. Ganz bestimmt hatte er die Worte des Bevollmächtigten gehört, aber er schien sie sich nicht zu Herzen zu nehmen. Im Gegenteil, er trank dem jungen Studenten zu und begann mit gleichgültiger Miene von etwas anderem zu sprechen. Sein überlegenes Wesen ärgerte auch sie; Gott weiß, was er von ihnen allen denken mochte, wenn er glaubte, ihnen solch ein hochmütiges Geschwätz bieten zu dürfen! Welche Einbildung, welch ein Größenwahn! Als der Bevollmächtigte sie fragte: Ja, was meinen nun Sie? antwortete sie mit absichtlich lauter Stimme: Was ich meine? Ich meine: Kristiania ist mir gut genug.

Auch das störte Nagels Ruhe nicht. Als er diese laute Stimme hörte, die halb an ihn gerichtet war, begann er Fräulein Kielland mit nachdenklicher Miene anzusehen, als wolle er sich besinnen, womit er sie wohl ärgerlich gemacht haben könnte. Länger als eine Minute sah er sie beharrlich an, blinzelte mit den Augen, dachte nach und machte eine betrübte Miene dazu.

Jetzt aber hatte auch der Adjunkt erfaßt, wovon die Rede war, und protestierte dagegen, daß Kristiania kleiner sei als zum Beispiel Belgrad. Überhaupt sei Kristiania nicht kleiner als andere Hauptstädte von gleicher Größe ...

Alle begannen zu lachen. Der Adjunkt sah zu komisch aus mit seinen heißen Wangen und seiner unerschütterlichen Überzeugung. Rechtsanwalt Hansen, ein kleiner dicker Mann mit einer goldenen Brille und einem blanken Schädel, lachte endlos über ihn, schlug sich auf die Schenkel und lachte.

Von gleicher Größe, von gleicher Größe! rief er. Kristiania ist nicht kleiner als andere Hauptstädte von gleicher Größe, von genau der gleichen Größe. Nicht viel kleiner. Ach du meine Güte! Prost!

Nagel begann wieder mit dem Studenten Öien zu sprechen. Ja, in seinen jüngeren Tagen habe auch er – Nagel – für Musik geschwärmt, und da besonders für Wagner. Aber das habe sich mit den Jahren verwischt. Er sei auch nie weiter gekommen, als daß er die Noten gelernt habe und ein paar Töne spielen konnte.

Auf dem Klavier? fragte der Student. Klavier war sein Fach.

Nein, pfui! Auf der Geige. Aber wie gesagt: ich erreichte nichts und hörte sofort damit auf.

Zufällig streiften seine Augen Fräulein Andresen, die jetzt seit mindestens einer Viertelstunde in einem Winkel am Kachelofen gesessen und sich mit dem Bevollmächtigten unterhalten hatte. Ihr Blick begegnete dem Nagels, rasch, unversehens, aber trotzdem rückte sie unruhig auf ihrem Stuhl hin und her und blieb mitten in ihrer Rede stecken.

Dagny schlug sich mit einer zusammengefalteten Zeitung auf die Hand. Ihre langen weißen Finger trugen keine Ringe. Nagel musterte sie heimlich. Großer Gott, wie hübsch sie heute abend war! In dieser Beleuchtung sah ihre dicke helle Haarflechte vor der dunklen Wand noch heller aus. Ihr Körper verriet beim Sitzen eine kleine Spur von Üppigkeit, wenn sie sich aber erhob, verging dies wieder. Sie hatte einen leichten, wiegenden Gang, als sei sie viel Schlittschuh gelaufen.

Er stand auf und ging zu ihr hin.

Einen Augenblick nur hatten ihre dunkelblauen Augen auf ihm geruht, und ohne darüber nachzudenken, brach er plötzlich in die Worte aus:

Mein Gott, wie schön sind Sie!

Diese Offenherzigkeit machte sie ganz verwirrt, sie brachte den Mund nicht mehr zu und wußte sich nicht zu helfen. Dann flüsterte sie:

Aber so seien Sie doch ein wenig vernünftig!

Bald darauf erhob sie sich, ging zum Klavier und begann mit flammenden Wangen in einigen Noten zu blättern.

Der Doktor, der darauf brannte, über Politik zu sprechen, fragte plötzlich laut:

Haben Sie heute die Zeitungen gelesen? Der Teufel hol' mich, aber das „Morgenblatt" treibt es in diesen Zeiten doch zu arg! Das sind nicht mehr die Worte von gebildeten Menschen, das ist nur noch Pöbelei und Geschimpfe.

Wenn aber dem Doktor nicht widersprochen wurde, kam er nicht richtig in Schwung. Dies wußte Rechtsanwalt Hansen, und deshalb sagte er schlau und behaglich:

Wir wollen doch lieber zugeben, daß auf beiden Seiten Fehler gemacht werden.

Was meinst du damit? rief der Doktor und sprang auf. Du willst doch wohl nicht sagen, daß ...

Der Tisch war gedeckt. Die Gesellschaft begab sich in das Eßzimmer, der Doktor sprach weiter. Das Gespräch wurde bei Tisch fortgesetzt. Nagel, der seinen Platz zwischen der Dame des Hauses und dem jungen Fräulein Olsen, der Tochter des Polizeimeisters, bekommen hatte, nahm nicht daran teil. Als man sich vom Tisch erhob, war man bereits weit in die europäische Politik vorgedrungen. Man äußerte seine Meinung über den Zaren, über Konstantin, über Parnell, und als man schließlich auf die Balkanfrage zutrieb, fand der betrunkene Adjunkt wieder Gelegenheit, sich über Serbien zu werfen. Er habe eben die „Statistische Monatsschrift“ gelesen; es seien fürchterliche Zustände in Serbien, die Schulen vollkommen vernachlässigt ...

Nur *eines* freut mich über alle Maßen, sagte der Doktor mit ganz feuchten Augen, das ist, daß Gladstone noch lebt. Aber jetzt brauen Sie sich eine gute Mischung, meine Herren, dann trinken wir auf das Wohl von Gladstone, ja, von Gladstone, diesem großen und reinen Demokraten, dem Mann der Gegenwart und der Zukunft!

Wart ein wenig, laß uns auch mittun! rief seine Frau. Und sie füllte die Gläser der Damen mit Wein, schenkte vor lauter Eifer daneben und reichte mit bebenden Händen das Brett umher.

Dann tranken alle.

Ja, ist das nicht ein Kerl? fuhr der Doktor fort und schnalzte mit der Zunge. Der Arme, jetzt war er eine Zeitlang erkältet, aber das geht hoffentlich vorüber. Keinen Politiker möchte ich jetzt so ungern verlieren wie Gladstone. Wenn ich an ihn denke, steht er wie ein Leuchtturm vor mir, über die ganze Welt hinausleuchtend! ... Sie sehen so geistesabwesend aus, Herr Nagel; sind Sie nicht auch meiner Meinung?

Wie bitte? Natürlich bin ich ganz Ihrer Meinung.

Selbstverständlich. Ja, auch Bismarck imponiert mir in vielem; aber Gladstone!

Dem Doktor wurde immer noch nicht widersprochen, alle kannten seinen unaufhaltsamen Redestrom. Schließlich starb das Gespräch hin, so daß der Doktor ein Kartenspiel vorschlug, die Zeit damit zu vertreiben. Wer wollte mitspielen? Jetzt aber rief Frau Stenersen durch das ganze Zimmer:

Nein, so etwas! Wißt ihr, was mir Student Öien gerade erzählt? Sie, Herr Nagel, seien durchaus nicht immer so begeistert für Gladstone gewesen wie heute abend. Student Öien hat Sie einmal in Kristiania reden hören – war es nicht im Arbeiterverein? – wo Sie Gladstone ganz ordentlich heruntergerissen haben. Sie sind mir ein Netter! Ist das wirklich wahr? Ja, getrauen Sie sich nur!

Frau Stenersen sagte dies völlig arglos, mit lächelndem Mund, und streckte zum Scherz den Zeigefinger in die Höhe. Sie wiederholte, er müsse sagen, ob das wahr sei.

Nagel stutzte und erwiderte:

Das muß ein Irrtum sein.

Ich will nicht sagen, daß Sie Gladstone heruntergerissen haben, sagte Öien; aber Sie opponierten stark, ich erinnere mich auch noch daran, daß Sie sagten, Gladstone sei bigott.

Bigott! Gladstone bigott! schrie der Doktor. Da müssen Sie betrunken gewesen sein!

Nagel lachte.

Das war ich sicher nicht. Doch, vielleicht war ich betrunken, ich weiß es nicht. Es hört sich ja allerdings so an.

Weiß Gott, das tut es! sagte der Doktor zufriedengestellt.

Nagel wollte sich nicht erklären, er vermied, mehr zu sagen, und Dagny Kielland bat wieder Frau Stenersen, es weiter zu treiben.

Veranlassen Sie ihn doch, zu erzählen, was er gemeint hat. Das ist so unterhaltend.

Ja, aber was meinten Sie eigentlich damit? fragte Frau Stenersen. Es war Ihnen doch Ernst, als Sie opponierten? Das müssen Sie mir erklären! Sie machen uns außerdem ein Vergnügen damit; denn wenn Ihr jetzt anfangt, Karten zu spielen, dann wird es schrecklich langweilig.

Ja, wenn ich damit zur Unterhaltung beitrage –! antwortete Nagel.

Wollte er durch diese Bemerkung sich selbst oder seiner Rolle einen kleinen Streich spielen? Sein Mund verzog sich ein wenig.

Er begann damit, daß er sich des Abends, von dem Herr Öien spreche, nicht erinnern könne ... Hat jemand von Ihnen Gladstone gesehen und ihn reden hören? Der Eindruck, den man von ihm am Rednerpult bekommt, ist: offener Lebenswandel, große Rechtschaffenheit. Es ist, als könne einfach von nichts anderem die Rede sein als von lauter gutem Gewissen. Wie sollte ein solcher Mann den großen Frevel begehen können, sich gegen Gott zu verfehlen! Und so tief ist er selbst von seinem guten Gewissen durchdrungen, daß er auch bei seinen Zuhörern das gleiche voraussetzt, tatsächlich sogar bei seinen Zuhörern nichts als gutes Gewissen voraussetzt.

Aber das ist doch ein schöner Zug von ihm! Das beweist seine Rechtschaffenheit und humane Denkungsart, unterbrach der Doktor. So etwas habe ich doch noch nicht gehört!

Das ist auch meine Meinung. Ich führe es ja nur zu seiner Charakteristik an, als einen hübschen Zug seines Bildes, hehehe. Ich will eine Begebenheit erwähnen, die mir jetzt eben einfällt; nein, ich brauche vielleicht nicht den ganzen Vorgang zu schildern, sondern nur den Namen Carey zu nennen. Ich weiß nicht, ob Sie sich erinnern, wie Gladstone, als er seinerzeit Minister war, die Anzeigen gegen den Verräter Carey aufnahm. Übrigens half er ihm später nach Afrika hinüber, um ihn vor der Rache der Fenier zu retten. Na, davon ist hier nicht die Rede, das ist eine andere Geschichte. Ich messe solchen Kleinigkeiten, zu denen ein Minister dann und wann vielleicht gezwungen sein kann, keinen allzu großen Wert bei. Nein, um auf das zurückzukommen, wovon wir ausgingen: es ist sicher, daß Gladstone als Redner aus lauter gutem Gewissen besteht ... Wenn Sie nun Gladstone bei einer seiner Reden gehört oder gesehen hätten, brauchte ich nur noch auf seine Mienen während des Vortrages zu verweisen. Er ist seines guten Gewissens so sicher, daß sich dies sogar in seinem Blick, seiner Stimme, seiner Haltung und seiner Geste widerspiegelt! Seine Rede ist einfach und leicht faßlich, langsam und endlos; oh, wie ewig lang sie dauert. Sein Faden hört niemals auf! Sie müßten gesehen haben, wie er seine Bemerkungen rings im Saale verteilt. Diesem Eisenhändler hier ein wenig und jenem Kürschner dort ein wenig. Und wie er seine Worte einzuschätzen scheint, als gelte jedes einzelne eine Krone. Ja, das ist wirklich ein großartiger Anblick! Gladstone ist nämlich Ritter des unbestreitbaren Rechtes, und dessen Sache hält er hoch. Es würde ihm niemals einfallen, dem Irrtum irgendwelche Zugeständnisse zu machen. Wenn er das Recht auf seiner Seite weiß, so gebraucht er es schonungslos, hebt es hervor, hebt es in den Himmel, läßt es vor den Augen der Zuhörer flattern, macht alle seine Widersacher zuschanden. Seine Moral ist von gesündester und dauerhaftester Art, er arbeitet für das Christentum, für den Humanismus und für die Zivilisation. Würde jemand diesem Mann soundso viele tausend Pfund anbieten, damit er eine unschuldig angeklagte Frau vom Schafott erlöse, würde er die Frau erlösen, das Geld mit Verachtung zurückweisen und hinterher sich das nicht im mindesten als Verdienst anrechnen. Durchaus nicht; er würde sich das *nicht* als Verdienst anrechnen; so ist er. Er ist ein unermüdlicher Kämpfer und eifrig bestrebt, Gutes auf unserem Erdball zu tun, ist täglich bereit, für das Recht, die Wahrheit und Gott zu kämpfen. Und was für Schlachten gewinnt er nicht! Zweimal zwei ist vier, die Wahrheit hat gesiegt, die Ehre gebühret Gott! ... Nun, Gladstone kann es höher bringen als auf zweimal zwei ist vier; ich habe ihn in einer Budgetdebatte nachweisen gehört, daß siebzehnmal dreiundzwanzig dreihunderteinundneunzig ist, und er siegte vernichtend, siegte strahlend, er hatte wieder recht, und das Recht leuchtete aus seinen Augen, bebte in seiner Stimme und hob ihn zur Größe empor. Jetzt aber sah ich mir den Mann ernsthaft an. Ich begriff, daß er voll guten Gewissens war, aber trotzdem sah ich ihn mir genauer an. Ich stehe da und denke über seine dreihundertundeinundneunzig nach und finde, daß es stimmt. Dessenungeachtet aber schmecke ich ein wenig daran und sage zu mir: Nein, halt! siebzehnmal dreiundzwanzig ist dreihundertsiebenundneunzig! Ich weiß wohl, daß es einundneunzig ist, trotzdem aber sage ich gegen mein besseres Wissen siebenundneunzig, um auf einer anderen Seite zu stehen als dieser Mensch, dieser Professionist der Gerechtigkeit. Eine Stimme in mir verlangt: Erhebe dich, erhebe dich gegen dieses ewige Pochen auf das Recht! Und ich erhebe mich und sage vor lauter innerem und brennendem Bedürfnis siebenundneunzig, sage es, um mein Bewußtsein des Rechtes davor zu bewahren, daß es von diesem Mann, der so unbestreitbar auf der Seite des Rechtes steht, in Grund und Boden hineinbanalisiert werde ...

Gott straf mich, aber so einen Nonsens habe ich auch noch nie gehört! rief der Doktor. Regt es Sie denn auf, daß Gladstone immer recht hat?

Nagel lächelte – ob aus Sanftmut oder aus Affektation, war nicht gut zu sagen, er fuhr fort:

Es empört mich nicht, auch demoralisiert es mich nicht. Na, ich darf nicht damit rechnen, hierin verstanden zu werden, aber es ist auch gleichgültig. Gladstone ist ein fahrender Herold des Rechtes und der Wahrheit, sein Gehirn ist von anerkannten Resultaten bis obenauf voll. Die größte Wahrheit unter der Sonne ist für ihn, daß zweimal zwei vier ist. Und können wir leugnen, daß zweimal zwei vier ist? Natürlich nicht, ich sage das auch nur, um zu zeigen, daß Gladstone ewig recht hat. Es kommt eben nur darauf an, ob man wahrheitsnärrisch genug ist, sich dies alles bieten zu lassen, ob unsere Erkenntnisfähigkeit vor lauter Wahrheit schon so lahm geworden ist, daß sie sich von einer unumstößlichen Tatsache einfach zu Boden schlagen läßt. Darum handelt es sich ... Na, aber in dem Maße hat Gladstone recht, und ein so gutes Gewissen hat er, daß es ihm sicher niemals einfallen wird, freiwillig mit seinen Guttaten gegen unseren Erdball einzuhalten. Er muß ständig unterwegs sein, man braucht ihn überall. Und da schlägt er nun der Welt seine Weisheit in Birmingham und seine Weisheit in Glasgow um die Ohren, bringt einen Korkschneider und einen Advokaten zur gleichen politischen Anschauung, kämpft gewaltig für seine Überzeugung und strengt seine alten und getreuen Lungen auf das äußerste an, damit keines seiner kostbaren Worte den Zuhörern verlorengehen möge. Und wenn der Akt vorüber ist und das Volk gejubelt und Gladstone sich verbeugt hat, geht er des Abends heim und legt sich ins Bett, faltet die Hände, liest sein Gebet und schläft ein, ohne den geringsten Argwohn in seiner Seele zu fühlen, ohne sich darüber zu schämen, daß er Birmingham und Glasgow mit – ja womit erfüllt hat? Er hat nur das Gefühl, seine Pflicht gegen die Menschen und gegen sich selbst getan zu haben, und dann schläft er den Schlaf des Gerechten. Er wird nicht so sündig sein, zu sich selbst zu sagen: Heute hast du deine Sache schlecht gemacht, du hast die zwei Baumwollspinner auf der ersten Bank gelangweilt, der eine hat gegähnt, – er wird sich das nicht sagen, denn er ist nicht sicher, ob dies auch wahr sei. Und lügen will er nicht, denn Lügen ist Sünde, und Gladstone will nicht sündigen. Nein, er wird sagen: Mir war, als habe ein Mann gegähnt, es kam mir so vor. Merkwürdigerweise kam es mir so vor, als habe er gegähnt. Aber ich habe mich ganz sicher geirrt, der Mann gähnte wohl kaum. Hehehe ... Ich weiß nicht, ob ich mich in diesem Sinn in Kristiania aussprach; aber das tut nichts. Auf jeden Fall gestehe ich, daß Gladstones Geistesgröße stets einen sehr wenig überwältigenden Eindruck auf mich gemacht hat.

Armer Gladstone! sagte der Bevollmächtigte Reinert.

Darauf antwortete Nagel nichts.

Nein, davon sprachen Sie in Kristiania nicht, erklärte Öien. Sie hatten Gladstone wegen seines Verhaltens gegen die Iren und Parnell angegriffen und sagten unter anderem, er sei kein bedeutender Geist. Das sagten Sie. Er sei groß und brauchbar, aber nur als eine äußerst allgemeine Kraft, als ein ungeheurer Kleiner Finger von Beaconsfield.

Ich weiß schon, man entzog mir das Wort, hehehe. Gut, aber ich bin auch damit einverstanden, warum nicht? Das wird es ja wohl nicht schlimmer machen. Doch richten Sie mich milde!

Da bemerkte Doktor Stenersen:

Nun sagen Sie einmal: gehören Sie eigentlich der *rechten* Partei an?

Erstaunt sperrte Nagel die Augen auf, dann brach er in Lachen aus und erwiderte:

Ja, was glauben Sie?

In diesem Augenblick läutete es an der Sprechzimmertüre des Doktors. Seine Frau sprang auf; natürlich, jetzt mußte der Doktor wieder fort, leider. Aber sonst dürfe noch niemand aufbrechen, durchaus nicht, auf keinen Fall vor zwölf Uhr. Fräulein Andresen möge sich nur einfach wieder hinsetzen; Anna sollte noch mehr heißes Wasser bringen, viel heißes Wasser. Es sei erst zehn Uhr.

Herr Bevollmächtigter, Sie trinken ja gar nichts.

Doch, er käme nicht zu kurz.

Ja, aber ihr dürft nicht aufbrechen. Ihr müßt alle miteinander hierbleiben. Dagny, du bist so still!

Nein, sie sei nicht stiller als sonst.

Jetzt kam der Doktor aus dem Sprechzimmer herein. Man möge ihn entschuldigen, er müsse fort; ein gefährlicher Fall, Verblutung. Na, es sei nicht so weit weg, in zwei, drei Stunden könne er wieder hier sein; er hoffe, die Gesellschaft dann noch zu treffen. Leben Sie wohl alle miteinander, leb wohl, Jetta.

Dann ging der Doktor schnell fort. Eine Minute später sah man ihn mit einem fremden Mann zusammen den Weg zur Landungsbrücke hinunterlaufen, solche Eile hatte er.

Frau Stenersen sagte:

Jetzt müssen wir uns etwas Lustiges ausdenken … Uff, Sie können mir glauben, oft ist es sehr langweilig, hier so allein zurückzubleiben, wenn mein Mann fortgeht. Besonders in den Winternächten ist es ganz schlimm, da bin ich manchmal nicht einmal sicher, daß er wieder zurückkommt.

Gnädige Frau haben keine Kinder, wie ich sehe? fragte Nagel.

Nein, keine Kinder … Na, allmählich gewöhne ich mich ja an diese langen Nächte; aber im Anfang war es ganz abscheulich. Ich versichere Ihnen, ich hatte solche Angst, Angst vor der Dunkelheit – ja, leider fürchte ich mich vor der Dunkelheit –, daß ich manchmal aufstehen und zum Mädchen hinausgehen mußte, um bei ihr zu schlafen … Nein, jetzt mußt du auch einmal etwas sagen, Dagny! Woran denkst denn du? An den Liebsten natürlich.

Dagny wurde rot, lachte verlegen und antwortete:

Freilich habe ich an ihn gedacht. Das ist doch begreiflich. Aber frag doch lieber, an was der Bevollmächtigte Reinert denkt; er hat den ganzen Abend kein Wort gesagt.

Der Bevollmächtigte erhob Einspruch; er habe mit den Damen Olsen und Andresen geschwätzt, sozusagen im stillen eine größere Tätigkeit entfaltet, sei die ganze Zeit sehr angeregt gewesen, habe sich bemüht, den politischen Auseinandersetzungen der anderen zu folgen, kurz gesagt ...

Fräulein Kiellands Verlobter ist nämlich wieder auf See, sagte Frau Stenersen zu Nagel. Er ist Marineoffizier, sein Schiff ist nach Malta gegangen, – war es nicht Malta?

Ja, nach Malta, erwiderte Dagny.

Bei solchen Menschen geht es schnell mit dem Verloben! Er kommt auf drei Wochen zu seinen Eltern heim, und dann eines Abends ... Ja, diese Leutnants!

Frische Leute! sagte Nagel. In der Regel schöne, wettergebräunte Menschen mit keckem Sinn und offenen Gesichtern. Auch ihre Uniform sei so schön, und sie trügen sie mit Geschmack. Doch, die Seeoffiziere hätten ihn immer bezaubert.

Da wendet sich plötzlich Fräulein Kielland an Herrn Öien und fragt lächelnd:

Ja, das sagt Herr Nagel jetzt. Was aber hat er in Kristiania gesagt?

Alle lachten; der Rechtsanwalt Hansen rief berauscht:

Ja, was hat er in Kristiania gesagt – in Kristiania? Was hat Herr Nagel dort gesagt? Hahaha, du meine Güte! Prosit!

Nagel stieß mit ihm an und trank. Er habe wirklich immer eine Schwäche für die Seeoffiziere gehabt. Er wolle sogar noch weiter gehen und sagen, wäre er ein Mädchen, würde er nur einen Seeoffizier haben wollen, sonst lieber gar keinen Mann.

Darüber lachte man wieder; begeistert stieß der Rechtsanwalt mit allen Gläsern an, die er auf dem Tisch fand, und trank. Aber Dagny sagte plötzlich:

Aber den Leutnants wird immer nachgesagt, daß sie nicht sehr begabt seien. Das glauben Sie also nicht?

Unsinn. Aber selbst wenn dies der Fall wäre, würde er als Mädchen trotzdem einen hübschen Mann einem klugen Mann vorziehen. Unbedingt! Und besonders, wenn er ein *junges* Mädchen wäre. Was tut man mit einem Gehirn ohne den Körper? Ja – man könne zwar auch sagen: Was tut man mit einem Körper ohne Gehirn? Aber das ist, zum Satan, doch ein Unterschied. Shakespeares Eltern konnten nicht lesen. Nun, Shakespeare selbst konnte wohl auch nicht besonders gut lesen, und er ist doch eine historische Erscheinung geworden. Wie dem aber auch sei, ein Mädchen müsse doch wohl eher eines gelehrten und häßlichen Mannes überdrüssig werden als eines schönen und dummen Mannes. Nein, wenn er ein junges Mädchen wäre und die Wahl hätte, dann würde er vor allen Dingen einen schönen Mann nehmen. Um die Ansichten dieses Mannes über norwegische Politik und Nietzsches Philosophie und Gottes Dreieinigkeit, um die würde er sich den Teufel scheren.

Hier können Sie Fräulein Kiellands Leutnant sehen, sagte Frau Stenersen und brachte ein Album.

Dagny sprang auf. Es entfuhr ihr ein Nein –! Aber gleich darauf setzte sie sich wieder hin.

Das Bild ist schlecht, sagte sie dann; er sieht noch viel besser aus.

Nagel sah einen hübschen jungen Mann mit Vollbart.

Aufrecht und frei saß er an einem Tisch und hatte die Hand am Säbel. Sein etwas spärliches Haar war in der Mitte gescheitelt; er sah ein wenig englisch aus.

Ja, das ist wahr, er ist viel hübscher, als er auf dem Bild aussieht, sagte auch Frau Stenersen. Ich war selbst einmal in meinen Mädchentagen in ihn verliebt ...

Aber sehen Sie diese Photographie hier an. Das ist ein junger Theologe, der jetzt gestorben ist, sein Name war Karlsen. Er ist vor kurzer Zeit umgekommen. Das war so traurig. Nicht wahr? Jawohl, wir haben ihn vorgestern begraben.

Das Bild zeigte ein kränklich aussehendes Wesen mit hohlen Wangen und mit Lippen, so schmal und zusammengekniffen, daß sie nur wie ein Strich im Gesicht aussahen. Die Augen waren groß und dunkel, die Stirne ungewöhnlich hoch und klar; doch die Brust war flach und die Schultern nicht breiter als die einer Frau.

Das war Karlsen.

So sah er also aus.

Nagel dachte bei sich, daß diesem Gesicht erfrorene Hände und die Theologie entsprechen müßten. Er wollte eben bemerken, es sei dies ein unheimliches Gesicht, als er beobachtete, wie der Bevollmächtigte Reinert seinen Stuhl zu

Dagny rückte und mit ihr zu sprechen begann. Da blätterte er in dem Album weiter, vor und zurück, und schwieg, um nicht zu stören.

Da Sie heute abend über meine Schweigsamkeit geklagt haben, sagte der Bevollmächtigte, ist es mir vielleicht erlaubt, Ihnen ein Begebnis von der letzten Kaiserreise zu erzählen, eine wahre Geschichte. Sie fiel mir jetzt gerade ein ...

Sie unterbrach ihn und sagte leise:

Was haben Sie denn den ganzen Abend über in der Ecke dort hinten für Späße getrieben? Sagen Sie mir lieber das. Ich wollte Ihnen doch nur einen Wink geben, als ich sagte, Sie seien schweigsam gewesen. Sie waren natürlich wieder boshaft. Es ist wirklich häßlich von Ihnen, immer die Leute nachzuäffen und alle möglichen Possen zu treiben. Er bildet sich ja wirklich schrecklich viel auf den eisernen Ring am kleinen Finger ein, hält ihn in die Höhe und sieht ihn an und putzt ihn. Na, aber er tut das vielleicht in Gedanken. Jedenfalls haben Sie es übertrieben. Im übrigen aber ist er so hochmütig und verschroben, daß er es gar nicht besser verdient. Du aber, Gudrun, bist wirklich zu weit gegangen. Er hat ganz sicher gemerkt, daß du über ihn gelacht hast.

Gudrun kam näher, verteidigte sich, behauptete, daß die Schuld einzig und allein den Bevollmächtigten treffe, er sei so komisch, so unwiderstehlich gewesen. Schon allein die Art, wie er gesagt habe: Gladstones Größe hat mir nie imponiert – *mir*!

Still, du sprichst auch jetzt wieder zu laut, Gudrun. Er kann dich hören, ja, wirklich, er wandte sich um. Hast du übrigens bemerkt, daß es ihm gar nichts ausmacht, wenn er unterbrochen wird? Nicht wahr? Er sieht uns dann nur beinahe traurig an. Denk dir, ich bereue schon wieder, daß wir hier sitzen und über ihn klatschen. Ja, erzählen Sie Ihre Geschichte von der Kaiserreise, Bevollmächtigter.

Und der Bevollmächtigte erzählte. Da es kein Geheimnis war, sondern eine ganz unschuldige Begebenheit mit einer Frau und einem Blumenstrauß, sprach der Bevollmächtigte lauter und lauter, so daß ihm schließlich alle Anwesenden zuhörten. Die Geschichte war umständlich und dauerte mehrere Minuten. Als sie zu Ende war, sagte Fräulein Andresen:

Herr Nagel, erinnern Sie sich an gestern abend, an die Geschichte von dem Sängerchor auf dem Mittelmeer ...?

Rasch schlug Nagel das Album zu und sah beinahe entsetzt auf. War das Spiel oder Aufrichtigkeit? Er antwortete leise, daß er sich vielleicht in Einzelheiten getäuscht haben könne, aber das sei nicht mit Absicht geschehen, und er habe die Geschichte nicht erfunden, sie sei ein Erlebnis.

Nein, Bester, ich wollte auch nicht sagen, daß Sie sie erfunden haben, antwortete sie lachend. Aber erinnern Sie sich auch, was Sie antworteten, als ich es schön fand? Daß Sie nur *ein*mal vorher etwas Schöneres gehört hätten, und das sei im Traum gewesen.

Doch, er erinnerte sich, er nickte.

Wollen Sie uns nicht auch diesen Traum erzählen! Doch, tun Sie das. Sie erzählen so merkwürdig. Wir bitten Sie alle miteinander.

Aber er schlug es ab. Er brachte viele Entschuldigungen vor, sagte, es sei nur unbedeutend, ein Traum ohne Anfang und Ende, nur der Hauch einer Vorstellung im Schlafe. Nein, das könne mit Worten nicht wiedergegeben werden; es gäbe viele solcher vager, flüchtiger Wahrnehmungen, die man nur wie Strahlen fühlen könne, und die plötzlich wieder weg seien. Man könne verstehen, wie dumm das Ganze sei, wenn er sage, der Traum habe sich in einem weißen Wald aus Silber abgespielt ...

Also gut, in einem Wald aus Silber. Und weiter?

Nein. Er schüttelte den Kopf.

Er wolle ihr sehr gerne alles mögliche zu Gefallen tun, – ja, sie solle ihn nur auf die Probe stellen. Aber diesen Traum könne er nicht erzählen, das müsse sie ihm glauben.

Gut, aber dann etwas anderes. Wir bitten Sie alle darum.

Er tauge nicht dazu, nicht heute abend. – Verzeihung.

Dann fielen einige gleichgültige Worte, ein paar kindische Fragen und Antworten, der reine Unsinn. Dagny sagte:

Sie könnten Fräulein Andresen alles mögliche zu Gefallen tun, was könnten Sie da zum Beispiel tun?

Man lachte über diesen Einfall, und Dagny selbst lachte mit. Nach kurzem Bedenken sagte Nagel:

Für *Sie* könnte ich etwas Schlimmes tun.

Für mich also etwas Schlimmes? Lassen Sie hören. Einen Mord zum Beispiel?

O ja. Ich könnte einen Eskimo erschlagen, ihm die Haut abziehen und daraus eine Briefmappe für Sie machen.

Nein, wirklich? Jetzt aber zu Fräulein Andresen, was könnten Sie für sie tun? Etwas unerhört Gutes?

Ja, das könnte ich vielleicht, ich weiß nicht. Übrigens, das mit dem Eskimo habe ich einmal gelesen. Sie dürfen nicht glauben, daß das meine eigene Erfindung sei.

Pause.

Sie sind doch alle wirklich außerordentlich liebenswürdige Menschen, sagte er dann. Die ganze Zeit wollen Sie, daß *ich* mich geltend machen und vor allen anderen meine unwichtigen Dinge besprechen soll. Nur weil ich ein Fremder bin.

Der Adjunkt sah verstohlen auf die Uhr.

Sie wissen doch, sagte Frau Stenersen, Sie dürfen nicht fortgehen, bevor mein Mann zurückgekommen ist. Strengstens verboten. Machen Sie, was Sie wollen – gehen dürfen Sie nicht.

Dann bot man Kaffee an, und alle wurden gleich wieder lebhafter.

Der Rechtsanwalt, der mit dem jungen Studenten disputiert hatte, sprang auf. Dieser dicke Mann schnellte leicht wie eine Feder empor und klatschte laut und entzückt Beifall. Selbst der Student rieb sich die Hände, ging zum Klavier und schlug ein paar Akkorde an.

Ach ja, rief die Hausfrau, wie konnten wir vergessen, daß Sie Klavier spielen. Jetzt müssen Sie uns aber noch mehr zum besten geben, doch, wirklich!

Und der Student wollte ja gerne spielen. Er könne nicht viel, falls man jedoch gegen ein wenig Chopin nichts einzuwenden habe ... Oder vielleicht einen Walzer von Lanner ...

Nagel applaudierte dem Spiel eifrig und sagte zu Dagny:

Nicht wahr, wenn man solche Musik hört, möchte man gern in einiger Entfernung davon sitzen, in einem Seitenzimmer, irgendwo, die Hand des geliebten Wesens festhalten und schweigen! Ich weiß nicht – ich habe mir immer vorgestellt, daß dies herrlich sein müsse.

Sie musterte ihn. Meinte er wirklich, was er da zusammenschwätzte? In seinem Gesicht war keine Ironie, und deshalb ging sie auf den gleichen banalen Ton ein:

Ja. Aber dann dürfte es nicht zu hell im Zimmer sein; nicht wahr? Und man müßte in weichen und niedrigen Stühlen ruhen. Und draußen müßte es regnen und dunkel sein.

Sie war an diesem Abend ganz ungewöhnlich schön. Diese dunklen Augen in dem lichten Gesicht übten eine starke Wirkung aus. Obwohl sie keine ganz weißen Zähne hatte, lachte sie gerne, lachte sogar über ganz unbedeutende Dinge; der Mund war rot und voll, man wurde sofort auf ihn aufmerksam. Aber das Merkwürdigste war vielleicht: so oft sie sprach, glitt ein roter Schimmer über ihre Wangen und war dann gleich wieder fort.

Nein, jetzt ist der Adjunkt doch schon wieder verschwunden! rief die Frau des Doktors. Natürlich, natürlich! Mit dem ist nichts anzufangen, der bleibt sich immer gleich. Ich hoffe, daß wenigstens Sie, Herr Bevollmächtigter, gute Nacht sagen, bevor Sie gehen.

Der Adjunkt war durch die Küche gegangen, hatte sich in aller Stille, wie er das immer zu tun pflegte, weggeschlichen, müde nach seinem Rausch, bleich und verwacht, und war nicht mehr zurückgekommen. Nagels Gesicht wechselte bei dieser Nachricht plötzlich den Ausdruck. Sie erweckte sofort die Idee in ihm, daß er es wagen könne, Dagny seine Begleitung durch den Wald an Stelle des Adjunkten anzubieten. Er wartete auch nicht damit, sondern bat sie sogleich, bat sie sowohl mit den Augen wie mit seinem gesenkten Kopf, und fügte schließlich hinzu:

Und ich werde so brav sein!

Sie lachte und erwiderte:

Ja, ja, wenn Sie *das* sein wollen, dann gerne.

Jetzt wartete er nur noch darauf, daß der Doktor käme, damit man aufbrechen könne. Bei der Aussicht auf diesen Weg durch den Wald wurde er lebhafter als vorher, sprach über alles mögliche mit, brachte alle zum Lachen und war ausgesucht liebenswürdig. Er war so hingerissen, so voller Glück, daß er sogar versprach, Frau Stenersens Garten anzusehen und, da er ein halber Fachmann sei, die Erde in der unteren Ecke des Gartens, in der die kranken Johannisbeersträucher standen, zu untersuchen. Doch, er würde mit dem Übel schon fertig werden, wenn er seinen Spruch und seine Beschwörungsformel darüber sagen würde.

Ob er auch hexen könne?

Er pfusche überall hinein. Hier trage er zum Beispiel einen Ring, einen unansehnlichen Ring aus Eisen, der jedoch die wunderbarsten Eigenschaften besitze. Sollte man das glauben, wenn man ihn sehe? Wenn er eines Abends diesen Ring um zehn Uhr verlieren würde, müsse er ihn bis längstens zwölf Uhr wiederfinden, sonst erginge es ihm schlimm. Er habe ihn von einem uralten Griechen bekommen, einem Kaufmann im Piräus. Allerdings habe er diesem Mann einen Dienst geleistet und ihm außerdem einen Ballen Tabak für den Ring geschenkt.

Ob er denn wirklich daran glaube?

Ja, ein wenig. Wirklich! Dieser Ring habe ihn schon einmal geheilt.

In der Richtung des Hafens hörte man einen Hund bellen. Frau Stenersen sah auf die Uhr, ja, das war der Doktor, sie kannte den Hund. Oh, das war schön; erst zwölf Uhr, und er kam schon wieder zurück! Sie klingelte und ließ noch mehr Kaffee bringen.

Soso, ein solch merkwürdiger Ring ist das, Herr Nagel? Und Sie glauben ganz fest an ihn?

Ziemlich fest. Das heißt: er hatte guten Grund, nicht ganz an ihm zu zweifeln. Ja, sei es denn nicht gleichgültig, woran man glaube, wenn man nur selbst, in seinem Innern, das eine für so gut halte wie das andere? Der Ring habe ihn von Nervosität geheilt, habe ihn widerstandsfähig und stark gemacht.

Frau Stenersen lachte zuerst, begann aber dann ihm heftig zu widersprechen. Nein, sie könne dieses blasierte Geschwätz nicht ausstehen – er möge verzeihen, sie nenne es blasiertes Geschwätz – und sie sei überzeugt, daß auch Herr Nagel selbst nicht glaube, was er sage. Wenn man schon von gebildeten Menschen so etwas höre, was müsse man sich da erst vom gewöhnlichen Mann erwarten? Wo käme man da hin? Dann könnten ja auch die Ärzte einpacken.

Nagel verteidigte sich. Eines sei doch beinahe so gut wie das andere. Wille, Glaube und Anlage, darauf käme es beim Kranken an. Die Ärzte aber brauchten deswegen nicht einzupacken, die hätten auch ihre Gemeinde, ihre Gläubigen, die hätten die gebildeten Menschen, und die gebildeten Menschen ließen sich mit Mixturen heilen, während die Ketzer, die gemeinen Leute, mit eisernen

Ringen, verbrannten Menschenknochen und Kirchhoferde geheilt würden. Hatte man nicht Beispiele dafür gesehen, daß Patienten vom klaren Wasser gesund wurden, wenn man ihnen nur vorsagte, daß es ein ausgesuchtes Heilmittel sei? Welche Erfahrungen hatte man nicht unter anderem bei den Morphiumkranken gesammelt? Wenn man solche merkwürdigen Ereignisse erlebte, sei es doch denkbar, daß der nichtdoktrinäre Mensch sich den Teufel um das Ganze kümmere und in puncto Glauben an die ärztliche Wissenschaft seine Unabhängigkeit erkläre. Na, im übrigen aber dürfe man nicht den Eindruck haben, daß er sich auf diese Sachen verstehen wollte, er sei kein Fachmann und habe in dieser Beziehung keine Kenntnisse. Und schließlich sei er gerade so guter Laune, daß er auch den anderen die Stimmung nicht verderben möge. Die gnädige Frau müsse ihm wirklich verzeihen, sie alle müßten ihm verzeihen.

Alle Augenblicke sah er auf die Uhr und knöpfte bereits seine Jacke zu.

Mitten in dieses Gespräch platzte der Doktor herein. Er war nervös und verstimmt, wünschte mit erzwungener Lebhaftigkeit guten Abend und dankte seinen Gästen, weil sie noch nicht gegangen waren. Na ja, mit dem Adjunkten war nicht zu rechnen, und Friede sei mit ihm; aber sonst war die Gesellschaft vollzählig. – Ja, das sei ein Kampf in dieser Welt!

Er begann, wie es seine Gewohnheit war, von der Fahrt zu sprechen. Seine saure Miene schrieb sich von seinen Patienten her, die seine Erwartungen enttäuscht hatten. Wie Blödsinnige und Esel hätten sie sich aufgeführt, am liebsten hätte er sie einsperren lassen mögen. Ein solches Haus! Die Frau krank, der Vater der Frau krank, der Sohn der Frau krank. Und ein Geruch in dem ganzen Haus! Na, aber der Rest der Familie trotzdem frisch und rotbackig, die kleinen Kinder von Gesundheit förmlich strotzend. Einfach unbegreiflich, fabelhaft. Nein, das verstehe er nicht! Da lag nun dieser alte Mann, der Vater der Frau, mit einer großen Wunde da, die er sich mit dem Beil zugefügt hatte. Dann habe man eine Frau, die besprechen konnte, kommen lassen, und die hat das Blut auch ganz richtig gestillt. Womit aber hat sie es gestillt? Empörend, strafbar, nicht zu sagen, es stank danach; oh, es war, um aus der Haut zu fahren! Und außerdem wäre bei der nächsten Gelegenheit der kalte Brand in die Wunde gekommen! Ja, wäre er heute abend nicht dort gewesen, dann mochte Gott wissen, was geschehen wäre! Man sollte das Kurpfuschergesetz erweitern, das sollte man wirklich, und es in die Hände von Leuten legen, die ... Nun, das Blut war gestillt. Aber jetzt kommt der Sohn, der erwachsene Sohn, ein langer Schweinepelz, der sich im Gesicht einen Ausschlag zugezogen hatte. Ich hatte ihm neulich die Salben gegeben und ausdrücklich gesagt: Diese gelbe Salbe eine – *eine* – Stunde lang und die weiße Salbe, die Zinksalbe, den Rest des Tages. Was tut er? Nimmt natürlich die falsche Salbe, benützt die weiße eine Stunde lang, und die gelbe, die wie die Hölle brennt und zieht, läßt er den ganzen Tag und die ganze Nacht aufliegen. Und so treibt er es zwei Wochen. Das Merkwürdigste aber ist: der Bursche hält es aus, erholt sich, erholt sich trotz seiner Dummheit, wird gesund! Ein Rindvieh, das gesund wird, wenn es auch das reinste Teufelszeug anwendet! Heute abend zeigt er mir Mund und Wangen, auf denen nicht eine Runzel zu sehen ist. Glück, Schweineglück! Der Mann hätte sein Gesicht auf lange Zeit zerstören können. Glaubt ihr etwa, er zuckte mit der Wimper dabei? ... Dann noch die Mutter des Burschen, die Frau. Sie ist krank, entkräftet, matt, schwindlig, nervös, hat schlechten Appetit und Ohrensausen. Baden! sage ich, baden und waschen, Wasser an den Körper, zum Teufel! Iß Kalbfleisch, mach die Fenster auf und laß frische Luft herein! Keine nassen Füße, Bewegung im Freien, wirf das Buch dort, den Johan Arendt, ins Feuer, und so weiter. Vor allem aber baden und Abreibungen und wieder baden, sonst hilft meine Medizin nicht. – Nun, Kalbfleisch konnte sie sich nicht leisten, das mochte noch angehen; aber sie badet, badet, wäscht sich ein wenig Dreck ab, dann aber friert sie, friert, die Zähne klappern ihr von so viel Reinlichkeit, und da hört sie wieder auf mit all dem Wasser! Sie könne es nicht mehr aushalten, so sauber zu sein! Was nun? Ja, sie habe sich jetzt eine Kette verschafft, eine Gichtkette, ein Voltakreuz, oder wie es heißt, und das hängt sie sich um. Ich frage, ob ich das Ding sehen könne, eine Zinkplatte, ein Fetzen, ein paar Haken, ein paar kleinere Haken, das ist das Ganze. Zum Teufel sage ich, wozu benützen Sie das? Ja, das habe ihr ein wenig geholfen, wirklich geholfen, es habe die Schmerzen im Kopf gelindert, habe sie wieder ein wenig erwärmt. Jawohl, diese Haken und diese Zinkplatte haben ihr geholfen! Was soll man da machen? Ich könnte auf ein Stück Holz spucken und es ihr geben, und es würde ihr genau soviel helfen. Aber sagen Sie ihr das einmal! Werfen Sie den Schund weg, rufe ich, sonst behandle ich Sie nicht mehr, rühre Sie nicht mehr an! Und was glauben Sie, daß sie tut? Sie hält die Zinkplatte fest und läßt mich gehen! Hihihi, läßt mich gehen! Großer Gott! Nein, man sollte nicht Arzt werden, man sollte Medizinmann sein ...

Aufgeregt setzt sich der Doktor zum Kaffee. Seine Frau wechselt einen Blick mit Nagel, dann sagt sie lachend:

Herr Nagel hätte es genau so wie diese Frau gemacht. Wir haben eben, bevor du kamst, darüber gesprochen. Herr Nagel glaubt nicht an deine Wissenschaft.

So, Herr Nagel tut das nicht! bemerkte der Doktor kurz. Ja, ja, das muß Herr Nagel halten, wie er will.

Ärgerlich, gekränkt, voller Zorn auf diese schlechten Patienten, die seine Anordnungen umgangen hatten, trank der Doktor schweigend seinen Kaffee. Er war erbittert darüber, daß alle dasaßen und ihn ansahen. – So tut doch irgend etwas, rührt euch, sagte er. – Nach dem Kaffee aber wurde er wieder munter, sprach eine Weile mit Dagny, machte sich über den Mann, der ihn zu den Kranken gerudert hatte, lustig, kam wieder auf seine Unannehmlichkeiten als Arzt zu sprechen und wurde von neuem erregt. Noch war es ihm unmöglich, dieses Versehen mit den Salben zu vergessen. Das alles miteinander sei nur Roheit und Aberglaube und Eselei. Im großen und ganzen herrsche bei dem gemeinen Volk doch eine schreckliche Unwissenheit.

Ja, aber der Mann war doch gesund.

Der Doktor hätte Dagny am liebsten aufgefressen, als sie das sagte. Er richtete sich auf. Der Mann wurde gesund; ja, aber was weiter? Das schließt doch nicht aus, daß die Dummheit bei dem gemeinen Volk himmelschreiend ist. Der Mann wurde gesund, ja, das wurde er; wenn nun aber der Bursche sich das Maul ganz weggebrannt hätte? Wollte man etwa eine so viehische Dummheit verteidigen?

Dieser schmähliche Zusammenstoß mit einem Bauernlümmel, der seinen Vorschriften gerade entgegen gehandelt hatte und doch geheilt worden war, irritierte den Doktor mehr als alles andere und machte seinen sonst so milden Blick hinter den Brillengläsern ganz wild. Er war von dem hinterlistigsten Zufall hinters Licht geführt, um einer Zinkplatte willen auf die Seite gesetzt worden, und er vergaß dies nicht, ehe er außer dem Kaffee auch noch ein Glas starken Toddys getrunken hatte. Dann sagte er plötzlich:

Du, Jetta, ich gab dem Mann, der mich holte, fünf Kronen, damit du Bescheid weißt. Hahaha, so einen Burschen habe ich auch noch nie gesehen, sein ganzer Hosenboden war weg; aber eine Körperkraft und eine Gleichgültigkeit! Der reine Satan! Den ganzen Weg über sang er. Er glaubte steif und fest, daß er den Himmel mit einer Angelrute berühren könne, wenn er auf dem Gipfel des Etjeberges stehen würde. Du müßtest da wohl auf den Zehen stehen, sagte ich. Das verstand er nicht, er nahm es für Ernst und schwor darauf, daß er so gut wie nur irgendeiner auf den Zehen stehen könne. Hahaha, hat man so etwas gehört! Aber unterhaltend war er.

Endlich erhob sich Fräulein Andresen, um zu gehen, und da standen alle auf. Als Nagel gute Nacht sagte, dankte er so warm, so aufrichtig, daß er den Doktor, der in der letzten Viertelstunde ein wenig süß-sauer gegen ihn gewesen war, vollständig entwaffnete. Kommen Sie doch bald wieder! Sagen Sie, haben Sie eine Zigarre? So nehmen Sie sich noch eine Zigarre mit auf den Weg. Und der Doktor nötigte ihn noch einmal hinein, damit er sich eine Zigarre mitnehme.

Unterdessen stand Dagny bereits fertig angezogen auf der Treppe und wartete.

8

Helle Nächte.

Es war eine schöne Nacht.

Die wenigen Menschen, die man noch in den Straßen sah, hatten frohe Gesichter; auf dem Kirchhof ging immer noch ein Mann umher, schob einen Schubkarren vor sich hin und sang leise. Sonst war alles ganz still, man hörte nichts als diesen Gesang. Die Stadt sah, wenn man von hier oben beim Doktorhaus hinunterblickte, wie ein seltsames, verzweigtes Rieseninsekt aus, wie ein Fabeltier, das sich flach auf den Bauch geworfen und Arme und Hörner und Fühlhörner nach allen Richtungen ausgestreckt hatte. Nur da und dort rührte es ein Glied oder zog eine Kralle an – wie jetzt im Hafen unten, wo eine winzig kleine Dampfjolle lautlos in die Bucht hereinglitt und eine Furche durch das schwarze Wasser zog.

Der Rauch von Nagels Zigarre stieg blau in die Luft. Er sog den Duft von Wald und Gras ein, und das Gefühl einer durchdringenden Zufriedenheit, einer eigentümlichen und starken Freude ergriff ihn, trieb ihm das Wasser in die Augen und nahm ihm beinahe den Atem. Er ging an Dagnys Seite. Sie hatte noch nichts gesprochen. Als sie an dem Friedhof vorbeigekommen waren, hatte er ein paar lobende Worte über die Doktorsleute geäußert, aber keine Antwort erhalten. Jetzt war er von der Stille und Schönheit der Nacht so tief berauscht, sie war so leidenschaftlich auf ihn eingeströmt, daß sein Atem kurz und sein Blick unbestimmt wurde. Ja, wie köstlich waren diese hellen Nächte! Mit lauter Stimme sagte er:

Nein, sehen Sie doch die Höhenzüge dort – wie klar sie sind! Ich bin so froh, gnädiges Fräulein, ich bitte Sie um die Güte, Nachsicht mit mir zu haben. Ich könnte heute nacht vor lauter Glück Dummheiten machen. Sehen Sie die Kiefern hier, und die Steine und die Maulwurfshaufen, und dort die Wacholdersträucher, sie gleichen in diesem nächtlichen Licht sitzenden Menschen. Und die Nacht ist kühl und rein; sie bedrückt nicht mit seltsamen Ahnungen, und nirgends keimen heimliche Gefahren, nicht wahr? Sie dürfen jetzt nicht unzufrieden mit mir sein, Sie dürfen nicht. Es ist gerade so, als gingen Engel durch meine Seele und sängen ein Lied. Mache ich Sie furchtsam?

Sie war stehengeblieben, und deshalb fragte er, ob er sie ängstlich mache. Lächelnd sah sie ihn mit ihrem blauen Blick an, wurde wieder ernst und sagte:

Ich habe darüber nachgedacht, was Sie wohl für ein Mensch sind.

Dies sagte sie, während sie immer noch vor ihm stand und ihn ansah. Während des ganzen Weges sprach sie mit bebender, klarer Stimme, als sei sie ein wenig ängstlich und ein wenig froh.

Dann begann ein Gespräch zwischen ihnen, das, so langsam sie auch gingen, den ganzen Wald hindurch dauerte und das von dem einen zum anderen übersprang, von Stimmung zu Stimmung, mit all der bewegten Unruhe, die über beiden lag:

Haben Sie über mich nachgedacht? Wirklich? Ich aber habe wohl schon viel, viel mehr an Sie gedacht. Ich wußte von Ihnen schon, ehe ich kam, ich hörte Ihren Namen an Bord des Dampfers. Durch einen Zufall bekam ich ihn zu hören; ich belauschte ein Gespräch. Und ich kam am zwölften Juni hierher. Am zwölften Juni ...

Ach nein, gerade am zwölften Juni!

Ja. Und die Stadt flaggte, und ich fand diese kleine Stadt so betörend, deshalb ging ich hier an Land. Und sogleich hörte ich noch mehr von Ihnen ...

Sie lächelte und fragte:

Ja, wohl von Minute?

Nein. Ich hörte, daß alle Sie gern hatten, alle Menschen, und daß alle Sie bewunderten ... Und Nagel dachte plötzlich an den Theologen Karlsen, der sogar um ihretwillen seinem Leben ein Ende gemacht hatte.

Sagen Sie, Sie meinen das doch, was Sie über die Seeoffiziere sagten?

Ja? Warum?

Nun, dann sind wir ja einig.

Warum sollte ich das nicht meinen? Ich schwärme für die Seeoffiziere und habe das schon immer getan, ich bewundere ihr freies Leben, ihre Uniform, ihre Frische und Unerschrockenheit, die meisten von ihnen sind auch außerordentlich angenehme Menschen.

Jetzt aber sprechen wir einmal von Ihnen. Was hat es zwischen Ihnen und dem Bevollmächtigten Reinert gegeben?

Nichts. Mit dem Bevollmächtigten Reinert, sagen Sie?

Gestern baten Sie ihn für etwas um Entschuldigung und den ganzen heutigen Abend haben Sie kaum ein Wort mit ihm gesprochen. Pflegen Sie alle Leute zu beleidigen und sie hinterher um Entschuldigung zu bitten?

Er lachte und sah auf den Weg nieder.

Um die Wahrheit zu gestehen, erwiderte er, war es sehr unrichtig von mir, den Bevollmächtigten zu beleidigen. Aber ich bin ganz sicher, daß es wieder gut wird, wenn ich mich einmal mit ihm aussprechen kann. Ich bin ein wenig rasch, ein wenig derb; das Ganze kam davon her, daß er mich anstieß, als er durch eine Tür ging. Eine Kleinigkeit also, eine Unachtsamkeit von seiner Seite. Ich aber fahre wie verrückt auf und rufe ihm einige Schimpfnamen zu, halte ihm ein Bierglas unter die Nase und verbeule seinen Hut. Da ging er, als gebildeter Mensch konnte er ja nichts anderes tun. Aber hinterher bereute ich mein Betragen, und ich habe mich entschlossen, es wiedergutzumachen. Natürlich, ein wenig war auch ich zu entschuldigen, ich war nervös an diesem Tag und hatte Ärger gehabt. Aber davon weiß ja niemand etwas, so etwas kann man nicht vorbringen, und so muß ich lieber die ganze Schuld auf mich nehmen.

Er hatte gesprochen, ohne sich weiter zu bedenken, vollkommen aufrichtig, als wolle er beiden Teilen Gerechtigkeit widerfahren lassen. Auch seine Gesichtszüge verrieten keine Hinterlist. Doch Dagny blieb plötzlich stehen, sah ihm erstaunt ins Gesicht und sagte:

Nein, aber ... so ging es ja gar nicht zu. Ich habe es auf eine ganz andere Art gehört.

Minute lügt! rief Nagel mit heißen Wangen.

Minute? Ich habe es gar nicht von Minute gehört. Warum sagen Sie über sich selbst eine Unwahrheit? Ich habe es von einem Mann auf dem Marktplatz gehört, von dem Gipsfigurenhändler. Der hat mir das Ganze erzählt. Er war ja auch vom Anfang bis zum Ende dabei.

Pause.

Warum sagen Sie über sich selbst eine Unwahrheit? Das verstehe ich nicht, fuhr sie fort, und sie sah ihn die ganze Zeit an. Ich habe die Geschichte heute gehört, und ich wurde so froh darüber, das heißt: ich fand, Sie hatten so ungewöhnlich schön, so ungewöhnlich überlegen gehandelt. Das stand Ihnen so gut. Hätte ich nicht heute vormittag diese Geschichte gehört, würde ich wohl kaum gewagt haben, jetzt hier mit Ihnen zu gehen. Das sage ich Ihnen ganz aufrichtig.

Pause.

Dann fragte er:

Und jetzt bewundern Sie mich deshalb?

Ich weiß nicht, entgegnete sie.

Doch, ja, jetzt bewundern Sie mich.

Hören Sie, fährt er dann fort, das alles ist ja nur eine Komödie. Sie sind ein ehrlicher Mensch, es widerstrebt mir, Sie zum besten zu halten, ich will Ihnen sagen, wie es zusammenhängt.

Und jetzt erklärt er ihr, frech und ohne mit den Wimpern zu zucken, wie er das Ganze berechnet habe:

Wenn ich diesen Zusammenstoß mit dem Bevollmächtigten auf meine Art darstelle, die Sache ein wenig verdrehe, sogar einige Unwahrheiten über mich selbst sage, so tue ich das im Grund – im Grund – nur aus purer Berechnung. Ich versuche soviel Vorteil als möglich aus diesem Handel zu ziehen: Sie sehen, ich bin aufrichtig gegen Sie. Ich nehme nämlich an, daß Ihnen irgend jemand doch einmal den richtigen Zusammenhang erzählt, und wenn ich mich da schon im voraus so schlecht wie möglich gemacht habe, kommt mir das zugute, ich habe einen übermäßigen Gewinn dabei. Ich erhalte dadurch einen Glanz von Größe, von Hochherzigkeit, der seinesgleichen sucht – nicht wahr? – Aber das geschieht also ausschließlich durch einen Betrug, so platt und gewöhnlich, daß Sie sich darüber empören werden, wenn es Ihnen zu Ohren kommt. Ich finde es am richtigsten, Ihnen dies offen zu bekennen, denn Sie verdienen Ehrlichkeit. Aber freilich, jetzt erreiche ich nur, daß ich Sie tausend Meilen von mir fortjage, leider.

Sie sah ihn beharrlich an, grübelte über diesen Mann und seine Worte, dachte nach und versuchte sich eine Meinung zu bilden. Was sollte sie glauben? Wo wollte er mit seiner Offenheit hin? Plötzlich bleibt sie wieder stehen, schlägt die Hände zusammen und bricht in ein hohes, klares Lachen aus.

Nein, Sie sind doch der frechste Mensch, dem ich je begegnet bin! So eine Idee, umherzugehen und eine plumpe Geschichte nach der anderen vorzubringen, und dies mit dem ernstesten Gesicht, nur um sich selbst zu schaden! Aber damit kommen Sie bei mir nicht weiter! So etwas habe ich auch noch nie gehört! Wer bürgt Ihnen denn dafür, daß ich jemals den richtigen Zusammenhang zu hören bekäme? Sagen Sie mir das! Nein, halt, sagen Sie lieber nichts, Sie würden doch nur wieder lügen. Pfui, wie häßlich von Ihnen, hahahahaha. Aber hören Sie: wenn Sie nun berechnen, daß das alles so und so kommen wird, und sich das Ganze zurechtlegen und erreichen, was Sie wünschen, weshalb gehen Sie dann nachträglich her und verderben alles wieder, indem Sie Ihren Betrug – wie Sie es nennen – aufdecken? Auch gestern abend taten Sie etwas Ähnliches. Ich verstehe Sie nicht. Aber warum berechnen Sie denn alles und berechnen doch nicht, daß Sie selbst Ihren Schwindel wieder aufdecken werden?

Er gab durchaus nicht nach, einen Augenblick bedachte er sich und antwortete:

Aber ich berechne das ja auch, berechne auch das. Sie müssen doch selbst einsehen: Wenn ich beichte, hier neben Ihnen gehe und alles beichte, riskiere ich eigentlich nichts dabei, auf jeden Fall nicht viel. Erstens nämlich ist es nicht sicher, daß der, dem ich beichte, mir glaubt. Sie zum Beispiel glauben mir in diesem Augenblick nicht. Was aber ist die Folge davon? Die Folge davon ist, daß ich doppelt verdiene. Ich verdiene enorm, mein Gewinn wächst wie eine Lawine, wird so hoch wie ein Berg. Na, zweitens aber werde ich aus dieser Spekulation ohne Zweifel mit Profit hervorgehen, auch wenn Sie mir glauben. Sie schütteln den Kopf? Tun Sie das nicht; ich versichere Ihnen, ich habe dieses Verfahren schon oft angewandt und dabei immer gewonnen. Wenn Sie wirklich glauben, daß mein Bekenntnis ehrlich war, so werden Sie auf jeden Fall von meiner Offenheit ganz überwältigt sein. Sie werden sagen: Freilich, er hat mich angeführt, aber er erzählt es hinterher, ohne es nötig zu haben; seine Frechheit ist mystisch, er scheut absolut gar nichts, er versperrt dir mit seinen

Zugeständnissen förmlich den Weg! Kurz gesagt: ich zwinge Sie dazu, auf mich zu starren, ich schüre Ihre Neugierde, damit Sie sich mit mir beschäftigen müssen, ich bringe Sie dazu, vor mir zurückzufahren. Es ist noch keine Minute her, daß Sie selbst sagten: Nein, ich verstehe Sie nicht! Sehen Sie, das sagten Sie, weil Sie versucht haben, mich zu erkennen – etwas, das mich reizt, ja was geradezu süß für mich ist. Auf jeden Fall also trage ich meinen Profit heim, ob Sie mir nun glauben oder nicht.

Pause.

Und Sie wollen mir weismachen, antwortete sie, daß Sie sich diese ganze List im voraus ausgedacht haben? Daß Sie jeden Zufall zuvor bedacht, alle Verhaltungsmaßregeln getroffen haben? Hahaha. Jetzt aber wird mich nichts mehr aus Ihrem Mund in Erstaunen setzen, nein, nunmehr bin ich auf alles gefaßt. Doch genug davon, Sie hätten noch viel schlechter lügen können, Sie sind wirklich geschickt.

Hartnäckig bestand er auf dem Seinen und bemerkte, daß seine Großmut nach dieser ihrer Entscheidung berghoch sein müsse. Und er danke ihr so vielmals, hehehe, doch, er habe alles erreicht, was er beabsichtigt hatte. Und es sei allzu freundlich von ihr, allzu gutmütig ...

Ja, ja, unterbrach sie, lassen Sie es nun gut sein.

Jetzt aber war er es, der stehenblieb.

Ich sage Ihnen noch einmal, daß ich Sie zum besten gehabt habe! erwiderte er und blickte sie starr an.

Einen Augenblick sahen sie einander in die Augen. Ihr Herz begann stärker zu klopfen, und sie wurde ein wenig bleich. Warum war es ihm wohl so sehr darum zu tun, daß sie das Schlechteste von ihm glaubte? So gerne und so gutwillig er sonst nachgab, in diesem Punkt war er nicht vom Fleck zu bringen. Welch eine fixe Idee, welch eine Torheit! Gereizt brach sie aus:

Ich kann nicht begreifen, warum Sie hier neben mir hergehen und Ihr Innerstes vor mir umstülpen! Sie versprachen doch, artig zu sein.

Ihre Heftigkeit war wirklich echt. Sie begann an ihm irr zu werden, seine Hartnäckigkeit, die so sicher, so unentwegt war, machte sie schwankend. Es kränkte sie, so an der Nase herumgeführt zu werden. In ihrer Erregung schlug sie sich im Gehen mit dem Sonnenschirm in die Hand. Er war sehr unglücklich und sagte viele hilflose und komische Worte darüber. Schließlich mußte sie wieder lachen und gab ihm zu verstehen, daß sie ihn nicht ernst nähme. Er sei unmöglich, bleibe unmöglich und werde immer unmöglich sein. Ja, nur zu, wenn er das so lustig fände. Aber kein Wort mehr von dieser fixen Idee, kein Wort.

Pause.

Erinnern Sie sich, sagte er, hier traf ich Sie das erstemal. Niemals werde ich vergessen, wie feenhaft Sie aussahen, als Sie flohen. Wie eine Nymphe, eine Erscheinung ... Aber jetzt will ich Ihnen ein Abenteuer erzählen, das ich erlebt habe.

Es sei übrigens nur ein Stück von einem Erlebnis und sei bald erzählt. Er saß einmal in seinem Zimmer, in einer kleinen Stadt, nicht in Norwegen, das Land sei ja gleichgültig, kurz: er saß an einem milden Herbstabend in seinem Zimmer. Vor acht Jahren, im Jahre 1883. Er saß mit dem Rücken gegen die Türe und las in einem Buch.

Hatten Sie eine Lampe?

Jawohl, draußen war es stockfinster. Ich saß da und las. Da höre ich jemand gehen, höre deutlich Schritte auf der Treppe, höre auch, daß bei mir angeklopft wird. Herein! Niemand kommt. Ich öffne die Türe; niemand draußen. Kein Mensch steht draußen. Ich klingle dem Mädchen. Ist jemand die Treppe heraufgegangen? Nein, niemand. Schön, gute Nacht! Das Mädchen geht.

Wieder setze ich mich an mein Buch. Da fühle ich einen Atem, einen Hauch, wie den Atem eines Menschen, und ich höre flüstern: Komm! Ich sehe mich um; niemand ist da. Ich lese wieder, werde ärgerlich und sage: Zum Teufel! Da sehe ich auf einmal neben mir einen kleinen bleichen Mann mit rotem Bart und sprödem, steifem Haar, das steil in die Höhe ragt; er steht an meiner linken Seite. Er blinzelt mir mit dem einen Auge zu, ich blinzle zurück; keiner von uns hatte den andern je vorher gesehen, aber wir blinzelten einander ein wenig zu. Da schließe ich mit der rechten Hand das Buch, und der Mann geht zur Türe und verschwindet. Ich folgte ihm mit den Augen und sah, wie er verschwand. Ich stehe auf, gehe ebenfalls zur Türe, und wieder höre ich es flüstern: Komm! Gut, ich nehme einen Mantel um, ziehe die Galoschen an und gehe hinaus. Du könntest dir eine Zigarre anzünden, dachte ich, kehre wieder in mein Zimmer zurück und zünde eine Zigarre an. Ich stecke auch noch mehrere Zigarren ein, Gott weiß, warum ich das tat, aber ich tat es nun einmal, und ging wieder hinaus.

Es war stockfinster, und ich sah nichts, aber ich fühlte, daß der kleine Mann an meiner Seite ging. Ich schlug mit den Armen aus, um ihn zu ergreifen. Ich wollte störrisch sein und beschloß stillzustehen, wenn er mir nicht besseren Bescheid geben würde; aber er war nicht zu finden. Ich versuchte auch, in der Dunkelheit ihm nach verschiedenen Richtungen zuzublinzeln, aber es half nichts. Gut! sagte ich, ich gehe nicht um deinetwillen, sondern um meinetwillen, ich mache einen Spaziergang; sei so freundlich und merke dir, daß ich nur einen Spaziergang mache. Ich sprach laut, damit er es hören solle. Ich ging mehrere Stunden lang, war bald aufs Land hinausgekommen, in einen Wald, und fühlte, wie mir taunasse Zweige und Blätter ins Gesicht schlugen. Nun wohl! sagte ich endlich und zog die Uhr hervor, nun wohl, jetzt gehe ich also wieder heim! Aber ich ging nicht wieder heim, war nicht imstande umzukehren. Beständig wurde ich weiter getrieben. Es ist eigentlich ein unvergleichliches Wetter, sagte ich da, du kannst ja eine Nacht oder zwei so weiter gehen, du hast ja Zeit! Dies sagte ich, obwohl ich müde und vom Tau gehörig durchnäßt war. Ich zündete mir eine neue Zigarre an, und der kleine Mann war ständig bei mir, ich fühlte, wie er mich anblies. Und ich ging unablässig, ging nach allen möglichen Richtungen, nie aber heimwärts zur Stadt. Meine Füße begannen zu schmerzen, bis zu den Knien herauf war ich naß vom Tau, und mein Gesicht tropfte wegen der feuchten Zweige, die mich streiften. Ich sagte: Es ist ja ein wenig sonderbar von mir, um diese Zeit hier herumzulaufen; aber es ist nun einmal eine Gewohnheit von mir, ein Brauch von Kindesbeinen an, nachts in den größten Wäldern, die ich finden kann, spazierenzugehen. Und mit zusammengebissenen Zähnen ging ich weiter. Dann schlägt die Uhr unten in der Stadt zwölf – eins, zwei, drei, vier bis zwölf; ich zähle die Schläge. Dieser bekannte Ton belebte mich sehr, obwohl es mich auch ärgerte, daß wir uns noch nicht weiter von der Stadt entfernt hatten, nachdem wir schon so lang umhergetrabt waren. Gut, aber die Turmuhr schlug, und genau in dem gleichen Augenblick, als der zwölfte Schlag fiel, steht der kleine Mann wieder greifbar vor mir und sieht mich an und lacht. In meinem Leben werde ich das nicht vergessen, ganz deutlich und lebend stand er da, zwei Vorderzähne fehlten ihm, und die Hände hielt er auf dem Rücken …

Aber wie konnten Sie ihn in der Dunkelheit sehen?

Er leuchtete selbst. Er leuchtete von einem seltsamen Licht, das hinter ihm zu brennen schien, als strahle es von seinem Rücken aus und mache ihn durchsichtig; sogar seine Kleider waren taghell, seine Hose war viel zu kurz und abgenützt. Das alles sah ich in einer Sekunde. Die Erscheinung versetzte mich in

Erstaunen, unwillkürlich schloß ich die Augen und trat einen halben Schritt zurück. Als ich wieder aufsah, war der Mann fort …

Ach …!

Es geht noch weiter. Ich war an einen Turm gekommen. Ja, vor mir stand ein Turm, ich stieß dagegen, sah ihn deutlicher und deutlicher, es war ein schwarzer, achteckiger Turm, wie der Turm der Winde in Athen – falls Sie eine Zeichnung davon gesehen haben sollten. Niemals hatte ich etwas von einem Turm in diesem Wald gehört, aber er war da. Ich bleibe vor diesem Turm stehen, wieder höre ich ein Komm! und ich gehe hinein. Das Tor blieb hinter mir offen, und ich fühlte das als eine Erleichterung.

Im Gewölbe drinnen treffe ich wieder den kleinen Mann. An der einen Wand brannte eine Lampe, und ich konnte ihn gut sehen; er kam mir entgegen, als sei er die ganze Zeit hiergewesen, lachte mich still an, stand regungslos und starrte zu mir her, während er lachte. Ich sah ihm in die Augen und fand, daß sie voller grauenhafter Dinge seien, die sie im Leben gesehen haben mußten. Wieder blinzelte er mir zu, aber diesmal blinzelte ich nicht, ich wich vor ihm zurück, je mehr er sich mir näherte. Plötzlich höre ich leichte Schritte hinter mir, ich wende den Kopf und sehe ein junges Weib hereinkommen.

Nun, ich sehe sie an und fühle eine Freude dabei; sie hatte rote Haare und schwarze Augen, aber sie war mangelhaft bekleidet und ging auf dem Steinboden barfuß. Ihre Arme waren nackt und ohne Flecken.

Einen Augenblick lang mustert sie uns beide, senkt dann den Kopf tief vor mir und geht zu dem kleinen Mann hin. Ohne ein Wort zu sagen, fängt sie an, seine Kleider aufzuknöpfen und an seinem Körper umherzutasten, als suche sie etwas. Bald darauf zieht sie aus dem Futter seines Mantels einen hellen Schein, ein kleines, wild leuchtendes Licht hervor, das sie sich an den Finger hängt. Es leuchtete so stark, daß es die Lampe an der Mauer vollständig überstrahlte. Der Mann stand ganz still, während er durchsucht wurde, und lachte immer noch. Gute Nacht! sagte das Weib und wies auf eine Türe, und der Mann, dieses fürchterliche, seltsame Halbtier, ging. Ich blieb allein mit einem neuen Wesen zurück.

Sie trat auf mich zu, beugte sich wieder tief vor mir und fragte, ohne zu lächeln, ohne die Stimme zu heben:

Woher kommst du?

Aus der Stadt, schönes Mädchen, antwortete ich. Ich komme aus der Stadt.

Fremdling, vergib meinem Vater! sagt sie plötzlich. Füge uns deshalb nichts Böses zu; er ist krank, er ist wahnsinnig, du sahst ja seine Augen.

Ja, ich sah seine Augen, antwortete ich, und ich fühlte, daß sie Macht über mich hatten, ich folgte ihnen.

Wo trafst du ihn? fragte sie.

Und ich erwiderte:

Bei mir zu Hause, in meinem Zimmer. Ich saß da und las, als er kam.

Da schüttelte sie den Kopf und schlug die Augen nieder.

Aber laß dich nicht dadurch betrüben, schönes Kind, sagte ich dann; ich habe diesen Spaziergang so gern gemacht, ich habe nichts dadurch versäumt und bereue nicht, dich getroffen zu haben. Sieh her, ich bin fröhlich und zufrieden, lächle du nun auch!

Aber sie lächelte nicht, sie sagte:

Nimm die Schuhe ab, du darfst heute nacht nicht von hier fortgehen, ich werde deine Kleider trocknen.

Ich sah an meinen Kleidern hinunter, sie waren triefend naß, in meinen Schuhen stand das Wasser. Ich tat, wie sie mir geheißen, zog die Schuhe aus und gab sie ihr. Als ich das getan hatte, blies sie die Lampe aus und sagte:

Komm!

Warte ein wenig, erwiderte ich und hielt sie zurück. Weshalb läßt du mich schon die Schuhe ausziehen, wenn ich doch nicht hier schlafen soll?

Das darfst du nicht wissen, entgegnete sie.

Und ich bekam es nicht zu wissen.

Sie führte mich durch die Türe hinaus, in einen dunklen Raum; ich vernahm einen Ton, als wenn etwas uns nachschnüffelte, ich fühlte eine weiche Hand auf meinem Mund, und die Stimme des Mädchens sagte laut:

Ich bin es, Vater. Der Fremde ist fort – fort.

Aber ich hörte noch einmal, wie der mißgestaltete Wahnsinnige uns nachwitterte.

Wir stiegen eine Treppe hinauf, sie hielt meine Hand, und keines von uns sprach. Wir kamen wieder in einen gewölbten Raum, in dem kein Lichtstrahl zu sehen war, überall herrschte schwarze Nacht.

Still! flüsterte sie. Hier ist mein Bett.

Und ich tastete mich nach dem Bett hin und fand es.

Leg nun auch die übrigen Kleider ab, flüsterte sie wieder.

Ich legte sie ab und gab sie ihr.

Gute Nacht! sagte sie.

Ich hielt sie zurück und bat sie zu bleiben: Warte ein wenig, geh nicht. Jetzt weiß ich, warum du mich die Schuhe da unten ausziehen ließest; ich werde ganz still sein, dein Vater hat mich nicht gehört – komm!

Aber sie kam nicht.

Gute Nacht! sagte sie wieder und ging ...

Pause. Dagny war flammend rot geworden, ihre Brust hob und senkte sich rasch, die Nasenflügel bebten. Sie fragte schnell:

Ging sie?

Pause.

Jetzt verwandelt sich meine Nacht und wird wie ein Feenabenteuer, eine rosenrote Erinnerung. Stellen Sie sich eine helle, helle Nacht vor ...

Ich blieb allein; die Finsternis um mich her war schwer und dick wie Samt. Meine Knie zitterten vor Müdigkeit, auch fühlte ich mich ein wenig betäubt. Welch ein Spitzbube von einem Geisteskranken, der mich mehrere Stunden lang durch nasses Gras im Kreise geführt hatte, geführt wie ein Stück Vieh, nur mit seinem Blick und seinem Komm, komm – – – Das nächste Mal entreiße ich ihm das Licht und schlage es ihm aufs Maul! Ich war ganz erbittert, steckte mir zornig eine Zigarre an und ging zu Bett. Eine kleine Weile lag ich da und sah auf die Glut der Zigarre. Da höre ich das Tor unten zufallen, und alles wird still.

Zehn Minuten vergingen. Beachten Sie: ich liege hellwach auf einem Bett und rauche eine Zigarre. Plötzlich erfüllt sich das Gewölbe mit einem Sausen, als würden in der Decke überall Ventile geöffnet. Ich stütze mich auf den Ellbogen und lasse meine Zigarre ausgehen, starre in der Dunkelheit um mich und kann nichts entdecken. Ich lege mich wieder hin und lausche, und mir ist, als höre ich ferne Töne, ein wunderbares tausendstimmiges Spiel, irgendwo um mich her, hoch oben unter dem Himmel vielleicht, aber tausendstimmig und leise. Dieses Spiel tönt ununterbrochen und kommt näher und näher, und schließlich wogt es über mir, über dem Dach des Turmes. Ich stütze mich wieder auf den Ellbogen. Jetzt erlebe ich etwas, was mich heute noch, wenn ich daran denke, mit seltsamer, übernatürlicher Freude berauscht. Ein Strom von winzig kleinen, blendenden Wesen bricht plötzlich auf mich herab; sie sind ganz weiß, es sind Engel, Myriaden von kleinen Engeln, die wie eine schräge Mauer von Licht herniederströmen. Sie füllen das Gewölbe, es sind ihrer vielleicht eine Million, sie wogen zwischen Boden und Decke auf und nieder, und sie singen, singen, und sind vollkommen nackt und weiß.

Mein Herz steht still: Engel überall. Ich lausche und höre ihrem Gesang zu, sie streifen meine Augenlider und setzen sich in mein Haar, und das ganze Gewölbe ist von dem Duft erfüllt, der aus ihren kleinen geöffneten Mündern kommt.

Ich liege auf den Ellbogen gestützt – und strecke meine Hand nach ihnen aus, und einige von ihnen setzen sich darauf. Sie sehen auf meiner Hand wie ein lebendes Siebengestirn aus. Aber ich beuge mich vornüber und blicke ihnen in die Augen und sehe, daß diese Augen blind sind. Ich lasse diese sieben Blinden los und fange sieben andere ein, und auch diese sind blind. Ach, alle waren blind, – der ganze Turm war voll blinder Engel, die sangen.

Ich rührte mich nicht, aber mir verging beinahe der Atem, als ich dies sah, und um dieser blinden Augen willen zog ein schmerzlicher Wehklang durch meine Seele.

Eine Minute verging. Ich liege und lausche und höre irgendwo weit fort einen schweren, groben Schlag, ich höre ihn so grausam deutlich, es donnerte noch lange danach: es war wieder die Turmuhr der Stadt, die schlug. Es schlug ein Uhr.

Und mit einemmal schwieg der Gesang der Engel. Ich sah, wie sie sich wieder ordneten und fortflogen, sie stiegen zum Dach auf, drängten einander, um fortzukommen, standen wie eine schräge Mauer aus eitel Licht empor, und alle sahen mich an, als sie fortflogen. Der letzte wandte sich um und blickte mich mit seinen blinden Augen noch einmal an, ehe er verschwand.

Dieser eine Engel, der sich umwandte und mich ansah, obwohl er blind war, ist meine letzte Erinnerung. Dann wurde alles dunkel. Ich fiel ins Bett zurück und schlief ein ...

Als ich erwachte, war es heller Tag. Ich war immer noch allein in dem gewölbten Raum. Meine Kleider lagen vor mir auf dem Boden. Ich befühlte sie, sie waren noch ein wenig naß, aber ich zog sie dennoch an. Dann geht die Türe auf, und das Mädchen vom Abend vorher zeigt sich wieder.

Sie kommt zu mir her, und ich sage:

Woher kommst du? Wo warst du heute nacht?

Dort oben, erwidert sie und deutet zum Dach des Turmes hinauf.

Hast du nicht geschlafen?

Nein, ich habe nicht geschlafen. Ich habe gewacht.

Hörtest du nicht Musik heute nacht? fragte ich. Ich habe eine unbeschreibliche Musik gehört.

Und sie antwortete:

Doch, ich spielte und sang.

Du warst es? Sage mir, Kind, warst du es wirklich?

Ich war es.

Sie reichte mir die Hand und sagte: Jetzt komm. Ich werde dich auf den Weg führen.

Hand in Hand verließen wir den Turm und gingen in den Wald hinaus. Die Sonne schien auf ihr goldenes Haar, und ihre schwarzen Augen waren herrlich anzusehen. Ich nahm sie in meine Arme und küßte zweimal ihre Stirne, dann fiel ich vor ihr auf die Knie nieder. Mit bebenden Händen löste sie ein schwarzes Band und knüpfte es mir um das eine Handgelenk; doch während sie dies tat, weinte sie und war bewegt. Ich fragte:

Weshalb weinst du? Verlaß mich, wenn ich dir weh getan habe!

Aber sie antwortete nur:

Kannst du die Stadt von hier aus sehen?

Nein, antwortete ich, ich kann die Stadt nicht sehen. Kannst du es?

Steh auf und laß uns weiter gehen, sagte sie. Wieder führte sie mich. Noch einmal blieb ich stehen und nahm sie an meine Brust und sagte:

Wie ich dich lieben muß, wie du mich mit Glück erfüllst!

Und auch sie bebte in meinen Armen, aber sie sagte trotzdem:

Jetzt muß ich umkehren. Du kannst doch die Stadt schon sehen?

Ja, erwiderte ich, das kannst du wohl auch?

Nein, antwortete sie.

Warum nicht? fragte ich.

Sie trat von mir zurück und sah mich mit großen Augen an, und ehe sie ging, verneigte sie sich tief vor mir. Als sie einige Schritte gegangen war, wandte sie sich noch einmal um und sah mich an.

Da aber erkannte ich, daß auch ihre Augen blind waren ...

Nun kamen zwölf Stunden, über die ich nicht Rechenschaft ablegen kann, und die in mir ausgelöscht sind. Ich weiß nicht, wohin sie gekommen sind. Ich habe mich vor den Kopf geschlagen und mir gesagt: Es handelt sich um zwölf Stunden, sie müssen irgendwo da drinnen sein, sie haben sich nur versteckt, ich muß sie finden. Und doch habe ich sie nicht gefunden ...

Wieder ist es Abend, ein dunkler, milder Herbstabend. Ich sitze in meinem Zimmer und halte ein Buch in der Hand. Ich sehe an meinen Beinen hinunter, sie sind noch ein wenig naß; ich schaue mein Handgelenk an, ein Stück schwarzen Bandes ist darum gebunden. Alles hat seine Richtigkeit.

Ich klingle dem Mädchen und frage, ob hier in der Nähe ein Turm stehe, irgendwo im Wald, ein schwarzer, achteckiger Turm. – Das Mädchen nickt und sagt: Ja, es gibt hier einen solchen Turm. – Und wohnen dort auch Menschen? – Ja, ein Mann wohnt dort, aber er ist krank, er ist besessen; man nennt ihn den Irrwisch. Der Irrwisch hat eine Tochter, und sie wohnt auch im Turm; sonst wohnt niemand dort. – Schön, gute Nacht!

Dann gehe ich zu Bett.

Zeitig am nächsten Morgen begebe ich mich in den Wald.

Ich wandere den gleichen Weg und sehe die gleichen Bäume und finde auch den Turm. Ich nähere mich dem Tor und stoße dort auf einen Anblick, der mir das Herz stillstehen läßt: Das blinde Mädchen liegt auf der Erde, zerschmettert von einem Sturz, tot, vollkommen zerrissen. Da liegt sie mit geöffnetem Mund, und die Sonne scheint auf ihr rotes Haar. Und oben an der Dachkante des Turmes flattert noch ein Stück ihres Kleides, das dort hängengeblieben ist; aber unten auf dem Kiesweg geht der kleine Mann umher, der Vater, und blickt die Leiche an. Seine Brust krümmt sich vor Schmerz, und er schreit laut, aber er weiß nichts anderes zu tun als nur die Leiche zu umkreisen und sie anzusehen und zu schreien. Als seine Augen auf mich fielen, erzitterte ich vor seinem grauenhaften Blick und flüchtete entsetzt in die Stadt zurück. Ich habe ihn nie wiedergesehen …

Das war mein Abenteuer.

Beide schwiegen lange. Dagny sah zu Boden und ging ganz langsam. Endlich sagte sie: Mein Gott, welch ein seltsames Abenteuer!

Dann trat wieder Stille ein, und Nagel versuchte sie ein paarmal mit einer Bemerkung über den tiefen Frieden des Waldes zu brechen.

Verspüren Sie, wie der Wald gerade hier duftet? Wollen wir uns nicht ein wenig setzen?

Sie setzte sich, immer noch still, immer noch gedankenvoll, und er ließ sich ihr gegenüber nieder.

Er fühlte sich verpflichtet, sie wieder fröhlich zu machen. Es sei doch eigentlich kein trauriges Märchen gewesen, es sei ja ein lustiges Märchen gewesen. Pah! Nein, in Indien – in Indien, da gebe es andere Märchen, die nähmen einem den Atem und durcheisten einen mit Schrecken. Es gäbe zwei Arten von indischen Märchen: die überirdischen, herrlichen, mit Diamantenhöhlen, Prinzen aus den Bergen, verführerischen Schönheiten aus dem Meere, Geistern der Erde und der Luft, Perlenpalästen, fliegenden Pferden, Wäldern aus Silber und Gold. Andere hingegen beschrieben mit Vorliebe das Mystische, das Große und Besondere und Wunderbare; überhaupt gleicht kein Volk im Ausbrüten ungeheurer Fieberausgeburten eines sich aufbäumenden Hirns den Bewohnern des Ostens. Ihr Leben werde von Anfang an in einer Welt der Märchen hingelebt, und sie sprächen ebenso leicht von den wilden Feenpalästen hinter den Bergen wie von dem stummen Gewaltigen in der Wolke, der großen Macht, die dort oben im Raume haust und Sterne kaut. Aber das alles schreibe sich davon her, daß diese Menschen unter einer anderen Sonne lebten und Früchte aßen anstatt Beefsteak. Dagny fragte:

Aber haben wir nicht selbst ausgezeichnete Märchen?

Wunderbare. Nur sind sie von anderer Art. Wir haben keinen Begriff von einer Sonne, die bis zur Unwahrscheinlichkeit leuchten und brennen kann. Unsere

Huldre-Märchen halten sich an die Erde, halten sich unter der Erde, sie sind Ausgeburten einer Phantasie in ledernen Hosen, ausgebrütet in dunklen Winternächten in Balkenhütten mit Rauchlöchern im Dach. Ob sie jemals die Abenteuer aus Tausendundeiner Nacht gelesen habe? Die Märchen aus dem Gudbrandstal dagegen, diese merkwürdigen bäuerlichen Poesien, diese Phantasien, die zu Fuß gingen, die gehören uns, die sind *unser* Geist. Wir erschauern nicht bei unseren Abenteuern, sie sind gemütlich und gelungen, wir lachen darüber. Unser Held ist kein prachtvoller Prinz, sondern ein verschmitzter Küster. Wie bitte? Nun ja, die Abenteuer aus dem Nordland, sind sie nicht ebenso? Was hätten wir aus der mystischen und rohen Köstlichkeit des Meeres machen können! Schon allein ein solches Nordlandschiff wäre für den Orientalen ein Fabelboot gewesen, ein Fahrzeug der Geister. Ob sie ein solches Schiff schon gesehen habe? Nicht? Es sehe aus, als habe es ein Geschlecht, als sei es ein großes weibliches Tier, mit einem Bauch, der von den Jungen ausgebeult sei, mit einem flachen Hinterteil, auf das es sich setzen könne. Sein Schnabel stehe in die Luft wie ein Horn, das die vier Winde herbeirufen könne ... Nein, wir leben zu hoch oben im Norden. Na, das solle nur in aller Bescheidenheit die Ansicht eines Agronomen über ein geographisches Phänomen sein.

Nun war sie wohl seines Geredes müde geworden, ihre blauen Augen schienen ein wenig zu verspotten, sie fragte:

Wieviel Uhr ist es?

Wieviel Uhr? wiederholte er geistesabwesend, es ist wohl ein Uhr. Es ist noch früh, die Stunde hat nichts zu sagen!

Pause.

Was halten Sie von Tolstoi? fragte sie.

Ich mag ihn nicht, antwortete er sofort und ging gleich darauf los. Ich mag Anna Karenina und Krieg und Frieden und ...

Da fragte sie lächelnd: Und welche Meinung haben Sie über den ewigen Frieden?

Das war ein guter Hieb. Er wechselte den Ausdruck und wurde verwirrt.

Was meinen Sie damit? ... Ja so, ich habe Sie zu Tode gelangweilt.

Nein, durchaus nicht. Es fiel mir nur ein, daß ... sagte sie hastig und wurde rot. Sie müssen es nicht böse aufnehmen. Die Sache ist die: wir wollen einen Basar veranstalten, eine Abendunterhaltung zum Besten der Landesverteidigung. Das ging mir nur eben so durch den Kopf.

Pause. Plötzlich sieht er zu ihr auf, und seine Augen strahlen.

Ich bin heute abend so froh und habe deshalb vielleicht zuviel geschwätzt. Ich bin über alles froh, vor allem aber, weil ich hier mit Ihnen zusammen gehen darf. Dann aber bin ich auch froh, weil ich finde, daß diese Nacht die schönste ist, die ich je erlebt habe. Ich begreife das nicht. Es ist, als sei ich ein Teil dieses Waldes oder dieser Gegend, ein Ast an einer Kiefer oder ein Stein, meinetwegen auch ein Stein, aber ein Stein, der von all dem zarten Duft und Frieden, der uns umgibt, durchdrungen ist. Sehen Sie dort hin, jetzt leuchtet es schon, dort liegt ein Streifen aus Silber.

Beide sahen sie zu dem weißen Streifen hin.

Auch ich bin heute abend froh, sagte sie.

Und dies sagte sie, ohne dazu genötigt zu sein, aus freiem Willen, unmittelbar, als bereite es ihr Freude, dies zu sagen. Nagel sah ihr aufmerksam ins Gesicht und bekam wieder Wasser auf seine Mühle. Nervös, impulsiv begann er über die Johannisnacht zu sprechen, und daß der Wald dastände und sich wiege und sause, wiege und sause, daß der grauende Tag dort eine Veränderung in ihm hervorrufe, andere Mächte in seinem Innern zur Oberherrschaft bringe. Grundtvig singt: Wir fühlen es als Kinder des Lichts, daß die Nacht, die Nacht, nun vorbei ist! – Falls er aber zuviel spreche, könne er ihr vielleicht lieber ein kleines Kunststück mit einem Halm und einem Zweig zeigen, wobei der Halm stärker sei als der Zweig. Alles wolle er für sie tun ... Sehen Sie her, lassen Sie mich nur auf das kleinste Ding, das Eindruck auf mich macht, hinweisen, auf diesen Wacholderstrauch dort. Er beugt sich uns förmlich entgegen und sieht freundlich aus. Und von Kiefer zu Kiefer spannt die Spinne ihre Gewebe; sie gleichen einer merkwürdigen chinesischen Arbeit, gleichen einer Sonne, aus Wasser gesponnen. Sie frieren doch hoffentlich nicht? Ich bin sicher, daß jetzt warme, lachende Elfenmädchen uns umtanzen; aber trotzdem will ich ein Feuer anzünden, wenn Sie frieren ... Da fällt mir eben ein: wurde nicht hier in der Nähe Karlsen gefunden?

War das die Vergeltung für den Hieb, den sie ihm gegeben? Bei ihm war alles möglich.

Mit einem Ausdruck des Unwillens fuhr sie auf und antwortete:

Lassen Sie *ihn* in Frieden, ich bitte Sie. Hat man so etwas gehört!

Entschuldigen Sie! sagte er sofort und lenkte ab. Man sagt nur, er sei in Sie verliebt gewesen, – und das kann ich ihm nicht verdenken ...

In mich verliebt? Sagt man nicht auch, daß er sich um meinetwillen umgebracht habe, mit meinem Federmesser? Nein, jetzt müssen wir gehen.

Sie erhob sich. Sie hatte mit einem Anflug von Traurigkeit gesprochen, ohne Verlegenheit und ohne Verstellung. Er war äußerst erstaunt. Sie wußte, daß sie sogar einen ihrer Anbeter in den Tod getrieben hatte, und sie machte weiter nichts daraus, spottete nicht darüber, nützte es aber auch nicht zu ihrem Vorteil aus, sprach nur davon wie von einer beklagenswerten Begebenheit und ließ es dann liegen. Die langen, hellen Nackenhaare fielen über den Kragen des Kleides, und ihre Wange hatte eine warme, frische Farbe, auf der vom Tau der Nacht eine Dunkelheit lag. Wenn sie ging, wiegte sie sich ein wenig in den hohen Hüften.

Sie waren aus dem Wald herausgekommen, eine helle Lichtung lag vor ihnen, ein Hund bellte, und Nagel sagte:

Dort ist schon der Pfarrhof. Wie behaglich das aussieht: diese großen, weißen Gebäude mit dem Garten und der Hundehütte und der Flaggenstange mitten im dichtesten Wald. Glauben Sie nicht, gnädiges Fräulein, daß Sie sich doch wieder hierher sehnen werden, wenn Sie jetzt einmal fortreisen, ich meine, wenn Sie sich verheiraten? Ja, es kommt ja darauf an, wo Sie wohnen werden.

Daran habe ich noch nicht gedacht, antwortete sie. Und sie fügte hinzu: Jeder Tag hat seine Sorge.

Jeder Tag hat seine Freude! sagte er.

Pause. Gewiß dachte sie nun über seine Worte nach.

Hören Sie, Sie dürfen sich nicht wundern, daß ich noch so spät in der Nacht mit Ihnen umhergewandert bin, nicht wahr? Wir pflegen das hier so zu tun. Wir sind schließlich hier alle nur Bauern, nur Naturkinder. Der Adjunkt und ich sind auf diesem Weg oft bis zum hellen Morgen umhergegangen und haben geschwätzt.

Der Adjunkt? Ich habe den Eindruck, daß der nicht sehr redselig ist.

Ja, meistens habe auch ich gesprochen, das heißt: ich habe gefragt, und er hat geantwortet ... Was tun Sie jetzt, wenn Sie heimkommen?

Jetzt? antwortete Nagel. Wenn ich heimkomme? Ich lege mich hin und schlafe bis – ja, bis gegen Mittag, schlafe wie ein Stein, wie tot, ohne zu erwachen und ohne zu träumen. Was tun Sie?

Denken Sie nicht noch nach? Bleiben Sie nicht lange Zeit wach liegen und denken an verschiedenes? Können Sie denn gleich schlafen?

Augenblicklich. Sie nicht?

Hören Sie, da singt schon ein Vogel. Nein, es muß später sein, als Sie sagen; zeigen Sie mir bitte Ihre Uhr. Aber mein Gott, es ist ja drei Uhr, beinahe vier Uhr! Weshalb behaupteten Sie vor kurzem, es sei erst ein Uhr?

Verzeihen Sie mir! antwortete er.

Sie sah ihn an, ohne Mißvergnügen übrigens, und meinte:

Sie hätten mich nicht zu belügen brauchen. Ich wäre trotzdem so lange geblieben, ich sage das genau so, wie ich es meine. Ich hoffe, Sie legen in diese Worte nicht mehr, als Sie dürfen. Ich habe nicht viele Vergnügungen, und die wenigen, die sich mir bieten, ergreife ich mit beiden Händen. Ich bin es gewohnt, so zu leben, seit wir hierherkamen, ich glaube nicht, daß jemand daran Anstoß genommen hat. Ja, das weiß ich übrigens nicht, aber es ist auch gleichgültig. Papa sagt auf jeden Fall nichts darüber, und nach ihm richte ich mich. Kommen Sie, wir gehen noch ein kleines Stück weiter.

Sie gingen am Pfarrhof vorbei und in den Wald auf der anderen Seite der Lichtung. Die Vögel sangen, der weiße Tagesstreifen im Osten wurde breiter und breiter. Das Gespräch fiel ein wenig ab und drehte sich um gleichgültige Dinge.

Dann kehrten sie um und gingen zum Tor des Pfarrhofes zurück.

Ja, jetzt komme ich, Bisk, sagte sie zum Hunde, der an seiner Kette zerrte. Dank für die Begleitung, Herr Nagel; es war ein schöner Abend. Jetzt kann ich auch meinem Verlobten etwas erzählen, wenn ich schreibe. Ich werde sagen, daß Sie ein Mann sind, der mit allen wegen allem uneinig ist. Dann wird er sich schrecklich wundern. Ich sehe, wie er an dem Brief herumstudiert und es nicht begreifen kann. Nein. Er ist nämlich so herzlich gut, Gott, wie gut er ist! Er widerspricht niemand. Es ist nur schade, daß Sie ihn nicht treffen werden, während Sie hier sind. Gute Nacht!

Und Nagel erwiderte: Gute Nacht, gute Nacht, und sah ihr nach, bis sie im Hause verschwunden war.

Er nahm seine Mütze ab und trug sie in der Hand durch den Wald. Er war außerordentlich gedankenvoll; oft blieb er stehen und sah vom Weg auf, starrte einen Augenblick gerade vor sich hin und ging dann mit kleinen, langsamen Schritten weiter. Welche Stimme! Welch eine Stimme sie hatte! Hatte man jemals etwas Ähnliches gehört, eine Stimme, die wie von Gesang zitterte!

9

Tags darauf, zur Mittagszeit.

Nagel war eben aufgestanden und ohne Essen fortgegangen. Er war schon weit in die Stadt hinuntergekommen, von dem strahlenden Wetter und dem munteren Leben am Hafen angezogen. Plötzlich wandte er sich an einen Mann und fragte nach der Hardesvogtei. Der Mann gab ihm Bescheid, und Nagel ging sofort hin.

Er klopfte an und trat ein, ging an ein paar Herren, die dort saßen und schrieben, vorbei, bis zum Bevollmächtigten Reinert, den er um eine Unterredung unter vier Augen bat, – es werde nicht lange dauern. Etwas unwillig erhob sich der Bevollmächtigte und folgte ihm in ein Nebenzimmer.

Hier sagte Nagel:

Ich bitte Sie, zu entschuldigen, daß ich noch einmal auf diese Sache zurückkomme, es handelt sich um die Geschichte mit Minute, wie Sie wissen. Ich leiste Ihnen hiermit in jeder Weise Abbitte.

Ich betrachte diese Angelegenheit durch Ihre Entschuldigung am Johannisabend, in Anwesenheit einer ganzen Gesellschaft, als vollkommen abgetan.

Sehen Sie, das ist nun wirklich schön, sagte Nagel. Aber ich bin nicht ganz zufrieden mit dieser Ordnung, Herr Bevollmächtigter. Das heißt: ich bin zufrieden damit, was mich betrifft, nicht aber, was Minute angeht. Es wäre mir unendlich viel daran gelegen, wenn Sie einsehen wollten, daß auch Minute seine Genugtuung haben sollte, und daß Sie es sind, der ihm dazu verhelfen muß.

Sie meinen, ich solle hingehen und diesen Trottel wegen der paar Streiche um Verzeihung bitten, meinen Sie das? Wäre es nicht am besten, Sie kümmerten sich um Ihre eigenen Sachen und nicht ...?

Jaja, jaja, das kennen wir schon! Um aber bei der Sache zu bleiben: Sie zerrissen Minutes Jacke und versprachen ihm statt dessen eine andere, erinnern Sie sich?

Ich will Ihnen etwas sagen: Sie befinden sich hier in einem öffentlichen Gebäude und schwätzen über eine private Sache, die Sie nicht einmal etwas angeht. Hier bin ich zu Hause. Sie brauchen nicht durch das Kontor zurückzugehen, Sie können die Straße auch durch diese Türe finden.

Damit öffnete der Bevollmächtigte die kleine Türe.

Danke. Aber im Ernst, Sie sollten den Rock, den Sie Minute versprochen haben, augenblicklich hinsenden. Er braucht ihn, wissen Sie, und er glaubte Ihnen aufs Wort.

Der Bevollmächtigte riß die Türe weit auf und sagte:

Bitte schön!

Minute ging doch davon aus, daß Sie ein ehrlicher Mensch seien, fuhr Nagel fort, und Sie sollten ihn nicht betrügen.

Jetzt aber öffnete der Bevollmächtigte auch die Türe zum Büro und rief den beiden Herren drinnen. Da lüpfte Nagel die Mütze und ging sofort. Er sagte kein Wort mehr.

Wie ungünstig war diese Sache doch abgelaufen! Es wäre viel besser gewesen, er hätte es gar nicht versucht. Nagel begab sich heim, frühstückte, las Zeitungen und spielte mit dem Hund Jakobsen.

Gegen Nachmittag sah er vom Fenster seines Zimmers aus Minute mit einem Sack über den schweren, steinigen Weg vom Kai kommen. Er trug einen Kohlensack, ging tief gebeugt und konnte den Weg vor sich kaum sehen, da seine Bürde ihn beinahe zu Boden drückte. Er war so schlecht auf den Beinen und ging so schief, daß seine Hosen an der Innenseite ganz aufgewetzt waren. Nagel ging ihm entgegen und traf ihn unten an der Post, wo Minute den Sack einen Augenblick abgesetzt hatte.

Beide grüßten sich einander gleich tief. Als Minute sich aufrichtete, sank seine linke Schulter ganz herunter. Nagel packt ihn plötzlich bei dieser Schulter, und ohne jede Einleitung, ohne den Griff locker zu lassen, sagt er sehr aufgeregt:

Haben Sie über das Geld, das ich Ihnen gegeben habe, geklatscht, irgendeinem Menschen etwas davon gesagt?

Minute antwortete erstaunt:

Nein, das habe ich nicht, wirklich nicht.

Das können Sie sich merken, fuhr Nagel fort, bleich vor Erregung, wenn Sie jemals ein Wort von den paar Schillingen ausplaudern, dann schlage ich Sie tot – tot! Bei Gott im Himmel! Verstehen Sie mich? Und daß auch Ihr Onkel reinen Mund hält.

Minute stand fassungslos da und stammelte mühsam: er würde nichts sagen, kein Wort, er verspreche es, lege ein Gelöbnis ab ...

Als wolle er seine Erregung entschuldigen, fügte Nagel gleich hinzu:

Dies ist ein Loch von einer Stadt, ein Nest! Wo ich gehe und stehe, starrt man mir nach, ich kann mich kaum rühren. Ich wünsche diese Spioniererei nicht, ich pfeife auf alle. Ich habe Sie jetzt gewarnt. Eines will ich Ihnen sagen: ich habe Grund anzunehmen, daß zum Beispiel dieses Fräulein Kielland vom Pfarrhof ein sehr schlechtes Geschöpf ist und mehr aus Ihnen herauslockt, als mir lieb ist. Ich will von ihrer Neugierde nichts wissen, nicht soviel! Übrigens war ich gestern abend mit ihr zusammen. Sie ist eine große Kokette, na, das gehört nicht hierher. Ich will Sie nur noch einmal bitten, über diese Bagatelle zwischen uns zu schweigen. Es ist übrigens gut, daß ich Sie jetzt getroffen habe, fuhr Nagel fort. Ich möchte auch wegen einer anderen Sache mit Ihnen sprechen: Wir saßen vorgestern zusammen auf einem Grabstein im Friedhof droben.

Ja.

Ich schrieb einen Vers auf diesen Stein, ich will zugeben, daß es ein schlechter und unpassender Vers war, aber das geht uns hier nichts an. Jedenfalls schrieb ich also diesen Vers hin. Als ich fortging, stand der Vers dort, als ich aber einige Minuten später wieder hinkam, war er ausgelöscht, – war das Ihr Werk?

Minute sieht zur Erde und antwortet:

Ja.

Pause. Aber stammelnd, ganz unruhig darüber, bei dieser Keckheit, die er auf eigene Faust begangen hatte, ertappt worden zu sein, will Minute sich erklären:

Ich wollte gerne vorbeugen, damit nicht ... Sie kannten Mina Meek nicht, das war es, sonst hätten Sie es nicht getan, den Vers nicht geschrieben. Ich sagte auch gleich zu mir selbst: Er ist entschuldigt, er ist fremd in der Stadt, und ich, der ich hierher gehörte, kann es ja leicht wiedergutmachen. Hätte ich es da nicht tun sollen? Ich löschte den Vers aus. Noch niemand hatte ihn gelesen.

Woher wissen Sie, daß niemand ihn gelesen hat?

Kein Mensch hatte ihn gelesen. Als ich mit Ihnen und Doktor Stenersen bis zum Tor gegangen war, kehrte ich sofort um und löschte ihn aus. Ich war nicht länger als ein paar Minuten fort gewesen.

Nagel sah ihn an, nahm seine Hand und drückte sie, ohne etwas zu sagen. Beide blickten einander an; Nagels Mund bebte ein wenig.

Leben Sie wohl! sagte er ... Übrigens, haben Sie den Rock bekommen?

Hm. Ich werde ihn schon bekommen, wenn ich ihn brauche. In drei Wochen soll ...

In diesem Augenblick ging die weißhaarige Eierfrau, Martha Gude, vorbei, den Korb unter der Schürze vor sich hin haltend und die schwarzen Augen niedergeschlagen. Minute grüßte, auch Nagel grüßte, aber sie antwortete kaum, ging nur rasch vorbei, eilte zum Marktplatz, wo sie ihre zwei, drei Eier ablieferte, und ging dann mit ihren Schillingen in der Hand wieder fort. Sie hatte ein dünnes grünes Kleid an. Nagel ließ dieses grüne Kleid nicht aus den Augen. Er sagte:

In drei Wochen also brauchen Sie den Rock, warum in drei Wochen?

Da wird ein Basar abgehalten, eine große Abendunterhaltung; haben Sie nicht davon gehört? Ich soll bei den lebenden Bildern mittun, Fräulein Dagny hat mich bereits dazu aufgefordert.

So! sagte Nagel gedankenvoll. Na, Sie werden den Rock in allernächster Zeit bekommen, sogar einen neuen an Stelle des alten. Der Bevollmächtigte hat mir das heute gesagt. Er ist im Grund nicht so übel, der Mann ... Aber hören Sie, eines müssen Sie sich merken: Sie dürfen sich nicht dafür bedanken, niemals! Sie dürfen unter keinen Umständen den Rock vor ihm erwähnen, er will keinen Dank haben. Verstehen Sie? Das sei ihm peinlich, sagte er. Sie sehen wohl auch selbst ein, daß es taktlos von Ihnen wäre, ihn an den Tag zu erinnern, an dem er betrunken war und mit einem verbeulten Hut das Hotel verließ.

Ja.

Aber auch Ihrem Onkel erzählen Sie nicht, von wem Sie den Rock bekommen haben; kein Mensch darf es wissen, der Bevollmächtigte verlangte das ausdrücklich. Sie werden doch wohl verstehen, daß es unangenehm für ihn wäre, wenn es in der Stadt aufkäme, daß er sich gegen irgend jemand zu verrennen pflege und hinterher genötigt sei, dies mit Geschenken wiedergutzumachen.

Doch, das kann ich verstehen.

Hören Sie, da fällt mir eben ein: warum nehmen Sie nicht lieber einen Karren für die Kohlen?

Das kann ich wegen meines Gebrechens nicht, ich kann nicht ziehen. Ich kann ein ziemliches Gewicht tragen, wenn ich es mir vorsichtig auflade, aber ich kann mich nicht einspannen und ziehen, das strengt mich zu sehr an, ich bekomme große Schmerzen und muß mich niederlegen. Aber mit einem Sack geht es ganz gut.

Gut. Besuchen Sie mich wieder einmal. Denken Sie an Nummer sieben; gehen Sie nur ohne weiteres hinein.

Damit schob er einen Geldschein in Minutes Hand und ging schnell die Straße zum Kai hinunter. Die ganze Zeit hatte er das grüne Kleid im Auge behalten und eilte ihm jetzt nach.

Als er zu Martha Gudes kleinem Haus kam, hielt er einen Augenblick an und spähte um sich. Niemand beobachtete ihn. Auf sein Klopfen bekam er keine Antwort. Er war schon früher zweimal vergebens an ihrer Türe gewesen; nun hatte er sie ganz deutlich vom Marktplatz heimgehen sehen und wollte nicht noch einmal umkehren, ohne seine Absicht erreicht zu haben. Er öffnete die Türe und trat ein.

Sie stand mitten in der Stube und sah ihn an. Ihr Gesicht war erregt und bleich, sie war so verschüchtert, daß sie eine Weile die Hände steif von sich weghielt und sich gar nicht zu helfen wußte.

Verzeihen Sie meine Aufdringlichkeit, mein Fräulein, ich bitte Sie darum, sagte Nagel und grüßte ungewöhnlich ehrerbietig. Ich wäre Ihnen so dankbar, wenn Sie mir erlauben würden, einen Augenblick mit Ihnen zu sprechen. Werden Sie nicht unruhig, mein Anliegen ist bald erledigt. Ich habe Sie bereits ein paarmal vergebens aufgesucht, und erst heute hatte ich das Glück, Sie zu Hause zu finden. Mein Name ist Nagel, ich bin fremd hier und wohne zur Zeit im Zentralhotel.

Immer noch sagte sie nichts, sie stellte ihm aber einen Stuhl hin, zog sich selbst jedoch zur Küchentüre zurück. Sie war fürchterlich verlegen und fingerte an ihrer Schürze herum, während sie ihn ansah.

Die Stube sah so aus, wie er es sich gedacht hatte: ein Tisch, ein paar Stühle und ein Bett waren ungefähr alles, was darin zu finden war. Im Fenster standen einige Pflanzen mit weißen Blüten, doch waren keine Vorhänge an den Scheiben; der Boden war nicht sauber. Nagel erblickte auch den elenden Stuhl mit der hohen Lehne im Winkel beim Bett. Er hatte nur noch zwei Beine und lehnte morsch und jämmerlich an der Wand. Er war mit rotem Plüsch bezogen.

Wenn ich Sie nur beruhigen könnte, mein Fräulein! sagte Nagel wieder. Man hat doch nicht immer so Angst vor mir, wenn ich irgendwohin komme, hehehe. Es ist nämlich nicht das erstemal, daß ich hier in der Stadt in einem fremden Haus vorspreche, ich habe nicht nur Sie aufgesucht. Ich gehe von Haus zu Haus, versuche es überall. Ja, Sie haben vielleicht davon gehört? Nicht? Aber es ist doch so. Mein Beruf bringt das mit sich, ich bin Sammler, ich sammle alle alten Sachen, ich kaufe alte Sachen und bezahle dafür, was sie wert sein können. Ja, erschrecken Sie nur nicht, mein Fräulein, ich lasse nichts mitgehen, wenn ich mich verabschiede, hehehe, im allgemeinen habe ich diese schlechte Gewohnheit nicht. Sie dürfen ganz ruhig sein. Kann ich etwas nicht im guten zu kaufen bekommen, dann ist eben nichts dabei zu machen.

Aber ich habe keine alten Sachen, sagte sie endlich und sah ganz verzweifelt aus.

Das sagt man immer, erwiderte er. Nun, ich gebe zu, daß es Dinge gibt, die man liebgewonnen hat und von denen man sich deshalb ungern trennt, Dinge, an die man seit jeher gewöhnt war, Erbstücke von den Eltern her oder sogar von den Großeltern. Andererseits aber stehen sie nun da, diese abgedankten Sachen, und haben keinen Wert mehr. Warum sollen sie da den Platz wegnehmen und nicht lieber Geld einbringen? In diesen unnützen Familienstücken steckt nämlich ein hübscher Wert. So aber fallen sie schließlich ganz zusammen und müssen auf den Speicher gebracht werden. Warum sie da nicht lieber verkaufen, solange dazu noch Zeit ist? Es gibt Leute, die ganz böse werden, wenn ich komme, und mir erwidern, sie hätten keine alten Sachen. Schön, das kann jeder halten, wie er mag, ich verbeuge mich und gehe. Es ist nichts dabei zu machen. Andere Leute wieder zum Beispiel schämen sich, mir eine Bratpfanne ohne Boden zu zeigen. Die verstehen es eben nicht besser. Aber das sind nun auch besonders einfältige Menschen, die keine Ahnung davon haben, wie stark sich die Sammlermanie entwickelt hat. Ich sage ausdrücklich Manie, ich erkenne an, daß mich die reine Manie treibt. Und ich nenne deshalb die Sache bei ihrem Namen. Im übrigen aber geht das nur mich selbst etwas an. Was ich nun sagen wollte: es ist ebenso lächerlich wie dumm von diesen Leuten, sich um einer Antiquität willen zu schämen. Wie sehen doch zum Beispiel die Waffen und Ringe aus, die man in den Hünengräbern findet! Haben sie aber deswegen keinen Wert? Ja, nicht wahr, mein Fräulein? Sie sollten zum Beispiel meine Sammlung von Kuhglocken sehen! Ich besitze sogar eine Glocke – übrigens aus einfachem Eisenblech –, die bei einem Indianerstamm als Gottheit angebetet worden ist. Stellen Sie sich vor: unendliche Jahre lang hatte sie an einem Zeltpfahl im Lager gehangen und Gebete und Opfer entgegengenommen. Ja, urteilen Sie nun selbst! Na, eigentlich gerate ich ja von meinem Anliegen ab. Wenn ich auf das Kapitel von meinen Glocken zu reden komme, spreche ich gerne zuviel.

Ja, aber ich habe wirklich keine solchen alten Sachen, meinte Martha Gude.

Darf ich, sagte Nagel langsam und mit erfahrener Miene, darf ich zum Beispiel diesen Stuhl dort ansehen? Es soll nur eine Frage sein, ich rühre mich natürlich nicht von der Stelle, ehe ich Ihre Erlaubnis bekommen habe. Übrigens habe ich ihn von meinem Platz hier schon ein wenig im Auge gehabt, seit ich hereinkam.

Martha wird verwirrt, sie antwortet:

Den ... Ja, bitte ... die Beine sind abgebrochen ...

Die Beine sind abgebrochen, ganz richtig! Und was weiter? Was hat das zu sagen? Gerade deshalb vielleicht, ja gerade deshalb! Darf ich fragen, woher Sie ihn haben?

Jetzt hatte Nagel den Stuhl in die Hand genommen, wandte und drehte ihn nach allen Seiten und besah ihn überall. Der Stuhl war ohne Vergoldung, nur mit einer einzigen Verzierung oben am Rückenstück, einer Art Krone, aus Mahagoni geschnitzt. Der Rücken war übrigens verschiedentlich durch ein Messer beschädigt, und auf dem Rahmen um den Sitz war an mehreren Stellen Tabak geschnitten worden; man sah noch die Spuren davon.

Wir haben ihn aus dem Ausland, ich weiß nicht woher. Mein Großvater brachte einmal mehrere solcher Stühle mit heim, aber jetzt ist nur noch dieser übrig. Mein Großvater war Seemann.

So. Und Ihr Vater – war auch Seemann?

Ja.

Dann sind Sie vielleicht mitgefahren? Entschuldigen Sie, daß ich frage.

Ja, ich bin viele Jahre lang mitgefahren.

Wirklich? Nein wie nett! Da haben Sie viele Länder gesehen, die salzige See gepflügt, wie man so sagt? Ja sehen Sie! Und dann haben Sie sich hier wieder niedergelassen? Ach ja, daheim ist es doch am allerbesten, ja, daheim ... Übrigens, haben Sie eine Ahnung, wie Ihr Großvater zu diesem Stuhl gekommen sein mag? Ich will Ihnen nämlich sagen, daß es mir sehr darum zu tun ist, ein wenig von der Geschichte der Dinge zu wissen, sozusagen ihren Lebenslauf zu kennen.

Nein, ich weiß nicht, wo er ihn gekauft hat, das ist so lange her. Vielleicht in Holland? Nein, ich weiß es nicht.

Zu seiner Befriedigung merkte er, daß sie immer lebhafter wurde. Sie war weiter ins Zimmer hereingekommen, stand beinahe neben ihm, während er sich mit dem Stuhl beschäftigte und sich scheinbar nicht satt an ihm sehen konnte. Er sprach unaufhörlich, machte seine Bemerkungen über die Arbeit, war entzückt, als er auf der Rückseite der Lehne ein kleines eingelegtes Stück, in das wieder ein anderes Stück eingelegt war, entdeckte, – eine einfache Arbeit, eine geschmacklose Kinderei, die nicht einmal genau ausgeführt war. Der Stuhl war morsch, und er behandelte ihn sehr vorsichtig.

Ja, sagte sie dann, wenn Sie wirklich ... ich meine: wenn es Ihnen Vergnügen macht, diesen Stuhl zu besitzen, dann können Sie ihn gerne behalten. Ich werde ihn selbst ins Hotel bringen, wenn Sie es wünschen. Ich habe keine Verwendung dafür. – Und plötzlich mußte sie über seinen Eifer, in den Besitz dieses wurmstichigen Möbels zu kommen, lachen. Eigentlich hat er ja nur noch ein einziges ordentliches Bein, sagte sie.

Er sah sie an. Ihre Haare waren weiß. Aber ihr Lächeln war jung und feurig, und ihre Zähne waren wunderschön. Als sie lachte, kam ihr das Wasser in die Augen, sie wurden blank. Welch eine schwarzäugige alte Jungfer! Nagel verzog keine Miene.

Es freut mich, sagte er in trockenem Ton, daß Sie sich entschließen, mir den Stuhl zu überlassen. Jetzt kommen wir zum Preis. Nein, Verzeihung, warten Sie ein wenig, lassen Sie mich ausreden. Ich will nicht, daß Sie den Preis verlangen, den bestimme ich immer selbst. Ich taxiere eine Sache, biete soundso viel dafür, und damit basta! Sie könnten eine unverschämte Summe fordern. Sie könnten mich ausnützen wollen, warum nicht? Dagegen können Sie einwenden, daß Sie wohl eigentlich nicht so geldgierig aussehen, – gut, das erkenne ich willig an; aber trotzdem –. Ich habe es mit vielerlei Menschen zu tun und halte daran fest, selbst den Preis zu bestimmen, dann weiß ich, was ich tue. Das ist ein Prinzip von mir. Was könnte Sie zum Beispiel hindern, für diesen Stuhl dreihundert Kronen zu verlangen, wenn Sie selbst den Preis bestimmen dürften? Sie könnten das um so eher tun, als Sie wissen, daß hier tatsächlich von einem kostbaren und seltenen Möbel die Rede ist. Aber so märchenhafte Preise kann ich unmöglich zahlen. Das sage ich geradeheraus, damit Sie sich keine Illusionen machen. Ich will mich doch nicht ruinieren, ich müßte ja verrückt sein, wenn ich Ihnen für diesen Stuhl dreihundert Kronen bezahlen würde; kurz und gut: ich gebe Ihnen zweihundert Kronen dafür, keinen Schilling mehr. Ich bezahle soviel, wie ein Ding wert ist, aber nicht mehr.

Sie sagte kein Wort, sie starrte ihn an und sperrte die Augen auf. Schließlich glaubte sie, er scherze, und sie begann wieder zu lächeln, still und verwirrt zu lächeln.

Ruhig nahm Nagel die roten Scheine aus der Tasche und fuhr damit ein paarmal durch die Luft. Den Stuhl ließ er aber unterdessen nicht aus den Augen. Er sagte:

Ich will nicht leugnen, daß Sie möglicherweise von einem anderen mehr bekommen hätten, ich will ehrlich sein und das zugestehen; ein wenig mehr hätten Sie vielleicht herausschlagen können. Jetzt aber habe ich mir nun einmal zweihundert Kronen als runde Summe für das Ding gedacht und finde nicht, daß ich gut weiter gehen kann. Tun Sie nun, was Sie wollen; aber überlegen Sie es sich zuerst. Zweihundert Kronen sind ja auch ein Geld.

Nein, erwiderte sie mit ihrem schüchternen Lächeln, behalten Sie Ihr Geld.

Mein Geld behalten! Was soll das bedeuten? Darf ich fragen, was an diesem Geld auszusetzen ist? Glauben Sie etwa, daß ich es selbst gemacht habe? Denn Sie werden mir doch wohl nicht zutrauen, es gestohlen zu haben, hehehe, wie?

Sie lachte nicht mehr. Es schien dem Manne ernst zu sein, und sie begann darüber nachzudenken. Wollte er etwas bei ihr bezwecken, der verrückte Mensch? Er hatte die Augen überall. Gott weiß, ob er nicht auf etwas sann, ob er nicht eine Falle legte. Warum kam er mit seinem Geld gerade zu ihr? Endlich schien sie einen Beschluß gefaßt zu haben, sie sagte:

Wenn Sie mir durchaus eine oder zwei Kronen für den Stuhl geben wollen, dann bin ich Ihnen dankbar. Mehr will ich nicht haben.

Er tat höchst verwundert, trat ihr einen Schritt näher und sah sie an. Dann brach er in Lachen aus.

Aber ... haben Sie denn bedacht ... Das ist mir doch auch zum erstenmal in meiner ganzen Sammlerzeit vorgekommen. Nun, ich verstehe einen Scherz ...

Das ist kein Scherz. So etwas Verrücktes habe ich noch nie gehört! Ich will nicht mehr haben, ich will gar nichts haben. Nehmen Sie den Stuhl, wenn Sie wollen!

Nagel lachte aus vollem Hals.

Ich verstehe noch einmal einen Scherz, und ich höre so etwas gern, ja es entzückt mich, der Teufel hol mich, wenn das nicht wahr ist! Über einen guten Scherz lache ich mich immer krank. Jetzt aber sollten wir doch wohl zu einem Einverständnis kommen, nicht wahr? Was meinen Sie, wenn wir die Sache nun einfach abmachten, bevor wir wieder schlechter Laune werden? Es wird nicht lange dauern, dann stellen Sie den Stuhl wieder in die Ecke und verlangen fünfhundert dafür.

Nehmen Sie den Stuhl. Ich ... Was haben Sie vor?

Sie starrten einander an.

Wenn Sie glauben, daß ich irgend etwas anderes vorhabe, als den Stuhl zu einem anständigen Preis zu bekommen, so irren Sie sich, sagte er.

Martha rief:

Aber mein Gott, nehmen Sie ihn – nehmen Sie ihn!

Ich müßte Ihnen natürlich für Ihr großartiges Entgegenkommen sehr verbunden sein. Aber wir Sammler haben doch auch ein wenig Ehre im Leib, so jämmerlich sie auch oft beschaffen sein mag, und diese Ehre hindert mich, stellt sich mir entgegen, stellt sich sozusagen auf die Hinterfüße, wenn ich versuche, mir einen kostbaren Gegenstand zu erschwindeln. Meine ganze Sammlung würde in meiner – des Besitzers – Achtung sinken, wenn ich solch einen eingeschmuggelten Gegenstand unter die anderen bringen wollte, das würde gewissermaßen einen falschen Ton über jedes kleinste Ding legen. Hehehe, ich muß übrigens lachen, das ist doch auch zu verdreht, daß ich hier stehen und zu Ihren Gunsten sprechen muß, statt nur auf meinen eigenen Vorteil zu sehen. Aber wenn Sie mich dazu nötigen, dann –.

Sie gab nicht nach, nein, er kam nicht vom Fleck bei ihr. Sie bestand fest darauf, daß er entweder den Stuhl für eine Kleinigkeit, eine oder zwei Kronen, nehmen oder es ganz sein lassen müsse. Als dieser Halsstarrigkeit gegenüber nichts half, sagte er schließlich, um den Schein zu wahren:

Gut, lassen wir es für heute sein. Versprechen Sie mir aber, den Stuhl an niemand anderen zu verkaufen, ehe Sie mich davon unterrichtet haben, wollen Sie das? Ich lasse ihn mir nicht entgehen, das wissen Sie. Selbst wenn er noch ein wenig teurer wird. Auf jeden Fall bin ich bereit, soviel wie jeder andere zu bezahlen, und ich war doch zuerst da.

Als Nagel wieder draußen war, ging er mit langen, erregten Schritten die Straße hinauf. Welch eine Halsstarrigkeit! Wie arm war sie und wie mißtrauisch! Hast du das Bett gesehen? sagte er zu sich selbst; nicht einmal einen Strohsack, nicht einmal ein Leintuch darüber, sondern zwei Unterröcke, die sie bei kaltem Wetter vielleicht sogar anziehen muß. Und trotzdem so ängstlich davor, in etwas Unbekanntes hineinzugeraten, daß sie das beste Angebot ausschlägt! Doch zum Henker, was ging ihn das an? Nein, es ging ihn eigentlich nichts an. Aber sie war doch ein Teufelsmädchen, was? Würde sie auch dann Verdacht schöpfen, wenn er einen anderen zu ihr senden würde, der mehr für den Stuhl bieten könnte, der den Preis in die Höhe treiben würde? Diese dumme Person, diese dumme Person! Aber was hatte er auch dort zu suchen, wenn er sich dabei einer solchen Abweisung aussetzen mußte?

In seinem Ärger war er, ehe er es wußte, bis zum Hotel gekommen. Er blieb stehen, kehrte noch ebenso aufgeregt wieder um und begab sich die Straße hinunter, zu J. Hansens Herrenschneiderei, wo er eintrat. Hier ging er mit dem Meister in einen Nebenraum, bestellte unter vier Augen einen Rock, einen Rock von der und der Art, und befahl dem Schneider, diese Bestellung jedermann gegenüber geheim zu halten. Wenn der Rock fertig sei, solle er unverzüglich zu Minute gesandt werden, zu Grögaard, dem krummen Kohlenträger, der ...

Ob er für Minute gehöre?

Ja, warum? Keine Neugierde! Keine Schnüffelei!

Es sei wegen des Maßes.

Na dann! Ja, er gehöre für Minute. Ganz recht. Minute könne selbst kommen und sich das Maß nehmen lassen, warum nicht? Aber keine unnötigen Worte, kein Augenzwinkern, – abgemacht? Bis wann der Rock fertig werde? In ein paar Tagen? Gut!

Nagel zählte das Geld sofort auf, sagte Lebewohl und ging. Er rieb sich die Hände, sein Ärger war vorbei, und er sang. Ja, ja, er würde trotzdem – trotzdem! Wartet nur! Als er heimkam, lief er in sein Zimmer hinauf und klingelte; seine Hände zitterten vor Ungeduld, und die Türe war noch nicht aufgegangen, da rief er schon:

Telegrammformulare, Sara!

Der Geigenkasten stand gerade offen, als Sara hereinkam, und sie sah da zu ihrer großen Verwunderung, daß dieser Kasten, den sie immer so vorsichtig behandelt hatte, nur schmutzige Wäsche und einige Papiere und Schreibsachen enthielt, aber keine Geige. Sie konnte sich nicht sogleich losreißen, sondern blieb stehen und starrte hin.

Telegrammformulare! wiederholte Nagel lauter, ich bat um Telegrammformulare.

Als er die Formulare endlich erhalten hatte, schrieb er an einen Bekannten in Kristiania einen Auftrag, an ein Fräulein Martha Gude hierorts heimlich und ungenannt zweihundert Kronen zu senden, zweihundert Kronen, ohne ein Wort zu schreiben. Verlange tiefste Verschwiegenheit. Johan Nagel.

Aber das ging nicht, nein, wenn er es recht überlegte, mußte er diesen Plan aufgeben. War es nicht am besten, er erklärte sich ein wenig ausführlicher und sandte das Geld mit, um sicher zu sein, daß es auch befördert werde? Er zerriß das Telegramm, verbrannte es sofort und schrieb in aller Eile einen Brief. Doch, so war es besser, ein ganz kleiner Brief war vollständiger, so konnte es gehen. Ja, er wollte es ihr zeigen, sie verstehen lassen ...

Als er aber das Geld eingelegt und den Umschlag geschlossen hatte, blieb er eine Weile sitzen und dachte wieder nach. Sie könnte immer noch Verdacht schöpfen, sagte er sich selbst; zweihundert Kronen waren eine zu runde Summe, noch dazu eine Summe, die er ihr erst vor kurzem unter die Nase gehalten hatte. Nein, so ging es ebenfalls nicht! Er nahm noch einen Zehnkronenschein aus der Tasche, öffnete den Umschlag und veränderte den Betrag auf zweihundertundzehn Kronen. Nun versiegelte er den Brief und sandte ihn ab.

Noch eine ganze Stunde danach fand er diesen Streich ganz vortrefflich. Das sollte wie ein wunderbarer Himmelsbrief über sie kommen, von oben, aus der Höhe, von unbekannten Händen auf sie herabgeworfen. Und was würde sie sagen, wenn sie dieses Geld bekam? Als er sich aber wieder fragte, was sie wohl sagen würde, wie sie das Ganze aufnehmen würde, verlor er wieder den Mut: Der Plan war gefährlich, zu frech, es war ein dummer und schlechter Plan. Das war es ja eben, daß sie nichts Vernünftiges sagen, sondern sich wie eine Gans betragen würde. Wenn der Brief käme, würde sie es einfach nicht begreifen, sondern alles anderen Leuten überlassen. Sie würde ihn am Postschalter ausbreiten, so daß die ganze Stadt davon erführe; würde das Ganze auf der Stelle dem Ermessen der Postbeamten überlassen, vielleicht sogar störrisch sein und sagen: Nein, behalten Sie Ihr Geld! Und dann legt der Postbeamte den Finger an die Nase und ruft: Warten Sie ein wenig, ich ahne etwas! Und er schlägt in den Büchern nach und findet, daß die gleiche Summe vor ein paar Tagen von hier abgesandt worden ist, genau die gleiche Summe, um nicht zu sagen, die gleichen Scheine, zweihundertundzehn Kronen an die und die Adresse in Kristiania. Als Absender erweist sich ein Johan Nagel, ein Fremder, der zur Zeit im Zentral wohnt ... Doch, diese Postbeamten hatten eine Nase so lang wie – – eine Schnüffelnase ...

Nagel schellte wieder und ließ den Brief durch den Hoteldiener sofort zurückholen.

All diese nervöse Aufregung, in der er sich den ganzen Tag befunden hatte, machte ihn der Sache schließlich vollkommen überdrüssig. Der Teufel mochte alle miteinander holen! Was ging es ihn an, wenn Gott, der Herr, weit drinnen in Amerika einen Zusammenstoß mit Menschenverlusten auf der Eriebahn zustande brachte? Nein, gar nichts! Na, aber ebenso wenig hatte er mit der ehrengeachteten Jungfrau Martha Gude, hierorts, etwas zu schaffen.

Zwei Tage verließ er das Hotel nicht.

10

Samstag abend trat Minute in Nagels Zimmer. Er hatte seinen neuen Rock an und strahlte vor Freude.

Ich traf den Bevollmächtigten, und er verzog keine Miene, berichtete er, sondern er fragte mich sogar, von wem ich den Rock bekommen habe. So schlau stellte er mich auf die Probe.

Was antworteten Sie da?

Ich lachte dazu und antwortete, ich würde es nicht sagen, keinem Menschen, er müsse mir verzeihen, – und verabschiedete mich ... Ja, ich werde ihm schon antworten ... Sehen Sie, es ist jetzt wohl dreizehn Jahre her, daß ich einen neuen Rock angehabt habe; ich habe nachgerechnet ... Ich muß Ihnen für das Geld danken, das Sie mir letzthin gegeben haben. Es war viel zuviel Geld für einen verkrüppelten Menschen, was soll ich damit anfangen? Sie verwöhnen mich mit all Ihren Wohltaten so, daß es bei mir schon spukt; es ist, als sei alles in mir losgelöst und könne sich nicht mehr beruhigen. Hahahaha. Gott helfe mir, aber ich bin ein Kind. Ja, ich wußte schon, daß ich den Rock einmal bekommen würde; sagte ich es nicht? Es dauert oft einige Zeit, aber ich warte niemals vergebens. Leutnant Hansen versprach mir einmal zwei wollene Hemden, die er nicht mehr brauchte. Das ist jetzt zwei Jahre her, aber ich bin so sicher, sie zu bekommen, als hätte ich sie bereits an. So ist es immer, die Leute erinnern sich später daran, und wenn die Zeit kommt, geben sie mir, was ich brauche. Aber finden Sie nicht, daß ich in ordentlichen Kleidern wie ein neuer Mensch aussehe?

Es ist lange her, daß Sie hier waren.

Ja, das kommt daher, daß ich auf den Rock wartete und nicht mehr in dem alten zu Ihnen kommen wollte. Ich habe meine Eigenheiten, es kränkt mich, mit einem zerrissenen Rock unter Menschen zu gehen. Gott weiß warum, aber es ist, als sänke ich tief in meiner eigenen Achtung. Entschuldigen Sie, daß ich vor Ihnen von meiner Selbstachtung spreche, als sei diese besonders groß. Das ist sie nicht, sie ist so klein wie nur möglich, versichere ich Ihnen; trotzdem aber fühle ich sie hie und da.

Wollen Sie Wein haben? Nicht. Aber eine Zigarre rauchen Sie doch?

Nagel läutete und ließ Wein und Zigarren bringen. Er selbst trank sogleich tüchtig, Minute jedoch rauchte nur und sah zu. Er sprach in einem fort und schien nicht aufhören zu wollen.

Hören Sie, sagte Nagel plötzlich, mit Hemden steht es bei Ihnen wohl ein wenig schlecht? Verzeihen Sie meine Frage.

Minute antwortete eifrig:

Deswegen erwähnte ich die beiden Hemden nicht. So wahr ich hier sitze, deswegen nicht.

Nein, gewiß! Warum schreien Sie so? Lassen Sie mich sehen, was Sie eigentlich unter dem Rock tragen, wenn es Ihnen nichts ausmacht.

Gerne, ja gerne, gerne! Sehen Sie hier, auf dieser Seite. Und die andere Seite ist nicht schlechter ...

Doch, halt, die ist schon etwas schlechter, wie ich sehe.

Aber kann man etwas Besseres erwarten? ruft Minute. Nein, ich brauche jetzt keine Hemden, sicher nicht. Ich möchte sogar behaupten, ein Hemd wie dieses ist zu gut für mich. Wissen Sie, von wem ich es bekommen habe? Von Doktor Stenersen, ja, von Doktor Stenersen selbst. Und ich glaube nicht, daß seine Frau etwas davon weiß, obwohl auch sie die Gebefreudigkeit selbst ist. Ich bekam es sogar zu Weihnachten.

Zu Weihnachten?

Sie finden, das sei eine lange Zeit? Ich zerreiße so ein Hemd doch nicht wie ein Tier, ich lege es doch nicht darauf an, Löcher hinein zu machen. Ich ziehe es auch nachts immer aus und schlafe nackt, um es nicht unnötig abzunützen, wenn ich nur so daliege und schlafe. Auf diese Weise hält es viel länger. Und ich kann mich frei unter den Leuten bewegen, ohne mich schämen zu müssen, weil ich kein anständiges Hemd habe. Und jetzt bei den lebenden Bildern kommt es mir sehr zustatten, daß ich noch ein Hemd habe, in dem ich mich sehen lassen kann. Fräulein Dagny hält immer noch daran fest, daß ich auftreten soll. Ich traf sie gestern bei der Kirche. Sie sprach auch von Ihnen ...

Ich werde Ihnen auch eine Hose verschaffen. Es muß sich lohnen, Sie öffentlich auftreten zu sehen. Wenn der Bevollmächtigte Ihnen einen Rock gibt, will ich Ihnen eine Hose geben, das ist nicht mehr als recht und billig. Aber ich tue das nur unter der gewohnten Bedingung, daß Sie Ihren Mund halten.

Gewiß, gewiß.

Sie sollten ein wenig trinken. Nein, nein, halten Sie es, wie Sie wollen. Ich will heute abend trinken, ich bin nervös und ein wenig traurig. Wollen Sie mir eine zudringliche Frage gestatten? Ist es Ihnen bekannt, daß Sie unter den Leuten einen Spitznamen haben? Man nennt Sie Minute, wissen Sie das?

Freilich weiß ich das. Es fiel mir im Anfang schwer, und ich bat Gott, mir doch zu helfen. Einen ganzen Sonntag ging ich im Wald herum und kniete unablässig auf den drei verschiedenen Stellen nieder, die trocken waren – es war im Frühling, zur Zeit der Schneeschmelze. Aber das ist jetzt lange her, viele Jahre, und keiner ruft mich jetzt anders als Minute, und das ist ja auch nicht so schlimm. Warum wollen Sie gerne wissen, ob mir das bekannt ist? Und was könnte ich schließlich auch dagegen tun?

Wissen Sie auch, wie Sie zu diesem blöden Namen gekommen sind?

Ja, das weiß ich. Das heißt: es ist jetzt lange her, das war noch ehe ich ein Krüppel wurde, aber ich erinnere mich noch gut daran. Es war an einem Abend, oder richtiger in einer Nacht, auf einem Junggesellengelage. Sie haben vielleicht das gelbe Haus unten beim Zollamt gesehen, auf der rechten Seite, wenn man hinuntergeht? Ja, das war damals weiß gestrichen, der Stadtvogt wohnte dort. Der Stadtvogt hieß Sörensen, war Junggeselle und ein lustiger Bruder. Es war eine Frühlingsnacht, ich kam vom Kai, wo ich auf und ab gegangen war und mir die Fahrzeuge angesehen hatte. Als ich an das gelbe Haus komme, höre ich, daß Gäste drinnen sind, denn ein gewaltiger Lärm und das Gelächter von vielen Stimmen dringen heraus. Gerade als ich an den Fenstern vorbeikomme, erblickt man mich und klopft an die Scheiben. Ich gehe hinein und befinde mich Doktor Kolbye, Kapitän William Prante, dem Zollaufseher Folkedahl und noch vielen anderen gegenüber; ja, sie sind jetzt alle tot oder weggezogen, aber im ganzen waren es sieben oder acht und ein jeder sternhagelvoll. Aus reinem Jux hatten sie alle Stühle zerschlagen, denn so wollte es der Stadtvogt haben, hatten auch alle Gläser zerbrochen, und wir mußten aus den Flaschen trinken. Als aber ich auch noch dazukam und auch sternhagelvoll wurde, da fand der Lärm kein Ende mehr. Die Herren zogen sich aus und sprangen vollkommen nackt in den Zimmern umher, obwohl wir die Vorhänge nicht heruntergelassen hatten, und als ich nicht mittun wollte, nahmen sie mich mit Gewalt und zogen mich aus. Ich schlug die ganze Zeit um mich und wehrte mich, so gut ich konnte; ich wußte mir nicht anders zu helfen, ich bat sie um Verzeihung, nahm sie bei der Hand und bat sie um Verzeihung ...

Wofür baten Sie um Verzeihung?

Für den Fall, daß ich vielleicht etwas gesagt haben sollte, was ihnen Anlaß geben konnte, auf mich loszugehen. Ich nahm sie bei der Hand und bat sie um Verzeihung, um zu verhindern, daß sie mir noch mehr antäten. Aber das nützte nichts, sie zogen mich gründlich aus. Der Doktor fand auch einen Brief in meiner Tasche, und diesen Brief las er den anderen vor. Da aber wurde ich wieder ein wenig nüchtern, denn der Brief war von meiner Mutter und an mich geschrieben worden, als ich zur See gegangen war. Kurz und gut: Ich nannte den Doktor ein Faß. Denn er war dafür bekannt, daß er viel trank. Ein Faß sind Sie! sagte ich. Darüber wurde er furchtbar wild und wollte mich beim Hals packen, aber die andern hielten ihn davon ab. Wir wollen ihn lieber ganz besoffen machen! sagte der Stadtvogt, als wäre ich nicht schon genügend betrunken gewesen. Und sie schütteten immer mehr in mich hinein. Später kamen dann zwei der Herren, ich weiß heute nicht mehr, wer es war, mit einem Kübel Wasser herein; sie stellten den Kübel mitten auf den Boden und sagten, ich solle getauft werden. Ja, alle wollten, daß ich getauft werde, und erhoben ob dieses Einfalles ein gewaltiges Geschrei. Und sie mischten verschiedene Dinge in das Wasser, um es schmutzig zu machen, spuckten hinein und schütteten Branntwein hinein und holten sogar draußen im Schlafzimmer das Schlimmste, was sie finden konnten, und gossen es ins Wasser, und in das Ganze streuten sie zwei Schaufeln Asche aus dem Ofen, um es noch ein wenig trüber für mich zu machen. Dann sollte ich getauft werden. Wollen Sie denn nicht lieber einen von den anderen taufen? fragte ich den Stadtvogt und umklammerte seine Knie. Wir sind schon getauft, erwiderte er, auf die gleiche Art getauft. Und das glaubte ich ihm auch, denn es war bekannt, daß alle seine Freunde auf diese Weise getauft werden mußten. Komm, ich will dich vor mein Angesicht gelangen lassen! sagte der Stadtvogt gleich darauf zu mir. Aber gutwillig ging ich nicht darauf ein, ich blieb stehen und hielt mich an der Türklinke fest. Komm zur Stunde, dann wirst du zum Minute kommen, ja, er sagte nicht zur Minute, sondern zum Minute, denn er war aus dem Gudbrandstal. Aber nein, ich kam nicht. Da brüllte Kapitän Prante: Der Minute, der Minute, das ist das Wort! Er muß der Minute getauft werden, der Minute! Und alle waren einig, daß ich der Minute getauft werden müsse, weil ich so klein war. Jetzt aber faßten zwei mich an und schleppten mich vor den Stadtvogt und stellten mich vor sein Angesicht, und da ich so unbedeutend von Wuchs war, hob mich der Stadtvogt ganz allein auf und tauchte mich in den Bottich. Er tauchte meinen Kopf ganz unter und rieb meine Nase am Grund des Bottichs, wo Asche und Glasscherben lagen, und danach richtete er mich wieder auf und segnete mich. Dann sollten die Gevattern ihre Pflicht an mir erfüllen, und diese bestand darin, daß mich jeder hoch vom Boden aufhob und mich wieder herunterfallen ließ, und als sie dessen überdrüssig waren, stellten sie sich in zwei Gruppen auf und warfen mich wie einen Ball von der einen Gruppe zur anderen; das taten sie, damit ich wieder trocken werden sollte, und fuhren damit fort, bis es ihnen zu langweilig wurde. Dann rief der Stadtvogt: Halt! Da ließen sie mich los und nannten mich alle miteinander Minute, schüttelten mir die Hand und nannten mich Minute, um meine Taufe zu besiegeln. Aber noch einmal wurde ich in den Kübel geworfen, Doktor Kolbye schmiß mich mit meinem ganzen Gewicht hinein, so daß ich mir an der Seite etwas brach, denn er konnte es mir nicht vergessen, daß ich ihn ein Faß genannt hatte ... Von dieser Nacht an blieb mein Spitzname auf mir sitzen. Am Tag darauf wußte die ganze Stadt, daß ich beim Stadtvogt gewesen und getauft worden war.

Und in der Seite hatten Sie sich etwas gebrochen. Aber am Kopf hatten Sie sich nicht verletzt, ich meine, im Kopf selbst?

Pause.

Das ist nun zum zweitenmal, daß Sie mich fragen, ob ich einen Schaden am Kopf erlitten habe, und Sie meinen vielleicht etwas Bestimmtes damit. Aber ich verletzte mich damals nicht am Kopf, ich bekam keine Gehirnerschütterung, wenn Sie das befürchten sollten. Ich fiel nur gegen den Kübel und brach eine Rippe. Aber das ist alles wieder gut, Doktor Kolbye behandelte mich bei diesem Rippenbruch umsonst, und ich trug weiter keinen Schaden davon.

Nagel hatte während Minutes Erzählung tüchtig getrunken, er läutete, bestellte mehr Wein und trank wieder. Plötzlich sagte er:

Da fällt mir ein: glauben Sie, daß ich mich bis zu einem gewissen Grad auf die Menschen verstehe? Machen Sie keine so erstaunten Augen, das ist nur eine kameradschaftliche Frage. Halten Sie mich für fähig, die Leute, mit denen ich spreche, ein wenig zu durchschauen?

Minute sieht ihn scheu an und findet keine Antwort. Dann sagt Nagel wieder:

Sie müssen übrigens entschuldigen. Schon das vorige Mal, als ich das Vergnügen hatte, Sie bei mir zu sehen, brachte ich Sie mit einigen höchst dummen Fragen aus der Fassung. Sie erinnern sich, daß ich unter anderem Ihnen soundso viel Geld anbot, wenn Sie die Vaterschaft für ein Kind übernehmen würden, hehehe. Ich machte damals diesen Schnitzer, weil ich Sie nicht kannte; jetzt setze ich Sie von neuem in Erstaunen, und das, trotzdem ich Sie doch wirklich gut kenne und sehr viel auf Sie halte. Sehen Sie, heute nun tue ich das einzig und allein, weil ich nervös und bereits sehr betrunken bin. Das ist das Ganze. Sie merken ja natürlich ganz genau, daß ich toll und voll bin? Ja freilich merken Sie das; warum wollen Sie sich verstellen? Aber was wollte ich doch sagen, – ja, es würde mich wirklich interessieren zu wissen, wieweit Sie mich für fähig halten, die menschliche Seele zu durchschauen. Hehe, ich meine zum Beispiel in der Stimme jener Leute, mit denen ich spreche, einen ganz feinen Unterton hören zu können; ich höre nämlich unglaublich scharf. Wenn ich so dasitze und mit jemand spreche, brauche ich ihn nicht anzusehen, um ihm bei dem, was er spricht, genau folgen zu können, ich höre sofort heraus, ob er mir einen Bären aufbindet oder sonst etwas verfälscht. Die Stimme ist ein gefährliches Instrument. Verstehen Sie mich recht: ich meine nicht gerade den greifbaren Ton der Stimme, der kann hoch oder tief sein, klangvoll oder rauh, ich meine nicht das Stoffliche der Stimme, den Klang selbst, nein, ich halte mich an das Mysterium hinter der Stimme, an die Welt, aus der sie hervorkommt. Zum Teufel übrigens mit dieser Welt dahinter! Immer soll eine Welt dahinter sein! Was zum Satan geht mich das an?

Nagel trank wieder und sprach weiter:

Sie sind so still. Lassen Sie sich durch meine Großsprecherei über meine Menschenkenntnis nur keinen Floh ins Ohr setzen, so daß Sie sich nicht mehr zu rühren wagen. Hehehe, ja das würde nett aussehen! Aber jetzt habe ich vergessen, was ich sagen wollte. Nun, dann erzähle ich Ihnen etwas anderes, das mir nicht auf dem Herzen liegt, das ich aber trotzdem sage, bis mir das erste wieder einfällt. Mein Gott, wie ich daherfasle! Was halten Sie von Fräulein Kielland? Lassen Sie hören, was Sie über sie denken. Meiner Meinung nach ist Fräulein Kielland so kokett, daß es ihr im Grund eine wilde Freude wäre, wenn auch andere, am liebsten so viele wie möglich – ich mit einbegriffen – hingingen und sich um ihretwillen das Leben nähmen. Das ist meine Meinung. Sie ist entzückend, ja das ist sie, und es müßte ein süßer Schmerz sein, sich von ihrem Absatz zertreten zu fühlen, ja, und deshalb werde ich sie vielleicht auch noch einmal darum bitten, ich kann nicht für mich einstehen. Im übrigen ist es noch nicht soweit, ich habe noch Zeit ... Aber Gott bewahre mich, ich erschrecke Sie heute abend noch vollständig mit meinem Gerede! Habe ich Sie verletzt, ich meine Sie persönlich?

Wenn Sie wüßten, wie schon Fräulein Kielland von Ihnen gesprochen hat! Ich traf sie gestern, sie unterhielt sich lange mit mir ...

Sagen Sie einmal – ja, entschuldigen Sie, daß ich Sie nicht aussprechen lasse; vielleicht aber besitzen auch Sie ein wenig von jener Gabe, zu hören, was hinter Fräulein Kiellands materieller Stimme bebt! Aber jetzt merken Sie sicher, daß ich ungeheuren Unsinn schwätze? Ja, nicht wahr? Also! Doch es würde mich freuen, wenn auch Sie sich ein wenig auf die Menschen verstünden, dann würde ich Sie nämlich dazu beglückwünschen und sagen: wir beide, höchstens wir beide haben diese Gabe. Kommen Sie, wir wollen uns zu einer kleinen Gesellschaft, einem kleinen Verein zusammentun und niemals unser Wissen gegeneinander anwenden – *gegeneinander*, verstehen Sie – so daß zum Beispiel ich mein Wissen niemals gegen Sie gebrauche, *selbst wenn ich Sie noch so sehr durchschaue*. Na, jetzt werden Sie wieder unruhig und sehen scheu aus! Lassen Sie sich von meiner Prahlerei nur nicht ins Bockshorn jagen, ich bin betrunken ... Aber da fällt mir gerade wieder ein, was ich vorhin sagen wollte, als ich anfing, von Fräulein Kielland zu sprechen, obwohl es mir nicht weiter am Herzen lag. Wozu sollte ich auch mit meiner Meinung herausplatzen, wenn Sie mich doch nicht gefragt haben! Ich habe wohl Ihre gute Laune verdorben; können Sie sich erinnern, wie lustig Sie waren, als Sie vor ungefähr einer Stunde hereinkamen? Dieser ganze Unsinn kommt vom Wein ... Nun aber will ich nicht noch einmal vergessen, was ich sagen wollte: als Sie von dem Junggesellenabend beim Stadtvogt sprachen, Sie erinnern sich, an dem Sie getauft wurden, da entstand merkwürdigerweise in mir der Gedanke, daß auch ich einen Junggesellenabend veranstalten möchte, ja, Tod und Teufel, einen Junggesellenabend für einige Geladene. Unbedingt, das will ich, und auch Sie müssen kommen, ich rechne bestimmt auf Sie. Sie dürfen sich darauf verlassen, daß Sie nicht noch einmal getauft werden, ich werde dafür sorgen, daß man Sie mit der größten Zuvorkommenheit und Achtung behandelt; überhaupt wollen wir keine Stühle und Tische zertrümmern. Aber ich würde gerne eines Abends einige Freunde bei mir sehen und am liebsten so bald wie möglich, sagen wir, Ende der Woche. Was meinen Sie dazu?

Nagel trank wieder, trank zwei große Gläser aus. Minute antwortete auch darauf nichts. Seine erste kindliche Freude war offenbar verschwunden, und er schien nur noch aus Höflichkeit dem Geschwätz seines Gastgebers zuzuhören. Auch jetzt wollte er nichts trinken.

Sie sind auf einmal so merkwürdig still, sagte Nagel. Es ist ganz lächerlich, aber wissen Sie, daß Sie in diesem Augenblick aussehen, als fühlten Sie sich von etwas betroffen, von einem Wort, einer Andeutung betroffen. Ja, wirklich sonderbar, von etwas *betroffen*! Ich habe bemerkt, daß es Ihnen eben jetzt einen kleinen Ruck gab. Na, dann nicht; dann habe ich mich geirrt! Haben Sie sich jemals vorgestellt, wie es einem heimlichen Fälscher zumut sein müßte, wenn eines Tages ein Beamter des Erkennungsdienstes die Hand auf seine Achsel legte und ihm in die Augen sähe, ohne etwas zu sagen? …

Aber was soll ich denn mit Ihnen anfangen, Sie werden immer trauriger und verschlossener? Ich bin nervös heute und rede Sie tot, aber ich *muß* sprechen, wenn ich betrunken bin, das ist so meine Gewohnheit. Und Sie dürfen auch noch nicht fortgehen, denn dann wäre ich gezwungen, noch eine Stunde mit Sara, mit dem Mädchen, zu sprechen, und das könnte vielleicht unpassend sein, nicht davon zu reden, daß es langweilig wäre. Wollen Sie mir erlauben, Ihnen eine kleine Begebenheit zu erzählen? Meine Erzählung ist ohne Bedeutung, aber sie könnte Sie vielleicht ein wenig unterhalten, wie sie gleichzeitig Ihnen meine Gabe, mich auf die Menschen zu verstehen, beweisen soll. Hehehe, die Sache verhält sich nämlich so: wenn es jemand gibt, der diese Gabe *nicht* besitzt, dann bin ich es, – falls diese Erklärung Sie vielleicht aufmuntern kann. Kurz und gut: ich kam einmal nach London – ja, es ist übrigens drei Jahre her, nicht länger –, und dort machte ich die Bekanntschaft einer entzückenden jungen Dame, der Tochter eines Mannes, mit dem ich eine kleine geschäftliche Angelegenheit zu erledigen hatte. Ich lernte die Dame ziemlich genau kennen, wir waren drei Wochen lang täglich zusammen und wurden gute Freunde. Eines Nachmittags will sie mir London zeigen, wir ziehen los, schauen Museen, Kunstsammlungen, Prachtgebäude und Parks an, und es wurde Abend, bevor wir uns auf den Heimweg begaben. Inzwischen machte ein Bedürfnis der Natur sich bei mir geltend, ich kam offengestanden in eine gewisse Verlegenheit, in die man wohl, nachdem man einen ganzen Nachmittag spazierengegangen ist, kommen kann. Was sollte ich tun? Mich wegschleichen konnte ich nicht, und um die Erlaubnis bitten, einen Augenblick abseits gehen zu dürfen, wollte ich nicht. Kurz und gut: ich gebe nach, wo ich gehe und stehe, gebe einfach nach, lasse der Geschichte ihren Lauf und werde natürlich bis in die Schuhe hinein tropfnaß. Was aber, zum Satan, sollte ich sonst machen, sagen Sie mir das? Glücklicherweise hatte ich einen ganz langen Mantel an, und ich hoffte, damit meinen Zustand verbergen zu können. Nun wollte der Zufall, daß wir in einer hell erleuchteten Straße an einer Konditorei vorbeikamen, und hier bei dieser Konditorei bleibt, Gott helfe mir, meine Dame stehen und bittet mich, ihr eine Kleinigkeit zu besorgen. Na, dies war ja ein ganz begreifliches Verlangen, wir waren einen halben Tag umhergewandert und ganz erschöpft. Ich aber mußte mich trotzdem weigern. Da sieht sie mich an und findet es gewiß häßlich von mir, daß ich mich weigere, sie bittet mich, den Grund zu nennen. Ja, sage ich da, der Grund ist der und der, ich habe kein Geld bei mir, ich besitze keinen Penny, nicht einen Penny! Nun, das war ein gültiger Grund, das konnte man nicht leugnen, und die Dame hatte tatsächlich auch kein Geld bei sich, nein, nicht einen Penny, und da stehen wir nun und sehen einander an und lachen über unsere Lage. Aber dann findet sie doch einen Rat, sie wirft einen Blick über die Häuser und sagt: Warten Sie ein wenig, bleiben Sie einen Augenblick hier stehen, ich habe eine Freundin in jenem Haus dort, im ersten Stock, die kann uns Geld geben! Und damit eilt meine Dame fort. Sie bleibt mehrere Minuten lang aus, und in dieser ganzen langen Zeit durchlebte ich die schlimmsten Qualen. Wie in aller Welt sollte ich mich benehmen, wenn sie jetzt mit dem Geld zurückkam? Ich *konnte* nicht in die Konditorei gehen, wo das Licht so fürchterlich hell war und wo sich so viele Menschen aufhielten; ich würde sofort zur Türe hinausgeworfen werden, und dies letztere würde dann noch schlimmer sein als das erstere. Ich müßte die Zähne zusammenbeißen und sie bitten, mir den persönlichen Gefallen zu tun und selbst hineinzugehen. Ich würde dann auf sie warten. Noch ein paar Minuten vergingen, dann kam meine Dame zurück. Sie war sehr vergnügt, ja geradezu fröhlich und sagte nur, ihre Freundin sei nicht zu Hause gewesen, was ja auch schließlich gleichgültig sei; sie könnte es gut noch einige Minuten aushalten, in einer Viertelstunde wären wir ja zu Hause, und dann könnte sie sich an ihren eigenen Abendtisch setzen. Sie bat mich auch, es zu entschuldigen, daß Sie mich hatte warten lassen. Und wer war froher als ich, obwohl ich doch eigentlich durchnäßt weitergehen mußte und übel daran war. Jetzt aber kommt das Beste von allem, – ja, Sie haben den Rest vielleicht schon geahnt? Doch, ich glaube bestimmt, daß Sie den Rest schon geahnt haben; aber trotzdem will ich auch diesen noch erzählen: erst heuer, im Jahre 1891, ist es mir klargeworden, wie strohdumm ich mich eigentlich betragen hatte. Ich habe die ganze Sache noch einmal überdacht und in einer Bagatelle nach der anderen die größte Bedeutung gefunden: Meine Dame ging gar keine Treppe hinauf, sie war durchaus nicht in irgendeinem ersten Stock. Sie öffnete vielmehr nur eine

Durchgangstür zu einem Hinterhof und glitt hinein; ich vermute, daß sie auch durch genau die gleiche Türe aus dem Hinterhof wieder herauskam, still und gleitend. Was beweist das? Freilich nichts; doch war es nicht trotzdem eigentümlich, daß sie nicht in den ersten Stock hinauf, dagegen aber in den Hinterhof ging? Hehehe. Ja, Sie verstehen das Ganze ausgezeichnet, das kann ich sehen, aber mir wurde das nicht eher klar als im Jahre 1891, drei Jahre später. Sie trauen mir doch wohl nicht zu, daß ich mir das Ganze schon im voraus ausgedacht hatte und den Spaziergang so lange wie möglich ausdehnte, um meine Dame bis zum Äußersten zu bringen, etwa, daß ich mich nicht von einer versteinerten Höhlenhyäne in einem Museum losreißen konnte, sondern dreimal dorthin zurückkehrte und gleichzeitig die junge Dame nicht aus den Augen ließ, damit sie nicht auf irgendeine Weise in einen Hinterhof entschlüpfen könnte? Das trauen Sie mir doch selbstverständlich nicht zu? Es mag ja Menschen geben, die so merkwürdig veranlagt sind, daß sie lieber selbst leiden, ja lieber selbst vom Gürtel abwärts naß werden, als sich die sonderbare Befriedigung entgehen zu lassen, eine junge, niedliche Dame in irgendwelchen Folterqualen sich winden zu sehen. Aber mir ist das, wie gesagt, erst in diesem Jahr klargeworden, drei Jahre, nachdem die Geschichte passierte. Hehe, ja, wie finden Sie das?

Pause. Nagel trank und fuhr fort:

Nun sagen Sie vielleicht: Ja, aber was hat diese Geschichte mit uns beiden und dem Junggesellenabend zu tun? Nein, bester Freund, gewiß, sie hat soweit nichts damit zu tun. Es fiel mir nur eben ein zu erzählen, als eine Probe meiner Stupidität der menschlichen Seele gegenüber. Ach, die menschliche Seele. Was sagen Sie dazu, daß ich – Johan Nilsen Nagel –, als ich vor einigen Tagen an Konsul Andresens Haus dort oben auf der Anhöhe vorbeiwanderte, mich bei dem Gedanken ertappe, wie hoch oder niedrig es wohl in seiner Wohnstube bis zur Decke sein könnte? Was sagen Sie dazu? Das aber ist, wenn ich es so ausdrücken darf, wiederum die menschliche Seele. Keine Bagatelle ist für sie zu gering, alles hat seine Bedeutung für sie … Welchen Eindruck macht es zum Beispiel auf Sie, wenn Sie eines Nachts von irgendeiner Zusammenkunft, irgendeiner Expedition spät heimkommen, ruhig Ihres Weges gehen und plötzlich auf einen Mann treffen, der an einer Ecke steht und Sie ansieht, ja sogar den Kopf nach Ihnen dreht, während Sie vorbeigehen, und Sie nur anstiert und nichts sagt? Nun setze ich noch obendrein den Fall, daß der Mann schwarz gekleidet ist und Sie von ihm nichts anderes sehen können als sein Gesicht und seine Augen, was dann? Ach, es geht in der menschlichen Seele vieles vor sich! ... Sie kommen eines Abends in eine Gesellschaft, von, sagen wir, zwölf Personen, und die dreizehnte – es kann eine Telegraphistin sein, ein armer Rechtskandidat, ein Kontorist, ein Dampfschiffskapitän, kurz gesagt: ein Mensch ohne jede Bedeutung – sitzt in einem Winkel und beteiligt sich nicht an der Unterhaltung und macht auch sonst in keiner Weise irgendwelchen Lärm. Aber diese dreizehnte Person hat trotzdem ihren Wert, nicht nur an und für sich, sondern auch als ein Faktor in der Gesellschaft. Gerade weil sie in bestimmter Weise gekleidet ist, weil sie sich so stumm verhält, weil ihre Augen einigermaßen dumm und nichtssagend die übrigen Gäste anblicken und weil ihre Rolle im ganzen genommen darin besteht, so unbedeutend zu sein, trägt sie dazu bei, der Gesellschaft ihren Charakter zu geben. Eben weil sie nichts sagt, wirkt sie negativ und schafft den schwachen Ton der Düsterkeit im ganzen Zimmer, der die anderen Gäste gerade so laut und nicht lauter sprechen läßt. Habe ich nicht recht? Diese Person kann dadurch buchstäblich die mächtigste in der Gesellschaft werden. Ich verstehe mich, wie gesagt, nicht auf die Menschen, aber es belustigt mich doch oft, zu beobachten, welch unheimlichen Wert die Kleinigkeiten besitzen können. So war ich zum Beispiel einmal Zeuge, wie ein wildfremder armer Ingenieur, der absolut seinen Mund nicht auftat ... Aber das ist eine andere Geschichte und gehört nicht hierher, es sei denn insofern, als dies alles mein Gehirn passiert und dort seine Spuren hinterlassen hat. Um aber im Gleichnis zu bleiben: wer weiß, ob nicht gerade Ihre Schweigsamkeit heute abend diesen ganzen besondern Ton über meine Worte legt – abgesehen von meinem ungeheuren Rausch –, ob nicht gerade Ihre Miene, dieser halb, scheue und halb unschuldige Ausdruck Ihrer Augen mich besonders dazu reizt, so zu sprechen, wie ich es tue! Das ist ganz natürlich. Sie hören zu, was ich sage – was ich, ein betrunkener Kerl, sage –, hie und da fühlen Sie sich auf die eine oder andere Art betroffen – um den bereits gebrauchten Ausdruck *betroffen* zu benutzen –, und ich fühle mich versucht, noch weiter zu gehen und Ihnen wohl noch ein halbes Dutzend Worte ins Gesicht zu schleudern. Ich führe dies nur als ein Beispiel für den Wert der Kleinigkeiten an. Übersehen Sie die Kleinigkeiten nicht, lieber Freund! Um Gottes willen, die Kleinigkeiten haben einen gewaltigen Wert ... Herein!

Es war Sara, die anklopfte und meldete, daß das Abendessen fertig sei. Minute erhob sich sofort. Nagel war jetzt sichtlich betrunken und redete nicht einmal mehr vernünftig; im übrigen widersprach er sich beständig und faselte immer schlimmer. Seine nachdenklichen Augen und die an den Schläfen angeschwollenen Adern zeigten, daß er viele Gedanken in seinem Kopf bewegte.

Ja, sagte er, es wundert mich nicht, daß Sie die Gelegenheit zum Gehen ergreifen, nach all dem Geschwätz, das Sie heute abend haben aushalten müssen. Aber über verschiedenes hätte ich gerne noch Ihre Meinung gehört, so haben Sie mir zum Beispiel meine Frage, was Sie in Ihrem innersten Herzen von Fräulein Kielland halten, durchaus nicht beantwortet. Vor mir steht sie wie das seltenste und unerreichbarste Wesen, voller Köstlichkeit und rein und weiß wie Schnee, – stellen Sie sich reinen und tiefen Seidenschnee vor. So steht sie in Gedanken vor mir. Wenn Sie von dem, was ich vorher gesagt habe, einen anderen Eindruck bekommen haben sollten, so ist das falsch ... Nun will ich also das letzte Glas in Ihrer Gegenwart leeren; Ihr Wohl! ... Doch jetzt fällt mir gerade noch etwas ein. Wenn Sie die Geduld hätten, sich noch zwei kurze Minuten lang mit mir zu beschäftigen, wäre ich Ihnen wirklich besonders verbunden. Die Sache ist die – kommen Sie ein wenig näher her, denn in diesem Hause sind die Wände dünn – , ja, also die Sache ist die: ich bin rettungslos in Fräulein Kielland verliebt. Jetzt habe ich es gesagt! Das sind nur ein paar harte und armselige Worte, aber Gott im Himmel weiß, wie närrisch ich sie liebe und wie ich um ihretwillen leide. Na, das ist eine Sache für sich, ich liebe, ich leide, es ist gut, das gehört nicht hierher. Also! Aber ich hoffe, Sie werden meine Offenherzigkeit mit der ganzen Diskretion behandeln, die sie verdient; versprechen Sie mir das? Danke, lieber Freund! Aber, wollen Sie sagen, wie kann ich denn in sie verliebt sein, wenn ich sie doch noch vor kurzem eine große Kokette nannte? Erstens kann man sehr gut eine Kokette lieben; dem steht nichts im Wege. Doch hierbei will ich mich nicht aufhalten. Es kommt noch etwas anderes dazu. Wie war das doch vorhin, gaben Sie eigentlich zu, daß Sie die Menschen kennten, oder nicht? Wenn Sie die Menschen kennten, würden Sie nämlich auch begreifen, was ich jetzt sage: es kann unmöglich meine Überzeugung sein, daß Fräulein Kielland wirklich eine Kokette ist. Das ist nicht mein Ernst. Sie ist im Gegenteil ein sehr natürlicher Mensch, – was halten Sie zum Beispiel von ihrer offenen Art zu lachen, obwohl sie doch nicht einmal ganz weiße Zähne hat! Trotzdem aber kann ich das Meine dazu beitragen, die Ansicht zu verbreiten, daß Fräulein Kielland eine Kokette ist; das stört mich nicht. Und ich tue das nicht, um ihr zu schaden oder mich zu rächen, sondern um mich selbst aufrecht zu halten, ich tue es aus Eigenliebe, denn sie ist unerreichbar für mich, sie spottet allen meinen Anstrengungen, sie in mich verliebt zu machen, denn sie ist verlobt und bereits gebunden, sie ist für mich verloren, ganz verloren. Sehen Sie, dies ist mit Ihrer Erlaubnis eine neue und abschweifende Seite der menschlichen Seele. Ich könnte ihr auf der Straße entgegentreten und mit dem größten Ernst in Anwesenheit aller Leute zu ihr sagen, scheinbar nur, um sie herabzusetzen und um ihr Schaden zuzufügen: Guten Tag, gnädiges Fräulein, ich gratuliere zum reinen Hemd! Ja, haben Sie schon so etwas Verrücktes gehört? Aber das könnte ich sagen. Was ich dann täte – ob ich nun heimliefe und in mein Taschentuch schluchzen würde, oder ob ich ein paar Tropfen aus dieser kleinen Flasche, die ich hier in der Westentasche trage, zu mir nehmen würde – das überspringe ich. Ebenso könnte ich eines Sonntags in die Kirche gehen und, während ihr Vater, Pastor Kielland, Gottes Worte spricht, durch das ganze Kirchenschiff spazieren, vor Fräulein Kielland stehenbleiben und laut sagen: Würden Sie mir erlauben, Sie ein wenig an der Puffe anzufassen? Ja, wie finden Sie das? Mit der Puffe würde ich nichts Besonderes meinen, es sollte nur ein Wort sein, über das sie erröten müßte; aber: Vergönnen Sie mir, Sie ein wenig bei der Puffe anzufassen, würde ich sagen. Und hinterher würde ich mich ihr vor die Füße werfen und sie flehend bitten, mich anzuspucken ... Jetzt habe ich Sie gründlich erschreckt; ja, ich gebe zu, daß ich vermessene Reden führe, um so mehr, als ich zu einem Pfarrerssohn von einer Pfarrerstochter spreche. Verzeihen Sie mir, mein Freund, das geschieht nicht aus Bosheit, nicht aus reiner Bosheit, sondern weil ich betrunken bin wie ein Alk ... Hören Sie zu: Ich kannte einmal einen jungen Mann, der einen Kandelaber stahl, ihn an einen Alteisenhändler verkaufte und das Geld in Saus und Braus verzechte. Das ist bei Gott wahr; es war sogar ein Bekannter von mir, ein Verwandter des verstorbenen Pfarrers Haerem. Aber was hat das mit mir und Fräulein Kielland zu tun? Nein, da haben Sie wieder recht! Sie sagten nichts, aber ich konnte sehen, daß Ihr Mund im Begriff war, es zu sagen, und das ist eine ganz richtige Bemerkung von Ihnen. Was aber Fräulein Kielland betrifft, so ist sie für mich vollständig verloren, und ich beklage deshalb nicht sie, sondern mich selbst. Sie, der Sie hier so total nüchtern dastehen und die Menschen durchschauen, würden es auch verstehen, wenn ich einfach eines Tages in der Stadt das Gerücht ausstreute, daß Fräulein Kielland auf meinen Knien gesessen hätte, daß ich sie drei Nächte hintereinander an einem näher bezeichneten Ort im Wald getroffen und daß sie dann Geschenke von mir angenommen hätte. Nicht wahr, Sie würden das verstehen? Ja, denn Sie verstehen sich verteufelt gut auf die Menschen, mein Freund, ja, ganz gewiß, nur keine Ausreden ...! Ist es Ihnen noch niemals vorgekommen, daß Sie eines Tages auf der Straße gingen, in Ihre eigenen, unschuldigen Gedanken vertieft, ohne jede Ahnung, bis alle

Menschen Sie anstarrten, Sie von oben bis unten musterten? Dies ist eine äußerst peinliche Lage. Beschämt bürsten Sie sich vorn und hinten ab, wie ein Dieb sehen Sie an Ihrem Anzug herunter und untersuchen, ob Sie etwa mit aufgeknöpften Kleidern einhergehen, und Sie sind so voll banger Vermutungen, daß Sie sogar den Hut abnehmen und nachsehen, ob möglicherweise noch der Preiszettel daransitzt, obwohl es ein alter Hut ist. Doch das alles hilft Ihnen nichts, Sie finden nichts in Unordnung, und Sie müssen es schon aushalten, daß jeder Schneidergeselle und jeder Leutnant Sie nach Gefallen fixiert ... Aber, bester Freund, wenn dies schon eine Höllenpein ist, was soll man dann erst sagen, wenn man zu einem Verhör vorgeladen wird ... Jetzt gab es Ihnen wieder einen Ruck. Ja, war es nicht so? Mir schien es ganz deutlich, als habe es Ihnen einen kleinen Ruck gegeben ... nun, aber so zu einem Verhör vorgeladen, vor den listigsten Teufel von einem Polizeimann gestellt zu werden, vor dem ganzen Publikum in ein Kreuzverhör, bei dem man auf zwölf verschiedenen Schleichwegen immer wieder auf den einen einzigen Punkt zurückkommt, genommen zu werden, – – oh, welch ein ausgesuchter Genuß für den, der mit dem Ganzen nichts zu schaffen hat, sondern nur dasitzt und zuhört! Nicht wahr, darin sind wohl auch Sie mit mir einig? ... Wer weiß, vielleicht ist doch noch ein Glas Wein in dieser Flasche, wenn ich sie auswinde ...

Er goß den letzten Rest des Weines hinunter und fuhr fort:

Ich muß Sie übrigens um Entschuldigung bitten, weil ich beständig das Gesprächsthema wechsle. Diese vielen und plötzlichen Sprünge in meinem Gedankengang kommen sicherlich zum Teil daher, daß ich so jämmerlich betrunken bin, zum Teil aber ist es überhaupt ein Fehler von mir. Die Sache verhält sich so: ich bin nur ein simpler Agronom, Schüler einer Kuhdreckakademie, bin ein Denker, der das Denken nicht gelernt hat. Na, gehen wir nicht auf diese Einzelheiten ein, die interessieren Sie nicht, und für mich, der ich meine Verhältnisse von früher her kenne, sind sie geradezu widerwärtig. Wissen Sie, wenn ich hier allein sitze und an allerhand Dinge denke und mich selbst genauer prüfe, geschieht es oft, daß ich mich mit lauter Stimme Rochefort nenne. Ich schlage mich auf die Brust und nenne mich Rochefort. Was werden Sie aber erst sagen, wenn ich Ihnen erzähle, daß ich einmal ein Petschaft mit einem Stachelschwein bestellte? ... Das bringt mich auf den Gedanken an einen Mann, den ich seinerzeit als einen ehrbaren, ganz alltäglichen und achtenswerten Studenten der Philologie an einer deutschen Universität kennenlernte. Er artete aus, im Laufe von zwei Jahren wurde er ein Trunkenbold und Romanschriftsteller. Traf er Fremde, und man fragte ihn, wer er sei, antwortete er schließlich nur noch, er sei eine Tatsache. Ich bin eine Tatsache! sagte er, und vor lauter Hochmut kniff er den Mund zusammen. Na, das interessiert Sie nicht ... Sie sprachen von einem Mann, einem Denker, der das Denken nicht gelernt hatte. Oder war ich es selbst, der davon sprach? Verzeihung, jetzt bin ich nämlich stockbesoffen; aber das macht nichts, lassen Sie sich dadurch nur nicht anfechten. Übrigens wäre ich Ihnen dankbar, wenn Sie mir gestatten wollten, Ihnen das mit dem Denker, der nicht denken konnte, zu erklären. Soweit ich Ihre Äußerung verstand, wollten Sie ihn angreifen. Doch, ich bekam wirklich diesen Eindruck, Sie sprachen in einem höhnischen Ton. Aber der Mann, den Sie da nannten, verdient einigermaßen als Ganzes gesehen zu werden. Erstens einmal war er ein großer Narr. Doch, doch, daran muß ich festhalten, er war ein Narr. Er trug stets einen langen roten Schlips und lächelte vor lauter Narrheit. Ja, er war so närrisch, daß er stets, wenn jemand zu ihm kam, in ein Buch vertieft dasaß, obwohl er niemals las. Er trug auch keine Strümpfe in den Stiefeln, nur um sich eine Rose ins Knopfloch leisten zu können. So war er. Das beste von allem aber war: er besaß etliche Photographien, Photographien einiger dürftiger, netter Handwerkertöchter, und auf diese Bilder hatte er irgendwelche hohen und klangvollen Namen geschrieben, nur um den Eindruck zu erwecken, daß er eine Menge vornehmer Bekanntschaften habe. Auf einem der Bilder stand deutlich „Fräulein Stang“, damit man glauben solle, das Mädchen sei mit dem Staatsminister verwandt, obwohl dieses Menschenkind höchstens Lie oder Haug heißen konnte. Hehehe, was soll man zu einer solchen Großtuerei sagen? Er bildete sich ein, die Leute beschäftigten sich mit ihm und verleumdeten ihn hinter seinem Rücken. Die Leute verleumden mich hinter meinem Rücken! sagte er. Hehehe, glauben Sie wirklich, daß es jemand der Mühe wert fand, ihn zu verleumden? Eines Tages kam er sogar in einen Juwelierladen und rauchte gleichzeitig an zwei Zigarren. An zwei Zigarren! Eine hielt er in der Hand und die andere im Mund, beide brannten. Er wußte vielleicht gar nicht, daß er zwei Zigarren auf einmal rauchte, und als Denker, der das Denken nicht gelernt hatte, fragte er auch nicht ...

Jetzt muß ich gehen, sagte Minute schließlich leise.

Nagel erhob sich sofort.

Müssen Sie gehen? sagte er. Wollen Sie mich jetzt wirklich verlassen? Ja, diese Geschichte ist ja wohl auch zu lang, wenn man den Mann nämlich als Ganzes sehen will. Heben wir es uns für ein andermal auf. Ach nein, wollen Sie jetzt absolut gehen? Hören Sie: Tausend Dank für heute abend! Ich bin jetzt ganz merkwürdig betrunken; wie sehe ich eigentlich aus? Legen Sie einmal einen Daumen unter die Lupe und sehen Sie ihn sich an, hm? Ja, ich verstehe Ihre Mienen. Sie sind ein gottlos kluger Mann, Herr Grögaard, und es ist mir ein Fest, Ihre Augen zu beobachten, so unschuldig sind sie. Zünden Sie sich bitte noch eine Zigarre an, bevor Sie gehen. Wann kommen Sie nun wieder? Tod und Teufel, das ist wahr: Sie müssen zu dem Junggesellenabend kommen, hören Sie! Es soll Ihnen kein Haar auf dem Haupte gekrümmt werden ... Nein, es wird nur eine kleine, gemütliche Abendgesellschaft, eine Zigarre, ein Glas Wein, ein Gespräch und neunmal neun Hurras fürs Vaterland, um des Doktors Stenersen willen; nicht wahr? Das wird schön sein. Und die Hose, von der wir gesprochen haben, sollen Sie bekommen, der Teufel soll mich holen! Natürlich zu den bekannten Bedingungen. Ich danke Ihnen für Ihre Geduld heute abend. Lassen Sie mich Ihre Hand drücken! Zünden Sie sich eine neue Zigarre an, Mensch ... Hören Sie, ein Wort noch: gibt es nichts, womit man Ihnen eine Freude machen könnte? Denn in diesem Falle ... Na, wie Sie wollen. Gute Nacht! Gute Nacht!

11

So kam der neunundzwanzigste Juni. Es war ein Montag. An diesem Tage geschahen einige ungewöhnliche Dinge; eine Fremde tauchte sogar in der Stadt auf, eine verschleierte Dame, die nach einem zweistündigen Aufenthalt wieder verschwand – nachdem sie im Hotel einen Besuch gemacht hatte ...

Schon früh am Morgen hatte Johan Nagel vergnügt gesungen und gepfiffen. Während er sich ankleidete, summte er lustige Melodien vor sich hin, als sei er über irgend etwas höchst erfreut. Den ganzen vorhergehenden Tag war er schweigsam und still gewesen, eine Nachwirkung des schweren Rausches, den er sich am Samstagabend in Minutes Gesellschaft geholt hatte. Mit langen Schritten war er im Zimmer auf und ab gegangen und hatte eine Menge Wasser getrunken. Als er aber nun am Montagmorgen das Hotel verließ, summte er noch und sah äußerst zufrieden aus; in einem Anfall heller Freude sprach er sogar eine Frau an, die draußen auf der Treppe stand, und gab ihr einige Schillinge.

Können Sie mir sagen, wo ich eine Geige zu leihen bekommen könnte? fragte er. Wissen Sie, ob es hier in der Stadt jemand gibt, der Geige spielt?

Nein, das weiß ich nicht, antwortete die Frau erstaunt.

Sie wußte es nicht, trotzdem aber gab er ihr vor Freude einige Schillinge und ging eilig weg. Er hatte Dagny Kielland mit ihrem roten Sonnenschirm aus einem Laden kommen sehen und folgte ihr gleich nach. Sie war allein. Er grüßte tief und sprach sie an. Sie wurde sofort flammend rot, wie sie das zu tun pflegte, und hielt den Sonnenschirm ein wenig vor sich hin, um es zu verbergen.

Zuerst sprach sie von ihrem letzten Spaziergang durch den Wald. Eigentlich sei sie doch ein wenig unvorsichtig gewesen, ja, denn sie habe sich wirklich etwas erkältet, obwohl das Wetter so warm gewesen war, sie sei noch nicht wieder ganz frisch. Dies sagte sie geradeheraus und aufrichtig, als vertraue sie sich einem alten Bekannten an.

Aber Sie dürfen es nicht bereuen; nicht wahr? sagte er und ging gerade auf die Sache los.

Nein, antwortete sie erstaunt; nein, ich bereue es nicht, wie kommen Sie darauf? Es war eine hübsche Nacht, obwohl ich die ganze Zeit vor dem Mann mit dem Licht, von dem Sie erzählten, Angst hatte. Ich habe seitdem auch von ihm geträumt. Es war ein fürchterlicher Traum!

Dann sprachen sie eine Weile von dem Mann mit dem Licht. Nagel schwätzte heute gerne, er gestand, daß auch er lächerliche Anfälle einer stummen Furcht vor irgend etwas habe, oft könne er zum Beispiel nicht die Treppe hinaufgehen, ohne sich bei jedem Schritt umzuwenden und nachzusehen, ob nicht jemand hinter ihm gehe. Was konnte das sein? Ja, was konnte das sein? Ein mystisches Etwas, etwas Seltsames, das die arme „allwissende" Wissenschaft in ihrer vierschrötigen Grobheit nicht zu fassen vermochte, der Hauch einer unsichtbaren Macht, eine Einwirkung der blinden Kräfte des Lebens.

Wissen Sie, sagte er, daß ich gerade jetzt Lust hätte, von dieser Straße in eine andere abzubiegen, weil diese Häuser hier, diese Steine zur Linken, die drei Birnbäume unten im Garten des Hardesvogtes, ja alles zusammen, einen unangenehmen Einfluß auf mich ausüben, mich mit dumpfer Pein erfüllen. Wenn ich allein bin, gehe ich niemals durch diese Straße, ich meide sie, selbst wenn es ein Umweg für mich ist. Was hat dies zu bedeuten?

Dagny lachte.

Das weiß ich nicht. Aber Doktor Stenersen würde das gewiß Nervosität und Aberglauben nennen.

Ganz richtig, so würde er es nennen! Ach, was ist das doch für eine hochmütige Dummheit! Sie kommen eines Abends in eine fremde Stadt, sagen wir in diese Stadt, warum auch nicht? Am Tag darauf gehen Sie in den Straßen umher und sehen sich zum erstenmal die Stadt an. Bei dieser Wanderung erregen gewisse Straßen, gewisse Häuser Ihren entschiedenen heimlichen Unwillen, während andere Straßen und andere Häuser einen angenehmen, wohlgefälligen Eindruck auf Sie machen und Sie sich freudig gestimmt fühlen. Nervosität? Jetzt aber setze ich den Fall, Sie hätten Nerven wie Schiffstaue und wissen gewissermaßen gar nicht, was Nervosität ist. Weiter! Sie gehen immer noch durch die Straßen, Sie begegnen hundert Menschen und gehen gleichgültig an ihnen vorbei; plötzlich aber – während Sie zum Kai hinunterkommen und vor einem kleinen, ärmlichen Haus, an dessen Fenstern keine Vorhänge sind, auf dem Fensterbrett aber einige weiße Blumen blühen, stehenbleiben – kommt Ihnen ein Mann entgegen, von dem Sie sofort in irgendeiner Weise in Anspruch genommen werden. Sie sehen den Mann an, er sieht Sie an. Es ist nichts Ungewöhnliches an ihm, außer daß er ärmlich gekleidet ist und ein wenig vorgebeugt geht. Sie treffen das erstemal in Ihrem Leben mit ihm zusammen, und Sie haben den bizarren Einfall, daß dieser Mann Johannes heißt. Ausgerechnet Johannes. Warum meinen Sie, daß er gerade Johannes heißt? Das können Sie sich nicht erklären, aber Sie sehen es an seinen Augen, merken es an seinen Armbewegungen, hören es an seinen Fußtritten: und das kommt nicht etwa daher, daß Sie irgend einmal einen anderen Mann getroffen haben, der diesem letzteren glich und der Johannes hieß, nein, daher kommt es nicht. Denn Sie haben niemals jemand getroffen, an den dieser Mann Sie erinnert. Aber da stehen Sie nun, mit Ihrem Erstaunen und Ihrem mystischen Gefühl und können sich nichts erklären.

Haben Sie hier in dieser Stadt einen solchen Mann getroffen?

Nein, nein, beeilte er sich zu antworten, ich stelle mir diese Stadt nur vor, dieses kleine Haus und diesen Mann, ich *nehme* das Ganze nur *an*. Nicht wahr, es ist sonderbar? ... So geschehen auch noch andere seltsame Dinge: Sie kommen in eine fremde Stadt und gehen in ein fremdes Haus, sagen wir in ein Hotel, in dem Sie noch nie vorher gewesen sind. Plötzlich haben Sie die merkwürdig bestimmte Empfindung, daß seinerzeit, vor vielen Jahren vielleicht, eine Apotheke in diesem fremden Haus gewesen sei. Wie verfallen Sie gerade darauf? Nichts erinnert daran, niemand hat es Ihnen gesagt, kein Geruch nach Medikamenten ist zu spüren, keine Merkmale von Regalen sind an den Wänden, und kein rechteckiger Fleck von einem Ladentisch ist auf dem Boden. Und trotzdem wissen Sie in Ihrem Innern, daß in diesem Haus vor vielen Jahren eine Apotheke gewesen ist! Sie irren sich nicht, für einen Augenblick sind Sie von geheimnisvoller Mitwisserschaft erfüllt, die Ihnen verborgene Dinge offenbart. Vielleicht haben Sie etwas Ähnliches noch nie erlebt?

Ich habe früher nie an so etwas gedacht. Doch da Sie jetzt davon sprechen, finde auch ich, daß es mir schon so ergangen ist. Auf jeden Fall habe ich oft Angst vor der Dunkelheit, bin furchtsam vor nichts. Aber das ist vielleicht etwas anderes.

Gott mag wissen, was das alles ist! Es gibt so viele Dinge zwischen Himmel und Erde, wunderbare, herrliche Dinge ohnegleichen, und vollkommen unerklärliche Vorahnungen, stumme Schrecken, die Sie vor Bangigkeit erzittern lassen. Stellen Sie sich vor, Sie hörten in einer dunklen Nacht jemand gehen und an den Mauern entlangstreifen. Sie sitzen hellwach an einem Tisch und rauchen eine Pfeife. Sie haben den Kopf voller Pläne und sind aufs stärkste mit diesen Gedanken beschäftigt. Da hören Sie plötzlich ganz deutlich, wie sich draußen jemand an der Wand entlangschleicht, an der Holzverkleidung draußen, oder sogar in Ihrem Zimmer, dort beim Ofen, wo Sie sogar einen Schatten an der Brandmauer sehen. Sie nehmen den Schirm von der Lampe, damit es heller wird, und gehen zum Ofen hin. Sie stellen sich vor den Schatten und erblicken einen Ihnen unbekannten Menschen, einen mittelgroßen Mann mit einem schwarz und weißen Wollschal um den Hals und mit ganz blauen Lippen. Er gleicht dem Treffbuben eines norwegischen Kartenspiels. Nun nehme ich an, Sie seien mehr neugierig als ängstlich. Sie rücken dem Burschen auf den Leib, um ihn mit einem Blick wegzufegen. Aber er rührt sich nicht, obwohl Sie ihm so nahe sind, daß Sie sehen, wie er mit den Augen blinzelt und überhaupt so lebendig ist wie Sie selbst. Da nehmen Sie ihn von der gemütlichen Seite und sagen, obwohl Sie ihn niemals vorher gesehen haben: Ihr Name ist wohl nicht zufälligerweise Homan, Bernt Homan? Und als er nicht antwortet, beschließen Sie, ihn Homan zu nennen, und fragen: Zum Teufel, warum sollten Sie nicht ein Bernt Homan sein? Und dann lachen Sie ihn aus. Aber er rührt sich immer noch nicht, und Sie wissen nicht mehr, was Sie mit ihm anfangen sollen. Dann treten Sie einen Schritt zurück, deuten mit der Pfeifenspitze auf ihn und sagen: Bäh! Aber er verzieht das Gesicht nicht, lächelt nicht. Ja, da hat nun der Teufel das Recht verloren. Sie werden ärgerlich und versetzen ihm einen ordentlichen Stoß. Jetzt aber sieht es so aus, als befinde sich der Mann allerdings irgendwo in der Nähe, – aber Ihr Stoß hat ihn trotzdem nicht im mindesten berührt. Er fällt nicht um, steckt beide Hände in die Taschen, tief in die Taschen, zieht die Schultern empor und nimmt eine Miene an, als wolle er sagen: Was weiter? So wenig hat Ihr Stoß ihn angefochten. Was weiter? antworten Sie da rasend und versetzen ihm noch einen Stoß in die Magengegend. Und nun erleben Sie folgendes: Nach diesem letzten Stoß beginnt der Mann sich aufzulösen. Sie stehen da und sehen mit Ihren eigenen Augen, wie er nach und nach ausgelöscht wird, immer undeutlicher wird, bis schließlich nichts anderes mehr von ihm da ist als der Bauch, dann verschwindet auch der. Die ganze Zeit aber hat er die Fäuste in den Taschen gehabt und Sie mit diesem trotzigen Ausdruck angesehen, der zu sagen schien: Was weiter?

Dagny lachte wieder.

Nein, was Sie für seltsame Abenteuer erleben! Aber weiter! Wie geht es dann weiter? Was wird schließlich daraus?

Ja, wenn Sie sich nun wieder an den Tisch setzen und sich von neuem mit Ihren Plänen beschäftigen wollen, entdecken Sie, daß Sie sich Ihre Knöchel an der Brandmauer zerschlagen haben ... Was ich aber sagen wollte: erzählen Sie am Tag darauf die Geschichte Ihren Bekannten, so werden Sie zu hören bekommen, daß Sie geschlafen haben. Hehehe, ja, doch, Sie haben geschlafen, obwohl Gott und alle Engel wissen, daß Sie *nicht* geschlafen haben. Und doch ist es nur Seminaristenweisheit und Roheit, es Schlaf zu nennen, wenn Sie hellwach bei einem Ofen gestanden, aus einer Pfeife geraucht und mit einem Mann gesprochen haben. Nun kommt der Arzt. Ein ausgezeichneter Arzt, der die Wissenschaft mit zusammengekniffenem Mund und Überlegenheit repräsentiert. Das, sagt er, das ist ja nur Nervosität. O Gott, welche Komödie! Gut. Aber er sagt also, es sei Nervosität. Für das Gehirn des Arztes ist es eine Sache von den und den Dimensionen, soundso viel Zoll hoch und soundso viel Zoll breit, etwas, was man mit der Hand greifen kann, gute, dicke Nervosität. Und dann verschreibt er auf einem Papierfetzen Eisen und Chinin und kuriert Sie stehenden Fußes. So geht es zu! Aber bedenken Sie nur: welche Vierschrötigkeit und welche Bauernlogik, mit seinen Dimensionen und seinem Chinin in ein Gebiet einzudringen, in dem nicht einmal die feinen und weisen Geister sich die Dinge haben erklären können.

Gleich werden Sie einen Knopf verlieren, sagte sie.

Einen Knopf?

Lächelnd deutete sie auf einen seiner Jackenknöpfe, der an einem Faden baumelte.

Sollten Sie ihn nicht abtrennen? Sie werden ihn bald verlieren.

Er gehorchte ihr, zog ein Messer aus der Tasche und schnitt den Knopf ab. Als er das Messer herausnahm, fielen einiges Kleingeld und eine Medaille an einem traurig mißhandelten Band aus seiner Tasche. Hastig beugte er sich nieder und hob die Sachen auf, während sie dabeistand und zusah. Da sagte sie:

Ist das eine Medaille? Aber wie behandeln Sie sie denn, sehen Sie nur das Band an! Was ist das für eine Medaille?

Eine Rettungsmedaille ... Ja, Sie dürfen wirklich nicht glauben, sie befinde sich um meines Verdienstes willen in meiner Tasche. Das ist nur Humbug.

Sie sah ihn an. Sein Gesicht war vollkommen ruhig, seine Augen offen, als lüge er durchaus nicht. Sie hatte immer noch die Medaille in der Hand.

Wollen Sie nun wieder anfangen? sagte sie. Wenn Sie diese Medaille nicht selbst verdient haben, wie können Sie dann so ein Ding besitzen, es bei sich tragen?

Ich habe sie gekauft! rief er und lachte. Sie ist doch mein, mein Eigentum, ich besitze sie, so wie ich mein Taschenmesser besitze, meinen Jackenknopf. Warum sollte ich sie denn wegwerfen?

Nein, daß Sie eine Medaille kaufen mögen! sagte sie.

Ja, es ist Humbug, ich leugne es nicht; aber was tut man nicht so manches Mal! Ich habe sie bei einer bestimmten Gelegenheit den ganzen Tag an der Brust getragen und damit geprahlt – habe einen Trinkspruch entgegengenommen, hehehehehe. Der eine Humbug ist wohl ebenso gut wie der andere?

Der Name ist herausgekratzt, sagte sie wieder.

Jetzt wechselte er plötzlich den Ausdruck und streckte die Hand nach der Medaille aus.

Ist der Name herausgekratzt? Das ist nicht möglich; lassen Sie mich sehen. Sie hat nur in meiner Tasche Schaden gelitten. Sie lag zwischen dem Kleingeld, das ist das Ganze.

Dagny sah ihn mißtrauisch an. Dann knipst er plötzlich mit den Fingern und ruft aus:

Wie kann ich nur so gedankenlos sein! Der Name ist herausgekratzt, Sie haben recht, wie konnte ich das vergessen! Hehehe, ich selbst habe den Namen herausgekratzt, das ist ganz richtig. Es war ja nicht mein Name, der daraufstand, es war der Name des Besitzers, der Name des Retters. Ich schabte ihn sofort weg, als ich sie gekauft hatte. Ich bitte Sie, zu entschuldigen, daß ich Sie nicht gleich darüber aufgeklärt habe, es war nicht meine Absicht, zu lügen. Ich dachte nämlich gerade an etwas anderes: Warum wurden Sie plötzlich so nervös wegen des Knopfes, den ich fast verloren hätte? Wenn er nun abgefallen wäre? Sollte das eine Antwort auf das sein, was ich von der Nervosität und der Wissenschaft gesagt habe?

Pause.

Die Offenheit, die Sie mir gegenüber immer an den Tag legen, ist doch wirklich auffallend, erwiderte sie, ohne auf seine Frage zu antworten. Ich weiß nicht, was Sie damit beabsichtigen. Ihre Anschauungen sind an sich etwas ungewöhnlich; nun lassen Sie mich schließlich noch ahnen, daß alles miteinander eigentlich nur Humbug ist, nichts ist edel, nichts rein, nichts groß. Ist das Ihre Meinung? Ist es denn wirklich das gleiche, ob man sich eine Medaille für soundso viele Kronen kauft, oder ob man sie sich selbst durch irgendeine Tat erkämpft?

Er erwiderte nichts. Dann fuhr sie ganz langsam und ernst fort:

Ich verstehe Sie nicht. Manchmal, wenn ich Sie sprechen höre, frage ich mich selbst, ob Sie denn wirklich vernünftig sind. Entschuldigen Sie, daß ich das sage! Ich werde immer unruhiger durch Sie, immer zerrissener, Sie verwirren alle meine Begriffe, stellen mir die Dinge auf den Kopf, gleichgültig, worüber Sie sprechen. Wie kommt das? Ich habe noch niemand getroffen, der in diesem Maß allem in mir widersprochen hätte. Sagen Sie mir jetzt: Was glauben Sie eigentlich selbst von dem, was Sie erzählen? Was ist Ihre innerste Meinung?

Sie hatte so ernsthaft, so warm gefragt, daß er stutzte.

Hätte ich einen Gott, sagte er dann, einen Gott, der mir so recht hoch und heilig wäre, würde ich bei diesem Gott schwören, daß ich alles, was ich Ihnen gesagt habe, aufrichtig meine, ganz und gar alles, und daß ich das Beste zu tun glaube, selbst wenn ich Sie verwirre. Als wir das letztemal miteinander sprachen, sagten Sie, ich stünde in Widerspruch zu allem, was andere Leute von den Dingen meinten. Ja, das ist wahr, ich gebe zu, daß ich ein lebender Widerspruch bin, und ich verstehe das selbst nicht. Aber ich bin nicht imstande, zu begreifen, daß nicht auch alle anderen Menschen das gleiche von den Dingen meinen wie ich. So hell und durchsichtig scheinen mir die Fragen zu sein, und so *leuchtend* klar sehe ich den Zusammenhang in ihnen. Das ist meine innerste Meinung, gnädiges Fräulein; könnte ich Sie doch an mich glauben machen, jetzt und immer.

Jetzt und immer, nein, das will ich nicht versprechen.

Es ist mir so unendlich viel daran gelegen, sagte er.

Sie waren in den Wald gekommen und gingen so nah beieinander, daß ihre Ärmel sich oft berührten. Und die Luft war so still, daß sie nur ganz leise zu sprechen brauchten. Hie und da zwitscherte ein Vogel.

Da blieb er unvermittelt stehen und zwang auch sie, stehenzubleiben.

Wie ich mich in diesen Tagen nach Ihnen gesehnt habe! sagte er. Nein, nein, erschrecken Sie nicht so; ich sage ja beinahe nichts, und ich will nichts erreichen, nein, ich mache mir keine, keine Illusionen. Übrigens verstehen Sie mich vielleicht nicht einmal, ich beginne falsch und verspreche mich, sage, was ich gar nicht sagen wollte ...

Als er schwieg, meinte sie:

Wie sonderbar Sie heute sind!

Damit wollte sie wieder gehen.

Aber noch einmal hielt er sie an:

Liebstes Fräulein Kielland, warten Sie ein wenig! Haben Sie heute Nachsicht mit mir! Ich fürchte mich zu sprechen, ich habe Angst, daß Sie mich unterbrechen und sagen: Gehen Sie! Und doch habe ich mir in vielen wachen Stunden alles überlegt.

Immer erstaunter sah sie ihn an und fragte:

Wo führt das hin?

Wo das hinführt? Darf ich Ihnen das mit nackten Worten sagen? Das führt dahin ... dahin, daß ich Sie liebe, Fräulein Kielland. Ja, eigentlich verstehe ich nicht, daß Sie das so in Erstaunen setzen kann, ich bin von Fleisch und Blut, ich habe Sie getroffen und bin von Ihnen bezaubert worden, das ist wohl nicht so sonderbar. Etwas anderes ist es, daß ich Ihnen das vielleicht nicht hätte eingestehen sollen.

Nein, das hätten Sie nicht tun sollen.

Aber wozu kann man nicht getrieben werden? Ich habe sogar aus Liebe zu Ihnen schlecht über Sie gesprochen, habe Sie eine Kokette genannt und versucht, Sie herabzuziehen, nur um mich zu trösten und mich schadlos zu halten, weil ich wußte, daß Sie unerreichbar für mich sind. Ich treffe Sie jetzt das fünftemal, und Sie müssen mir zugute halten, daß ich mich erst heute Ihnen ausliefere, obwohl ich dies beim erstenmal hätte tun mögen. Außerdem ist heute mein Geburtstag, ich bin neunundzwanzig Jahre alt geworden, und ich sang und war froh, seit ich heute morgen die Augen aufschlug. Ich dachte – es ist ja lächerlich, daß man auf so dumme Dinge verfallen kann – aber ich dachte mir: Wenn du sie nun heute triffst, und du gestehst ihr alles, dann kann es vielleicht nicht schaden, daß noch dazu dein Geburtstag ist. Du könntest ihr ja auch das erzählen, und sie wird vielleicht an einem solchen Tag eher gewillt sein, dir zu verzeihen. Sie lächeln? Ja, es ist lächerlich, ich weiß es; aber dabei ist nun nichts zu machen. Ich bringe Ihnen meinen Tribut dar, ebenso wie alle anderen.

Es ist traurig, daß Ihnen das heute passiert ist, sagte sie. Sie haben an Ihrem Geburtstag heuer kein Glück gehabt. Mehr kann ich nicht sagen.

Nein, selbstverständlich ... Mein Gott, was für eine Macht Sie haben! Ich verstehe, daß man um Ihretwillen zu allem möglichen getrieben werden kann. Selbst jetzt, als Sie diese letzten Worte sagten, die doch nicht so sehr erfreulich waren, selbst jetzt war Ihre Stimme wie ein Gesang. Es war, als beginne es in mir förmlich zu blühen. Wie sonderbar ist das! Wissen Sie, daß ich nächtelang vor Ihrem Haus umhergewandert bin, um, wenn möglich, einen Schimmer von Ihnen in einem Fenster zu sehen, daß ich hier im Walde kniete und für Sie zu Gott betete, ich, der ich nicht einmal sehr an Gott glaube?

Sehen Sie diese Espe hier? Ich bin mit Absicht gerade jetzt hier stehengeblieben, weil ich bei dieser Espe mehrere Nächte auf den Knien gelegen habe, aufgelöst in Verzweiflung, dumm und hilflos, nur weil immer Sie in meinen Gedanken waren. Von hier aus habe ich Ihnen jeden Abend gute Nacht gesagt, hier habe ich gekniet und die Winde und Sterne gebeten, Sie zu grüßen, und ich glaube, Sie müssen es im Schlaf gefühlt haben.

Warum sagen Sie mir dies nun alles? Wissen Sie denn nicht, daß ich ...

Doch, doch! unterbrach er sie außerordentlich bewegt. Ich weiß, was Sie sagen wollen: daß Sie seit langem einem anderen angehören und daß ich also ein unehrenhafter Mensch bin, der sich jetzt hinterher, da es zu spät ist, eindrängt – wie sollte ich das nicht wissen? Ja, warum habe ich Ihnen dies alles gesagt?

Doch wohl, um auf Sie zu wirken, um Eindruck auf Sie zu machen und Sie zu veranlassen, darüber nachzudenken. Bei Gott, ich spreche jetzt die Wahrheit, ich kann nicht anders. Ich weiß, daß Sie verlobt sind, daß Sie einen Bräutigam haben, den Sie gerne mögen, daß ich also gar nichts erreichen kann; ja, trotzdem aber wollte ich versuchen, Sie ein wenig zu beeinflussen, ich wollte nicht alle Hoffnung aufgeben. Stellen Sie sich vor, was es heißt: alle Hoffnung aufzugeben, dann werden Sie mich vielleicht besser verstehen. Wenn ich vorhin sagte, daß ich nichts zu erreichen hoffte, log ich. Ich sagte dies nur, um Sie vorläufig zu beruhigen und um Zeit zu gewinnen, damit Ihnen nicht sofort wieder angst würde. Liebste, schwätze ich verrücktes Zeug? Ich will damit nicht sagen, Sie hätten jemals Hoffnungen in mir erweckt, und ich habe mir wirklich nicht eingebildet, daß ich jemand ausstechen könnte. Ach, das ist mir nicht einmal eingefallen. Aber in trostlosen Stunden habe ich mir gedacht: Ja, sie ist verlobt, und sie zieht bald weg, leb wohl; aber noch ist sie ja nicht ganz verloren, noch ist sie nicht abgereist, nicht verheiratet, nicht tot. Wer weiß! Und es ist vielleicht noch Zeit, wenn ich alles versuche! Sie sind mir zu einem ständigen Gedanken geworden, zu meiner Zwangsvorstellung, ich gehe umher und sehe in allen Dingen nur Sie, und alle blauen Flüsse nenne ich Dagny. Ich glaube, in diesen Wochen ist kein einziger Tag vergangen, an dem ich nicht an Sie gedacht habe. Es ist ganz gleich, zu welcher Zeit des Tages oder der Nacht ich das Hotel verlasse, sowie ich die Tür öffne und auf die Treppe trete, fährt die Hoffnung durch mein Herz: Vielleicht begegnest du ihr jetzt! und überall sehe ich mich nach Ihnen um. Nein, ich begreife es nicht mehr, ich weiß mir nicht mehr zu helfen. Glauben Sie mir, wenn ich mir jetzt nachgegeben habe, habe ich doch nicht ohne Widerstand nachgegeben. Es ist ja doch nicht ermunternd, in seinem Innern zu wissen, daß alle Anstrengungen schmählich vergeudet sind und man es trotzdem nicht unterlassen kann, sich anzustrengen; deshalb wehrt man sich auch bis zum letzten dagegen. Wenn es aber absolut nichts hilft! Es gibt so viele, viele Dinge, die man sich während einer Nacht, in der man keinen Schlaf findet und in seinem Zimmer am Fenster sitzt, ausdenken kann. Man hält ein Buch in der Hand, liest aber nicht darin; wieder und immer wieder beißt man die Zähne zusammen und liest drei Zeilen, dann kann man nicht mehr, und kopfschüttelnd schließt man das Buch. Das Herz schlägt wild, stumm flüstert man heimliche, süße Worte vor sich hin, spricht einen Namen aus und küßt ihn in Gedanken. Und es wird zwei Uhr, vier Uhr, sechs Uhr; dann will man ein Ende machen und beschließt, bei der nächsten Gelegenheit den Sprung zu wagen und das Ganze einzugestehen ... Wenn ich Sie jetzt um etwas bitten dürfte, so würde ich Sie bitten zu schweigen. Ich liebe Sie, aber schweigen Sie, schweigen Sie. Warten Sie drei Minuten.

Vollkommen bestürzt hatte sie ihm zugehört und nicht ein einziges Wort als Erwiderung hervorgebracht. Sie standen immer noch still.

Nein, Sie müssen verrückt sein! sagte sie und schüttelte den Kopf. Und betrübt und so bleich, daß sogar ihre Augen wie bläuliches Eis aussahen, fügte sie hinzu: Sie wissen, ich bin schon verlobt, Sie denken daran und gehen davon aus, und trotzdem ...

Jawohl, ich weiß es! Könnte ich sein Gesicht und seine Uniform vergessen? Er ist ein schöner Mann, und ich kann keinen Fehler an ihm finden, aber ich könnte leichten Herzens wünschen, daß er tot und nicht mehr da wäre. Was nützt es, daß ich mir hundertmal gesagt habe: Du erreichst hier nichts. Ich unterlasse es lieber, an diese Unmöglichkeit zu denken, und sage mir: Doch ja, ich kann schon etwas erreichen, es kann noch viel geschehen, noch ist Hoffnung ... Und nicht wahr, es ist noch Hoffnung?

Nein, nein, bringen Sie mich nicht zur Verzweiflung! rief sie. Was wollen Sie aus mir machen? Woran denken Sie? Meinen Sie, ich solle ... Mein Gott, lassen Sie uns jetzt nicht mehr davon sprechen, seien Sie so gut! Gehen Sie jetzt! Nun haben Sie mit diesen wenigen dummen Worten alles vernichtet, sogar alle unsere Gespräche haben Sie zerstört, und jetzt dürfen wir uns nicht mehr treffen. Warum haben Sie das getan? Nein, wenn ich das gewußt hätte! Ja, ja, sprechen Sie nun nicht mehr davon, ich bitte Sie um Ihret- und um meinetwillen. Sie wissen doch gut, daß ich Ihnen nichts sein kann; ich begreife nicht, wie Sie jemals so etwas haben denken können. Das darf nun nicht mehr so weitergehen, Sie müssen mich jetzt verlassen und es zu überwinden suchen. Mein Gott, es tut mir wirklich auch für Sie aufrichtig leid; aber ich kann nicht anders.

Und soll dies der Abschied sein? Sehe ich Sie nun zum letztenmal? Nein nein, hören Sie mich an! Ich will ja vernünftig sein, über alles mögliche andere sprechen, nur niemals wieder über dieses, darf ich Sie dann wieder treffen? Wenn ich ganz ruhig bin? Vielleicht einmal, wenn Sie aller anderen müde sind; nur darf es heute nicht das allerletzte Mal sein. Sie schütteln wieder den Kopf, – Ihren schönen Kopf, Sie schütteln ihn. Wie ist doch alles, alles so schrecklich ... Ach, wenn Sie doch lieber lügen und ja sagen wollten, nur um mir eine Freude zu machen, – selbst wenn Sie es in Wirklichkeit mir nicht erlauben wollen, Sie wiederzusehen. Ach, das wird traurig heute, sehr traurig, obwohl ich heute morgen sang. Nur einmal noch!

Darum dürfen Sie mich nicht bitten. Wenn ich es doch nicht versprechen kann. Und außerdem, wozu sollte es gut sein! Gehen Sie jetzt, gehen Sie! Vielleicht treffen wir uns auch wieder, ich weiß es nicht, es könnte ja einmal sein. Nein, gehen Sie jetzt, hören Sie, sagte sie ungeduldig. Dann handeln Sie gut gegen mich, fügte sie hinzu.

Pause.

Er stand da und starrte sie an, seine Brust hob sich. Dann nahm er sich zusammen und grüßte; er ließ die Mütze zu Boden fallen, ergriff plötzlich ihre Hand, die sie ihm nicht gereicht hatte, und drückte sie hart zwischen seinen beiden Händen. Sie stieß einen kleinen Schrei aus, und er ließ sie sofort los, ganz verzweifelt darüber, ihr Schmerz verursacht zu haben. Und er stand da und sah ihr nach, als sie ging. Einige Schritte noch, dann würde sie verschwinden! Eine Röte steigt in sein Gesicht, verwundet beißt er sich in die Lippe und will gehen, will ihr mit verhärmter Inbrunst den Rücken wenden. Er war doch ein Mann, wenn es darauf ankam; es war gut, alles war gut, leb wohl ...

Plötzlich drehte sie sich um und sagte:

Und Sie dürfen sich nicht nachts am Pfarrhof herumtreiben. Lieber, das dürfen Sie wirklich nicht. Um Ihretwillen also hat Bisk mehrere Nächte hindurch so wütend gebellt. In einer Nacht war Papa nahe daran aufzustehen. Sie dürfen das nicht, hören Sie. Ich hoffe doch, daß Sie nicht uns beide ins Unglück bringen wollen.

Nur diese Worte; aber bei dem Klang ihrer Stimme war doch all sein Zorn vorbei, er schüttelte den Kopf.

Und es ist doch heute mein Geburtstag! sagte er. Dabei legte er den einen Arm über das Gesicht und ging.

Sie sah ihm nach, bedachte sich einen Augenblick und lief dann zurück. Sie ergriff ihn beim Arm.

Verzeihen Sie mir, aber es wird nicht anders, ich kann Ihnen nichts sein. Vielleicht treffen wir uns später wieder einmal, glauben Sie nicht? Ja, jetzt muß ich gehen. Sie wandte sich um und ging rasch von ihm fort.

12

Eine verschleierte Dame kam vom Kai herauf, wo sie soeben mit einem Dampfer angekommen war. Sie schritt geradeswegs auf das Zentralhotel zu.

Nagel stand zufälligerweise in seinem Zimmer am Fenster und sah hinaus. Den ganzen Nachmittag war er rastlos auf und ab gegangen und nur ein paarmal stehengeblieben, um ein Glas Wasser zu trinken. Seine Wangen waren ungewöhnlich rot, fieberrot, und seine Augen brannten. Jetzt hatte er Stunde auf Stunde an das gleiche gedacht: an seine letzte Begegnung mit Dagny Kielland.

Einen Augenblick hatte er sich einbilden wollen, daß er nur abzureisen brauchte, um das Ganze zu vergessen. Er öffnete den Koffer und nahm Papiere heraus, ein paar Instrumente aus Messing, eine Flöte, einige Notenblätter, Kleider, darunter einen neuen gelben Anzug, der dem bisher getragenen genau glich, und verschiedene andere Dinge, die er auf dem Boden umherstreute. Ja, er wollte reisen. Diese Stadt gefiel ihm nicht mehr, nie mehr wurde geflaggt, und die Straßen waren tot. Warum sollte er nicht abreisen? Und außerdem, zum Teufel, warum hatte er überhaupt seine Nase hier hereinstecken müssen? Ein Krähwinkel war das, ein kleines Elsternnest von einer Stadt, mit kleinen, langohrigen Menschen.

Doch er wußte gut, daß er nicht abreisen würde, er wollte sich nur straff machen und sich damit selbst zum Narren halten. Mißmutig packte er alle seine Sachen wieder ein und stellte die Koffer wieder an ihren Platz. Dann ging er vollkommen verstörten Sinnes zwischen Türe und Fenster auf und ab, auf und ab mit schnellen Schritten, während die Uhr unter ihm einen Schlag nach dem anderen tat. Mit dem sechsten Schlag hörte sie auf ...

Als er am Fenster stehenblieb und die verschleierte Dame, die gerade die Hoteltreppe heraufstieg, sah, veränderte sich sein Ausdruck vollkommen, und er griff sich ein paarmal an den Kopf. Ja, warum nicht! Sie hatte genau soviel Recht, in diesem Haus zu wohnen, wie er. Das ging ihn nichts an; er hatte anderes zu denken, und überdies waren sie beide miteinander quitt.

Sofort zwang er sich zur Ruhe, setzte sich auf einen Stuhl, nahm vom Boden eine Zeitung auf und warf ab und zu einen Blick hinein, als lese er. Kaum waren ein paar Minuten vergangen, als Sara die Tür öffnete und ihm eine Karte übergab, auf der mit Bleistift geschrieben stand: Kamma. Nur Kamma. Er erhob sich und ging hinunter.

Die Dame stand im Gang; sie hatte den Schleier noch vor dem Gesicht. Nagel verbeugte sich stumm.

Guten Tag, Simonsen! sagte sie mit lauter, bewegter Stimme. Simonsen sagte sie.

Er stutzte, faßte sich aber sofort und rief Sara zu:

Wo können wir einen Augenblick miteinander sprechen?

Sie wurden in ein Zimmer neben dem Speisesaal geführt, wo die Dame, sowie die Türe hinter ihnen geschlossen war, auf einen Stuhl sank. Sie war in großer Erregung.

Das Gespräch der beiden war abgebrochen und dunkel, mit halben Worten, deren Sinn nur sie allein verstanden, und mit vielen Andeutungen auf die Vergangenheit. Sie hatten sich schon früher getroffen und kannten einander. Die Zusammenkunft währte keine ganze Stunde. Die Dame sprach mehr dänisch als norwegisch.

Entschuldige, daß ich dich noch Simonsen nannte, sagte sie. Der alte, nette Kosename! Wie alt und nett er doch ist! So oft ich ihn vor mich hin sage, sehe ich dich ganz leibhaft vor mir.

Wann sind Sie angekommen? fragte Nagel.

Jetzt, eben jetzt, vor kurzem; ich kam mit dem Dampfer ... Ja, ich reise gleich wieder fort.

Schon gleich?

Hören Sie, sagte sie, Sie sind froh darüber, daß ich schon gleich wieder abreise; glauben Sie, ich sehe das nicht? ... Nein, was könnte ich doch nur für meine Brust tun, geben Sie mir doch einen Rat! Fühlen Sie her, nein höher! Ja, was meinen Sie? Ich glaube, es ist jetzt etwas schlimmer, es hat sich also seit dem letztenmal um einiges verschlimmert; nicht wahr? Na, das ist gleichgültig ... Sehe ich unordentlich aus? Sagen Sie es mir. Ist mein Haar in Ordnung? Vielleicht bin ich auch schmutzig, geradeheraus gesagt schmutzig, denn ich bin jetzt vierundzwanzig Stunden unterwegs ... Sie haben sich nicht verändert, Sie sind noch ebenso kalt, ebenso kalt ... Haben Sie vielleicht einen Kamm bei sich?

Nein ... Wie verfielen Sie darauf, hierher zu kommen? Was ist ...

Gleichfalls, gleichfalls, nämlich: wie verfielen Sie darauf, sich an einem solchen Ort zu verstecken? Glaubten Sie etwa, daß ich Sie nicht finden würde? ... Höre, du bist ja Agronom hier, nicht? Hahaha, ich traf auf dem Kai einige Leute, die sagten, du seist Agronom und habest dich im Garten einer gewissen Frau Stenersen nützlich gemacht. Du habest dich einiger Johannisbeerstauden angenommen und hättest dort zwei Tage lang in Hemdärmeln gearbeitet. Welch ein Einfall! ... Ich habe so eiskalte Hände; ja, das habe ich immer, wenn ich erregt bin, und jetzt bin ich erregt. Du hast nicht viel Mitleid mit mir, obwohl ich dich wie in alten Tagen Simonsen nenne und fröhlich und lustig bin. Noch während ich heute früh in der Kabine lag, dachte ich: Wie er wohl gegen mich sein wird, wird er nicht auf jeden Fall du sagen und mir unter das Kinn greifen? Und ich war beinahe überzeugt, daß Sie es tun würden, aber ich habe mich geirrt. Beachten Sie: Ich bitte Sie jetzt nicht, es zu tun. Dies bitte ich Sie zu beachten. Jetzt ist es zu spät, ich will nichts mehr davon wissen ... Sagen Sie, warum sitzen Sie da und zwinkern ununterbrochen mit den Augen? Denken Sie die ganze Zeit an etwas anderes, während ich spreche?

Er antwortete nur:

Ich fühle mich heute wirklich nicht ganz wohl, Kamma. Könnten Sie mir nicht gleich sagen, warum Sie mich aufgesucht haben? Sie würden mir damit eine große Wohltat erweisen.

Warum ich Sie aufgesucht habe? rief sie. Mein Gott, wie fürchterlich Sie doch sein können! Haben Sie vielleicht Angst, daß ich Sie um Geld bitten werde, daß ich einzig und allein gekommen sei, Sie auszuplündern? Gestehen Sie es nur, wenn Sie wirklich so etwas Schwarzes in Ihrem Herzen denken ... Ja, warum habe ich Sie wohl aufgesucht? Raten Sie einmal! Wissen Sie denn gar nicht, welch ein Tag und welch ein Datum heute ist? Haben Sie vielleicht Ihren eigenen Geburtstag vergessen?

Und schluchzend warf sie sich vor ihm auf die Knie und ergriff seine beiden Hände, in die sie ihr Gesicht legte und die sie an ihre Brust drückte. Sofort wurde er von dieser heftigen Zärtlichkeit, die er jetzt nicht mehr erwartet hatte, seltsam gerührt; er zog sie zu sich empor und setzte sie auf seine Knie.

Ich habe deinen Geburtstag nicht vergessen, sagte sie; ich denke immer daran. Du weißt nicht, wie sehr ich in vielen Nächten, in denen ich vor lauter Denken nicht schlafen kann, um dich weine ... Mein Junge, du hast immer noch den gleichen roten Mund! Auf dem Schiff dachte ich so oft daran, ich dachte: Ob sein

Mund noch ebenso rot ist? ... Wie deine Augen umherirren! Du bist doch nicht ungeduldig, nicht wahr? Sonst bist du der gleiche, aber deine Augen irren wirklich umher, als säßest du da und sännest darüber nach, wie du mich so bald wie möglich loswerden könntest. Laß mich lieber auf dem Stuhl neben dir sitzen, das ist auch dir gewiß lieber; nicht wahr? Ich habe so vieles, so vieles mit dir zu besprechen, und ich muß mich beeilen, denn bald geht der Dampfer, und nun verwirrst du mich nur mit deiner gleichgültigen Miene. Was soll ich sagen, damit du mir genauer zuhörst? Im Grunde bist du mir nicht im geringsten dankbar dafür, daß ich mich dieses Tages erinnert habe und hierhergekommen bin ... Hast du viele Blumen bekommen? Ja, das hast du gewiß. Frau Stenersen hat wohl auch an dich gedacht? Sag mir doch, wie sieht sie aus, diese Frau Stenersen, für die du Agronom bist? Hahaha, nein, so etwas! ... Ich hätte dir auch einige Blumen mitgebracht, wenn ich Geld dazu gehabt hätte; aber gerade jetzt war ich zu arm ... Herrgott, hör mich doch jetzt diese elenden paar Minuten lang an, willst du nicht? Wie doch jetzt alles verändert ist! Erinnerst du dich – aber daran erinnerst du dich natürlich nicht, und es ist unnötig, es dir wieder ins Gedächtnis zu bringen; aber einmal erkanntest du mich schon von weitem nur an meiner Hutfeder und kamst gelaufen, sowie du sie nur sahst. Du weißt sehr gut, daß das wahr ist, nicht wahr? Das geschah einmal beim Festungsgraben. Aber jetzt weiß ich nicht mehr, warum ich von dieser Sache mit der Hutfeder spreche, lieber Gott, ich habe vergessen, wozu ich es gegen dich gebrauchen wollte, obwohl es ein gutes Argument war ... Was gibt es? Warum springst du auf?

Er erhob sich, ging auf den Zehen über den Boden hin und riß mit einem Ruck die Tür auf.

Man schellt und schellt Ihnen im Speisesaal, Sara! sagte er zur Tür hinaus.

Und als er zurückkam und sich auf den Stuhl setzte, nickte er Kamma zu und flüsterte: Ich habe mir's gleich gedacht, daß sie dastehen und durch das Schlüsselloch sehen würde.

Kamma wurde ungeduldig.

Und wenn sie hereinsähe? sagte sie. Nein, warum in aller Welt sind Sie gerade jetzt mit tausend anderen Dingen beschäftigt? Seit einer Viertelstunde sitze ich hier, und Sie haben mich nicht einmal gebeten, den Schleier zu lüften. Ja, unterstehen Sie sich nur nicht, mich jetzt nachträglich darum zu bitten! Sie bedenken nicht, daß es doch fürchterlich, ist bei dieser Hitze, einen

Winterschleier vor dem Gesicht zu haben. Na, das ist der verdiente Lohn; was wollte ich auch hier? Ich hörte sehr wohl, daß Sie das Mädchen um Erlaubnis baten, einen Augenblick hier hereingehen zu dürfen. Nur einen Augenblick! sagten Sie. Das bedeutete wohl, daß Sie hofften, in ein oder zwei Minuten mit mir fertig zu werden. Ja, ja, ich werfe Ihnen das nicht vor, ich bin nur so unsagbar betrübt darüber. Gott helfe mir! ... Warum kann ich mich niemals von dir losreißen? Ich weiß, daß du verrückt bist, daß deine Augen ganz verrückt sind, ja, denk dir, das habe ich gehört, und ich glaube es gerne. Aber ich kann mich trotzdem nicht von dir befreien. Doktor Nissen hat gesagt, du seist verrückt, und weiß Gott, du mußt verrückt sein, da du dich an einem solchen Ort wie diesem hier hast niederlassen und dich Agronom nennen können. So etwas habe ich noch nie gehört! Und immer noch hast du den Eisenring am Finger und trägst unablässig diesen schreiend gelben Anzug, den kein anderer als du am Leib haben möchte ...

Hat Doktor Nissen gesagt, daß ich verrückt bin? fragte er.

Ja, das hat er geradeheraus gesagt! Willst du wissen, zu wem er das gesagt hat?

Einen Augenblick fiel er in Gedanken. Dann sah er wieder auf und fragte:

Sagen Sie mir aufrichtig, dürfte ich Ihnen nicht mit ein wenig Geld helfen, Kamma? Sie wissen, ich kann es.

Niemals! rief sie, niemals, hören Sie! Aber um alles in der Welt, dürfen Sie mir denn eine Beleidigung nach der anderen ins Gesicht schleudern?

Pause.

Ich weiß nicht, sagte er, warum wir hier sitzen und es einander schwer machen sollen ...

Jetzt aber unterbrach sie ihn weinend und überlegte nicht mehr, was sie sagte:

Wer macht es denn schwer? Ich vielleicht? Wie hast du dich doch in diesen wenigen Monaten bis ins letzte verändert! Ich komme hierher, um ... Ich erwarte nicht mehr, meine Gefühle erwidert zu sehen, du weißt, es ist nicht meine Art, darum zu betteln; aber ich hatte gehofft, du würdest mich ein wenig nachsichtig behandeln ... Herrgott im Himmel, wie traurig ist mein Leben! Ich sollte dich aus meinem Herzen reißen und kann es nicht, ich laufe dir nach und werfe mich dir zu Füßen. Erinnerst du dich an damals, als du auf dem Drammensweg einem Hund über die Schnauze schlugst, weil er an mir heraufsprang? Ja, das war meine Schuld, ich schrie, denn ich glaubte, er wolle mich beißen; nun, das wollte er nicht, er wollte nur spielen, und als du ihn geschlagen hattest, kroch er vor uns auf dem Bauch und legte sich hin, anstatt davonzulaufen. Damals weintest du über den Hund und streicheltest ihn, du weintest heimlich, ich sah es gut; jetzt aber weinst du nicht, obwohl … Aber das soll kein Vergleich sein; du bildest dir doch wohl nicht ein, daß ich mich mit einem Hund vergleiche? Gottvater mag wissen, was du in deinem Übermut denkst. Ich kenne dich, wenn du dieses Gesicht machst. Ich sehe, du lächelst, doch, das tatest du, du hast gelächelt! Du verhöhnst mich offen ins Gesicht. Das sage ich dir ganz frei heraus … Nein, nein, nein, vergib mir! Ich bin jetzt wieder so verzweifelt. Du siehst hier eine gebrochene Frau vor dir, ich bin vollkommen gebrochen, gib mir die Hand! Oh, daß du niemals die kleinen Versehen vergessen kannst. Es war doch nur ein kleines Versehen von mir, wenn du es dir überlegst. Es war schlecht von mir, daß ich an dem Abend nicht zu dir hinunterging; du gabst mir ein Zeichen nach dem anderen, und ich ging nicht hinunter, bei Gott, ich bereue es so tief! Aber er war nicht bei mir, wie du glaubtest; er war dagewesen, aber dann war er nicht mehr da, er war fortgegangen. Ich gestehe es ja ein und bitte um Gnade. Ich hätte ihn fortjagen sollen, ja, ihn fortjagen, das gebe ich zu, alles gebe ich zu, und ich hätte nicht … Nein, ich verstehe nicht … ich verstehe nichts mehr …

In der eintretenden Stille hörte man nur Kammas Schluchzen und das Klirren der Messer und Gabeln im Speisezimmer. Sie weinte immer noch und trocknete sich mit dem Taschentuch unter dem Schleier ab.

Denk dir, er ist schrecklich hilflos, fuhr sie fort, er taugt nicht dazu, hart gegen hart zu setzen. Manchmal schlägt er auf den Tisch und wünscht mich zum Teufel, ja, er zankt mich aus, sagt, daß ich ihn ruiniere, und ist mehr als grob; aber gleich darauf ist er wieder so unglücklich und kann sich nicht entschließen, mich gehen zu lassen. Was soll ich da machen, wenn ich sehe, wie schwach er ist? Von Tag zu Tag verschiebe ich es, mit ihm zu brechen, obwohl ich es nicht allzu gut habe … Aber beklagen Sie mich nicht; wagen Sie es nur nicht, mir Ihr unverschämtes Mitleid zu zeigen! Auf jeden Fall ist er besser als die meisten und hat mir mehr Freude gemacht als irgendein anderer, mehr als Sie. Ich liebe ihn noch immer so wie früher, das kann ich Ihnen sagen. Ich bin nicht hierher gefahren, um schlecht über ihn zu sprechen. Wenn ich heimkomme, will ich ihn auf den Knien um Verzeihung bitten, für das, was ich hier nun schon über ihn gesagt habe. Ja, das will ich!

Nagel antwortete:

Liebe Kamma, seien Sie nun ein wenig vernünftig! Lassen Sie mich Ihnen helfen, hören Sie doch! Ich glaube, Sie brauchen es. Wollen Sie nicht? Es ist häßlich von Ihnen, es mir abzuschlagen, wenn ich es doch jetzt so gut kann und so gerne tun will.

Damit zog er seine Brieftasche heraus.

Wütend rief sie: Habe ich denn nicht nein gesagt? Können Sie nicht hören, Mensch?

Aber was wollen Sie denn dann? fragte er bestürzt.

Sie setzte sich jetzt auf einen Stuhl und hörte auf zu weinen. Es schien, als bereue sie ihre Heftigkeit.

Hören Sie, Simonsen ... erlauben Sie mir, Sie noch einmal Simonsen zu nennen, wenn Sie nicht böse werden, würde ich gerne etwas sagen. Was bedeutet das, daß Sie in einem solchen Ort wie diesem hier wohnen, und warum in aller Welt tun Sie das? Ist es vielleicht so merkwürdig, daß die Leute sagen, Sie seien verrückt? Ich muß mich erst besinnen, wie diese Stadt heißt, so klein ist sie, und hier gehen Sie umher und spielen Komödie und setzen die Bewohner mit sonderbaren Einfällen in Erstaunen! Sollte gerade Ihnen wirklich nichts Besseres einfallen? ... Nun, das geht mich ja nichts an, ich sage es auch nur aus alter ... Nein, was glauben Sie, daß ich für meine Brust tun sollte? Mir ist jetzt, als wollte sie zerspringen! Glauben Sie nicht, daß ich den Arzt wieder aufsuchen muß? Aber wie um Gottes willen soll ich den Arzt aufsuchen, wenn ich keinen Öre besitze?

Aber ich will Ihnen ja so herzlich gerne etwas vorstrecken, hören Sie. Sie können es mir ja einmal zurückgeben.

Na, es ist ja auch gleich, ob ich zum Arzt gehe oder nicht, fuhr sie wie ein eigensinniges Kind fort. Wer sollte um mich trauern, wenn ich sterbe? ... Plötzlich aber schlug sie um, tat, als bedenke sie sich, und sagte: Wenn ich es mir überlege, warum sollte ich nicht Geld von Ihnen annehmen? Warum nicht jetzt ebensogut wie früher? Ich bin doch nicht so ungeheuer reich, daß ich aus diesem Grund ... Ja, aber jetzt haben Sie immer wieder gerade den Augenblick benützt, es mir anzubieten, in dem ich so gereizt war, daß Sie im voraus wissen mußten, ich würde es abschlagen. Ja, das haben Sie! Sie haben das genau berechnet, nur um Ihr Geld zu sparen, obwohl Sie jetzt so viel haben; glauben Sie, daß ich das nicht gemerkt hätte? Und selbst, wenn Sie es mir jetzt wieder anbieten, noch einmal anbieten, dann tun Sie das nur, um mich zu demütigen, und Sie freuen sich, daß ich schließlich doch genötigt bin, es anzunehmen. Aber da hilft nun nichts, ich nehme es doch an und bin dir dankbar. Wollte Gott, ich brauchte dich nicht! Aber das will ich Ihnen sagen, deshalb bin ich heute nicht hierhergekommen, nicht des Geldes wegen, ob Sie mir nun glauben oder nicht. Ich kann mir nicht vorstellen, daß Sie so niedrig sind, das zu denken ... Aber wieviel kannst du denn entbehren, Simonsen? Mein Gott, du sollst dich nicht so sehr entblößen, ich bitte dich, und du darfst mir glauben, daß ich jetzt aufrichtig bin ...

Wieviel brauchen Sie?

Ja, was brauche ich? ... Gott, der Dampfer geht doch wohl nicht ohne mich ab? ... Ich brauche vielleicht viel, aber ... vielleicht mehrere hundert Kronen, aber ...

Hören Sie, Sie sollen sich durchaus nicht gedemütigt fühlen, weil Sie dieses Geld annehmen; wenn Sie wollen, können Sie es sich bei mir verdienen. Sie könnten mir einen außerordentlich großen Dienst erweisen, wenn ich Sie darum bitten dürfte ...

Wenn du mich darum bitten dürftest! rief sie außer sich vor Freude über diesen Ausweg. Gott, wie du so reden kannst! Welchen Dienst, welchen Dienst, Simonsen? Ich bin zu allem bereit! Ach, mein liebster Junge!

Sie haben noch dreiviertel Stunden Zeit, bis der Dampfer geht ...

Ja. Und was soll ich tun?

Sie sollen eine Dame aufsuchen und einen Auftrag ausrichten.

Eine Dame?

Sie wohnt in einem kleinen niederen Haus unten am Kai. Es sind keine Vorhänge an den Fenstern, aber es pflegen dort einige weiße Blumen zu stehen. Die Dame heißt Martha Gude, Fräulein Gude.

Aber ist es die ... Ist es denn nicht Frau Stenersen ...?

Hören Sie, Sie sind auf einer falschen Spur, Fräulein Gude ist sicher gegen vierzig Jahre alt, aber sie hat einen Stuhl, einen alten Lehnstuhl, den ich in meinen Besitz bringen möchte, und dabei müssen Sie mir helfen ... Stecken Sie nun übrigens Ihr Geld ein, dann werde ich Ihnen inzwischen alles erklären.

Es begann ein wenig zu dämmern; die Gäste des Hotels verließen den Speisesaal mit viel Lärm, und Nagel saß noch da und setzte ihr seine Absichten wegen des alten Lehnstuhls auseinander. Es müsse da ein wenig vorsichtig vorgegangen werden, die große Geste nütze hier nichts. Kamma wurde immer eifriger, diese verdächtige Mission versetzte sie in Entzücken, sie lachte laut und fragte beständig, ob sie sich nicht ein wenig verkleiden, auf jeden Fall eine Brille aufsetzen solle. Habe er nicht einmal einen roten Hut gehabt? Den könnte sie aufsetzen ...

Nein, nein, Sie sollen keine Kniffe anwenden. Sie sollen einfach auf den Stuhl bieten, den Preis hinauftreiben, sollen bis zu zweihundert Kronen gehen, ja bis zu zweihundertundzwanzig Kronen. Und Sie können sicher sein, daß er nicht an Ihnen hängenbleibt. Sie bekommen ihn nicht.

Gott, was für eine Menge Geld. Weshalb sollte ich ihn für zweihundertundzwanzig Kronen nicht bekommen?

Weil ich ihn mir bereits ausbedungen habe.

Aber gesetzt den Fall, sie nähme mich beim Wort?

Sie nimmt Sie nicht beim Wort. Wollen Sie jetzt gehen?

Sogar im letzten Augenblick bat sie noch einmal um einen Kamm und sprach ihren Kummer darüber aus, daß ihr Kleid verknüllt sein könnte. Aber ich leide es nicht, daß du dich so viel bei dieser Frau Stenersen aufhältst, sagte sie und zierte sich. Ich leide es nicht, ich bin sonst untröstlich. – Noch einmal sah sie nach, ob sie ihr Geld wirklich gut verwahrt habe. Wie süß du bist, daß du mir all dies Geld gegeben hast! rief sie aus. Und mit einer raschen Bewegung schlug sie den Schleier hoch und küßte Nagel auf den Mund, mitten auf den Mund. Aber sie war trotzdem ganz von ihrem sonderbaren Auftrag an Martha Gude erfüllt und fragte:

Wie kann ich dich davon benachrichtigen, daß alles gut gegangen ist? Ich kann den Kapitän bitten, die Dampfpfeife ziehen zu lassen, wenn es dir recht ist, vier- oder fünfmal ziehen zu lassen, geht das nicht? Da siehst du nun, ich bin nicht so dumm. Nein, vertraue mir nur. Sollte ich dir nicht einmal diesen Gefallen tun, wenn du ... Höre, ich bin heute nicht wegen des Geldes gekommen, glaube mir! Ja, laß dir jetzt noch einmal danken! Auf Wiedersehen, auf Wiedersehen!

Noch einmal fühlte sie nach dem Gelde.

Eine halbe Stunde später hörte Nagel wirklich kurz fünfmal hintereinander das Signal einer Dampfpfeife.

13

Ein paar Tage vergingen.

Nagel hielt sich daheim auf, trieb mit finsterer Miene umher und sah gepeinigt und leidend aus; seine Augen waren in diesen zwei Tagen ganz matt geworden. Er sprach mit niemand, auch nicht mit den Leuten des Hauses. Um die eine Hand trug er einen Lappen; eines Nachts, als er wie gewöhnlich bis zu den Morgenstunden draußen gewesen war, war er heimgekommen, die Hand ins Taschentuch gebunden. Die beiden Wunden, sagte er, habe er sich dadurch zugezogen, daß er über eine Egge, die auf dem Kai herumgelegen habe, gefallen sei.

Am Donnerstagmorgen regnete es, und das ungemütliche Wetter drückte noch mehr auf seine Gemütsstimmung. Als er jedoch im Bett die Zeitungen gelesen und sich über eine lebhafte Szene in der französischen Deputiertenkammer belustigt hatte, knipste er plötzlich in die Finger und sprang auf. Ach, der Teufel sollte traurig sein! Die Welt war weit, war reich, war lustig, die Welt war schön; komm mir keiner mit etwas anderem daher.

Noch ehe er ganz angekleidet war, schellte er und unterrichtete Sara davon, daß er beabsichtige, am Abend einige Leute bei sich zu sehen, etwa sechs, sieben Herren, die ein bißchen Leben in die Bude brächten, lustige Kerle, den Doktor Stenersen, Rechtsanwalt Hansen, den Adjunkten und so weiter.

Er sandte sofort die Einladungen aus. Minute antwortete, daß er käme; auch der Bevollmächtigte Reinert wurde gebeten, blieb aber aus. Um fünf Uhr abends waren alle in Nagels Zimmer versammelt. Da es immer noch regnete und der Himmel dunkel war, wurde die Lampe angezündet und die Vorhänge heruntergelassen.

Und dann begann das Bacchanal, ein Saufgelage und ein Höllenspektakel, von dem die kleine Stadt noch tagelang danach sprach ...

Sowie Minute zur Tür hereinkam, ging Nagel auf ihn zu und bat ihn um Entschuldigung, weil er bei dem letzten Zusammensein mit ihm so viel gefaselt habe. Er nahm Minutes Hand und drückte sie herzlich, stellte ihn auch dem jungen Studenten Öien vor, dem einzigen, der ihn nicht kannte. Flüsternd dankte Minute für die neue Hose; nun stand er da, vom Kopf bis zum Fuße neugekleidet.

Sie haben noch keine Weste.

Nein, aber das ist auch nicht nötig. Ich bin kein Graf, ich versichere Ihnen, ich brauche keine Weste.

Doktor Stenersen hatte seine Brille zerbrochen und trug nun einen Zwicker ohne Schnur, der ihm jeden Augenblick herunterfiel.

Nein, man kann sagen, was man will, äußerte er, wir leben doch in einer Zeit der Befreiung. Sehen Sie doch nur die Wahlen an, und vergleichen Sie sie mit den letzten Wahlen.

Alle tranken mächtig, der Adjunkt begann bereits einsilbige Wörter zu sagen, und das war ein sicheres Zeichen bei ihm. Rechtsanwalt Hansen aber, der ganz gewiß schon, ehe er hergekommen war, einige Gläser getrunken hatte, begann wie gewöhnlich dem Doktor zu widersprechen und Unsinn zu reden:

Er, Hansen, sei als Sozialist, wenn er es so ausdrücken dürfe, ein wenig weiter gehend. Er sei nicht sehr zufrieden mit den Wahlen; welche Befreiung verhießen sie denn eigentlich, könne jemand ihm das sagen? Zum Teufel noch einmal! Ja, das sei eine wunderbare Zeit der Befreiung. Bekämpfte nicht sogar ein Mann wie Gladstone in schäbiger Art Parnell, aus moralischen Gründen, aus lächerlichen beefsteakmoralischen Gründen? Ach, fahrt zur Hölle!

Zum Satan, welch ein Geschwätz! schrie der Doktor sofort. Sollten die Dinge etwa keine Moral enthalten? Wenn das Volk höre, daß keine Moral in den Dingen sei, wie viele würden dann noch darauf anbeißen? Man müsse die Leute in die Entwicklung hineinlocken, ihnen etwas vorspiegeln, und müsse die Moral ständig in Ehren halten. Der Doktor gebe viel auf Parnell; wenn aber Gladstone ihn unmöglich fand, dann mußte man wohl einräumen, daß dieser Mann sich einigermaßen darauf verstehe. Ja, er möchte natürlich Herrn Nagel ausnehmen, seinen verehrten Gastgeber, der nicht einmal zugeben könne, daß Gladstone ein reines Gewissen habe. Hahaha, ach du guter Gott! ... Nebenbei, Herr Nagel, Sie haben ja auch für Tolstoi nicht sehr viel übrig? Ich hörte von Fräulein Kielland, daß Sie auch ihm gegenüber Ihre Bedenken hätten.

Nagel stand im Gespräch mit dem Studenten Öien; hastig wandte er sich um und erwiderte:

Ich entsinne mich nicht, mit Fräulein Kielland über Tolstoi gesprochen zu haben. Ich erkenne ihn als einen großen Dichter und als einen philosophischen Narren an ... Gleich darauf aber fügte er hinzu: Nicht wahr, wir dürfen uns heute abend ein wenig derb ausdrücken, wenn wir es für gut halten? Wir sind ja nur Männer unter uns und befinden uns auf der Bude eines Junggesellen. Abgemacht? Augenblicklich bin ich gerade in der Laune, daß ich die Tatze auf etwas legen und knurren möchte.

Ganz wie beliebt! antwortete der Doktor verletzt. Tolstoi ist ein Narr.

Ja, ja, wir wollen unsere Meinung sagen, rief plötzlich auch der Adjunkt. Der Adjunkt war bei seinem Rausch gerade in das rechte Stadium gekommen und scheute von jetzt ab nichts mehr. Keine Einschränkung, Doktor, denn sonst werfen wir dich hinaus. Jeder hat seine Meinung: Stöcker zum Beispiel ist ein unverbesserlicher Schlingel. Ich werde es beweisen ... beweisen!

Darüber lachten alle, und es dauerte eine Weile, ehe sie wieder über Tolstoi sprechen konnten. Er sei ein großer Dichter und ein großer Geist.

Nagels Gesicht flammte plötzlich auf:

Ein großer Geist ist er nicht. Sein Geist ist in Art und Beschaffenheit so herzlich durchschnittlich wie nur möglich, und seine Lehren sind nicht um Haaresbreite tiefer als das Hallelujageschrei der Heilsarmee. Ein Russe ohne Adel, ohne den alten vornehmen Namen, ohne Tolstois Millionen blanker Rubel würde wohl kaum so berühmt geworden sein, weil er einigen Bauern das Schuhflicken beigebracht hat ... Übrigens wollen wir doch lieber ein wenig lustig sein. Ihr Wohl, Herr Grögaard!

Nagel stieß in kleinen Zwischenräumen mit Minute an und zeigte ihm überhaupt während des ganzen Abends viel Aufmerksamkeit. Noch einmal kam er auf sein Geschwätz bei ihrem letzten Zusammensein zurück und wollte, daß Minute es vergesse.

Ich für mein Teil erschrecke über nichts mehr bei Ihnen, sagte der Doktor und straffte sich auf.

Ja, es ist wahr, ich widerspreche gar zu gerne, fuhr Nagel fort, und heute abend bin ich besonders dazu aufgelegt. Das kommt zum Teil von ein paar unangenehmen Erlebnissen, die mich vorgestern ziemlich hart getroffen haben, zum Teil von diesem traurigen Wetter, das ich gar nicht ausstehen kann. Herr Doktor, das begreifen Sie wohl am besten und entschuldigen mich ... Um von

Tolstoi zu sprechen: es ist mir nicht möglich, seinen Geist tiefer zu finden als zum Beispiel den des Generals Booth. Beide sind Verkünder, nicht Denker, sondern Verkünder. Sie setzen vorhandene Güter um, machen einen Gedanken, den sie fertig vorfinden, volkstümlich, mundgerecht für das Volk, und lenken die Welt. Wenn man aber umsetzen will, dann gilt es mit Gewinn umzusetzen. Tolstoi setzt mit schwindelnden Verlusten um. Zwei Freunde schlossen einmal eine Wette: der eine wettete zwölf Schillinge, daß er auf zwanzig Schritte Abstand eine Nuß aus der Hand des anderen schießen würde, ohne die Hand zu verletzen. Gut, er schoß, schoß miserabel, schoß die ganze Hand in Fetzen, und das mit Glanz. Da stöhnte der andere und rief mit seiner letzten Kraft: Du hast die Wette verloren, her damit, her mit den zwölf Schillingen! Und dann bekam er die zwölf Schillinge. Hehe, her damit, her mit den zwölf Schillingen, sagte er! ... Gott helfe mir, wie Tolstoi sich abmüht, die frohen Lebensquellen der Menschheit bis auf den letzten Tropfen auszutrocknen und die Welt vor lauter Liebe zu Gott und jedermann ganz dick zu machen. Ich schäme mich bis ins Innerste. Es mag naseweis klingen, zu sagen, ein Graf beschäme einen Agronomen so tief; aber das tut er ... Es könnte mir nicht einfallen, darüber zu sprechen, wenn Tolstoi ein Jüngling wäre, der Versuchungen zu überwinden, einen Kampf zu bestehen hätte, um die Tugend zu predigen und rein zu leben. Aber der Mann ist ja ein Greis, dessen Quellen vertrocknet sind und der keine Spur von menschlichen Neigungen mehr hat. Aber – könnte man sagen – das trifft ja seine Lehre nicht! Doch das trifft auch seine Lehre! Erst wenn man vom Alter zäh und wasserdicht und vom Genuß satt und verhärtet geworden ist, geht man zu dem jungen Menschen hin und spricht: Entsage! Und der junge Mensch kostet davon, denkt darüber nach und erkennt, daß es richtig ist, nach der Schrift. Und der junge Mensch entsagt trotzdem nicht, sondern sündigt vierzig Jahre lang königlich weiter. Das ist der Lauf der Welt! Wenn aber vierzig Jahre um sind und der junge Mann selbst ein Greis geworden ist, da sattelt auch er seine weiße, weiße Mähre und reitet, die Kreuzesfahne hoch in der knöchernen Hand, davon und trompetet etwas von der Entsagung des Jünglings in die Welt hinaus und immer wieder von der Entsagung des Jünglings. Hehehe, ja, das ist eine Komödie, die immer wiederkehrt. Tolstoi belustigt mich, ich bin entzückt, daß der alte Mann noch so viel Gutes zustande bringt; na, schließlich wird er ja wohl zu seines Herrn Freude eingehen! Im übrigen aber treibt er es nicht anders, wie es so mancher Greis vor ihm getrieben hat und wie so mancher Greis es nach ihm treiben wird. Das ist alles. –

Darf ich Sie nur noch – von allem anderen abgesehen – daran erinnern, daß Tolstoi sich als wahrer Freund der Bedürftigen und Verlassenen erwiesen hat, sollte das wirklich nicht das mindeste zu sagen haben? Zeigen Sie mir den vornehmen Mann hier bei uns, der sich so der Geringen in der menschlichen Gemeinschaft angenommen hätte wie er. Ich finde, es ist eine recht hochmütige Art, zu sagen, weil Tolstois Lehre nicht befolgt wird, ist sie in eine Reihe mit den Lehren der Narren zu stellen.

Bravo, Doktor! brüllte der Adjunkt wieder mit feuerrotem Kopf. Bravo! Aber sagen Sie es schärfer, sagen Sie es gröber. Jeder hat seine Meinung. Eine hochmütige Art, in Wahrheit, eine hochmütige Art von Ihnen! Ich werde das beweisen ...

Ihr Wohl! sagte Nagel, vergessen wir nicht, wozu wir hier sind. Wollen Sie wirklich sagen, Doktor, daß es irgendeiner Bewunderung wert ist, zehn Rubel zu verschenken, wenn man eine blanke Million besitzt? Ich verstehe Ihren und aller Leute Gedankengang nicht, ich muß anders beschaffen sein! Und wenn es mich das Leben kosten würde, kann ich nicht einsehen, daß jemand – am allerwenigsten ein Reicher – Bewunderung verdient, wenn er ein Almosen gibt.

Das ist gut! bemerkte der Rechtsanwalt aufreizend. Ich bin Sozialist, das ist auch mein Standpunkt.

Aber dies irritierte den Doktor, er wandte sich zu Nagel und brach los:

Darf ich fragen, ob Sie wirklich so gut darüber unterrichtet sind, wie viele und wie große Almosen Tolstoi im Laufe des Jahres verteilt? Es muß doch irgendeine Grenze dafür geben, was man sagen darf, selbst an einem Junggesellenabend.

Und für Tolstoi, erwiderte Nagel, stellte es sich so dar: Es muß eine gewisse Grenze dafür geben, wieviel ich verschenken darf! Weshalb er seine Frau die Schuld dafür auf sich nehmen läßt, daß er nicht mehr verschenkt! Hehehe, na, aber das wollen wir überspringen ... Doch hören Sie: Schenkt man denn wirklich eine Krone her, weil man gut ist, oder weil man meint, damit eine gute und moralische Handlung zu begehen? Wie ist doch diese Anschauung naiv! Es gibt Leute, die eben nicht anders können, die verschenken müssen. Warum? Weil sie dabei einen wahrhaft psychischen Genuß empfinden. Sie tun das nicht aus logischer Berechnung, sie verstecken sich, um es zu tun, sie verabscheuen die Öffentlichkeit dabei, denn das würde ihnen einen Teil des Genusses rauben. Sie tun es heimlich, mit bebenden und hastigen Händen, die Brust von einem seelischen Wohlgefühl gehoben, das sie selbst nicht verstehen. Es überfällt sie plötzlich das Bedürfnis, etwas zu verschenken, es tritt in Form eines Gefühls in der Brust auf, eines augenblicklichen und sonderbaren Dranges, der in ihnen emporschießt und ihnen das Wasser in die Augen treibt. Sie geben nicht aus Güte, sondern aus Trieb, um ihres persönlichen Wohlseins willen; manche Menschen sind so. Man spricht mit Bewunderung von den mildtätigen Menschen – wie gesagt: ich muß anders beschaffen sein als die anderen Leute, ich bewundere die mildtätigen Menschen nicht. Nein, das tue ich nicht. Wer, zum Teufel auch, wollte nicht lieber geben als nehmen. Darf ich fragen, ob es auf der weiten Erde einen Menschen gibt, der nicht lieber der Not abhelfen möchte, als selbst notleidend zu sein? Und Sie selbst, Herr Doktor, zum Beispiel: Sie gaben neulich dem Burschen, der Sie ruderte, fünf Kronen. Ich hörte es zufällig. Na, warum aber gaben Sie ihm diese fünf Kronen? Gewiß nicht, um eine Gott wohlgefällige Handlung zu begehen, das fiel Ihnen sicher nicht ein; vielleicht brauchte der Mann es durchaus nicht sehr notwendig, aber Sie taten es doch. Und Sie folgten in jenem Augenblick sicher nur einem bestimmten, hellen Impuls, etwas zu verschenken und andere zu erfreuen … Ich finde es so unsagbar schäbig, soviel Aufhebens von der menschlichen Wohltätigkeit zu machen. Man geht eines Tages auf der Straße, es ist das und das Wetter, und man sieht die und die Menschen, das alles zusammen erzeugt in einem die und die Stimmung. Plötzlich fällt der Blick auf ein Gesicht, ein Kindergesicht, ein Bettlergesicht – sagen wir ein Bettlergesicht –, das einen erzittern macht. Ein eigentümliches Gefühl bebt durch die Seele, man stampft mit dem Fuß auf und bleibt stehen. Dieses Gesicht hat eine ungewöhnlich empfindsame Saite in einem angeschlagen, und man lockt den Bettler in ein Tor und drückt ihm einen Zehnkronenschein in die Hand. Wenn du davon sprichst, wenn du ein Wort davon sagst, bringe ich dich um! flüstert man, knirscht beinahe mit den Zähnen und weint vor Heftigkeit, während man das sagt. So sehr ist es einem darum zu tun, unentdeckt zu bleiben. Und das kann sich Tag für Tag wiederholen, so daß man dadurch selbst manchmal in die ärgste Klemme kommt und keinen Ör mehr in der Tasche hat … Das ist natürlich kein Zug von mir; aber ich kenne einen Mann, einen anderen Mann, ja, ich kenne eigentlich zwei Männer, die so beschaffen sind. Nein, man gibt, weil man geben muß, und damit basta! Was aber die Geizigen betrifft, so möchte ich hierin doch eine Ausnahme machen. Die Geizigen und sehr Filzigen bringen wirklich Opfer, wenn sie etwas verschenken, darüber gibt es keinen Zweifel. Und deshalb möchte ich sagen, daß solche Leute, wenn sie sich dazu überwinden, sich von einem Ör zu trennen, mehr zu achten sind als ein Mann wie Sie und der und ich, die wir aus Genuß eine Krone verschenken. Grüßen Sie Tolstoi und sagen Sie ihm, daß ich für seine ganze widerliche öffentliche Güte keinen Pfifferling gebe, – nicht, ehe er alles verschenkt, was er besitzt, und nicht einmal dann ... Im übrigen bitte ich um Entschuldigung, falls ich jemand gekränkt haben sollte. Noch eine Zigarre, Herr Grögaard! Herr Doktor, Ihr Wohl!

Pause.

Wie viele Menschen glauben Sie in Ihrem Leben bekehren zu können? fragte der Doktor.

Bravo! rief der Adjunkt, ein Bravo von Adjunkt Holtan!

Ich? fragte Nagel. Niemand, gar niemand. Müßte ich davon leben, die Leute zu bekehren, würde ich bald krepieren. Aber ich kann es nur nicht fassen, daß nicht auch alle anderen Menschen genau so über alles denken wie ich. Folglich bin ich es wohl, der am meisten unrecht hat. Aber nicht ganz unrecht, ich kann unmöglich ganz unrecht haben.

Bis jetzt habe ich noch nicht gehört, daß Sie irgendeine Sache oder einen Menschen anerkannt hätten, sagte der Doktor. Es sollte uns freuen, zu wissen, ob sich nicht doch jemand findet, mit dem auch Sie einverstanden sein könnten.

Darf ich mich ein wenig erklären, es wird mit ein paar Worten getan sein. Sie wollten wohl eigentlich sagen: Paßt nun auf, er hat niemand, zu dem er aufsieht, er ist der personifizierte Hochmut, er kann es mit niemand halten! Das ist ein Irrtum. Mein Gehirn umspannt nicht viel, es reicht nicht weit; und doch könnte ich Hunderte und aber Hunderte gewöhnlicher, anerkannt großer Männer aufzählen, die die Welt mit ihrem Ruhm erfüllen. Ich habe die Ohren voll davon. Aber ich möchte es vorziehen, die zwei, vier, sechs größten Geisteshelden zu nennen – Werte schaffende, gigantische Halbgötter – und mich im übrigen am liebsten an einige unbedeutende Menschen halten, eigenartige, feine Genies, von denen niemals die Rede ist, die nur kurze Zeit leben und jung und unbekannt sterben. Es kann wohl sein, daß ich von diesen verhältnismäßig viele nennen würde. Hingegen würde ich Tolstoi sicher vergessen.

Hören Sie, sagte der Doktor abfertigend und um der Sache ein Ende zu machen – er zuckte sogar stark mit den Achseln –, glauben Sie wirklich, daß ein Mensch einen solchen Weltruhm wie Tolstoi erlangen könnte, ohne ein Geist von hohem Rang zu sein? Es ist fabelhaft unterhaltend, Ihnen zuzuhören, aber Sie reden Unsinn. Sie faseln, hol mich der Teufel, daß einem schlecht werden könnte.

Adjunkt Holtan brüllte:

Bravo, Doktor! Wir wollen uns wirklich durch unseren Gastgeber nicht den Atem rauben lassen … den Atem …

Der Adjunkt erinnert mich daran, daß ich tatsächlich kein gemütlicher Gastgeber bin, sagte Nagel lachend. Aber ich werde mich jetzt bessern. Herr Öien, Sie haben ja nichts zu trinken! Warum in aller Welt trinken Sie nicht?

Student Öien hatte die ganze Zeit wie versteinert dagesessen und dem Gespräch zugehört, er hatte kaum ein Wort verloren. Seine Augen waren neugierig und klein, und wenn er lauschte, stellte er förmlich die Ohren auf. Der junge Mann war stark interessiert. Man erzählte sich, daß er – wie andere Studenten auch – in den Ferien an einem Roman schreibe.

Sara kam mit der Nachricht, daß das Abendessen fertig sei. Der Rechtsanwalt, der etwas zusammengefallen dasaß, riß plötzlich die Augen auf und sah zu ihr hin, und als sie wieder zur Tür hinaus war, sprang er auf, holte sie auf der Treppe ein und sagte voll Bewunderung:

Sara, du bist erquicklich anzuschauen. Das muß ich sagen.

Dann kam er wieder herein und setzte sich so ernst wie zuvor auf seinen Platz. Er war stark angeheitert. Als sich nun Doktor Stenersen auch noch wegen seines Sozialismus über ihn warf, konnte er gar nicht mehr Rede und Antwort stehen. Ja, er sei ein köstlicher Sozialist! Ein Schinder sei er, ein jämmerlicher Zwischenhändler zwischen Macht und Ohnmacht, ein Jurist, der vom Streit der anderen lebe und sich dafür bezahlen ließe, daß er der Rechthaberei Recht, gesetzliches Recht, verschaffe. Und so etwas wolle Sozialist sein!

Ja, aber im Prinzip, im Prinzip, wandte der Rechtsanwalt ein.

Prinzip! Der Doktor sprach mit dem größten Hohn von Rechtsanwalt Hansens Prinzip. Während sich die Herren in den Speisesaal hinunterbegaben, machte er einen Ausfall nach dem anderen gegen ihn, spottete über Hansen als Rechtsanwalt und griff das ganze sozialistische Treiben an. Der Doktor war Liberaler mit Leib und Seele, er war kein Maulsozialist. Was ist das sozialistische Prinzip? Zum Teufel damit! – Jetzt war der Doktor auf dem hohen Roß: Der Sozialismus ist, auf eine knappe Formel gebracht, die Racheidee der unteren Klasse. Sehen Sie sich den Sozialismus als Bewegung an! Ein Volk von blinden und tauben Bestien, die mit zum Halse heraushängender Zunge hinter dem Führer hertraben. Denken sie weiter als bis zu ihrer Nasenspitze? Nein, das Volk dachte nicht. Wenn es dächte, so würde es zu den Liberalen gehen und etwas Nützliches und Praktisches auszurichten versuchen, anstatt sein ganzes Leben lang dazuliegen und an einem Traum zu kauen. Pfui Teufel. Nehmen Sie irgendeinen von den sozialistischen Führern, was sind das für Leute? Zerlumpte und magere Burschen, die in ihrer Dachkammer auf einem Holzstuhl sitzen und Abhandlungen über die Verbesserung der Welt schreiben! Das können natürlich ganz anständige Leute sein, wer wollte über Karl Marx etwas anderes sagen? Aber da sitzt nun ein solcher Marxist und kritzelt die Armut aus der Welt – theoretisch. Sein Kopf hat sich jede Art von Armut, jeden Grad des Elends ausgedacht, sein Gehirn umfaßt alle Leiden der Menschheit. Dann taucht er die Feder ein und schreibt brennenden Geistes eine Seite nach der anderen, füllt große Bogen mit Zahlen, nimmt dem Reichen und gibt dem Armen, verteilt Summen, pflügt die ganze Ökonomie der Erde um, schleudert Milliarden über die erstaunten Armen hin – alles wissenschaftlich, alles theoretisch! Und zu guter Letzt zeigt es sich, daß man in aller Einfalt von einem grundfalschen Prinzip ausgegangen ist: von der Gleichheit der Menschen! Pfui Teufel! Ja, ein grundfalsches Prinzip! Und das, anstatt sich etwas Nützliches vorzunehmen und die Linke in der Reformarbeit zur Förderung der wahren Demokratie zu stützen ...

Auch der Doktor war nach und nach heiß geworden und kam mit vielen Redensarten und Behauptungen daher. Bei Tisch wurde er noch schlimmer, man trank eine Menge Champagner, und die Stimmung stieg wild: selbst Minute, der neben Nagel saß und bisher geschwiegen hatte, mischte sich mit einigen Bemerkungen ins Gespräch. Der Adjunkt saß steif da und schrie ein über das andere Mal wegen eines Eies, dessen Inhalt ihm auf den Anzug getropft war und weshalb er sich nicht rühren konnte. Er war ganz hilflos. Als aber Sara kam und ihn abwischen wollte, benützte der Rechtsanwalt die Gelegenheit, sie zu erhaschen. Er nahm sie in die Arme und trieb den größten Unsinn mit ihr. Der ganze Tisch war ein Wirrwarr.

Mitten darunter bestellte Nagel einen Korb Champagner auf sein Zimmer. Bald darauf erhob man sich vom Tisch. Der Adjunkt und der Rechtsanwalt gingen Arm in Arm und sangen vor lauter Lustigkeit, und der Doktor begann wieder, sich in eifrigem Ton über das Prinzip des Sozialismus auszubreiten. Aber auf der Treppe hatte er das Pech, seinen Zwicker zu verlieren, der ihm sicher zum zehnten Male herunterfiel und endlich entzweiging. Beide Gläser zerbrachen. Er steckte die Einfassung in die Tasche und war nun für den ganzen Abend halb blind. Das ärgerte ihn und machte ihn noch hitziger; zornig setzte er sich neben Nagel und sagte spöttisch:

Wenn ich Sie recht verstehe, sind Sie ein religiöser Mann?

Das sagte er in vollem Ernst und erwartete eine Antwort. Nach einer kleinen Pause sagte er weiter, er habe nach dem ersten Gespräch, das sie miteinander geführt hätten – an dem Tag von Karlsens Begräbnis –, den Eindruck bekommen, daß er – Nagel – wirklich ein religiöser Mann sei.

Ich verteidige das religiöse *Leben* im Menschen, antwortete Nagel, nicht speziell das Christentum, durchaus nicht, sondern überhaupt das religiöse Leben. Sie meinten, alle Theologen sollten aufgehängt werden. Warum? fragte ich. Weil ihre Rolle ausgespielt ist, antworteten Sie. Und darin war ich mit Ihnen nicht einig. Das religiöse Leben ist ein Faktum. Der Türke ruft: Allah ist groß! und stirbt für diese Überzeugung; der Norweger kniet noch heute vor dem Altar und trinkt Christi Blut. Jedes Volk hat irgendeine Kuhglocke, an die es glaubt, und in diesem Glauben stirbt es selig. Das Entscheidende ist nämlich nicht, *woran* man glaubt, sondern *wie* man daran glaubt ...

Ich bin erstaunt, solch ein Geschwätz von Ihnen zu hören, sagte der Doktor verärgert. Ich frage mich wirklich immer wieder, ob Sie im Grunde nicht doch nur ein verkappter Anhänger der Rechten sind. Eine wissenschaftliche Kritik nach der anderen kommt über Theologen und theologische Bücher heraus, ein Skribent nach dem anderen steht auf und schlägt diese Predigtsammlung und jene theologische Abhandlung kurz und klein. Und trotzdem gehen Sie nicht davon ab, daß zum Beispiel die Komödie mit Christi Blut noch in unseren Tagen ihren Wert habe. Ich verstehe diesen Gedankengang nicht.

Nagel dachte nach und sagte dann:

Mein Gedankengang ist in Kürze folgender: Welchen Gewinn bringt es uns im Grund – entschuldigen Sie übrigens, wenn ich vielleicht schon vorher einmal danach gefragt haben sollte – welchen Gewinn bringt es uns im Grund, rein praktisch gesprochen, aller Poesie, allen Träumen, aller schönen Mystik, allen Lügen das Leben zu rauben? Was ist die Wahrheit, wissen Sie das? Wir bewegen uns doch nur durch Symbole vorwärts, und diese Symbole wechseln wir, je nachdem wir vorwärtsschreiten. Vergessen wir übrigens unsere Gläser nicht.

Der Doktor erhob sich und ging durch das Zimmer. Ärgerlich bemerkte er, daß ein kleines Stück vom Teppich bei der Türe zusammengerollt war, und kniete sogar nieder, um es glattzustreichen.

Du könntest mir doch wohl deine Brille leihen, du, Hansen, wenn du doch nur dasitzt und schläfst, sagte er förmlich aufgebracht.

Aber Hansen wollte seine Brille nicht hergeben, und unwillig wandte sich der Doktor von ihm ab. Er setzte sich wieder zu Nagel.

Ja, das ist Unsinn, ein Unsinn ist es, das Ganze ist im Grunde Plunder, sagte er, von Ihrem Standpunkt aus gesehen. Sie haben vielleicht bis zu einem gewissen Grad recht. Sehen Sie nun Hansen dort, hahaha, ja entschuldige, daß ich über dich lache, Hansen, Rechtsanwalt und Sozialist Hansen. Solltest du nicht jedesmal, wenn zwei gute Bürger in Streit geraten und einander verklagen, eine gewisse innerliche Freude empfinden? Nein, du würdest sie am liebsten in aller Güte versöhnen und keinen Schilling dafür annehmen! Und am nächsten Sonntag würdest du wieder in die Arbeitervereinigung gehen und vor zwei Handwerkern und einem Metzgerburschen einen Vortrag über den sozialistischen Staat halten. Ja, ja, der Nutzen eines jeden soll seiner Fähigkeit zu produzieren entsprechen, würdest du sagen, alles ist so ausgezeichnet geordnet, und keinem soll Unrecht geschehen. Da aber steht der Metzgerbursche auf, der Metzgerbursche, der, Gott behüte mich, ein Genie ist im Vergleich mit euch anderen allen, er steht also auf und sagt: Ich aber habe eine gewisse großhändlerische Anlage zu konsumieren, im Produzieren jedoch bin ich nur ein armer Metzgerbursche, denn in dieser Beziehung bin ich nicht besser begabt, sagt er. Müßtest du da nicht bleich und ergrimmt dastehen, du Schafskopf? ... Ja, schnarch du, dabei geht es dir am besten, schnarch nur weiter! – Der Doktor war schwer berauscht, seine Zunge versagte kläglich, und er sah mit schwimmenden Augen vor sich hin. Nach einer Pause wandte er sich wieder zu Nagel und fuhr düster fort: Übrigens meinte ich nicht, daß sich nur die Theologen umbringen sollten. Nein, das sollten wir, Gott verdamm mich, alle miteinander tun, wir sollten die ganze Welt ausrotten und die Kugel weiterrollen lassen.

Nagel stieß mit Minute an. Der Doktor bekam keine Antwort, er wurde zornig und rief laut:

Hören Sie nicht, was ich sage? Wir sollten uns alle miteinander umbringen, sage ich, Sie auch natürlich, Sie auch. Und dabei sah der Doktor ganz bissig aus.

Ja, antwortete Nagel, daran habe ich auch schon gedacht. Aber ich für meine Person habe nicht den Mut dazu. – Pause. – Ich behaupte also durchaus nicht, daß ich den Mut dazu habe; aber *sollte* ich eines Tages den Mut bekommen, dann habe ich die Pistole schon bereit. Und für alle Fälle trage ich sie immer bei mir.

Und er zog aus der Westentasche ein kleines Medizinglas, das ein Giftzeichen trug, und hielt es in die Höhe. Das Glas war nur halb voll.

Echte Blausäure, reinstes Wasser! sagte er. Doch ich habe *nie* den Mut; es fällt mir zu schwer ... Herr Doktor, Sie können mir wohl sagen, ob das genug ist. Ich habe bereits die eine Hälfte bei einem Tier angewendet, und es wirkte ausgezeichnet. Es gab einen kleinen Krampf, eine kleine herbe Komik im Gesichtsausdruck, zwei, drei Schnapper nach Luft, das war alles; in drei Zügen matt.

Der Doktor nahm das Glas, sah es an, schüttelte es einige Male und sagte:

Das ist genug, mehr als genug ... Eigentlich sollte ich Ihnen ja dieses Glas wegnehmen; aber wenn Sie doch nicht den Mut dazu haben ...

Nein, ich habe nicht den Mut dazu.

Pause. Nagel steckte das Fläschchen wieder in die Westentasche. Der Doktor sank immer mehr zusammen, trank aus seinem Glas, sah mit toten Augen umher und spuckte auf den Boden. Plötzlich rief er zum Adjunkten hinüber:

Hei, wie weit bist du, Holtan? Bringst du es noch zur „Ideenassoziation“? Ich nämlich nicht mehr. Gute Nacht!

Der Adjunkt öffnete die Augen, streckte sich ein wenig, stand auf und ging zum Fenster, wo er stehenblieb und hinaussah. Als das Gespräch wieder anfing, benützte er die Gelegenheit, sich davonzumachen; unbemerkt schlich er sich an der Wand entlang, öffnete die Türe und war draußen, ehe es jemand gesehen hatte. Adjunkt Holtan pflegte stets auf diese Weise eine Gesellschaft zu verlassen.

Auch Minute stand auf und wollte fort; als er aber gebeten wurde, noch eine kleine Weile zu bleiben, setzte er sich wieder hin. Rechtsanwalt Hansen schlief. Die drei, die noch nüchtern waren, Student Öien, Minute und Nagel, begannen von Literatur zu sprechen. Der Doktor hörte nur mit halboffenen Augen zu und sagte kein Wort mehr. Bald darauf schlief auch er.

Der Student war sehr belesen und hielt viel auf Maupassant: man müsse sagen, Maupassant sei bis zuinnerst in die Geheimnisse der Frau eingedrungen und sei als Dichter der Liebe unerreicht. Welche Kühnheit in der Schilderung, welch eine wunderbare Kenntnis des Menschenherzens! Nagel aber antwortete lächerlich auffahrend, schlug auf den Tisch, trumpfte auf, griff die Schriftsteller ohne Unterschied an, machte beinahe reinen Tisch und verschonte nur ganz wenige mit dem Tode. Seine Brust schien unter all dieser Heftigkeit ganz ehrlich zu wogen, und der Schaum stand ihm um den Mund.

Die Dichter! Hehe, ja, man müsse sagen, daß sie bis zutiefst ins Menschenherz eingedrungen seien! Was sind die Dichter, diese wichtigtuerischen Wesen, die es verstanden hatten, die Macht im modernen Leben an sich zu reißen, was sind sie eigentlich? Ja, ein Ausschlag, eine Krätze am Körper der menschlichen Gemeinschaft, reizbare und geschwollene Bartfinnen, die man zart behandeln muß, mit Vorsicht und Pietät anfassen, sonst spielen sie sich auf, denn sie vertragen keine harte Behandlung! Ja, ja, von den Dichtern müsse man unbedingt viel Aufhebens machen, besonders von den dümmsten, den menschlich am wenigsten entwickelten, den Heinzelmännchengreisen; sonst trollen sie sich ins Ausland! Hehe, ins Ausland, ja! Ach du guter Gott, welch eine köstliche Komödie. Und gab es einen Dichter, einen wirklich geistesberauschten Sänger mit echten Tönen in der Brust, dann konnte man den Teufel darauf schwören, daß er weit hinter den großen bücherschreibenden Handwerkern, wie Maupassant einer ist, eingereiht würde! Hinter einem Mann, der viel über die Liebe geschrieben und gezeigt hat, daß ihm die Bücher leicht von der Hand gehn; ja, Recht muß Recht bleiben! Ach, ein kleiner hell schimmernder Stern, in seinem Bereich ein wirklicher Dichter, Alfred de Musset, bei dem die Liebe nicht brünstige Routine war, sondern ein feiner und feuriger Frühlingston in seinem Menschen, und bei dem die Worte auf den Zeilen förmlich flammten, dieser Dichter hatte vielleicht nicht halb soviel Überzeugte auf seiner Seite wie der unbedeutende Maupassant mit seiner außerordentlich groben und seelenlosen Wadenpoesie …

Nagel überschritt alle Grenzen. Er fand auch Gelegenheit, über Victor Hugo herzufallen und schließlich die größten Schriftsteller der Welt zum Teufel zu wünschen. Man möge ihm gestatten, eine einzige kleine Probe von dem hohlen poetischen Getöse eines solchen Weltschriftstellers zu geben. Passen Sie auf: „O wäre doch dein Stahl so scharf, wie es dein letztes Nein gewesen!“ Wie fand man das, klang das nicht gut? Was meinte Herr Grögaard?

Nagel warf gleichzeitig einen durchbohrenden Blick auf Minute. Er starrte ihn an und wiederholte noch einmal, die Augen unablässig auf Minutes Gesicht geheftet, diese alberne Zeile. Minute antwortete nicht, seine blauen Augen weiteten sich ganz erschreckt, und in der Verwirrung nahm er einen großen Schluck aus seinem Glas.

Sie erwähnten Ibsen, fuhr Nagel immer noch gleich erregt fort, ohne daß Ibsens Name genannt worden war. Seiner Meinung nach gab es nur *einen* Dichter in Norwegen, und das war *nicht* Ibsen. Nein, wahrhaftig nicht. Man sprach von Ibsen als Denker; sollte man nicht lieber zwischen populärem Raisonnement und wirklichem Denken unterscheiden? Man sprach von Ibsens Berühmtheit, hielt uns beständig seinen Mut vor; sollte man nicht lieber zwischen dem praktischen und dem theoretischen Mut, zwischen dem uneigennützigen, rücksichtslosen Revolutionsdrang und der häuslichen Aufruhrfrechheit unterscheiden? Der eine strahlt im Leben, der andere verblüfft im Theater. Ein norwegischer Schriftsteller, der sich nicht aufblase und nicht eine Stecknadel wie eine Lanze handhabe, sei gar kein norwegischer Schriftsteller; gegen irgendeinen Zaunpfahl müsse man anrennen, sonst war man keine mutige Ameise. Ja, es war wirklich sehr vergnüglich, so von weitem zuzusehen. Schlachtengetümmel und Mannesmut wie in einem napoleonischen Treffen. Aber Gefahr und Risiko wie bei einem französischen Duell. Hehehe … Nein, ein Mann, der revoltieren wollte, durfte nicht ein kleines schreibendes Kuriosum sein, ein bloßer und rein literarischer Begriff für die Deutschen, sondern ein kraftsprühender, wirkender Mensch im Getümmel des Lebens. Ibsen würde von seinem Revolutionsmut ganz sicher niemals aufs Eis geführt werden; das mit dem Torpedo unter der Arche war eine ärmliche Departementstheorie, verglichen mit der lebenden und lodernden Tat. Na, übrigens war das eine vielleicht so gut und so schlecht wie das andere, solange wir überhaupt bis über die Ohren in einer solchen Frauenzimmerarbeit steckten und Bücher für die Leute schrieben. Wenn es auch noch so jämmerlich war, hatte es doch auf jeden Fall den gleichen Wert wie Leo Tolstois unverschämtes philosophisches Gefasel. Der Teufel hole das Ganze.

Das Ganze? Alles miteinander?

Ja, beinahe. Übrigens haben wir wenigstens *einen* Dichter, das ist *Björnson* in seinen besten Stunden. Er ist doch unser einziger, trotz allem, trotz allem …

Aber würden nicht die meisten Einwendungen gegen Tolstoi auch Björnson treffen? Ist nicht auch Björnson nur ein Verkünder, ein Sittlichkeitsprediger, ein gewöhnlicher und langweiliger Greis, nur ein Bücherschreiber und so weiter?

Nein! rief Nagel mit lauter Stimme. Er gestikulierte und verteidigte Björnson mit heftigen Worten: Man könne Björnson und Tolstoi nicht miteinander vergleichen, teils, weil dies gegen jede gerade agronomische Vernunft streiten würde, teils, weil sich der innere Mensch in einem dagegen sträuben müßte. Erstens sei Björnson ebenso ein Genie wie Tolstoi. Nagel schätzte die ganz gewöhnlichen großen und tagtäglichen Genies nicht sehr hoch ein – Gott mochte wissen, das tat er nicht –, diese Stufe jedoch hatte Tolstoi immerhin erreicht, Björnson aber hatte ihn noch weit überholt. Das hinderte natürlich nicht, daß Tolstoi Bücher machen konnte, die besser seien als viele von Björnson; was aber bewies das? Sogar dänische Kapitäne, norwegische Maler und englische Frauen könnten gute Bücher machen. Zweitens aber sei Björnson ein Mensch, eine überwältigende Persönlichkeit, kein Begriff. Er tobe wie ein lebender Körper auf unserem Erdball umher und brauche Ellbogenfreiheit für vierzig. Er mache sich nicht zur Sphinx für die Menschen und nicht groß und mystisch wie Tolstoi in seiner Steppe oder Ibsen in seinem Café. Björnsons Inneres ist wie ein Wald im Sturm, er streitet, ist überall und verdirbt sich seine Geschäfte beim Publikum des Grand-Cafés gar herrlich. Er ist als Masse angelegt, ist ein gebietender Geist, einer der wenigen Befehlshaber. Er kann auf einer Tribüne stehen und ein beginnendes Gepfeife mit einer Handbewegung zum Schweigen bringen. Er habe ein Gehirn, in dem es unaufhörlich bohrt und wühlt; er siege kräftig und fehle gröblich, beides aber mit Persönlichkeit und Geist. Björnson sei unser einziger Dichter mit Inspiration, mit dem göttlichen Funken. Es beginne in ihm wie ein Rauschen durchs Korn am Sommertag, und es ende damit, daß man nichts, nichts mehr außer ihm, außer ihm höre; die Bewegungsart seiner Seele sei der Anlauf, die Bewegungsart des Genies. Ibsens Dichtung sei mit der Björnsons verglichen eine rein mechanische Büroarbeit. Ibsens Verse bestünden in hohem Maße darin, daß Reim auf Reim trifft, *so daß es knallt*; die meisten seiner Schauspiele seien dramatisierte Holzmasse. Wo, zum Teufel, käme man hin ... Na, lassen wir es übrigens gut sein; das Ganze lebe hoch ...

Es war zwei Uhr. Minute gähnt. Schläfrig nach einem arbeitsreichen Tag und von Nagels endlosem Geschwätz müde und gelangweilt, steht er wieder auf und will gehen. Als er sich schon verabschiedet hatte und bis zur Türe gekommen war, trat jedoch etwas ein, was ihn zwang stehenzubleiben, – ein kleines verschlagenes Ereignis, das erst viel später die größte Bedeutung erhalten sollte: der Doktor wacht auf, schlägt heftig mit den Armen um sich und wirft in seiner Kurzsichtigkeit mehrere Gläser um, und Nagel, der dem Doktor am nächsten saß, wurde mit Champagner übergossen. Er sprang auf, schüttelte lachend seine nasse Brust und rief ausgelassen hurra.

Minute machte sofort den dienenden Geist, er lief mit Taschentuch und Handtuch zu Nagel hin und wollte ihn abtrocknen. – Besonders die Weste habe viel abbekommen, wenn Nagel sie nur einen Augenblick, eine Minute lang ausziehen wolle, dann sei es sofort wieder in Ordnung gebracht. Aber Nagel wollte die Weste nicht hergeben. Jetzt erwachte auch der Rechtsanwalt von dem Lärm und begann hurra zu rufen – er auch, ohne zu wissen, was vorging. Noch einmal bat Minute für einen Augenblick um die Weste. Nagel schüttelt nur den Kopf. Plötzlich sieht er Minute an; es fällt ihm etwas ein, augenblicklich steht er auf, zieht die Weste aus und überreicht sie ihm rasch und heftig.

Hier, bitte! sagte er. Trocknen Sie sie ab, behalten Sie das Ding; doch, doch, Sie sollen sie behalten, Sie haben ja keine Weste. Sst, kein Gerede! Sie sei Ihnen von Herzen vergönnt, lieber Freund. – Als aber Minute immer noch Einwendungen machte, klemmte Nagel ihm die Weste unter den Arm, öffnete die Türe und puffte ihn freundschaftlich hinaus.

Und Minute verschwand.

Das ging so schnell vor sich, daß nur Öien, der der Türe am nächsten saß, es bemerkte.

Jetzt schlug der Rechtsanwalt in seinem Galgenhumor vor, auch noch den Rest der Gläser zu zertrümmern. Nagel hatte nichts dagegen, und so belustigten sich vier erwachsene Männer damit, ein Glas nach dem anderen an die Wand zu schleudern. Danach tranken sie aus den Flaschen, grölten wie Matrosen und tanzten umher. Es war vier Uhr, als das Gelage ein Ende fand. Der Doktor war über alle Maßen betrunken. Noch in der Türe wandte sich der Student Öien zu Nagel um und sagte:

Aber was Sie von Tolstoi sagten, kann man ja auch von Björnson sagen. Sie sind nicht konsequent …

Hahaha! lachte der Doktor besessen. Er verlangt Konsequenz … zu dieser Tageszeit! … Können Sie „Enzyklopädisten“ sagen, lieber Mann?

„Ideenassoziationen“? Kommen Sie nun, ich will Sie heimbringen ... Haha, zu dieser Tageszeit! ...

Es regnete nicht mehr. Aber es war auch keine Sonne da; das Wetter war still und versprach einen milden Tag.

14

Früh am nächsten Morgen kam Minute wieder ins Hotel. Still ging er in Nagels Zimmer, legte dessen Uhr, einige Papiere, ein Bleistiftstückchen und die kleine Giftflasche auf den Tisch und wollte sich wieder entfernen. Da jedoch Nagel sofort erwachte, war er genötigt zu erklären, warum er hereingekommen sei.

Ich habe diese Sachen in der Westentasche gefunden, sagte er.

In der Westentasche? Ja, Tod und Teufel, das ist ja wahr! Und wieviel Uhr ist es?

Acht Uhr. Aber Ihre Uhr steht, ich wollte sie nicht aufziehen.

Sie haben doch wohl die Blausäure nicht ausgetrunken?

Minute lächelte und schüttelte den Kopf.

Nein, antwortete er.

Nicht einmal versucht? Das Glas muß halb voll sein; lassen Sie mich sehen.

Und Minute zeigte ihm, daß das Glas noch halb voll war.

Gut! Und es ist acht Uhr? Dann ist es Zeit aufzustehen ... Weil ich eben daran denke, Grögaard, können Sie mir eine Geige verschaffen, leihweise? Ich möchte versuchen, ob ich lernen könnte ... Na, Unsinn! In Wahrheit: ich will eine Geige *kaufen*, ich will sie einem Bekannten schenken; ich will sie also nicht zu meinem eigenen Gebrauch. Sie müssen mir wirklich eine Geige verschaffen, wo Sie sie auch hernehmen.

Minute wollte sein möglichstes tun.

Tausend Dank. Sie sehen wohl wieder einmal zu mir herein, wenn Sie Lust haben; Sie wissen ja den Weg. Guten Morgen!

Eine Stunde später befand sich Nagel bereits im Wald beim Pfarrhof. Der Boden war noch naß vom Regen am Abend vorher, und die Sonne schien nicht sehr warm. Er setzte sich auf einen Stein und behielt den Weg scharf im Auge. In dem weichen Kies hatte er ein paar bekannte Fußspuren gesehen und war überzeugt, daß es Dagnys Fußspuren waren und daß sie in die Stadt gegangen sei. Er wartete ziemlich lange vergebens, entschloß sich endlich, ihr entgegenzugehen, und erhob sich.

Und er hatte sich wirklich nicht getäuscht, schon am Waldrand begegnete er ihr. Sie trug ein Buch, es war Skrams „Gertrude Colbjörnsen“.

Sie sprachen zuerst eine Weile von diesem Buch, dann sagte sie:

Können Sie es begreifen ... unser Hund ist tot.

Tot? antwortete er.

Seit einigen Tagen. Wir fanden ihn mausetot. Ich verstehe nicht, wie das zugegangen sein kann.

Denken Sie, dieser Hund machte immer einen so ekelhaften Eindruck auf mich; ja, entschuldigen Sie, aber es war eine von diesen Doggen, mit Stumpfnase und einem unverschämten Menschenantlitz! Wenn er einen ansah, hingen ihm die Mundwinkel tief herunter, als trüge er den Kummer der ganzen Welt. Eigentlich bin ich wirklich froh, daß er tot ist.

Pfui, schämen Sie sich ...

Aber er unterbrach sie nervös und wollte aus irgendeinem Grund sofort von diesem Gespräch über den Hund ablenken. Er begann von einem Mann zu erzählen, den er einmal getroffen hatte und der wirklich das Lächerlichste gewesen sei, was man treffen konnte. Der Mann s – stotterte ein wenig, und das verheimlichte er nicht; o nein, er s – stotterte sogar noch mehr, als nötig war, um seine Unvollkommenheit so recht an den Tag zu legen. Er hatte die sonderbarsten Ideen über die Frau. Übrigens pflegte er eine Geschichte aus Mexiko zu erzählen, die in seinem Mund unsäglich lustig klang. Es war in einem Winter mit wütender Kälte, die Thermometer zersprangen, und die Menschen hielten sich Tag und Nacht innerhalb ihrer vier Wände. Eines Tages aber mußte er in die Nachbarstadt, er ging durch eine kahle Landschaft, in der nur da und dort eine Hütte stand, und ein kalter Wind brannte ihm schmerzhaft ins Gesicht. Wie er so dahinging, kommt in dieser verzweifelten Kälte eine halbnackte Frau aus einer der Hütten gelaufen und springt ihm nach; sie schreit die ganze Zeit: Sie haben eine Beule auf der Nase! Hüten Sie sich, Sie haben eine Beule auf der Nase! Die Frau hielt eine Schöpfkelle in der Hand und trug die Ärmel aufgestülpt.

Sie hatte diesen fremden Mann mit einer Frostbeule auf der Nase vorbeigehen sehen und war von ihrer Arbeit weggelaufen, um ihn zu warnen. Hehe, hat man so etwas gehört! Und da steht sie selbst mit aufgestülpten Ärmeln im Wind, während ihre ganze rechte Wange nach und nach weiß anläuft und zu einer einzigen ungeheuren Beule wird! Hehe, das ist doch unglaublich! ... Aber trotz dieser und vieler anderer Beispiele von weiblicher Aufopferung war dieser stotternde Mann in diesem Kapitel höchst unzugänglich. Die Frau ist ein kurioses und unersättliches Geschöpf, sagte er zu mir, ohne zu erklären, weshalb sie gerade kurios und unersättlich sei. Es ist ganz unfaßbar, was sie sich einbilden kann, sagte er. Und er erzählte: Ich hatte einen Freund, der sich in eine junge Dame verliebte; sie hieß Klara. Er gab sich alle Mühe, diese Dame zu gewinnen, aber nichts half. Klara wollte durchaus nichts von ihm wissen, obwohl er ein hübscher und wohlangesehener junger Mann war. Diese selbe Klara hatte jedoch eine Schwester, ein ganz schief gewachsenes und buckliges Geschöpf, das geradezu häßlich war; um sie freite nun mein Freund eines Tages. Gottvater weiß, warum er das tat, vielleicht aber war es Berechnung, vielleicht hatte er sich auch wirklich in sie verliebt, obwohl sie so häßlich war. Was aber tut nun Klara? Ja, hier zeigte das Weibliche auf einmal seine Krallen; Klara schreit, Klara stellt das Haus auf den Kopf. Mich hat er haben wollen! mich hat er haben wollen! sagt sie; aber mich bekommt er nicht, ich will nicht, nicht um alles in der Welt will ich. Na, aber meinen Sie etwa, er hätte die Schwester bekommen, in die er nun stark verliebt war? Nein, das ist ja gerade das Durchtriebene an der Sache, Klara wollte ihn der Schwester erst recht nicht gönnen. Hehehe. Nein, wenn er doch sie eigentlich hatte haben wollen, dann durfte er jetzt auch nicht ihre bucklige Schwester bekommen, obgleich sonst niemand für sie in Betracht kommen konnte. Und so bekam mein Freund keine von beiden ... Das war eine der vielen Geschichten des stotternden Mannes. Er erzählte so lustig, gerade weil er stotterte. Er war übrigens ein großes Rätsel von einem Mann ... Langweile ich Sie?

Nein, erwiderte Dagny.

Also ein großes Rätsel von einem Mann. Er war so geizig und so diebisch zugleich, daß er es fertigbrachte, sich die Lederriemen an den Eisenbahnfenstern anzueignen und sie mit nach Hause zu nehmen, um sie zu irgend etwas zu verwenden. Ja, da kannte er keine Hemmungen; er soll sogar einmal bei einem solchen Diebstahl ertappt worden sein. Aber auf der anderen Seite achtete er das Geld gar nicht, wenn ihn die Laune packte. Einmal kam es ihm in den Sinn, eine riesige Wagenfahrt zu veranstalten. Er kannte niemand, deshalb mietete er für sich allein vierundzwanzig Wagen, die er einen nach dem andern abfahren ließ. Die dreiundzwanzig fahren vollkommen leer, und im vierundzwanzigsten – dem letzten – da sitzt er selbst, schaut auf die Spaziergänger herab, stolz wie ein Gott auf den kolossalen Aufzug, den er da zustande gebracht hat …

Doch Nagel sprach ohne Erfolg von einer Sache nach der anderen; Dagny hörte kaum auf das, was er sagte. Er wurde stumm und überlegte. Es war doch auch zu blöd, so dumm zu schwätzen und sich immer zum Narren zu machen! Da überfiel er eine junge Dame, noch dazu seine Herzensdame, mit Erzählungen von Frostbeulen und vierundzwanzig Wagen! Und er erinnerte sich plötzlich, daß er sich schon früher einmal mit einer Plattheit über einen Eskimo und eine Briefmappe gründlich verrannt hatte. Bei dieser Erinnerung wurden ihm die Wangen auf einmal heiß, unwillkürlich gab er sich einen Ruck und wäre beinahe stehengeblieben. Warum, zum Satan, nahm er sich nicht in acht! Oh, wie mußte er sich schämen! Diese Augenblicke, in denen er so dumm schwätzte, machten ihn komisch, demütigten ihn und warfen ihn um Wochen und Monate zurück. Was mußte sie doch von ihm denken!

Er sagte:

Und wie lange dauert es noch bis zum Basar?

Sie antwortete lächelnd:

Warum geben Sie sich solche Mühe, in einem fort zu sprechen? Warum sind Sie nervös?

Diese Frage kam ihm so unerwartet, daß er Dagny einen Augenblick verwirrt ansah. Gedämpft und pochenden Herzens entgegnete er:

Fräulein Kielland, als ich das letztemal mit Ihnen zusammen war, versprach ich, wenn ich die Erlaubnis bekommen sollte, Sie noch einmal zu treffen, über alles andere zu sprechen, nicht aber über das, wovon zu sprechen mir verboten ist. Ich versuche, mein Versprechen zu halten. Noch habe ich es gehalten.

Ja, sagte sie, man soll seine Versprechen halten, man soll seine Gelöbnisse nicht brechen. Und das sagte sie gleichsam mehr zu sich selbst als zu ihm.

Ich war schon hier im Wald, ehe Sie kamen, und beschloß da, es zu versuchen; ich wußte, daß ich Ihnen begegnen würde.

Wie konnten Sie das wissen?

Ich sah Ihre Spur hier auf dem Weg.

Sie warf ihm einen Blick zu und schwieg.

Kurz darauf sagte sie:

Sie haben einen Verband an der Hand, sind Sie verwundet?

Ja, antwortete er, Ihr Hund hat mich gebissen.

Sie blieben beide stehen und sahen einander an. Er preßte die Hände zusammen und fuhr ganz gepeinigt fort:

Ich bin jede Nacht hier im Wald gewesen, jede Nacht habe ich Ihre Fenster gesehen, bevor ich ins Bett gegangen bin. Verzeihen Sie mir, das ist doch kein Unrecht! Sie haben mir verboten, es zu tun, aber ich tat es doch immer wieder, daran ist nun nichts mehr zu ändern. Ja, Ihr Hund biß mich, er kämpfte um sein Leben; ich tötete ihn, ich gab ihm Gift, weil er immer bellte, wenn ich kam und zu Ihren Fenstern hinauf gute Nacht sagen wollte.

Dann haben also Sie den Hund getötet!

Ja, antwortete er.

Sie sahen einander schweigend an, seine Brust ging gewaltsam auf und nieder.

Und ich wäre imstande, viel schlimmere Dinge zu tun, um Sie sehen zu können, sprach er weiter. Sie haben keine Ahnung, wie ich leide und wie ich Tag und Nacht mit Ihnen beschäftigt bin, nein, davon haben Sie keine Ahnung. Ich spreche mit den Leuten, ich lache, ich halte sogar lustige Saufgelage ab – heute nacht hatte ich Gesellschaft bis vier Uhr, wir zerbrachen zum Schluß alle Gläser, – na, aber auch während ich trinke und singe, denke ich unaufhörlich an Sie und werde dadurch verwirrt. Ich lege auf gar nichts mehr Wert und weiß nicht, wie es mir weiterhin gehen wird. Haben Sie doch zwei Minuten Mitleid mit mir, ich muß Ihnen etwas sagen. Aber haben Sie jetzt keine Angst, ich will Sie weder erschrecken noch locken, ich muß nur mit Ihnen sprechen, weil es mich qualvoll dazu drängt …

Aber wollen Sie denn gar nicht vernünftig werden? sagte sie unvermittelt. Sie versprachen es doch.

Ja, das tat ich wohl; ich weiß nicht, vielleicht versprach ich, vernünftig zu sein. Aber es fällt mir so schwer. Na, ich werde vernünftig sein, vertrauen Sie darauf. Aber wie soll ich es anfangen, können Sie mir das sagen? Lehren Sie es mich.

Wissen Sie, daß ich eines Tages nahe daran war, in den Pfarrhof einzudringen, die Türen zu öffnen und einfach zu Ihnen zu gehen, selbst wenn andere dabei gewesen wären? Aber ich habe mit aller Gewalt zu widerstehen versucht, das dürfen Sie mir glauben; ja, ich habe sogar schlecht von Ihnen gesprochen und versucht, Ihre Macht über mich zu zerstören, indem ich Sie in den Augen anderer heruntersetzte. Ich habe es nicht aus Rache getan, nein, Sie verstehen, daß ich wirklich nahe daran bin zu unterliegen. Ich habe es getan, um mich selbst zu strafen, um zu lernen, die Zähne zusammenzubeißen, um nicht in meinem eigenen Bewußtsein den Rücken zu sehr zu beugen. Deshalb habe ich es getan. Aber ich weiß nicht, ob es etwas nützt. Ich habe auch versucht abzureisen, ich habe es versucht, ich begann alle meine Sachen zusammenzupacken; aber ich machte mich doch nicht ganz fertig und reiste auch nicht ab. Wie könnte ich reisen! Weit eher möchte ich Ihnen nachreisen, wenn Sie nicht hier wären. Und wenn ich Sie auch niemals fände, ich würde Ihnen trotzdem nachreisen und Sie unaufhörlich suchen und hoffen, Sie doch schließlich einmal zu finden. Wenn ich aber sähe, daß es doch vergeblich wäre, würde ich meine Hoffnungen zurückschrauben und zurückschrauben und wäre zuletzt innig dafür dankbar, wenn ich möglicherweise nur einen Menschen sehen könnte, der Ihnen einmal nahegestanden hat, eine Freundin, die Ihre Hand gedrückt oder in den guten Tagen ein Lächeln von Ihnen gesehen hat. So würde ich es machen. Kann ich also von hier abreisen? Jetzt ist es außerdem Sommer, der ganze Wald hier ist meine Kirche, und die Vögel kennen mich; sie sehen mich jeden Morgen an, wenn ich komme, legen den Kopf schief und sehen mich an, und gleich darauf singen sie los. Ich vergesse auch niemals, wie die Stadt an dem ersten Abend, an dem ich ankam, für Sie flaggte; das machte den stärksten Eindruck auf mich, ich wurde geradezu von einer eigentümlichen Sympathie erfaßt, und halb betäubt ging ich auf dem Schiff umher und sah die Fahnen an, ehe ich an Land ging. Ja, das war an jenem Abend! ... Aber auch später ist es mir oftmals herrlich ergangen; täglich gehe ich die gleichen Wege wie Sie, und mitunter bin ich so glücklich, Ihre Spur auf dem Weg zu sehen, wie heute, und da warte ich auf Sie, bis Sie wieder vorbeikommen. Ich verkrieche mich im Wald, lege mich flach hinter einen Stein und warte auf Sie. Zweimal habe ich Sie gesehen, seit ich zum letztenmal mit Ihnen sprach, und einmal wartete ich sechs Stunden, bis Sie kamen. Diese ganzen sechs Stunden habe ich hinter dem Stein gelegen und stand nicht auf, aus lauter Furcht, Sie könnten kommen und mich erblicken. Gott weiß, wo Sie an diesem Tag so lange waren ...

Ich war bei Andresens, sagte sie unvermittelt.

Ja, das waren Sie vielleicht, ich sah Sie schließlich kommen. Sie waren nicht allein, aber ich sah Sie ganz deutlich und grüßte Sie leise hinter dem Stein. Gott weiß, was für ein Gedanke Sie da plötzlich durchfuhr, denn Sie wandten den Kopf und sahen einen Augenblick nach dem Stein hin …

Ja, hören Sie jetzt … Nein, Sie zucken zusammen, als sei es Ihr Todesurteil, das ich verlesen sollte …

Das ist es auch, ich verstehe es gut, Ihre Augen wurden eiskalt.

Ja, aber es muß wirklich ein Ende haben, Herr Nagel! Wenn Sie das Ganze überlegen, dann müssen Sie doch selbst zugeben, daß Sie auch gegen den Abwesenden nicht sehr schön handeln. Nicht wahr? Wenn Sie sich an seine Stelle denken … und außerdem machen Sie es auch für mich so peinlich. Was wollen Sie von mir? Lassen Sie mich Ihnen ein für allemal sagen: ich breche mein Versprechen nicht, *ich liebe ihn*. So, das muß Ihnen deutlich genug sein. Seien Sie nun etwas vorsichtig; ich will wirklich nicht länger hier mit Ihnen gehen, wenn Sie mir nicht ein wenig Rücksicht erweisen können. Das sage ich Ihnen offen.

Sie war bewegt, ihr Mund zitterte, und sie zwang sich sehr, nicht in Tränen auszubrechen. Als Nagel schwieg, fügte sie noch hinzu:

Sie dürfen mich gerne heimbegleiten, ganz heim, wenn Ihnen etwas daran liegt und Sie es nicht für uns beide unangenehm machen wollen. Wenn Sie mir etwas erzählen wollen, bin ich dankbar; ich höre Sie gerne reden.

Ja, sagte er auf einmal laut, mit jubelnder Stimme, wie irgendein Schwätzer, der nun drauflosreden durfte, ja, wenn ich nur mitgehen darf! Ich werde schon … Oh, wie kalt Sie mich übergießen, wie Sie mich förmlich straff machen, wenn Sie böse auf mich sind …

Eine Zeitlang sprachen sie von ganz gleichgültigen Dingen. Sie gingen mit kleinen Schritten und so langsam, daß sie beinahe nicht vom Fleck kamen.

Wie es duftet, wie es duftet! sagte er. Nein, wie jetzt nach dem Regen Gras und Blumen wachsen! Ich weiß nicht, ob Sie sich sehr für Bäume interessieren. Es ist sonderbar, aber ich fühle mich jedem Baum im Walde geheimnisvoll verwandt. Es ist, als habe ich einmal dem Walde angehört; wenn ich hier stehe und um mich blicke, zieht gleichsam eine Erinnerung durch meinen ganzen Menschen. Oh, bleiben Sie einen Augenblick stehen! Hören Sie! Hören Sie, wie die Vögel jetzt in wilder Begeisterung der Sonne entgegensingen? Sie sind vollkommen dumm und verrückt, sie fliegen uns beinahe ins Gesicht, ehe Sie sich's versehen.

Und sie gingen weiter.

Immer noch, sagte sie, trage ich die hübsche Vorstellung mit mir herum, die Sie mir einmal von dem Boot und dem blauen Seidensegel, das als Halbmond geschnitten war, gaben. Das war so schön. Wenn der Himmel so ganz fern und hoch ist, glaube ich mich selbst dort oben zu wiegen und mit einer Silberangel zu fischen.

Er war glücklich darüber, daß sie sich noch an diese Stimmung von der Johannisnacht erinnerte, seine Augen wurden feucht, und er antwortete warm:

Ja, das ist richtig, es würde auch am besten passen, wenn Sie in einem solchen Boot säßen.

Als sie ungefähr mitten in den Wald gekommen waren, war sie so unvorsichtig zu fragen:

Wie lange bleiben Sie hier?

Sie bereute es sofort, wollte es ungesagt haben, wurde aber bald ganz beruhigt, denn er lächelte und vermied, direkt zu antworten. Sie war ihm für sein Taktgefühl dankbar, sicher hatte er ihre Verlegenheit gesehen.

Ich bleibe ja hier, wo Sie sind, antwortete er ... Ich bleibe so lange hier, als ich Geld habe, meinte er dann. Und er fügte hinzu: Aber das wird nicht so schrecklich lange dauern.

Sie sah ihn an, lächelte auch und fragte:

Wird das nicht so schrecklich lange dauern? Sie sind doch reich, wie ich gehört habe?

Da legte sich der alte geheimnisvolle Ausdruck über sein Gesicht, und er erwiderte: Bin ich reich? Hören Sie, es soll hier in der Stadt das Gerücht gehen, daß ich ein Geldmensch sei, daß ich unter anderem einen Landbesitz von bedeutendem Wert habe, – das ist nicht wahr, ich bitte Sie, glauben Sie es nicht, es ist Humbug. Ich habe keinen Landbesitz, auf jeden Fall ist er nur winzig klein, und ich besitze ihn nicht einmal allein, sondern zusammen mit meiner Schwester; außerdem ist er fast ganz verschuldet und mit allerhand Haftungen belastet. Das ist die Wahrheit.

Sie lachte ungläubig.

Sie pflegen ja stets die Wahrheit zu sagen, wenn Sie von sich sprechen, erwiderte sie.

Sie glauben mir nicht? Sie zweifeln? Aber ich will es Ihnen erklären. Obwohl es für mich demütigend ist, will ich Ihnen den Zusammenhang klarlegen: Sie müssen wissen, daß ich bereits am ersten Tag, an dem ich hier in der Stadt war, fünf Meilen zu Fuß bis zu der nächsten Stadt ging und von dort drei Telegramme über eine große Geldsumme und einen Hof in Finnland an mich sandte. Darauf ließ ich diese drei Telegramme mehrere Tage lang offen auf dem Tisch in meinem Zimmer liegen, damit jeder im Hotel sie lesen konnte. Glauben Sie mir jetzt? Ist es also kein Humbug mit meinem Geld?

Vorausgesetzt, daß Sie nicht wieder über sich lügen.

Wieder? Sie irren sich, gnädiges Fräulein. Bei Gott im höchsten Himmel, ich lüge nicht! So!

Pause.

Aber warum taten Sie das, warum sandten Sie Telegramme an sich selbst?

Ja, sehen Sie, das würde nun eine ziemlich lange Geschichte werden, wenn ich den Zusammenhang erklären sollte ... Na, übrigens tat ich es einzig und allein, um zu prahlen, um Aufsehen in der Stadt zu erregen. Hehehe, rein herausgesagt.

Jetzt lügen Sie!

Hol mich der Teufel, wenn ich das tue!

Einen Augenblick herrschte Schweigen.

Sie sind ein sonderbarer Mensch. Gott mag wissen, was Sie erreichen wollen. In dem einen Augenblick gehen Sie her und ... ja, Sie scheuen sich nicht einmal, mir die heißesten Geständnisse zu machen; wenn ich dann aber mit einigen wenigen Worten Ihnen zur Vernunft zurede, schlagen Sie sofort um und stellen sich selbst als den übelsten Scharlatan, als Lügner, als Betrüger hin. Die Mühe könnten Sie sich vielleicht sparen; das eine macht sowenig Eindruck auf mich wie das andere. Ich bin ein zu schlichter Mensch; all diese Genialität geht über meinen Verstand.

Sie war auf einmal gekränkt.

Ich wollte gerade jetzt keine besondere Genialität zeigen. Es ist ja doch alles verloren, warum soll ich mich da noch anstrengen?

Aber warum erzählen Sie mir dann all dies Peinliche von sich, sobald Sie nur irgendwelche Gelegenheit dazu finden? rief sie heftig.

Und langsam, vollständig beherrscht, erwiderte er:

Um Eindruck auf Sie zu machen, gnädiges Fräulein.

Da blieben die beiden wieder stehen und starrten einander an. Er fuhr fort:

Ich habe schon früher einmal das Vergnügen gehabt, Ihnen ein paar Worte über meine Methode zu sagen. Sie fragten, warum ich sogar jene Geheimnisse ausplappere, die mir schaden und die ich verborgen halten könnte. Ich antwortete: Aus Politik, aus Berechnung. Ich glaube nämlich an die Möglichkeit, daß meine Offenherzigkeit trotz Ihres Leugnens ein wenig Eindruck auf Sie macht. Auf jeden Fall kann ich mir denken, daß Sie vor dieser schonungslosen Gleichgültigkeit, mit der ich mich selbst ausliefere, einen gewissen Respekt bekommen. Vielleicht verrechne ich mich, das ist schon möglich, dann ist es eben nicht zu ändern. Aber selbst wenn ich mich verrechne, – Sie sind ja doch für mich verloren und ich setze nichts mehr aufs Spiel. Auf diesem Punkt kann man anlangen, das ist die Verzweiflung, das Hasard. Ich selbst verhelfe Ihnen dazu, Anklagen gegen mich vorzubringen, und stärke Sie dadurch noch nach Kräften in Ihrem Vorsatz, mich abzuweisen, einfach abzuweisen. Warum tue ich das? Weil es meiner armen Seele widerstrebt, zu meinem eigenen Vorteil zu sprechen und durch eine solche Erbärmlichkeit etwas zu gewinnen, ich könnte es nicht über meine Lippen bringen. Aber – können Sie sagen – ich suche durch List und auf Umwegen zu dem gleichen Ziel zu gelangen, das andere durch eine dürftige Offenheit erreichen. Ach ... Übrigens will ich mich nicht verteidigen. Nennen Sie es Humbug, warum nicht, das ist richtig, das ist treffend, ich will selbst hinzufügen, daß alles die armseligste Fälschung ist. Gut, es ist also Humbug, und ich verteidige mich nicht. Sie haben recht, mein ganzes Wesen ist Humbug. Nun aber hält der Humbug alle Menschen mehr oder minder gefangen, kann da nicht die eine Art Humbug ebenso gut sein wie eine andere, wenn das Ganze im Innersten doch nur Humbug ist? ... Ich fühle, daß ich in Eifer gerate, und hätte Lust, einen Augenblick eines meiner Steckenpferde zu reiten ... Nein, das will ich übrigens nicht; Herrgott und Himmel, wie müde bin ich von dem allem! Ich sage: Laß es laufen, laß es nur laufen: Punktum ... Wer sollte etwa glauben, daß zum Beispiel in Doktor Stenersens Haus nicht alles ganz in

Ordnung ist? Ich sage auch nicht, daß etwas nicht in Ordnung sei, deshalb frage ich nur, ob es einem Menschen einfallen könnte, von dieser achtbaren Familie etwas Schlimmes zu glauben. Es sind nur zwei Personen, Mann und Frau, keine Kinder, keine ernstlichen Sorgen, und trotzdem gibt es da vielleicht eine dritte Person, Gott allein weiß das, aber vielleicht ist da, alles in allem gerechnet, noch eine Person, außer dem Mann und der Frau, ein junger Mensch, ein allzu warmer Freund des Hauses, der Bevollmächtigte Reinert. Was soll man sagen? Vielleicht werden auf beiden Seiten Fehler gemacht. Es ist sogar möglich, daß der Doktor von all dem weiß und trotzdem nichts dagegen tun kann, wenigstens trank er heute nacht ungeheuer viel, und alles, die ganze Welt, war ihm so gleichgültig, daß er die vollständige Vernichtung der Menschheit durch Blausäure vorschlug und meinte, die Kugel könne dann weiter rollen. Armer Mann! ... Aber er ist schwerlich der einzige, der bis an die Knie im Humbug steht, selbst wenn ich von mir – Nagel – absehe, der ich bis an den Gürtel im Humbug stehe. Nehmen wir zum Beispiel Minute! Eine gute Seele, ein Gerechter, ein Märtyrer! Alles Gute ist auf seiner Seite; aber ich behalte ihn im Auge. Ich sage Ihnen, ich lasse ihn nicht aus den Augen! Das scheint Sie zu erstaunen? Habe ich Sie erschreckt? Das war nicht meine Absicht. Ich möchte Sie gleich mit der Bemerkung beruhigen, daß Minute nicht ins Wanken zu bringen ist, er ist wahrlich rechtfertig. Und warum lasse ich ihn nicht aus den Augen, warum beobachte ich ihn nachts um zwei Uhr, von einer Straßenecke aus, wenn er von einem unschuldigen Spaziergang heimkommt – um zwei Uhr nachts? Warum spioniere ich ihn nach allen Richtungen hin aus, wenn er seine Säcke austrägt und die Leute in den Straßen grüßt? Ohne jeden Grund, meine Liebe, ohne jeden Grund! Er interessiert mich nur, ich halte etwas auf ihn, und es freut mich in diesem Augenblick, ihn mitten in all dem übrigen Humbug als den reinen Menschen und den Gerechten hinstellen zu können. Deshalb erwähne ich ihn ja, und Sie verstehen mich ganz gewiß. Hehehe ... Um aber zu mir zurückzukommen ... O nein, ich will gar nicht zu mir zurückkommen, alles andere lieber als das!

Dieser letzte Ausruf war so echt, so traurig, daß er ihr Mitleid mit ihm einflößte. Sie wußte in diesem Augenblick, daß sie es mit einer sehr gepeinigten und zerrissenen Seele zu tun hatte. Da er jedoch sofort dafür sorgte, diesen Eindruck bei ihr zu verwischen, indem er plötzlich kalt und gerade hinauslachte und noch einmal darauf schwor, daß alles nur der reine Humbug sei, verließen sie ihre freundschaftlichen Gefühle mit einemmal. Scharf sagte sie:

Sie ließen über Frau Stenersen einige Andeutungen fallen, die nicht halb so dreist hätten zu sein brauchen, um doch schon gemein zu sein. Auch an Minute, einem armen Krüppel, wollten Sie sich Lorbeeren holen. Das war wirklich übel gehandelt – niedrig!

Sie begann wieder zu gehen, und er folgte. Er antwortete nicht, ging mit gesenktem Kopf. Es zuckte einige Male in seinen Schultern, und zu ihrer Überraschung sah sie ein paar große Tränen über sein Gesicht rollen. Er wandte sich ab und pfiff einem kleinen Vogel, um es zu verbergen.

Zwei Minuten gingen sie, ohne etwas zu sagen. Sie war gerührt und bereute ihre harten Worte bitter. Vielleicht hatte er noch dazu recht mit allem, was er sagte; was wußte sie? Gott weiß, ob dieser Mensch nicht in Wochen mehr gesehen hatte als sie in Jahren.

Sie gingen immer noch schweigend. Er war wieder vollkommen ruhig und spielte gleichgültig mit seinem Taschentuch. In einigen Minuten mußten sie an den Pfarrhof kommen.

Da sagte sie:

Ist Ihre Hand sehr verletzt? Darf ich sehen?

Ob sie das nun tat, um ihm damit eine Freude zu machen, oder ob sie ihm wirklich für einen Augenblick nachgab, – sie sagte das mit einer innigen, beinahe bewegten Stimme und blieb auch stehen.

Jetzt kochte seine ganze Leidenschaft über. In diesem Augenblick, in dem sie ihm so nahe stand, den Kopf über seine Hand gebeugt, so daß er den Duft ihres Haares und Halses spürte, und in dem kein Wort gesprochen wurde, stieg seine Liebe bis zur Verrücktheit, bis zum Wahnsinn. Er drückte sie zuerst mit dem einen Arm an sich und dann, als sie sich dagegen wehrte, auch mit dem anderen Arm, preßte sie warm und lange an seine Brust und hob sie beinahe von der Erde auf. Er fühlte, daß sich ihr Rücken bog und daß sie sich ergab. Schwer und köstlich ruhte sie in seiner Umarmung, und ihre Augen sahen halb verschleiert in die seinen. Er sprach zu ihr, sagte, daß sie herrlich, herrlich sei und daß sie bis ans Ende seines Lebens die Liebe seiner Liebe sein werde. Schon früher sei ein Mann für sie in den Tod gegangen, ja, das würde auch er tun, auf den kleinsten Wink, auf ein Wort hin. Oh, wie er sie liebe! Und während er sie zärtlicher und zärtlicher an sich drückte, sagte er ein um das andere Mal: Ich liebe dich, ich liebe dich!

Sie leistete keinen Widerstand mehr, ihr Kopf sank ein wenig auf seinen linken Arm hinüber, und er küßte sie brennend, in kurzen Zwischenräumen, nur von den zärtlichsten Worten unterbrochen. Er merkte deutlich, daß sie selbst sich an ihn schmiegte, und wenn er sie küßte, schloß sie die Augen noch fester.

Komm morgen zum Baum, du weißt den Baum, die Espe. Komm, ich liebe dich, Dagny! Willst du kommen? Komm, wann du willst, komme um sieben Uhr.

Sie antwortete darauf nicht, sondern sagte nur:

Lassen Sie mich jetzt los.

Und langsam löste sie sich aus seinen Armen.

Sie blieb einen Augenblick stehen und sah um sich, ihr Gesicht bekam einen immer verwirrteren Ausdruck, schließlich zitterte ein hilfloses Zucken um ihren Mund, und sie ging zu einem Stein am Wegrand und setzte sich. Sie weinte.

Er beugte sich über sie und sprach leise. Das dauerte ein paar Minuten. Plötzlich springt sie auf, mit geballten Händen, bleich vor Zorn, sie preßt die Hände gegen die Brust und sagt rasend:

Sie sind ein erbärmlicher Mensch, o Gott, wie erbärmlich Sie sind! Aber Sie selbst finden das vielleicht gar nicht. Nein, wie konnten Sie, wie konnten Sie das tun?

Dann begann sie wieder zu weinen.

Wieder versuchte er sie zu beruhigen, doch ohne Erfolg; eine halbe Stunde lang standen sie bei dem Stein am Wegrand und kamen nicht weiter.

Sie wollen sogar, daß ich Sie wieder treffe, sagte sie; aber ich treffe Sie nicht, ich will Sie nicht mehr vor meinen Augen sehen, Sie sind ein Schurke!

Er bat, warf sich vor ihr nieder und küßte ihr Kleid; aber sie wiederholte beständig, er sei ein Schurke und habe sich erbärmlich betragen. Was hatte er mit ihr getan? Er solle sie allein lassen, allein lassen! Er dürfe, dürfe sie nicht weiter begleiten, keinen Schritt mehr!

Und sie begann heimwärts zu gehen.

Trotzdem wollte er ihr nachfolgen; aber sie wehrte ihm mit der Hand ab und sagte:

Folgen Sie mir nicht!

Er blieb stehen und sah ihr nach, bis sie sich zehn, zwanzig Schritte entfernt hatte. Da ballt auch er die Hände, läuft ihr nach, trotz ihrem Verbot, läuft ihr nach und zwingt sie, wieder stehenzubleiben.

Ich will Ihnen nichts Böses zufügen, sagte er. Haben Sie doch ein wenig Mitleid mit mir! So wie ich jetzt hier vor Ihnen stehe, bin ich bereit, mich zu töten, nur um Sie von mir zu befreien; es bedarf nur eines Wortes von Ihnen. Und das würde ich Ihnen auch morgen wiederholen, wenn ich Sie träfe. Aber Sie sollten mir die Barmherzigkeit erweisen, mir Recht widerfahren zu lassen. Sie begreifen, ich unterliege einer Macht, die von Ihnen ausgeht und über die ich nicht Herr bin. Und es ist doch nicht nur meine Schuld, daß ich Sie auf meinem Wege getroffen habe. Gott gebe, daß Sie niemals so etwas erleben, wie ich jetzt durchmache!

Dann wandte er sich um und ging.

Die schweren Schultern auf dem kurzen Körper zuckten wieder unaufhörlich, während er sich entfernte. Er sah niemand, er kannte kein Gesicht und besann sich erst wieder auf sich, nachdem er durch die ganze Stadt gegangen war und sich vor der Treppe des Hotels befand.

15

In den folgenden Tagen war Nagel nicht in der Stadt. Er machte eine Reise mit dem Dampfer, und sein Zimmer im Hotel war abgesperrt. Niemand wußte, wo er sich aufhielt; er war an Bord eines nordwärts fahrenden Schiffes gegangen und vielleicht nur zu seiner Zerstreuung verreist.

Als er eines Morgens, sehr früh, noch ehe die Stadt auf den Beinen war, zurückkam, sah er bleich und verwacht aus. Trotzdem ging er nicht ins Hotel hinauf, sondern lief erst noch eine gute Weile auf dem Kai auf und ab und schlug danach einen neuen Weg nach Indviken hinaus ein, wo es eben aus dem Schornstein der Dampfmühle zu rauchen begann.

Er war nicht lange fort und trieb sich offenbar nur umher, um ein paar Stunden totzuschlagen. Als der Verkehr auf dem Markte anfing, war er dort; er stand an der Ecke des Postgebäudes und beobachtete aufmerksam alle Kommenden und Gehenden, und als er Martha Gudes grünen Rock sah, trat er vor und grüßte.

Sie möge entschuldigen, sie habe ihn vielleicht vergessen? Sein Name sei Nagel, er habe auf den Stuhl geboten, den alten Stuhl. Vielleicht sei er bereits verkauft?

Nein, er sei nicht verkauft.

Gut. Und es sei wohl auch kein anderer bei ihr gewesen und habe den Preis hinaufgeschraubt? Kein Liebhaber?

Doch. Aber ...

Was? Wirklich? Sind andere dagewesen? Was Sie sagen, eine Dame? Ja, diese schrecklichen Frauenzimmer, die mußten ihre Nase in alles hineinstecken! Sie hat also von dieser Rarität von einem Stuhl gehört und muß ihn sofort an sich bringen. Ja, das ist das gewöhnliche Verfahren der Frauenzimmer. Aber was bot sie denn, wie hoch ging sie? Ich sage Ihnen, ich lasse mir den Stuhl um keinen Preis entgehen, der Teufel hol mich, wenn ich das tue!

Martha wurde durch seine Heftigkeit verwirrt und beeilte sich zu antworten:

Nein, nein, Sie sollen ihn ja auch haben, mit Vergnügen.

Darf ich dann also heute abend gegen acht Uhr zu Ihnen kommen und die Sache abschließen?

Ja, das könne er vielleicht. Aber solle sie ihm nicht lieber den Stuhl ins Hotel senden? Dann wäre es abgemacht ...

Durchaus nicht, durchaus nicht, das ließ er auf keinen Fall zu. Ein solches Ding müsse sorgfältig und mit geübten Händen behandelt werden. Er litte nicht einmal, daß ein Fremder ihn ansehe. Um acht Uhr würde er dort sein. Hören Sie, da falle ihm ein, kein Staubtuch daran, nichts abwaschen, um Gottes willen! Keinen Tropfen Wasser! ...

Nagel ging im Hotel sofort in sein Zimmer, wo er sich mit allen Kleidern auf das Bett legte und in einem Zug schwer und ruhig bis gegen Abend schlief.

Sowie er zu Abend gegessen hatte, begab er sich zum Kai hinunter, zu Martha Gudes kleinem Haus. Es war acht Uhr; er klopfte an und trat ein.

Die Stube war erst vor kurzem gewischt worden, der Boden rein und die Fenster geputzt; Martha selbst hatte sogar ein Perlenband um den Hals gelegt. Es war klar, daß er erwartet wurde.

Er grüßte, setzte sich und begann sofort mit den Verhandlungen. Sie gab auch jetzt in keiner Weise nach, im Gegenteil, sie war hartnäckiger denn je und wollte ihm beständig den Stuhl umsonst geben. Endlich stellte er sich wütend, drohte damit, ihr *fünf*hundert Kronen ins Gesicht zu werfen und mit dem Stuhl davonzulaufen. Ja, das hätte sie verdient! Eine solche Unvernunft hätte er in seinem ganzen Leben noch nicht angetroffen, und auf den Tisch schlagend, fragte er, ob sie denn völlig verrückt sei.

Wissen Sie was, sagte er und sah sie scharf an, Ihr Widerstand fängt wirklich an, mich mißtrauisch zu machen. Antworten Sie mir aufrichtig: der Stuhl ist doch wohl ehrlich erworben? Ja, denn ich will Ihnen sagen, ich habe es mit allen möglichen Leuten zu tun, und man kann niemals vorsichtig genug sein. Wenn der Stuhl durch Schwindelei oder Zweideutigkeit in Ihren Besitz gekommen ist, wage ich nicht, mich mit der Sache zu befassen. Ich bitte Sie übrigens, mir zu verzeihen, wenn ich Ihre Weigerung mißverstehe.

Und er beschwor sie eindringlich, ihm die Wahrheit zu sagen.

Durch dieses Mißtrauen verwirrt, halb erschreckt und halb verletzt, rechtfertigte sie sich sofort: Der Stuhl sei von ihrem Großvater heimgebracht worden und seit einem Jahrhundert im Besitz der Familie; er dürfe nicht glauben, daß sie in dieser Beziehung etwas verheimliche. Sie bekam Tränen in die Augen.

Gut, dann wollte er wirklich diesem Unsinn ein Ende machen, und damit Punktum! Er griff nach der Brieftasche.

Sie trat einen Schritt vor, wie um ihn noch einmal zu hindern; er aber legte, ohne sich stören zu lassen, die beiden roten Scheine auf den Tisch und schlug die Brieftasche wieder zu.

Bitte! sagte er.

Geben Sie mir jedenfalls nur fünfzig Kronen! bat sie. Und sie war in diesem Augenblick so ratlos, daß sie ihm zweimal über das Haar strich, als sie ihn darum bat, nur um ihn zum Nachgeben zu bewegen. Sie wußte selbst nicht, was sie tat; aber sie strich ihm über das Haar und bat ihn wiederum, doch nur fünfzig Kronen zu bezahlen. Das ungeschickte Menschenkind hatte immer noch nasse Augen.

Er hob den Kopf und sah sie an. Diese weißhaarige Armenhäuslerin, dieses Mädchen von vierzig Jahren, mit einem Blick, der noch schwarz und glühend war, und doch mit einem Wesen, das an eine Nonne erinnerte. Diese eigentümliche und fremdartige Schönheit wirkte auf ihn und machte ihn einen Augenblick wankend. Er nahm ihre Hand, streichelte sie und sagte: Gott, wie sonderbar Sie sind, Liebe! Im gleichen Augenblick aber stand er schnell von seinem Sessel auf und ließ ihre Hand los.

Dann hoffe ich also, daß Sie nichts dagegen haben, wenn ich den Stuhl jetzt sofort mit mir nehme, sagte er.

Und er nahm den Stuhl an sich.

Sie hatte offenbar keine Furcht mehr vor ihm. Als sie sah, daß seine Hände bei der Berührung des alten Möbels schmutzig wurden, griff sie sogleich in die Tasche und reichte ihm ihr Taschentuch, damit er sich abwischen könne.

Das Geld lag noch auf dem Tisch.

Darf ich übrigens fragen, ob es nicht am besten wäre, Sie behielten die Geschichte von diesem Handel möglichst für sich? Es ist doch besser, wenn nicht die ganze Stadt davon erfährt, nicht wahr?

Ja, sagte sie gedankenvoll.

An Ihrer Stelle würde ich das Geld sofort verstecken. Oder ich würde eigentlich erst etwas vor das Fenster hängen. Nehmen Sie den Rock dort!

Wird es dann nicht zu dunkel? meinte sie. Aber sie nahm doch den Rock und hängte ihn auf, und Nagel half ihr dabei.

Das hätten wir übrigens gleich tun sollen, sagte er dann; es könnte sich schlecht ausnehmen, wenn mich die Leute hier drinnen sehen würden.

Darauf antwortete sie nichts. Sie nahm das Geld vom Tisch, reichte ihm ihre Hand und bewegte die Lippen, brachte jedoch kein Wort hervor.

Aber noch während er dasteht und ihre Hand hält, sagt er plötzlich:

Hören Sie, darf ich Sie fragen: es ist vielleicht ziemlich hart für Sie, sich durchzuschlagen, ich meine ohne Hilfe, ohne Unterstützung ... ja, Sie beziehen vielleicht eine kleine Unterstützung?

Ja.

Liebes Fräulein, verzeihen Sie, daß ich frage! Es fiel mir nur ein, wenn man Wind davon bekommt, daß Sie etwas Geld haben, so erhalten Sie nicht allein keine Unterstützung mehr, sondern Ihr Geld wird sogar beschlagnahmt, einfach beschlagnahmt. Deshalb gilt es, unseren Handel vor jedermann geheimzuhalten;

verstehen Sie das? Ich will Ihnen nur als praktischer Mann raten. Sie sagen zu keiner lebenden Seele, daß wir dieses Geschäft gehabt haben ... Da fällt mir übrigens auch noch ein, daß ich Ihnen kleinere Scheine geben muß, damit Sie nicht zu wechseln brauchen.

Alles bedenkt er, jede Zufälligkeit. Er setzt sich wieder hin und zählt die kleinen Scheine auf. Er zählt nicht genau, er gibt ihr sein ganzes Kleingeld, das er auf gut Glück herausnimmt und zu einem Bündel zusammenrollt.

So, verstecken Sie das jetzt! befiehlt er.

Und sie wendet sich ab, hakt ihr Leibchen auf und verbirgt das Geld auf ihrer Brust.

Als sie damit fertig ist, erhebt er sich jedoch noch immer nicht, er bleibt sitzen und fragt gleichsam zufällig:

Was wollte ich doch sagen, – Sie kennen vielleicht Minute?

Und es fiel ihm auf, daß sie flammend rot wurde.

Ich habe ihn ein paarmal getroffen, fährt Nagel fort, ich halte viel von ihm, er ist sicher treu wie Gold. Augenblicklich hat er den Auftrag von mir, mir eine Geige zu besorgen, und das tut er gewiß, glauben Sie nicht? Na, Sie kennen ihn vielleicht nicht?

Doch.

Ach, es ist ja wahr, er erzählte mir, daß er bei Ihnen einige Blumen zu einem Begräbnis gekauft habe, zu Karlsens Begräbnis. Sagen Sie mir, Sie kennen ihn vielleicht ziemlich gut? Was halten Sie von ihm? Sie sind doch wohl auch der Meinung, daß er meinen Auftrag auf jeden Fall zufriedenstellend ausführen kann? Wenn man es mit so vielen Menschen zu tun hat, muß man sich bisweilen erkundigen. Ich habe einmal eine Summe Geldes verloren, eben weil ich blind auf einen Mann vertraute, ohne mich über ihn zu erkundigen; das war in Hamburg.

Und aus irgendeinem Grund erzählt Nagel die Geschichte von dem Mann, an den er Geld verloren hatte. Martha steht immer noch vor ihm und stützt sich auf den Tisch; sie ist unruhig, schließlich sagt sie ziemlich heftig:

Nein, nein, sprechen Sie nicht von ihm!

Von wem soll ich nicht sprechen?

Von Johannes, von Minute.

Heißt Minute Johannes?

Ja, Johannes.

Heißt er wirklich Johannes?

Ja.

Nagel schweigt. Diese einfache Auskunft, daß Minute Johannes heißt, gibt seinen Gedanken einen Stoß, verändert sogar für einen Augenblick seinen Gesichtsausdruck. Eine Weile sitzt er ganz sprachlos da, dann fragt er:

Und warum nennen *Sie* ihn Johannes? Nicht Grögaard, nicht Minute?

Verlegen antwortet sie und schlägt die Augen nieder:

Wir kennen einander, seit wir Kinder waren ...

Pause.

Jetzt sagt Nagel halb scherzend und im Tone höchster Gleichgültigkeit:

Wissen Sie, welchen Eindruck ich bekommen habe? Daß Minute eigentlich stark in Sie verliebt sein muß. Ja, das ist mir wirklich aufgefallen, das ist wahr. Und es wundert mich nicht sehr, obwohl ich zugeben muß, daß Minute doch dabei etwas dreist ist. Nicht wahr, erstens ist er doch kein Jüngling mehr, und dann ist er ja auch etwas verkrüppelt. Aber, mein Gott, die Frauen sind oft so sonderbar; wenn sie die Lust ankommt, gehen sie hin und werfen sich aus freiem Willen, ja mit Freuden und in Verzückung vollkommen weg. Hehehe, so sind die Frauen. Im Jahre 1886 war ich Zeuge der sonderbaren Tatsache, daß eine junge Dame aus meinem Bekanntenkreis sich einfach mit dem Laufburschen ihres Vaters verheiratete. Ich werde das niemals vergessen. Er war Lehrling im Geschäft, ein Kind, sechzehn, siebzehn Jahre, ohne Spur von einem Bart; aber schön war er, ja ganz wunderbar, das muß ich zugeben. Mit einer wütenden Liebe warf sie sich über dieses frische Kind und zog mit ihm ins Ausland. Ein halbes Jahr später kam sie zurück, und da war die Liebe weg. Ja, ist das nicht traurig, die Liebe war weg! Na, dann langweilte sie sich ein paar Monate zu Tode, verheiratet war sie und insofern war die Sache erledigt; was sollte sie tun? Da schlägt sie auf den Tisch und dreht der Welt eine lange Nase, beginnt sich auszutoben, treibt sich mit Studenten und Kommis herum und endet damit, daß man sie La Glu nannte. Es war ein Jammer! Aber noch einmal setzt sie die Menschen in Erstaunen: nachdem sie sich ein paar Jahre auf diese vortreffliche

Art unterhalten hat, beginnt sie plötzlich eines Tages Novellen zu schreiben, sie wird Schriftstellerin, und man sagt, sie habe großes Talent. Sie war unglaublich gelehrig, diese zwei Jahre unter Studenten und Handlungsgehilfen hatten sie außerordentlich gereift und sie die Kniffe gelehrt, wie man Bücher schreibt. Von diesem Tag an schrieb sie die ausgezeichnetsten Dinge. Hehehe. Ja, das war ein Teufelsfrauenzimmer! ... Na, aber so seid Ihr Frauen. Ja, Sie lachen, Sie können es doch nicht leugnen, nicht vollkommen. Ein siebzehnjähriger Laufbursche kann sie wahrlich töricht machen. Ich bin sicher, daß auch Minute nicht allein durch die Welt zu gehen brauchte, wenn er sich ein wenig Mühe gäbe, sich ein wenig ins Zeug legte. Er hat nämlich etwas an sich, was sogar einen Mann berühren kann, ja, was auch mich für ihn einnimmt: sein Herz ist so herausfordernd rein, und in seinem Munde ist keine Falschheit. Nicht wahr, Sie kennen ihn in- und auswendig und wissen, daß es so ist? Was soll man aber dagegen von seinem Onkel, dem Kohlenhändler, sagen? Ein alter Schleicher, habe ich mir gedacht, ein unangenehmer Mensch. Ich habe den Eindruck, daß eigentlich Minute das Geschäft aufrechterhält. Nun aber frage ich: warum sollte er nicht auch ein eigenes Geschäft aufrechterhalten können? Kurz gesagt: Minute vermag, wann es auch sei, eine Familie zu versorgen ... Sie schütteln den Kopf?

Nein, nein.

Na, dann nicht, Sie werden ungeduldig und langweilen sich bei diesem Gespräch über einen gleichgültigen Menschen, und dazu haben Sie auch allen Grund ... Hören Sie, weil es mir eben einfällt – ja, Sie dürfen mir deswegen nicht böse werden, ich möchte Ihnen wirklich nur auf die beste Art und Weise helfen –: Sie sollten nachts Ihre Türe recht gut verschließen. Sie sehen mich so ängstlich an? Mein liebes Fräulein, seien Sie nicht furchtsam und auch nicht mißtrauisch gegen mich. Ich will Ihnen ja nur sagen, daß Sie besonders jetzt, da Sie Geld haben, auf das Sie aufpassen müssen, nicht von jedem nur das Beste glauben dürfen. Ich habe nicht gerade gehört, daß es unsicher in der Stadt sei, aber man kann nicht vorsichtig genug sein. Gegen zwei Uhr, wissen Sie, ist es hier in dieser Gegend ziemlich dunkel, und gerade gegen zwei Uhr habe ich sogar vor meinen eigenen Fenstern einen verdächtigen Lärm gehört. Ja, ja, Sie sind doch nicht böse, weil ich Ihnen diesen Rat gegeben habe? ... Leben Sie nun wohl! Ich freue mich, daß ich Ihnen schließlich doch noch den Stuhl entrissen habe. Leben Sie wohl, liebes Fräulein!

Dabei drückte er ihre Hand. In der Türe wandte er sich noch einmal um und sagte:

Hören Sie, es ist am besten, wenn Sie sagen, ich habe Ihnen nur ein paar Kronen für den Stuhl gegeben. Aber nicht mehr, keinen Schilling mehr, denn sonst wird das Geld beschlagnahmt, denken Sie daran. Nicht wahr, ich kann mich darauf verlassen?

Ja, antwortete sie.

Er ging fort und nahm den Stuhl mit. Er strahlte über das ganze Gesicht, kicherte und lachte laut, als habe er einen ganz besonders pfiffigen Streich begangen. Gott bewahre mich, wie wird sie sich jetzt freuen! sagte er aufgeräumt. Hehe, sie wird heute nacht vor lauter Reichtum kaum schlafen können! ...

Als er heimkam, saß Minute da und wartete auf ihn.

Minute kam von der Probe und hatte einen Stoß Plakate unter dem Arm. Ja, die lebenden Bilder versprächen sehr gut zu werden, sie sollten Szenen aus der Geschichte vorstellen und würden in verschiedenfarbigem Licht vorgeführt; er selbst habe eine Statistenrolle.

Und wann solle der Basar beginnen?

Am Donnerstag werde er eröffnet, am neunten Juli, dem Geburtstag der Königin. Aber schon heute abend solle Minute überall die Plakate anheften, man habe sogar die Erlaubnis bekommen, eins am Friedhoftor anzukleben ... Er sei übrigens gekommen, um wegen der Geige Bescheid zu sagen. Es sei ihm nicht möglich gewesen, eine aufzutreiben. Die einzige brauchbare Geige in der Stadt sei nicht verkäuflich, sie gehöre dem Organisten, der sie auf dem Basar brauche; er habe einige Nummern zu spielen.

Na, dabei ist also nichts zu machen.

Minute will wieder gehen. Während er schon mit der Mütze in der Hand dasteht, sagt Nagel:

Sollten wir nicht einen stillen Becher miteinander leeren? Ich will Ihnen nämlich sagen, ich bin heute abend gut aufgelegt, es ist mir etwas Glückliches widerfahren. Denken Sie, ich bin mit vieler Anstrengung endlich in den Besitz eines Möbels gekommen, wie es kein anderer Sammler im Land sein eigen nennt, dessen bin ich sicher. Sehen Sie, diesen Stuhl hier! Verstehen Sie sich auf eine

Perle, einen ganz einzig dastehenden Holländer? Ich verkaufe ihn nicht für ein Vermögen, weiß Gott! Und aus diesem Anlaß möchte ich so gerne ein Glas mit Ihnen trinken, wenn Sie nichts dagegen haben. Darf ich klingeln? Nicht? Aber die Plakate können Sie ja morgen anschlagen ... Nein, ich kann mein großes Glück heute gar nicht vergessen! Sie wissen vielleicht nicht, daß ich gelegentlich auch Sammler bin und mich auch hier aufhalte, um Seltenheiten aufzuspüren! Ich habe Ihnen wohl noch nicht von meinen Kuhglocken erzählt? Nein, aber lieber Gott, dann haben Sie ja keinen Begriff davon, was für ein Mann ich bin. Natürlich bin ich Agronom, aber ich habe doch auch noch nebenbei meine Interessen. Ja, bis dato besitze ich zweihundertundsiebenundsechzig Kuhglocken. Es sind zehn Jahre her, seit ich anfing, sie zu sammeln, und jetzt habe ich Gott sei Dank eine Sammlung von hohem Rang. Und diesen Stuhl hier, wissen Sie, wie ich den in die Klauen bekam? Zufall, Schweineglück! Ich gehe eines Tages auf der Straße, komme an einem kleinen Haus unten am Kai vorüber und schaue aus alter Gewohnheit im Vorbeigehen schräg durch das Fenster hinein. Da bleibe ich auf einmal stehen, mein Blick fällt auf diesen Stuhl, und ich sehe sofort, was er wert ist. Ich klopfe an und gehe in das Haus, eine ältere, weißhaarige Dame empfängt mich ... ja, wie hieß sie doch? Na, das kann ja auch gleich sein, Sie kennen sie vielleicht doch nicht; Fräulein Gude war es, glaube ich, Martha Gude oder so ähnlich ... Schön, sie weigert sich, den Stuhl herzugeben, aber ich rede ihr so lange zu, bis ich ein bestimmtes Versprechen bekomme, und heute also habe ich ihn mir geholt. Aber das Beste von allem ist, daß ich ihn umsonst bekommen habe, sie gab ihn mir gratis. Ja, ich warf ihr ein paar Kronen auf den Tisch, damit sie es nicht bereuen sollte; aber der Stuhl ist Hunderte wert. Das bitte ich Sie für sich zu behalten; man möchte sich doch nicht gerne etwas Schlechtes nachsagen lassen. Ich habe mir ja auch nichts vorzuwerfen. Das Fräulein verstand sich nicht auf den Handel, und ich, der ich Fachmann und Käufer war, hatte nicht die Verpflichtung, ihren Vorteil zu wahren. Nicht wahr, man darf doch nicht dumm sein, man muß seinen eigenen Vorteil wahren, das ist der Kampf ums Dasein ... Können Sie mir nun also abschlagen, ein Glas Wein zu trinken, wenn Sie hören, wie die Sache zusammenhängt?

Minute bestand darauf, daß er fort müsse.

Das ist schade, fährt Nagel fort. Ich hatte mich auf eine Unterhaltung mit Ihnen gefreut. Sie sind der einzige Mann hier am Ort, der mein Interesse erregt, der einzige, den im Auge zu behalten sich sozusagen lohnt. Hehe, im Auge zu behalten also. Sie heißen ja obendrein Johannes? Mein lieber Freund, das habe ich schon lange gewußt, ohne daß es mir jemand vor heute abend erzählt hätte … Ja, erschrecken Sie nur nicht wieder. Es ist doch ein schandbares Unglück, daß die Leute immer Angst vor mir haben. Doch, leugnen Sie es nicht, Sie starrten mich wirklich einen Augenblick lang ein wenig entsetzt an, – ja, ich möchte nicht gerade behaupten, es sei ein Ruck durch Sie gegangen …

Minute war jetzt an die Türe gekommen. Es schien, als wolle er kurzen Prozeß machen und das Zimmer sofort verlassen. Das Gespräch wurde auch immer unheimlicher.

Ist heute der sechste Juli? fragte Nagel plötzlich.

Ja, antwortete Minute, heute ist der sechste Juli. Damit legte er die Hand auf die Türklinke.

Nagel nähert sich ihm langsam, rückt ihm dicht auf den Leib, starrt ihm ins Gesicht und legt gleichzeitig seine Hände auf den Rücken. Während er in dieser Stellung verharrt, fragt er mit flüsternder Stimme:

Und wo waren Sie am sechsten Juni?

Minute antwortete nicht, kein Wort. Von Schrecken gepackt vor diesen starrenden Augen und dem geheimnisvollen Flüstern, außerstande, diese kleine desperate Frage nach einem Tag, einem Datum des vorigen Monats zu verstehen, reißt er hastig die Türe auf und taumelt auf den Gang hinaus. Hier wirbelt er einen Augenblick umher und findet die Treppe nicht; und währenddem steht Nagel in der Türe und ruft ihm zu:

Nein, nein, das ist verrückt; ich bitte Sie, es zu vergessen! Ich werde es Ihnen ein andermal erklären, ein andermal …

Aber Minute hörte nichts. Er war schon im Gang unten, bevor Nagel ausgesprochen hatte, und von dort lief er – ohne nach rechts oder links zu sehen – auf die Straße hinaus, zum Marktplatz, bis zu dem großen Pumpbrunnen, wo er in die erste beste Seitenstraße einbog und verschwand.

Eine Stunde später – es war zehn Uhr – zündete Nagel sich eine Zigarre an und verließ das Hotel. Die Stadt war noch nicht zur Ruhe gegangen. Auf dem Weg nach dem Pfarrhof sah man eine Menge Spaziergänger, die sich langsamen Schrittes auf und ab bewegten, und die Straßen ringsumher hallten noch wider vom Gelächter und Lärm der spielenden Kinder. Frauen und Männer saßen an dem milden Abend auf den Treppen und sprachen leise miteinander; hie und da riefen sie über die Straße den Nachbarn zu und erhielten eine freundliche Antwort.

Nagel ging in der Richtung der Ladespeicher. Er sah, wie Minute am Postgebäude, an der Bank, an der Schule und am Gefängnis Plakate anklebte. Wie genau und gewissenhaft er das machte! Wieviel guten Willen er darauf verwandte und der Zeit nicht achtete, obwohl er den Feierabend gut hätte brauchen können. Nagel ging dicht an ihm vorbei und grüßte, blieb aber nicht stehen.

Als er fast bis zu den Speichern gekommen war, hörte er eine Stimme hinter sich. Martha Gude hält ihn an und sagt ganz atemlos:

Entschuldigen Sie! Sie haben mir zuviel Geld gegeben.

Guten Abend! antwortete er. Machen Sie auch einen Spaziergang?

Nein, ich war in der Stadt oben, vor dem Hotel, ich habe auf Sie gewartet. Sie haben mir zuviel Geld gegeben.

Sollen wir nun wieder mit dieser Komödie anfangen?

Aber Sie haben sich ja geirrt! ruft sie bestürzt. Es waren mehr als zweihundert in kleinen Scheinen.

Na, wenn auch! Ach nein, waren es wirklich ein paar Kronen zuviel, ein paar Kronen mehr als zweihundert? Gut, die können Sie mir ja zurückgeben.

Sie beginnt ihr Leibchen aufzuknöpfen, hält aber plötzlich inne, sieht sich um und weiß nicht, was sie tun soll. Sie bat wieder um Entschuldigung: es seien so viel Leute in der Nähe, sie könne hier auf der Straße das Geld nicht herausnehmen, sie habe es so wohl verwahrt ...

Nein, beeilte er sich zu antworten, ich kann es ja holen, lassen Sie es mich nur holen.

Und sie gingen zusammen heim. Sie begegneten vielen Menschen, die sie mit neugierigen Augen ansahen.

Als sie in Martha Gudes Stube gekommen waren, setzte sich Nagel ans Fenster, wo er schon vorher gesessen hatte und wo der Rock immer noch hing. Während Martha das Geld hervorsuchte, sagte er noch nichts; erst als sie fertig war und ihm die Handvoll kleiner Scheine gab, einige abgenützte und verblichene Zehnkronenscheine, die noch warm waren von ihrer Brust und die sie in ihrer

Ehrlichkeit nicht einmal die Nacht über bei sich behalten wollte, sprach er mit ihr und bat sie, das Geld zu behalten.

Jetzt aber schien sie wieder, wie schon früher einmal, Verdacht gegen seine Absichten zu schöpfen, sie sah ihn unsicher an und sagte:

Nein ... ich verstehe Sie nicht ...

Er erhob sich heftig.

Ich aber verstehe Sie ausgezeichnet, antwortete er, deshalb stehe ich jetzt auf und gehe zur Türe. Sind Sie dann beruhigt?

Ja ... Nein, Sie sollen nicht bei der Türe stehen. Und wirklich streckte sie beide Arme ein wenig aus, um ihn zurückzudrängen. Das seltsame Mädchen war zu sehr besorgt, irgend jemand zu kränken.

Ich habe eine Bitte an Sie, sagte Nagel dann, aber er setzte sich nicht; Sie könnten mir eine große Freude bereiten, wenn Sie wollten ... ja, und ich werde es Ihnen sicherlich auf die eine oder andere Weise danken: ich wollte Sie bitten, am Donnerstagabend zu dem Basar zu kommen. Wollen Sie mir das Vergnügen machen? Das wird Sie zerstreuen, es sind viele Menschen da, viel Licht, Musik, lebende Bilder. Ach, tun Sie es, Sie werden es nicht bereuen! Sie lachen, warum lachen Sie? Gott, was haben Sie für weiße Zähne, Menschenskind!

Ich kann doch nirgends hingehen, antwortete sie. Wie konnten Sie annehmen, daß ich dort hingehen kann? Und warum soll ich es tun, warum wollen Sie das?

Er erklärte ihr das Ganze offen und ehrlich; es sei ein Einfall von ihm, er habe schon lange daran gedacht, schon vor ein paar Wochen sei der Gedanke in ihm aufgestiegen, aber bis zu diesem Augenblick habe er es wieder vergessen. Sie solle nur hinkommen, solle mit dabei sein, er möchte sie dort sehen. Wenn sie es wünsche, würde er nicht einmal mit ihr reden, sie also in keiner Weise plagen, das sei nicht seine Absicht. Es würde ihn nur freuen, sie einmal mit anderen zusammen zu sehen, sie lachen zu hören, sie richtig jung zu sehen. Liebe, Sie müssen es wirklich tun!

Er sah sie an. Wie abstechend weiß war ihr Haar und wie dunkel ihre Augen! Mit einer Hand zupfte sie an den Knöpfen ihres Leibchens, und diese Hand, eine schwache, langfingerige Hand, hatte eine graue Farbe, sie war vielleicht auch nicht ganz rein, aber sie machte einen merkwürdig keuschen Eindruck. Über die Handgelenke liefen zwei blaue Adern.

Ja, sagte sie, das könnte vielleicht hübsch werden. Aber sie habe nicht einmal Kleider, nicht einmal ein Kleid zu einem solchen Abend …

Er unterbrach sie: es seien noch drei Arbeitstage bis dahin; bis Donnerstag könne man sich noch schaffen, was nötig sei. Ja, es sei genug Zeit! Dann ist es also abgemacht?

Und zögernd gab sie schließlich nach.

Ja, denn man dürfe sich auch nicht ganz vergraben, sagte er; davon hätte man nur selbst den Schaden. Und außerdem, mit ihren Augen, ihren Zähnen, nein, nein, es sei eine Sünde! Und die Scheine dort auf dem Tisch sollten für das Kleid sein, doch doch, kein Sträuben! Um so mehr, als es sein Einfall sei und es sie Überwindung gekostet habe, sich zu fügen.

Er wünschte ihr gute Nacht wie gewöhnlich, kurz und bündig, ohne ihr auch nur den leisesten Grund zur Unruhe zu geben. Aber als sie ihm in den Gang hinaus gefolgt war, reichte sie selbst ihm noch einmal die Hand und dankte, weil er sie zu diesem Basar eingeladen habe. Das sei ihr seit vielen, vielen Jahren nicht mehr geschehen, sie sei so etwas gar nicht mehr gewöhnt. Ja, sie würde sich schon gut benehmen …

Das große Kind, sie versprach sogar, sich gut zu betragen, obwohl er sie nicht darum gebeten hatte.

16

Der Donnerstag kam, es regnete ein wenig, aber am Abend wurde der Basar trotzdem mit voller Musik und unter größtem Andrang eröffnet. Die ganze Stadt war gekommen, sogar vom Land waren die Leute hergereist, um an diesem seltenen Vergnügen teilzunehmen.

Als Johan Nagel gegen neun Uhr in den Festsaal trat, war das Haus voll. Er suchte sich in der Nähe der Türe einen Platz, blieb dort einige Minuten stehen und hörte einer Rede zu. Er war bleich und hatte wie immer seinen gelben Anzug an; aber die Binde an der Hand hatte er abgenommen, die beiden Wunden waren fast geheilt.

Oben bei der Tribüne sah er Doktor Stenersen und Frau; ein wenig rechts von ihnen stand auch Minute, zusammen mit den übrigen Mitwirkenden in den lebenden Bildern, aber Dagny war nicht dort.

Die Hitze von den Kerzen und alle diese zusammengepferchten Menschen vertrieben ihn bald aus dem Saal. In der Türe traf er den Bevollmächtigten Reinert, den er grüßte, von dem er aber kaum ein kleines Nicken zur Antwort erhielt. Auf dem Gang blieb er stehen.

Da entdeckte er etwas, das seine Neugierde erregte und noch lange Zeit später seine Gedanken beschäftigte: links von ihm steht die Türe zu einem Nebenzimmer offen, in dem das Publikum die Überkleider abgelegt hatte, und im Lampenlicht erkennt er deutlich Dagny Kielland, die dort steht und an seinem Mantel, den er an einen Haken gehängt hat, herumtastet. Er irrte sich nicht, es gab sonst niemand in der Stadt, der einen so gelben Frühjahrsmantel besaß; es war wirklich sein Mantel, außerdem erinnerte er sich genau, wo er ihn hingehängt hatte. Sie tat sonst nichts, sie schien etwas zu suchen und benützte gleichzeitig die Gelegenheit, mit der Hand immer wieder über seinen Mantel zu streichen. Sofort wandte er sich ab, um sie nicht zu überraschen.

Dieses kleine Ereignis versetzte ihn augenblicklich in Unruhe. Wonach suchte sie, und was hatte sie mit seinem Mantel zu schaffen? Die ganze Zeit dachte er darüber nach und konnte es nicht vergessen. Gott weiß, vielleicht hatte sie untersuchen wollen, ob er eine Schußwaffe in der Tasche habe; sie hielt ihn wohl in seiner Verrücktheit zu allem fähig. Aber nehmen wir an, sie habe ihm einen Brief zugesteckt. Er brachte es wirklich fertig, sich auch diese glatte Unmöglichkeit auszudenken. Nein, nein, sicher hatte sie nur nach ihrem Umhang gesucht, das Ganze war ein Zufall; wie konnte er so hoffnungslose Einbildungen hegen! ... Als er jedoch ein wenig später sah, wie Dagny sich den Weg in den Saal hinein bahnte, ging er sofort hinaus und durchsuchte klopfenden Herzens seine Manteltaschen. Kein Brief war da, nichts, nur seine eigenen Handschuhe und das Taschentuch.

Im Saal brach ein Klatschen los, die Eröffnungsrede des Stadtvogtes war zu Ende. Und jetzt strömte das Publikum in die Gänge hinaus, in die Seitenzimmer, in allerlei luftige Räume, wo man sich an den Wänden niederließ und Erfrischungen zu sich nahm. Als Servierfräulein gekleidet, mit weißer Schürze und Serviette unter dem Arm, liefen mehrere junge Damen der Stadt umher und bedienten die Gäste.

Nagel suchte Dagny; sie war nirgends zu sehen. Er begrüßte Fräulein Andresen, die ebenfalls eine weiße Schürze trug, bat um Wein, und sie brachte ihm Champagner.

Verdutzt sah er sie an.

Sie trinken ja doch nichts anderes, sagte sie lächelnd.

Diese kleine boshafte Aufmerksamkeit machte ihn aber doch lebhafter, als er vorher gewesen war. Er bat sie, ein Glas mitzutrinken, und sie setzte sich wirklich sofort hin, obwohl sie es höchst eilig hatte. Er dankte ihr für ihre Liebenswürdigkeit, machte ihr ein Kompliment über ihre Tracht, war entzückt über eine alte Filigranbrosche, die sie in ihrem Halstuch trug. Sie nahm sich gut aus; das lange aristokratische Gesicht mit der großen Nase war sehr fein, beinahe krankhaft fein, und es wechselte nicht, machte keine nervösen Bewegungen. Sie sprach mit beherrschter Ruhe, man hatte in ihrer Gesellschaft ein Gefühl der Sicherheit: das ist die Dame, die Frau.

Als sie sich erhob, sagte er:

Es wird heute abend jemand hier sein, dem ich so gerne eine kleine Aufmerksamkeit erweisen möchte. Fräulein Gude, Martha Gude. Ich weiß nicht, ob Sie sie kennen. Ich hörte, sie sei hergekommen. Ich kann nicht sagen, wie gerne ich sie auf irgendeine Weise erfreuen möchte; sie ist so einsam, Minute hat mir einiges von ihr erzählt. Glauben Sie wohl, gnädiges Fräulein, daß ich sie bitten dürfte, sich zu uns zu setzen? Ja, natürlich nur, wenn Sie selbst nichts dagegen haben.

Nein, weit, weit entfernt! antwortet Fräulein Andresen; ich werde sie mit Vergnügen jetzt gleich holen. Ich weiß, wo sie sitzt.

Aber kommen Sie selbst auch wieder zurück?

Ja, danke!

Während Nagel nun dasitzt und wartet, kommen der Bevollmächtigte Reinert, der Adjunkt und Dagny herein. Nagel steht auf und grüßt. Dagny war bleich, trotz der Hitze; sie hatte ein gelbliches Kleid mit kurzen Ärmeln an und um den Hals eine dicke Goldkette, die zu schwer und äußerst unkleidsam war. Einen Augenblick blieb Dagny an der Türe stehen; sie hielt die eine Hand auf dem Rücken und tastete an ihrem Zopf herum.

Nagel ging zu ihr hin. Mit wenigen, leidenschaftlichen Worten bat er sie, ihm seine großen Vergehen vom Freitag zu verzeihen; es sollten die letzten, die allerletzten gewesen sein, nie wieder sollte sie einen Grund haben, ihm etwas zu verzeihen. Er sprach leise, sagte die Worte, die gesagt werden mußten, und hielt inne.

Sie hörte ihm zu, sah ihn sogar an, und als er fertig war, erwiderte sie:

Ich weiß beinahe nicht mehr, wovon Sie sprechen, ich habe es vergessen, ich *will* es vergessen.

Damit ging sie. Sie hatte ihn sehr gleichgültig angesehen.

Überall hörte man das Summen der Menschen, das Klirren von Tassen und Gläsern, das Knallen von Korken, Gelächter, Rufe, und vom Saal die übliche Blechmusikkapelle, die so schrecklich schlecht blies ...

Als Fräulein Andresen und Martha hereinkamen, folgte auch Minute mit; sie setzten sich alle an Nagels Tisch und blieben dort eine Viertelstunde lang sitzen. Hie und da bediente Fräulein Andresen die Leute, die nach Kaffee riefen; schließlich blieb sie ganz fort, sie wurde zu sehr in Anspruch genommen.

Jetzt folgten die verschiedenen Nummern des Programms: ein Quartett sang; der Student Öien deklamierte mit starker Stimme ein eigenes Gedicht, zwei Damen spielten Klavier, und der Organist gab sein erstes Violinsolo. Dagny saß beständig mit den beiden Herren zusammen. Schließlich kam ein Bote zu Minute: er mußte verschiedenes besorgen, mehr Gläser, mehr Tassen, mehr belegte Brote sollten herbeigeschafft werden, alles war zu knapp für diese Menschenmasse, diese Menschenmasse einer Kleinstadt, berechnet worden.

Als Nagel mit Martha allein blieb, stand auch sie auf und wollte gehen. Sie könne nicht allein hier sitzenbleiben, sie habe gesehen, wie der Bevollmächtigte schon seine Bemerkungen gemacht und Fräulein Kielland darüber gelacht habe. Nein, es wäre am besten, sie ginge.

Aber Nagel überredete sie, auf jeden Fall noch ein kleines Glas zu trinken. Martha war in Schwarz; das neue Kleid saß hübsch, aber es stand ihr nicht, es machte das sonderbar aussehende Mädchen älter und stach gegen ihr weißes Haar zu sehr ab. Nur die Augen glühten stark, und wenn sie lachte, wurde dieses feurige Antlitz ganz lebendig.

Er fragte:

Gefällt es Ihnen hier nun auch? Geht es Ihnen heute abend gut?

Ja, danke! antwortete sie, es geht mir gut.

Er unterhielt sich unaufhörlich mit ihr, paßte sich ihr an, erzählte ihr eine Geschichte, über die sie sehr lachen mußte, schilderte, wie er in den Besitz einer seiner teuersten Kuhglocken gekommen war, einer Kostbarkeit, einer unschätzbaren Antiquität! Es war der Name einer Kuh eingraviert, die Kuh hieß noch dazu Öistein, so daß sie also bestimmt ein Stier gewesen sein mußte ...

Hier begann sie auf einmal zu lachen. Sie vergaß sich selbst, vergaß, wo sie war, schüttelte den Kopf und lachte wie ein Kind über diesen armseligen Scherz. Sie strahlte geradezu.

Denken Sie, sagte er, ich glaube, Minute war eifersüchtig.

Nein, erwiderte sie zögernd.

Ich bekam diesen Eindruck. Im übrigen will ich ja auch am liebsten allein mit Ihnen hier sitzen. Es ist so hübsch, Sie lachen zu hören.

Sie antwortete nicht, sah nur nieder.

Und sie sprachen weiter. Er saß die ganze Zeit so, daß er zu Dagnys Tisch hinsehen konnte.

Einige Minuten vergingen. Fräulein Andresen kam für einen Augenblick zurück, sprach ein paar Worte, trank aus ihrem Glas und ging wieder.

Jetzt verließ Dagny plötzlich ihren Platz und kam an Nagels Tisch.

Wie lustig Sie hier sind! sagte sie, und ihre Stimme bebte ein wenig. Guten Abend, Martha! Worüber wird denn hier so gelacht?

Wir unterhalten uns großartig, antwortete Nagel. Ich schwätze darauflos, und Fräulein Gude ist so nachsichtig mit mir und lacht immer ... Dürfen wir Ihnen vielleicht ein Glas Sekt anbieten?

Dagny setzte sich.

Ein ungewöhnlich starker Beifallssturm im Saal gab Martha Anlaß aufzustehen und zu sehen, was da vorging. Sie entfernte sich immer weiter; schließlich rief sie zurück: Ein Zauberkünstler ist da, das muß ich sehen! Dann ging sie.

Pause.

Sie haben Ihre Gesellschaft verlassen, sagte Nagel, und er hätte mehr gesagt, wenn Dagny ihn nicht sofort unterbrochen hätte:

Und Ihre Gesellschaft hat Sie verlassen.

Ach, sie kommt schon wieder zurück. Sieht Fräulein Gude nicht merkwürdig aus? Heute abend ist sie froh wie ein Kind.

Dagny antwortete nichts darauf, sie fragte:

Sie waren eine Zeitlang fort?

Ja.

Wieder entstand eine Pause.

Finden Sie es heute abend hier wirklich so nett?

Ich? Ich weiß gar nicht einmal, was vorgeht, erwiderte er. Ich bin nicht hierhergekommen, um mich zu unterhalten.

Und wozu sind Sie dann hierhergekommen?

Um Sie wiedersehen zu können, natürlich. Ja, natürlich nur aus der Entfernung, stumm ...

Ach. Und zu diesem Zweck nehmen Sie eine Dame mit?

Das verstand er nicht. Er sah sie an und dachte nach.

Meinen Sie Fräulein Gude? Ich weiß nicht, was ich antworten soll. Man hat mir so viel von ihr erzählt. Jahr für Jahr sitzt sie allein zu Hause, ganz und gar freudlos. Ich habe sie nicht mitgebracht, ich wollte sie hier nur ein wenig unterhalten, damit sie sich nicht langweilen solle, das ist alles. Fräulein Andresen holte sie an unsern Tisch. Gott, wie schlecht es dieser Frau geht, ihr Haar ist auch ganz schön weiß ...

Ja, Sie glauben doch wohl nicht ... Sie bilden sich doch wohl nicht ein, ich sei eifersüchtig; oder? Sie irren sich! Ja, ich erinnerte mich, was Sie von einem verrückten Mann erzählten, der in vierundzwanzig Wagen fuhr; der Mann s – stotterte, wie Sie sagten, und er verliebte sich in ein Mädchen, das Klara hieß. O ja, ich erinnere mich ganz deutlich. Und obwohl Klara nichts mit ihm zu schaffen haben wollte, duldete sie doch auch nicht, daß ihre bucklige Schwester ihn bekam. Ich weiß nicht, warum Sie mir das erzählten, das werden Sie selbst am besten wissen, mir ist es gleichgültig. Aber eifersüchtig werden Sie mich doch nicht machen, wenn das vielleicht Ihre Absicht sein sollte. Nein, weder Sie noch Ihr Mann, der s – stotterte!

Aber guter Gott! rief er, das kann doch nicht Ihr Ernst sein.

Schweigen.

Doch, antwortete sie.

Sie meinen, ich würde mich so benehmen, wenn ich Sie eifersüchtig machen wollte? Mit einer vierzigjährigen Dame hierherkommen, sie fortgehen lassen, sowie Sie erscheinen, – Sie müssen ja glauben, ich sei dumm.

Ich weiß durchaus nicht, was Sie sind, ich weiß nur, daß Sie sich bei mir eingeschlichen und mir die peinlichsten Stunden meines Lebens bereitet haben und daß ich mich nun selbst nicht mehr verstehe. Ich weiß nicht, ob Sie dumm sind, ich weiß auch nicht, ob Sie verrückt sind; das will ich gar nicht herausfinden, mir ist es ganz gleichgültig, was Sie sind.

Ja, das ist es wohl, sagte er.

Warum sollte es mir auch nicht gleichgültig sein? fuhr sie fort, durch seine Nachgiebigkeit gereizt. Was, in aller Welt, habe ich mit Ihnen zu schaffen? Sie haben sich mir gegenüber schlecht betragen, und nun soll ich mich wohl obendrein noch mit Ihnen beschäftigen? Trotzdem erzählen Sie mir eine Geschichte voll von Andeutungen. Ich bin sicher, daß Sie mir das von Klara und deren Schwester nicht ohne Grund erzählten, nein, ganz gewiß nicht. Aber warum verfolgen Sie mich? Ich meine nicht jetzt, in diesem Augenblick, jetzt habe ich Sie ja aufgesucht; aber sonst, warum lassen Sie mich sonst nicht in Frieden? Und daß ich mich jetzt eine Minute hier aufgehalten habe und ein paar Worte mit Ihnen spreche, das legen Sie mir sicher so aus, als sei es mir sehr darum zu tun – als sei mir sehr viel daran gelegen ...

Liebes Fräulein Kielland, ich bilde mir nichts ein.

Nicht? Aber ich weiß gar nicht, ob Sie die Wahrheit sagen, nein, das weiß ich nicht. Ich zweifle an Ihnen, ich mißtraue Ihnen und halte Sie für fähig – beinahe hätte ich gesagt: alles mögliche zu tun. Es kann gut sein, daß ich jetzt ungerecht gegen Sie bin, aber einmal habe doch wohl auch ich das Recht, Ihnen weh zu tun. Ich bin aller Ihrer Andeutungen und Pläne so müde ...

Er antwortete nichts, drehte sein Glas langsam auf dem Tisch. Als sie aber wiederholte, sie glaube ihm nicht, antwortete er nur:

Ja, das verdiene ich auch so.

Ja, fuhr sie fort, und ich glaube Ihnen auch fast gar nichts mehr. Sogar Ihre breiten Schultern kamen mir verdächtig vor, ich dachte, daß sie aus Watte sein könnten. Ich gestehe offen ein, daß ich vorhin in dem Zimmer dort Ihren Mantel untersuchte, ob die Schultern nicht ausgestopft seien. Und obwohl ich im Unrecht war und mit Ihren Schultern alles in Ordnung ist, bin ich doch mißtrauisch, ich kann mir nicht helfen. Zum Beispiel würden Sie, da Sie nicht besonders groß sind, ohne Zweifel gerne irgendein Mittel benützen, sich ein paar Zoll größer zu machen, als Sie sind. Ich glaube bestimmt, Sie würden das tun, wenn es ein solches Mittel gäbe. Du guter Gott, muß man denn nicht mißtrauisch gegen Sie werden? Wer sind Sie eigentlich? Und warum sind Sie in diese Stadt gekommen? Sie sind ja nicht einmal unter Ihrem eigenen Namen hier. Sie heißen ja eigentlich Simonsen, recht und schlecht Simonsen! Das habe ich durch das Hotel gehört. Eine Dame soll Sie besucht haben, die Sie kannte und die Sie Simonsen anredete, ehe Sie es verhindern konnten. Gott, wie lächerlich und schlecht ist auch das! In der Stadt erzählt man, daß Sie sich damit belustigen, kleinen Jungens Zigarren zu schenken, und daß Sie einen Skandal nach dem anderen auf der Straße hervorrufen. So sollen Sie ein Dienstmädchen, das Sie eines Tages auf dem Marktplatz trafen, gefragt haben –, ja in Gegenwart vieler Menschen nach etwas gefragt haben. Aber trotz alledem finden Sie es ganz in Ordnung, mir Erklärungen zu machen und immer wieder meinen Weg zu kreuzen und ... Es peinigt mich so unsäglich, daß Sie den Mut haben, zu wagen ...

Sie hielt inne. Ein Zucken um die Lippen verriet ihre Bewegung, jedes Wort, das sie sprach, war heftig und erregt, sie glaubte selbst an das, was sie sagte, und nahm sich kein Blatt vor den Mund. Es entstand eine kleine Pause, dann antwortete er:

Ja, Sie haben recht, ich habe Sie viel geplagt ... es ist klar, wenn man einen Monat lang Tag für Tag jemand beobachtet, sich all seine Worte und alles, was er tut, merkt, so findet man irgend etwas, an das man sich einhängen kann. Ein wenig Unrecht kann man einem ja tun, aber das macht nicht viel, das gebe ich zu. Die Stadt hier ist nicht groß, ich falle in die Augen, man stolpert über mich; wenn ich in Sicht komme, sind aller Blicke auf jeden meiner Finger gerichtet. Das ist nicht zu vermeiden. Und ich bin ja schließlich auch nicht so, wie ich sein sollte.

Du lieber Gott! sagte sie kurz und scharf, natürlich beachtet man Sie nur deshalb so sehr, weil die Stadt so klein ist, das ist selbstverständlich. In einer größeren Stadt würden Sie ja nicht der einzige ein, der die Aufmerksamkeit der Leute auf sich ziehen würde.

Diese kalte und treffende Antwort weckte zuerst seine rückhaltlose Bewunderung. Er war schon im Begriff, dies durch irgendeine Artigkeit zum Ausdruck zu bringen, besann sich aber. Sie war zu erregt, zu sehr gegen ihn eingenommen, und erkannte außerdem wahrscheinlich seine Bedeutung allzu wenig an. Das verletzte ihn. Was war er nun also in ihren Augen? Ein ganz gewöhnlicher, fremder Mann in einer kleinen Stadt, ein Mann, der nur deswegen beachtet wurde, weil er ein Fremder in dieser Stadt war und einen gelben Anzug trug. Ein wenig bitter meinte er:

Aber erzählt man denn nicht auch, daß ich einmal einen unzüchtigen Vers auf einen Grabstein geschrieben habe, auf Mina Meeks Grabstein? Hat das noch keiner gesagt? Es ist ja wahr, ja, das ist es. Es ist auch wahr, daß ich in der Apotheke dieser Stadt, dieser selben Stadt, gewesen bin und Medikamente gegen eine ekelhafte Krankheit, deren Namen ich auf ein Papier niedergeschrieben hatte, verlangt habe, daß ich aber diese Medikamente nicht bekommen konnte, weil ich kein Rezept hatte. Und, weil es mir gerade einfällt: hat Minute Ihnen nicht erzählt, daß ich ihn einmal mit zweihundert Kronen bestechen wollte, an meiner Stelle die Vaterschaft bei einem Kinde zu übernehmen? Das ist auch die reine Wahrheit, Minute kann es selbst bezeugen. Ach, ich könnte sicher noch vieles hinzufügen ...

Nein, das ist nicht nötig, es ist schon genug, antwortete sie trotzig. Und während ihre Augen kalt und hart wurden, erinnerte sie ihn an die falschen Telegramme, an den Reichtum, den er mit diesen vorgespiegelt hatte, an den Geigenkasten, mit dem er herumzog, obwohl er keine Geige hatte und auch nicht spielen konnte, erinnerte ihn an eine Sache nach der andern, an alle seine Betrügereien, sogar an die Rettungsmedaille, die er, seinem eigenen Geständnis zufolge, auch nicht auf die ehrlichste Weise erworben hätte. Sie dachte an alles und schonte ihn nicht; jede Kleinigkeit erhielt in diesem Augenblick Bedeutung für sie, und sie ließ ihn merken, daß sie von allen diesen schlimmen Streichen, von denen sie früher geglaubt hatte, sie seien nur erlogen, nun annehme, er habe sie wirklich begangen. Ja, er war ganz sicher ein frecher und zweideutiger Mensch! – Und unter diesen Umständen, sagte sie, versuchen Sie trotzdem, mich zu überrumpeln und mich unruhig zu machen, und wollen mich dazu bringen,

Torheiten mit Ihnen zu begehen. Sie schämen sich nicht, Sie haben kein Herz für andere, nur für sich selbst, Sie reden und reden nur von sich ...

In diesem Augenblick wurde sie von Doktor Stenersen unterbrochen, der mit den Armen fuchtelnd vom Saal hereinkam und sehr beschäftigt war. Er hatte mit dem Basar zu tun und legte sich tüchtig ins Zeug.

Guten Abend, Herr Nagel! rief er. Schönen Dank für neulich! Das war ein wilder Abend letzthin ... Ach, hören Sie, Fräulein Kielland, Sie müssen sich bereit halten, wir werden gleich die lebenden Bilder stellen.

Damit verschwand der Doktor wieder.

Abermals wurde ein Musikstück gespielt, und es entstand Unruhe im Saal. Dagny beugte sich vor und sah durch die Türe, dann wandte sie sich wieder zu Nagel und sagte:

Jetzt kommt Martha zurück.

Pause.

Hören Sie nicht, was ich sage?

Doch, entgegnete er geistesabwesend. Er sah nicht auf, drehte nur immer noch das volle Glas, ohne daraus zu trinken, und beugte den Kopf beinahe bis auf den Tisch hinunter.

Spottend sagte sie: Jetzt wird wieder gespielt. Nicht wahr, wenn man solche Musik hört, dann möchte man am liebsten in einem kleinen Abstand davon sitzen, in einem Seitenzimmer, die Hand der Geliebten in der seinen, – sagten Sie nicht einmal so? Ich glaube, es ist genau der gleiche Walzer von Lanner, und wenn Martha jetzt kommt ...

Nun aber schien sie auf einmal ihre Bosheit zu bereuen, sie schwieg plötzlich, ein Funkeln schoß in ihren Augen auf, und nervös rückte sie tiefer in ihren Stuhl zurück. Er saß immer noch, mit gebeugtem Kopf da, sie sah nur, wie seine Brust kurz und unregelmäßig atmete. Sie stand auf, nahm ihr Glas und wollte gerade etwas sagen, ein paar freundliche Worte zum Abschied, die ihm nicht wehtun sollten, sie begann auch:

Ja, jetzt muß ich gehen.

Da sah er schnell zu ihr auf, erhob sich ebenfalls und nahm sein Glas. Sie tranken beide schweigend. Er zwang sich, nicht mit der Hand zu zittern, sie konnte sehen, daß er um Fassung rang. Und dieser Mann, von dem sie eben geglaubt hatte, sie habe ihn vernichtet, durch ihren Spott zerschmettert, sagt plötzlich ganz höflich und gleichgültig:

Da fällt mir eben ein, gnädiges Fräulein, möchten Sie so freundlich sein ... ich sehe Sie ja wohl nicht mehr ... möchten Sie so freundlich sein und einmal, bei Gelegenheit, wenn Sie an Ihren Verlobten schreiben, ihn an die beiden Hemden erinnern, die er Minute seinerzeit versprochen hat, vor zwei Jahren. Ich bitte Sie, es zu verzeihen, daß ich mich in etwas einmische, was mich ja nichts angeht, ich tue es auch nur Minute zulieb. Ich hoffe, Sie entschuldigen meine Kühnheit. Sagen Sie, es seien zwei Wollhemden, dann erinnert er sich sicher daran.

Einen Augenblick war sie vollständig überrascht, ihr Mund stand offen, und sie sah ihn an, fand keine Worte und vergaß sogar, das Glas auf den Tisch zu stellen. Das dauerte eine ganze Minute. Dann aber faßte sie sich wieder, warf ihm einen wütenden Blick zu, voll des Aufruhrs, den sie in sich fühlte, in ihren Augen stand eine vernichtende Antwort, und sie wandte ihm plötzlich den Rücken. Als sie ging, stellte sie das Glas hart auf einen Tisch neben der Türe. Sie verschwand im Saal.

Sie schien gar nicht mehr daran zu denken, daß der Bevollmächtigte und der Adjunkt noch an der gleichen Stelle saßen und auf sie warteten.

Nagel setzte sich wieder. Von neuem begann es in seinen Schultern zu zucken, und er griff sich mehrere Male heftig an den Kopf. Ganz zusammengesunken saß er da. Als Martha kam, sprang er auf, ein dankbarer Blick leuchtete in seinem Gesicht auf, und er stellte einen Stuhl für sie zurecht.

Wie gut Sie sind, wie gut Sie sind! sagte er. Setzen Sie sich hierher, ich will ganz aufmerksam sein; wenn Sie wollen, werde ich Ihnen eine ganze Welt von Geschichten erzählen. Sie sollen sehen, wie gut ich Sie unterhalten werde, wenn Sie sich nur hersetzen. Liebe, kommen Sie also! Ja, Sie dürfen heimgehen, wann Sie wollen, und ich werde Sie begleiten; nicht wahr? Ich will Ihnen niemals Unannehmlichkeiten bereiten, niemals! Hören Sie, wollen Sie nicht ein klein winziges Glas trinken! Denn ich will Ihnen etwas Lustiges erzählen, und Sie werden wieder lachen müssen. Ich bin so froh, weil Sie zurückgekommen sind; Gott, wie schön ist es, Sie lachen zu hören, Sie, die Sie immer so ernst sind! War es nicht sehr nett im Saal? Nicht? Wir wollen lieber eine Weile hier sitzenbleiben, es ist auch so warm drinnen; setzen Sie sich also!

Und Martha zögerte, setzte sich aber doch.

Nun spricht Nagel unaufhörlich, erzählt in einem fort lächerliche Geschichtchen und Erlebnisse, schwätzt das Blaue vom Himmel herunter, fieberhaft, erzwungen, besorgt, sie könne gehen, wenn er schweige. Vor Anstrengung wechselt er die Farbe, verrennt sich und greift sich hilflos an den Kopf, um den Faden wiederzufinden, aber Martha kommt auch das lustig vor, und sie lacht treuherzig. Sie langweilt sich nicht, ihr altes Herz öffnet sich, und schließlich spricht sie sogar selbst mit. Wie merkwürdig warm und naiv sie war! Als er sagte, das Leben sei ganz unbegreiflich elend, nicht wahr? antwortete sie darauf: Prosit! Diese Frau, die Jahr für Jahr so ärmlich von dem Geld lebte, das sie auf dem Markt für ihre Eier erhielt, meinte, das Leben ... nein, es sei nicht sehr schlimm, oft sei es schön!

Oft sei das Leben schön, sagte sie!

Ja, da haben Sie auch ganz recht! antwortete er ... Aber jetzt müssen wir die lebenden Bilder ansehen! Wir wollen uns hier in die Türe stellen, dann können wir uns wieder setzen, wann Sie wollen. Können Sie von Ihrem Platz aus sehen? Sonst nehme ich Sie auf den Arm.

Sie lachte und schüttelte abwehrend den Kopf.

Seine Lustigkeit wurde plötzlich gedämpft, als er Dagny auf der Bühne oben erblickte, seine Augen wurden starr, und er sah nur noch sie. Er folgte der Richtung ihrer Blicke, maß sie vom Kopf bis zu den Füßen, beobachtete ihre Mienen, sah, daß die Rose auf ihrer Brust sich hob und senkte, hob und senkte. Sie stand am weitesten zurück in einer dichten Gruppe von Menschen und war trotz der sorgfältigen Verkleidung leicht zu erkennen. Fräulein Andresen saß in der Mitte und war Königin. Das Ganze war eine Szene in rotem Licht, eine rebusartige Zusammenstellung von Menschen und Rüstungen, die Doktor Stenersen mit vieler Mühe und Aufopferung ins Werk gesetzt hatte.

Das ist schön! flüsterte Martha.

Ja ... Was ist schön? fragte er.

Da oben; können Sie nicht sehen? Wohin sehen Sie denn?

Doch, es ist schön.

Und um nicht den Verdacht zu erregen, er sehe nur auf einen Fleck, auf einen einzelnen Punkt des Ganzen, begann er sie zu fragen, wer die verschiedenen Darsteller seien, aber trotzdem hörte er kaum auf das, was sie sagte. Sie standen dort, bis das rote Licht nahe am Erlöschen war und der Vorhang herunterrollte.

Im Laufe einiger Minuten folgten die fünf Bilder aufeinander; es wurde zwölf Uhr, Martha und Nagel standen noch in der Türe und sahen das letzte Bild an. Als es endlich vorbei war und die Musik wieder begann, setzten sie sich wiederum an den Tisch und sprachen miteinander. In ihrer Gutmütigkeit gab sie immer mehr nach und sagte nichts mehr vom Gehen.

Ein paar junge Damen mit Notizbüchern in den Händen gingen umher und verkauften Nummern zu der Verlosung von Puppen, von Schaukelstühlen, Stickereien, einem Teeservice, einer Tafeluhr. Überall lärmten die Menschen, alles war lebhaft und sprach laut, im Saal und in den Nebenzimmern summte es von diesen vielen Stimmen wie auf einer Börse. Es sollte erst um zwei Uhr zu Ende sein.

Fräulein Andresen ließ sich wieder an Nagels Tisch nieder. Oh, sie sei so müde, so müde! Ja, tausend Dank, sie nähme gerne ein Glas, ein halbes Glas! Sollte sie nicht auch Dagny holen?

Und sie holte Dagny. Mit ihr kam auch Minute.

Da geschieht folgendes:

In der Nähe wird ein Tisch umgeworfen, Tassen und Gläser fallen zu Boden, und Dagny stößt einen kleinen Ruf aus, sie packt auch Martha nervös am Arm. Hinterher lachte sie selbst darüber und bat um Entschuldigung, während ihr Gesicht vor Aufregung rot wurde. Sie war höchst erregt und stieß ein kurzes Lachen aus; ihre Augen funkelten stark. Sie hatte ihren Mantel an, war zum Heimgehen bereit und wartete nur auf den Adjunkten, der sie wie gewöhnlich nach Hause begleiten sollte.

Der Adjunkt aber, der noch mit dem Bevollmächtigten zusammensaß und seit über einer Stunde nicht mehr aufgestanden war, war schon ziemlich betrunken.

Herr Nagel wird dich sicher gern begleiten, Dagny, sagte Fräulein Andresen.

Dagny brach in Gelächter aus. Erstaunt sah Fräulein Andresen sie an.

Nein, entgegnete Dagny, mit Herrn Nagel wage ich nicht mehr allein zu gehen! Er ist so voller Einfälle. Er hat – unter uns gesagt – mich sogar einmal um ein Stelldichein gebeten. Wahrhaftig! Unter einem Baum, sagte er, einer großen Espe, sie stehe da und da! Nein, Herr Nagel ist mir zu unberechenbar! Verlangte er doch vorhin tatsächlich ein paar Hemden von mir, die mein Bräutigam einmal Grögaard versprochen haben soll! Und Grögaard selbst weiß von der ganzen

Sache überhaupt nichts! Nicht wahr, Grögaard? Hahaha, das ist höchst sonderbar!

Sie erhob sich, schnell, immer noch lachend, und ging zum Adjunkten hin, mit dem sie ein paar Worte wechselte. Sie wollte ihn offenbar doch zum Mitgehen bewegen.

Minute war sehr unruhig geworden, er versuchte etwas zu sagen, sich zu erklären, verwickelte sich aber und gab es auf. Mit ängstlichen Blicken sah er von einem zum andern. Selbst Martha war erstaunt und furchtsam, Nagel sprach mit ihr, flüsterte ihr einige beruhigende Worte zu und begann dann die Gläser zu füllen. Fräulein Andresen fing sofort an, über den Basar zu sprechen; welch eine Menschenmenge, trotz des Regenwetters! Oh, sie würden viel Geld verdienen, die Ausgaben seien nicht so sehr groß ...

Wer war die schöne Dame, die Harfe spielte, fragte Nagel; die mit dem Byronmund und dem Silberpfeil im Haar?

Das war eine fremde Dame, sie ist nur zu Besuch in der Stadt. War sie so schön?

Ja, er fand sie schön. Und er stellte noch mehrere Fragen über diese Dame, obwohl alle sehen konnten, daß seine Gedanken an anderen Orten weilten. Worüber sann er nach? Weshalb hatte er plötzlich diese vergrämte Falte auf der Stirne bekommen? Langsam drehte er sein Glas.

Dagny kam jetzt wieder zurück. Während sie hinter Fräulein Andresens Stuhl steht und ihre Handschuhe zuknöpft, sagt sie mit ihrer klaren, herrlichen Stimme:

Aber was meinten Sie eigentlich damit, als Sie mich zu dem Stelldichein baten, Herr Nagel? Was war Ihre Absicht? Sagen Sie mir das jetzt.

Nein, aber Dagny! flüstert Fräulein Andresen und steht auf. Auch Minute erhebt sich. Alle sind sehr peinlich berührt. Nagel sah auf, sein Gesicht verriet nicht viel Erregung, aber alle bemerkten, daß er sein Glas losließ und die Hände ein paarmal rang und daß er heftig atmete. Was würde er tun? Was bedeutete es, daß er lächelte und gleich darauf wieder ernst wurde? Zu aller Verwunderung antwortete er mit ruhiger Stimme:

Warum ich Sie zu diesem Stelldichein bat? – Fräulein Kielland, ist es Ihnen nicht lieber, wenn ich Ihnen diese Erklärung erspare? Ich habe Ihnen schon früher so viele Unannehmlichkeiten bereitet. Ich bereue es, und bei Gott, ich würde alles mögliche tun, um es ungeschehen zu machen. Warum ich Sie aber damals um ein Stelldichein bat, das wissen Sie sicher, das habe ich nicht verheimlicht, obwohl ich es hätte tun sollen. Sie müssen mir Gnade erweisen. Mehr kann ich nicht sagen ...

Er hielt inne. Auch sie sagte nichts mehr, gewiß hatte sie eine andere Antwort erwartet. Endlich kam auch der Adjunkt zur rechten Zeit, um diesen peinlichen Auftritt abzubrechen; er war sehr erhitzt und stand nicht einmal ganz sicher auf den Beinen.

Dagny nahm seinen Arm und ging zur Türe hinaus.

Von jetzt ab wurden die Zurückbleibenden der kleinen Gesellschaft viel lebhafter, alle atmeten leichter, Martha lachte und freute sich über jede Kleinigkeit und klatschte in die Hände. Manchmal, wenn sie allzu oft lachen mußte, wurde sie rot und hielt inne, während sie zu den anderen hinsah, ob sie es bemerkt hätten. Diese reizende Verwirrung, die sich mehrmals wiederholte, versetzte Nagel in Entzücken und ließ ihn viele Streiche begehen, nur um sie in Atem zu halten. So verfiel er darauf, auf einem Pfropfen, den er zwischen die Zähne steckte, die Melodie vom Greise Noah zu spielen.

Frau Stenersen hatte sich angeschlossen. Sie behauptete, sie wolle sich nicht von der Stelle rühren, ehe nicht alles vorbei sei; es käme noch eine Nummer, das Auftreten von zwei Turnern, das sie noch sehen wolle. Nein, sie pflege immer bis zu allerletzt auszuhalten, die Nacht sei so lang, sie würde immer so traurig, wenn sie heimkäme und dann wieder allein sei. Ob sie nicht alle zusammen hineingehen und sich die beiden Turner ansehen sollten?

Und sie gingen alle in den Saal.

Während sie dort sitzen, kommt ein großer, bärtiger Mann den Mittelgang herunter. Er trägt einen Geigenkasten in der Hand. Es war der Organist, er hatte seine Nummer hinter sich und war im Begriff heimzugehen. Er bleibt stehen, grüßt und beginnt sofort mit Nagel wegen der Geige zu sprechen. Minute war wirklich bei ihm gewesen und hatte sie kaufen wollen; aber das war unmöglich, es handelte sich um ein Erbstück, für den Organisten war sie ganz wie ein kleiner Mensch, so lieb war sie ihm. Ja, es stand auch sein Name drauf, man könne sehen, daß es keine gewöhnliche Geige sei ... Und vorsichtig öffnet er den Kasten.

Da liegt das leckere, dunkelbraune Instrument, in hellrote Seide sorgfältig eingepackt, mit Watte über den Saiten.

Nicht wahr, sie sieht gut aus? Und die drei Buchstaben in winzig kleinen Kaprubinen, ganz oben am Griffbrett, die bedeuten Gustav Adolf Christensen. Nein, so etwas zu verkaufen wäre doch eine Sünde; woran solle man sich dann noch erfreuen, wenn die Tage lang würden? Eine andere Sache wäre es, wenn es sich nur darum handelte, sie einen Augenblick zu versuchen, ein paar Striche darauf zu tun …

Nein, Nagel wollte sie nicht versuchen.

Aber der Organist hatte das Instrument nun doch schon aus dem Kasten genommen, und während die beiden Turner ihre letzten Sprünge machten und das Publikum rings im Saale klatschte, sprach er immer noch über diese bemerkenswerte Geige, die sich seit drei Generationen in seiner Familie vererbt habe: Sie ist leicht wie eine Feder, fühlen Sie selbst, Sie dürfen sie gerne in die Hand nehmen …

Und auch Nagel fand, daß sie leicht sei wie eine Feder. Da er aber nun einmal die Geige in die Hände genommen hat, wendet er sie hin und her und zupft an den Saiten. Er nimmt eine halbe Kennermiene an und sagt: Eine Mittenwalder, wie ich sehe. Aber dies war nicht schwer zu erkennen, da es in der Geige auf einem Zettel stand; wozu da diese Kennermiene? Als die Turner fort waren und niemand mehr klatschte, steht auch er auf; er sagt nichts, kein Wort, sondern streckt die Hand nach dem Bogen aus. Im nächsten Augenblick, während alle im Begriff sind, sich von ihren Plätzen zu erheben und den Saal zu verlassen, während Lärm und lautes Sprechen herrschte, beginnt er plötzlich zu spielen, und nach und nach wird es überall still. Dieses kleine, breitschultrige Mannsbild, das in einem schreiend gelben Anzug mitten im Saal auftauchte, versetzte alle in Erstaunen. Und was spielte er? Eine Weise, eine Barkarole, einen Tanz, einen ungarischen Tanz von Brahms, ein leidenschaftliches Potpourri, ein Spiel mit rohem, schwellendem Ton, der überall hindrang. Er legte den Kopf ganz auf die Seite. Alles sah fast mystisch aus, sein plötzliches Auftreten außerhalb des Programms und mitten im Saal, wo es ziemlich dunkel war, sein abstechendes Äußere, diese wilde Fingerfertigkeit, die alle Menschen verwirrte und die Vorstellung von einem Zauberer in ihnen wachrief. Er spielte mehrere Minuten lang, und die Leute saßen immer noch unbeweglich auf ihren Plätzen; er schlug in ein schweres, ungeheueres Pathos um, ein Fortespiel mit fanfarenartiger Kraft, er stand ganz still, nur sein Arm bewegte sich, und den Kopf hielt er beständig auf die Seite geneigt. Da er so unvermutet aufgetaucht war und sogar die Veranstalter des Basars überrumpelt hatte, nahm er auch die schlichten

Stadtkinder und Bauern im Sturm. Sie konnten es nicht fassen. In ihren Augen wurde das Spiel viel besser, als es war; besser als alles, so großartig nahm es sich aus, obwohl er mit schonungsloser Heftigkeit spielte. Nach vier, fünf Minuten machte er plötzlich ein paar scheußliche Striche. Ein desperates Heulen, ein Jammerlaut erklang, so unmöglich, so empörend, daß niemand mehr wußte, wo das hinführen sollte; drei, vier Striche machte er in dieser Art und hörte plötzlich auf. Er nahm die Geige vom Kinn herunter und stand still.

Eine ganze Minute verging, ehe sich die Leute sammelten; endlich begannen sie wild und anhaltend zu klatschen, man stieg auf die Stühle und rief Bravo. Der Organist nahm mit einer tiefen Verbeugung seine Geige in Empfang, fühlte sie an und legte sie vorsichtig nieder; dann ergriff er Nagels Hand und dankte ihm viele Male. Alles war Lärm und Brausen, Doktor Stenersen kam außer Atem dazu, packte Nagel beim Arm und brach los:

Aber, Herrgott noch einmal, Mensch, Sie spielen ja doch ... doch!

Fräulein Andresen, die am nächsten saß, sah ihn mit der größten Verwunderung an und sagte:

Sie erzählten doch, daß Sie nicht spielen könnten?

Das kann ich auch nicht, antwortete er, nicht viel, es ist nicht der Rede wert, und das gestehe ich auch ein. Wenn Sie wüßten, wie falsch es war, wie wenig echt! Aber nicht wahr, es sah ungeheuer echt aus an mir? Hehehe, ja, man muß die Welt verblüffen, man darf sich nicht genieren! ... Wollen wir nicht wieder zu unseren Gläsern gehen? Möchten Sie so gut sein, Fräulein Gude zu bitten, mitzukommen?

Und sie gingen wieder in das Nebenzimmer. Alle Leute waren noch mit diesem geheimnisvollen Menschen, der sie so überrascht hatte, beschäftigt; selbst der Bevollmächtigte Reinert blieb im Vorbeigehen einen Augenblick stehen und sagte zu ihm:

Sie waren so freundlich, mich neulich zu dem Junggesellenabend einzuladen; vielen Dank. Ich konnte nicht kommen, ich hatte zu tun; aber ich danke Ihnen vielmals, es war sehr liebenswürdig von Ihnen.

Aber warum machten Sie denn diese entsetzlichen Striche am Schluß? fragte Fräulein Andresen.

Ja, das weiß ich nicht, antwortete Nagel; aber das war nun einmal so. Ich wollte dem Teufel auf den Schwanz treten.

Doktor Stenersen kam wieder und machte ihm abermals ein Kompliment, und abermals antwortete Nagel, sein Spiel sei Komödie und Humbug, sei voll gewöhnlicher Effekte gewesen: Man sollte nur wissen, wie wenig gut es gewesen sei! Die Doppelgriffe waren falsch, ja, die meisten waren ein wenig falsch, er hörte es selbst, konnte es aber nicht besser machen, er sei so lang aus der Übung.

Immer mehr Neugierige kamen und setzten sich in die Nähe des Tisches, sie blieben bis zur letzten Minute, alle anderen strömten hinaus, im Saal begann man schon die Lichter zu löschen, als sie sich endlich erhoben. Es war halb drei Uhr.

Nagel beugte sich zu Martha hinüber und flüsterte:

Nicht wahr, ich darf Sie doch heimbegleiten? Ich möchte Ihnen etwas sagen.

Rasch bezahlte er seine Rechnung, sagte Fräulein Andresen gute Nacht und folgte Martha. Sie hatte keinen Umhang, nur einen Regenschirm, den sie zu verstecken suchte, weil er so durchlöchert war. Als sie zur Türe hinausgingen, bemerkte Nagel, daß Minute ihm mit einem langen, schmerzlichen Blick nachsah. Sein Gesicht war ungewöhnlich schief.

Sie gingen geradeaus zu Marthas Wohnung. Nagel spähte umher, konnte aber niemand entdecken. Er sagte:

Wenn Sie es wagten, mich für eine kleine Weile einzulassen, würde ich Ihnen sehr dankbar sein.

Sie zögerte.

Es ist so spät, antwortete sie.

Sie wissen, daß ich Ihnen versprochen habe, Ihnen niemals und in keiner Weise Verdruß zu machen. Ich muß mit Ihnen reden.

Sie schloß auf.

Als sie eingetreten waren, zündete sie Licht an, während er wieder das Fenster verhängte. Er schwieg, bis sie fertig war, dann sagte er:

Haben Sie sich nun heute abend ein wenig unterhalten?

Ja, danke! antwortete sie.

Na, darüber wollte ich ja auch nicht mit Ihnen sprechen. Kommen Sie nun und setzen Sie sich etwas näher zu mir. Sie dürfen wirklich keine Angst vor mir haben, wollen Sie mir das versprechen? Gut, geben Sie mir die Hand darauf!

Sie reichte ihm ihre Hand, und er behielt sie in der seinen.

Und Sie glauben auch nicht, daß ich lüge, daß ich Sie anlügen will, nicht wahr? Ich beabsichtige, Ihnen etwas zu sagen. Sie glauben also nicht, daß ich Sie anlüge?

Nein.

Nein, denn ich werde Ihnen dann nachher alles erklären ... Aber wieviel glauben Sie mir? Ich meine: Wie weit können Sie mir glauben? Unsinn! Was schwätze ich! Die Sache ist nämlich ein wenig schwierig. Glauben Sie mir zum Beispiel, wenn ich jetzt sage, daß ich so ... daß ich Sie wirklich so lieb habe? Ja, denn das müssen Sie selbst gemerkt haben. Aber wenn ich jetzt noch weiter ginge, ich meine ... Verstehen Sie, ich möchte Sie ganz einfach bitten, meine Frau zu werden. Ja, meine Frau, jetzt habe ich es gesagt. Nicht nur meine Liebste, sondern meine Frau ... Gott bewahre mich, wie Sie gleich von mir wegrücken! Nein, nein, lassen Sie mir Ihre Hand; ich will mich ja noch viel besser erklären, Sie sollen es ganz deutlich verstehen. Denken Sie sich nun den Fall, daß Sie richtig hören: daß ich geradezu und ohne viele Umschweife um Sie anhalte und daß ich wirklich auch jedes Wort meine. Denken Sie sich nun zuerst diesen Fall, und erlauben Sie mir dann fortzufahren. Gut! Wie alt sind Sie? Na, das wollte ich ja auch nicht fragen. Aber ich selbst bin neunundzwanzig Jahre alt, bin über den flatternden Leichtsinn hinaus, Sie sind vielleicht fünf, sechs Jahre älter, das hat nichts zu ...

Ich bin zwölf Jahre älter, sagt sie.

Zwölf Jahre älter! ruft er aus, entzückt darüber, daß sie auf seine Worte eingeht, daß sie doch nicht ganz den Kopf verliert. Also zwölf Jahre älter, das ist ausgezeichnet, das ist einfach herrlich! Ja, und glauben Sie, zwölf Jahre seien irgendein Hindernis? Ich denke, Sie sind nicht ganz bei Trost, Menschenskind! Aber wie nun auch alles sei, und wären Sie dreimal zwölf Jahre älter, wenn ich Sie jetzt doch liebhabe und jedes Wort, das ich in diesem Augenblick sage, aufrichtig meine, was dann? Ich habe seit langem darüber nachgedacht, ja, eigentlich nicht seit langem, aber doch seit vielen Tagen, ich lüge durchaus nicht, glauben Sie mir doch um Himmels willen, wenn ich Sie so inständig bitte. Ich habe seit recht vielen Tagen daran gedacht und nachts deshalb nicht schlafen können. Ihre Augen sind so sonderbar, sie haben mich, seit ich Sie zum erstenmal sah, angezogen. Denn ein paar Augen können mich bis an das Ende der Welt ziehen; ach, einmal hat mich ein alter Mann eine halbe Nacht hindurch nur mit seinen Augen in einem Wald herumgeführt. Der Mann war verrückt ... Na, das ist eine andere Sache! Aber Ihre Augen haben mir's angetan. Erinnern Sie sich noch, wie Sie einmal mitten hier im Zimmer standen und mich ansahen, als ich draußen vorbeiging? Sie wandten den Kopf nicht nach mir, Sie folgten mir nur mit den Augen, ich werde das niemals vergessen. Als ich Sie aber einmal traf und mit Ihnen sprach, wurde ich von Ihrem Lächeln ganz gerührt. Ich wüßte nicht, daß ich jemals einen Menschen so herzlich warm lachen gehört hätte wie Sie; aber das wissen Sie selbst nicht, und das ist ja eben so wunderbar schön, daß Sie selbst es nicht wissen ... Jetzt schwätze ich wieder einen ganz schrecklichen Unsinn. Ich höre es wohl; aber ich habe das Gefühl, daß ich unaufhörlich sprechen muß, weil Sie mir sonst nicht glauben, und das macht mich so verwirrt. Ach, wenn Sie nur nicht so auf dem Sprung säßen, ich meine: nicht so bereit wären, aufzustehen und wegzugehen, dann würde ich gleich besser reden können. Ich bitte Sie, lassen Sie mich wieder Ihre Hand halten, dann werde ich sicher klarer sprechen. So, danke! ... Sie verstehen, ich will von Ihnen wirklich nichts anderes erreichen, als ich gesagt habe; ich sitze nicht mit Hintergedanken hier. Und was verblüfft Sie denn so an meinen Worten? Sie können es nicht fassen, daß mir dieser verrückte Gedanke gekommen ist, Sie können es nicht begreifen, daß ich – daß ich – will, nein, und Sie halten es nicht für möglich; nicht wahr, darüber denken Sie jetzt nach?

Ja ... Nein, mein Gott, lassen Sie es nun sein!

Aber so hören Sie doch: Ich verdiene nicht, daß Sie mir immer noch Falschheit zutrauen ...

Nein, sagt Martha plötzlich bereuend, ich traue Ihnen gar nichts Böses zu; aber es ist ja doch unmöglich.

Warum ist es so unmöglich? Sind Sie an einen anderen gebunden?

Nein, nein.

Wirklich nicht? Denn wenn Sie an einen anderen gebunden wären – sagen wir, um nur einen Namen zu nennen, zum Beispiel an Minute ...

Nein! ruft sie laut. Sie drückt ihm förmlich die Hand.

Nicht? Nun, nun, dann ist also nichts im Wege. Lassen Sie mich nun weitersprechen: Sie dürfen nicht glauben, ich stehe so hoch über Ihnen, daß es aus diesem Grund sein sollte. Ich will Ihnen nicht verbergen, daß ich in vieler Hinsicht nicht so bin, wie ich sein sollte; ja, Sie hörten heute abend ja selbst, was Fräulein Kielland sagte. Sie haben vielleicht auch von anderen Leuten in der Stadt gehört, wie schlecht ich in mancher Beziehung bin. Ein wenig Unrecht wird man mir ja bisweilen tun; aber in der Hauptsache hat man recht, ich bin ein Mann mit großen Fehlern. Also stehen Sie mit Ihrem reinen Gemüt und Ihren feinen, kindlichen Gedanken unendlich hoch über mir, statt daß es umgekehrt wäre. Aber ich verspreche Ihnen, immer gut gegen Sie zu sein, Sie dürfen mir glauben, daß mir das nicht schwerfallen würde, meine größte Freude wäre, Sie froh zu machen ... Dann noch etwas: Sie haben vielleicht ein wenig Angst davor, was die Stadt dazu sagen wird? Nun, erstens müßte sich die Stadt wohl dareinfinden, daß Sie meine Frau werden, sogar in der eigenen Kirche dieser Stadt, wenn Sie wollen. Und zweitens hat ja die Stadt ohnedies schon genug zu reden bekommen; es ist doch kaum ganz unbemerkt geblieben, daß ich Sie schon ein paarmal getroffen habe und daß ich heute abend auf dem Basar mit Ihnen zusammen sein durfte. Also was das betrifft, wird es nicht viel schlimmer werden, als es bereits ist. Und, mein Gott, was hat es denn auch zu sagen? Es kann Ihnen doch so ganz und gar gleichgültig sein, was die Welt denkt ... Sie weinen? Liebe, schmerzt es Sie, daß ich Sie heute abend dem Gerede der Leute ausgesetzt habe?

Nein, das ist es nicht.

Was ist es denn?

Sie antwortet nicht.

Da fällt ihm etwas ein, er fragt:

Finden Sie, daß ich schlimm gegen Sie bin? Sagen Sie mir: Sie tranken doch nicht sehr viel Champagner? Sie tranken doch sicher nicht einmal zwei Gläser? Vielleicht haben Sie den Eindruck bekommen, ich liege auf der Lauer und mache mir den Umstand, daß Sie einen Schluck Wein getrunken haben, zunutze, um Sie zu einem rascheren Nachgeben zu bringen. Weinen Sie deshalb?

Nein, nein, wirklich nicht.

Aber warum weinen Sie dann?

Ich weiß nicht.

Sie nehmen doch keinesfalls an, daß ich mit irgendwelchen Hintergedanken hier sitze. Bei Gott im Himmel, ich bin durch und durch ehrlich, glauben Sie mir doch!

Ich glaube Ihnen ja auch; aber ich verstehe es nicht, ich bin so verändert. Sie können es nicht wollen ... können nicht.

Doch, er wollte es! Und während er ihre kleine, schwache Hand in der seinen hält und der Regen gegen die Scheiben schlägt, erklärt er ihr alles. Er spricht sehr leise, paßt sich ihrer Begriffswelt an und schwätzt dazwischen in der einfältigsten Kindersprache. Oh, sie würden es schon fertigbringen! Sie würden fortreisen, weit fort, wer weiß wohin; und sie wollten sich wegschleichen, damit niemand wisse, wo sie geblieben seien. Nicht wahr, das wollten sie? Dann würden sie eine kleine Hütte kaufen und einen Fleck Erde im Wald drinnen, in einem herrlichen Wald oder irgendwo anders; das sollte dann ihr Eigentum sein, und sie würden es Eden nennen, und er wollte dort arbeiten. Oh, wie er arbeiten wollte! Aber manchmal könnte es sein, daß er ein wenig traurig würde. Liebe, das könnte vorkommen, es könnte ihm etwas einfallen, eine Erinnerung, irgendein bitteres Erlebnis, an das er vielleicht gerade denken müßte, wie leicht konnte das geschehen! Aber dann würde sie ein wenig Geduld mit ihm haben; nicht wahr? Ja, denn er würde es sie nicht allzusehr merken lassen, niemals, das wolle er versprechen. Er möchte dann nur in Frieden sitzen und allein mit seinen Gedanken sein dürfen, oder er werde fortgehen, tiefer in den Wald, und nach einiger Zeit wieder zurückkommen. Oh, aber in ihrer Hütte sollte niemals ein hartes Wort fallen! Und sie würden sie mit den schönsten wilden Gewächsen und mit Moos und Steinen, die sie fänden, schmücken; auf den Boden wollten sie den Wacholder streuen, den er heimbrächte. Und an Weihnachten würden sie nie vergessen, den kleinen Vögeln eine Garbe aufzustellen. Und wie ihnen die Zeit vergehen sollte, und wie glücklich sie sein wollten! Sie müßten immer zusammen sein, zusammen ein- und ausgehen und sich nicht trennen; im Sommer könnten sie weite Spaziergänge machen und beobachten, wie Bäume und Gräser bebten und von Jahr zu Jahr wuchsen. Herrgott, wie gut sie auch Fremde und Wegfahrende aufnehmen wollten, die vielleicht vorbeikämen. Sie müßten sich einige Tiere halten, ein paar große, blanke Tiere, die ihnen aus den Händen fressen sollten, und während er mit Spaten und Hacke die Erde bearbeitete, sollte sie die Tiere versorgen ...

Ja, antwortete Martha. Unwillkürlich sagte sie ja, und er hörte es. Er fuhr fort:

Und dann wollten sie sich einen oder zwei Tage in der Woche frei machen, damit sie beide auf die Jagd oder zum Fischen gehen konnten, alle beide, Hand in Hand, sie im kurzen Kleid mit einem Gürtel um den Leib, er in Bluse und Spangenschuhen. Wie wollten sie singen und laut sprechen und rufen, daß es durch den ganzen Wald hallen würde! Aber nicht wahr: Hand in Hand?

Doch, sagte sie wieder.

Nach und nach wurde sie mitgerissen. Er stellte ihr das Ganze so klar vor, dachte an alles und hatte jede Kleinigkeit im Kopf. Er sprach sogar davon, daß es einen Ort zu finden gälte, wo eine Quelle wäre. Ja, aber dafür wollte er schon sorgen, für alles wollte er sorgen; sie sollte nur Zutrauen zu ihm haben. Oh, er hatte Kraft genug, den Platz für dieses Heim mitten im dicken Wald auszuroden, er hatte ein paar Fäuste, sie sah es ja selbst! ... Und lächelnd maß er ihre zarte Kinderhand mit seiner eigenen.

Sie fand sich darein, daß er mit ihr machte, was er wollte; sie saß sogar still da, als er ihr die Wange streichelte, und sah ihn an. Dann fragte er sie offen, den Mund nahe ihrem Ohr, ob sie es nun wage und ob sie wolle. Und sie antwortete: Ja; eine gedankenvolle, träumerische Antwort, die sie nur flüsterte. Aber bald danach begann sie zu schwanken; nein, wenn sie darüber nachdenke, so sei es doch nicht möglich. Wie konnte er das wollen! Was war sie!

Und wieder überzeugte er sie davon, daß er es wolle, mit dem ganzen Willen, den er besitze, wolle. Sie sollte nicht Not leiden, selbst wenn es ihnen eine Zeitlang schlecht gehen würde; er wollte für sie beide arbeiten, sie dürfe keine Furcht haben. Eine ganze Stunde lang sprach er so und brach ihren Widerstand Stück für Stück. Zweimal wiederholte es sich in dieser Zeit, daß sie sich weigerte, die Hände vors Gesicht drückte und Nein, nein! rief, und doch gab sie ihm nach, forschte in seinen Zügen und begriff, daß es nicht nur ein Sieg des Augenblickes war, den er erringen wollte. In Gottes Namen denn, wenn er es so wollte! Sie war überwunden, es half nichts, länger dagegen zu kämpfen. Schließlich gab sie ihm ein reines Ja.

Die Kerze, die auf eine leere Flasche gesteckt war, brannte herunter; immer noch saßen sie, jedes auf seinem Stuhl, hielten einander bei den Händen und sprachen zusammen. Sie war ganz aufgelöst vor Erregung, hatte oftmals Tränen in den Augen, lächelte aber doch.

Er sagte:

Um auf Minute zurückzukommen, – ich bin sicher, er war eifersüchtig, auf dem Basar.

Ja, antwortete sie, das war er vielleicht. Aber da hilft nun nichts.

Nein, nicht wahr, da hilft nun nichts! ... Höre, ich möchte dir heute abend so gerne eine Freude machen, was könnte das sein? Ach, ich möchte, daß du vor Entzücken über irgend etwas die Hände gegen die Brust drücken müßtest! Sag mir etwas, verlange, was du willst! Ach, du bist so gut, du kleine Freundin, du bittest niemand um irgend etwas! Ja, ja, Martha, merke dir, was ich jetzt sage: ich will dich beschützen, ich will versuchen, deine Wünsche zu erraten, und bis zu meiner letzten Stunde besorgt um dich sein. Liebe, denke daran, willst du? Es soll nie so weit kommen, daß du sagen könntest, ich hätte mein Versprechen vergessen.

Es war vier Uhr.

Sie standen auf; Martha trat einen Schritt auf ihn zu, und er nahm sie an seine Brust. Sie legte die Arme um seinen Hals, und so blieben sie eine Weile stehen; ihr angstvolles, reines Nonnenherz klopfte gewaltsam gegen seine Hand, er fühlte es und strich ihr beruhigend über das Haar. Sie waren einig.

Sie begann zu sprechen:

Ich werde die ganze Nacht wach liegen und denken. Vielleicht treffe ich dich morgen? Wenn du willst?

Ja, morgen. Doch, ich will! Wann morgen? Darf ich um acht Uhr kommen?

Ja ... Möchtest du, daß ich das gleiche Kleid anhabe?

Diese rührende Frage, ihr bebender Mund, die beiden offenen Augen, die zu ihm aufblickten, ergriffen ihn, drangen ihm ins Herz. Er antwortete:

Liebes, süßes Kind, wie du willst! Wie gut du bist! ... Nein, du darfst heute nacht nicht wach liegen, das darfst du nicht! Denke an mich und sage gute Nacht: und schlafe. Du fürchtest dich doch nicht hier allein?

Nein ... Jetzt wirst du naß, wenn du heimgehst.

Auch daran, daß er naß werden würde, dachte sie!

Sei fröhlich und schlafe gut! sagte er.

Als er aber schon in den Gang hinausgekommen war, fiel ihm noch etwas ein, er wandte sich zu ihr um und sagte:

Noch etwas habe ich vergessen; ich bin kein reicher Mann. Hast du vielleicht geglaubt, ich sei reich?

Das weiß ich nicht, antwortete sie und schüttelte den Kopf.

Nein, ich bin nicht reich. Aber wir werden uns ein Haus kaufen können, und was wir sonst noch brauchen, so reich bin ich schon. Und dann, wenn es an der Zeit ist, werde ich für alles sorgen, ich werde jede Bürde tragen, dazu habe ich meine Hände bekommen ... Du bist nicht enttäuscht, weil ich nicht reich bin, nicht wahr?

Sie sagte Nein und ergriff seine Hände, die sie noch einmal drückte. Schließlich bat er sie, die Türe gut hinter ihm zu verschließen, und trat auf die Straße.

Es regnete in Strömen und war sehr dunkel.

Er ging nicht heim ins Hotel, sondern schlug den Weg zum Pfarrhofswald ein. Er ging eine Viertelstunde lang, und da die Dunkelheit sehr dicht war, konnte er nur schwer etwas unterscheiden. Endlich verlangsamte er seine Schritte, wich vom Weg ab und tastete sich zu einem großen Baum hin. Es war eine Espe. Hier blieb er stehen.

Der Wind rauscht über dem Walde, der Regen strömt weiter, sonst ist alles um ihn her tot und still. Er flüstert ein paar Worte vor sich hin, einen Namen, Dagny, Dagny, schweigt und sagt wieder Dagny. Aufrecht steht er neben dem Baum und wiederholt es. Nach einer Weile spricht er lauter, spricht mit hörbarer Stimme und sagt Dagny. Sie hatte ihn heute abend beleidigt, hatte ihre ganze Verachtung über sein Haupt ausgeschüttet, er fühlt noch jedes Wort, das sie herausgeschleudert hatte, in seiner Brust, und doch steht er hier und spricht von ihr. Er kniet neben dem Baum nieder, nimmt sein Taschenmesser heraus und schneidet im Dunkeln ihren Namen in den Stamm. Er arbeitet mehrere Minuten lang daran, tastet sich vorwärts, schneidet und tastet wieder, bis er fertig ist ...

Während der ganzen Zeit, in der er arbeitete, hatte er die Mütze abgelegt.

Als er wieder auf den Weg kam, blieb er stehen, besann sich einen Augenblick und kehrte wieder um. Von neuem tastet er sich bis zum Baume hin, fühlt mit den Fingern über den Stamm und findet die Buchstaben wieder. Zum zweitenmal kniet er nieder, beugt sich vor und küßt diesen Namen, diese Buchstaben, als solle er sie nie mehr sehen, steht endlich auf und geht rasch fort.

Es war fünf Uhr, als er in das Hotel kam.

17

Am nächsten Tag der gleiche Regen, das gleiche dunkle, schwere Wetter. Es schien, als wolle all das Wasser, das unaufhörlich gegen die Scheiben schlug und durch die Dachrinnen floß, niemals ein Ende nehmen. Stunde auf Stunde, der ganze Vormittag verging, und der Himmel wurde nicht klarer. In dem kleinen Hotelgarten, der hinter dem Haus lag, war alles niedergebogen und geknickt, alle Blätter waren zu Boden gedrückt, mit Schmutz und Nässe bedeckt.

Nagel hielt sich den ganzen Tag im Zimmer auf, er las, auf und ab gehend, wie er zu tun pflegte, und sah beständig auf die Uhr. Es war ein endloser Tag! Mit der größten Ungeduld erwartete er den Abend.

Als es acht Uhr war, begab er sich sofort zu Martha. Er selbst ahnte nichts Böses; sie empfing ihn jedoch mit einem leidenden und ganz verweinten Gesicht. Er versuchte, mit ihr zu sprechen, aber sie antwortete kurz und ausweichend und sah ihn nicht an. Mehrere Male bat sie ihn, ihr zu verzeihen und nicht böse zu sein.

Als er sie bei der Hand nahm, begann sie zu zittern und wollte sich zurückziehen; schließlich aber ließ sie sich doch auf einen Stuhl neben ihm nieder. Dort blieb sie sitzen, bis er nach einer Stunde wieder ging. Was war geschehen? Er drang mit Fragen auf sie ein, bat um eine Erklärung, aber sie vermochte nicht recht Rede und Antwort zu stehen:

Nein, sie sei nicht krank. Sie habe nur über alles nachgedacht ...

Bereute sie denn ihr Versprechen, konnte sie ihn vielleicht nicht liebhaben?

Ja, das ist es ... Aber verzeihen Sie mir und seien Sie mir nicht böse! Sie habe heute nacht darüber nachgedacht, die ganze, ganze Nacht, und habe es immer unmöglicher gefunden. Ja, sie habe auch ihr Herz zu Rate gezogen und fürchte, daß sie ihn nicht so gern haben könne, wie sie sollte.

Na, gut! ... Pause ... Aber glaubte sie nicht, daß sie ihn später doch noch gern haben könnte? Er hatte sich gefreut, mit ihr ein neues Leben in der Welt beginnen zu dürfen. Oh, er wollte so gut gegen sie sein! Das rührte sie, sie preßte die Hand gegen die Brust, sah aber beständig nieder und sagte nichts.

Ja, sie glaube also nicht, daß er es erreichen könnte, später, wenn sie immer zusammen lebten, ihre Liebe zu gewinnen.

Sie flüsterte Nein. Aus ihren langen Wimpern tropften ein paar Tränen.

Sein Körper zitterte, die blauen Adern auf seinen Schläfen schwollen stark an.

Ja, ja, Liebste, dann ist also nichts dabei zu machen! – Dann solle sie nicht mehr weinen. Das ändere an der Sache nichts. Sie möge ihm verzeihen, daß er mit seinen Bitten auf sie eingedrungen sei. Er habe doch das Beste gewollt …

Sie griff schnell nach seiner Hand und hielt sie fest. Er wunderte sich ein wenig über diese plötzliche Heftigkeit und fragte:

Ob etwas Besonderes an ihm sei, das sie abstieße? Er würde sich danach richten, es wiedergutmachen, wenn es in seiner Macht stünde. Liebte sie vielleicht nicht, daß er …

Sie unterbrach ihn rasch:

Nein, nichts, nichts! Aber alles ist so undenkbar, und ich weiß nicht einmal, wer Sie sind, zum Beispiel. Ja, ich weiß, Sie wollen mir wohl, allerdings; verstehen Sie mich nicht falsch …

Wer ich bin, zum Beispiel, wiederholte er und sah sie an. Plötzlich fährt ihm eine Ahnung durch den Kopf, er begreift, daß jemand ihr Vertrauen zu ihm untergraben, daß etwas Feindliches sich zwischen sie und ihn gedrängt hat; er fragt:

Ist heute jemand bei Ihnen gewesen?

Sie antwortet nicht.

Entschuldigen Sie, es ist ja auch gleich, ich habe kein Recht mehr, Sie zu fragen.

Oh, ich war heute nacht so glücklich! sagte sie. Mein Gott, wie wartete ich darauf, daß es Morgen werden sollte, und wie habe ich auch auf Sie gewartet! Aber heute sind mir nur lauter Zweifel gekommen.

Wollen Sie mir wenigstens eines sagen: Sie glauben also nicht, daß ich ehrlich gegen Sie gewesen bin, Sie mißtrauen mir also trotzdem und trotzdem?

Nein, nicht immer. Lieber, seien Sie nicht böse auf mich! Sie sind so fremd hier, ich weiß nichts von Ihnen, außer dem, was Sie mir sagen; vielleicht meinen Sie es jetzt ehrlich, bereuen aber später alles. Ich weiß nicht, welche Gedanken Ihnen später kommen werden.

Pause.

Da faßt er sie unters Kinn, hebt ihren Kopf ein wenig und sagt:

Und was sagte Fräulein Kielland noch?

Sie wurde verwirrt, warf ihm einen scheuen Blick zu, der ihre Bestürzung verriet, und rief aus:

Das sagte ich doch nicht, nein, tat ich das denn? Das sagte ich nicht!

Nein, nein, Sie sagten es nicht. Er fiel in Gedanken; seine Augen starrten auf einen Punkt, ohne etwas zu sehen. Nein, Sie sagten nicht, daß sie es war, Sie erwähnten ihren Namen nicht, beruhigen Sie sich nur ... Aber Fräulein Kielland ist also doch tatsächlich hier gewesen, sie ist durch diese Tür hereingekommen und den gleichen Weg wieder hinausgegangen, nachdem sie ihre Aufgabe erfüllt hatte. Diese Angelegenheit war ihr so wichtig, daß sie heute, trotz dieses Wetters, ausging. Wie merkwürdig ist das! ... Liebe, gute Martha, gute Seele, ich knie vor Ihnen nieder, weil Sie so gut sind! Glauben Sie mir aber dennoch, glauben Sie mir nur heute abend, dann will ich Ihnen später beweisen, wie wenig ich im Sinn habe, Sie zu betrügen. Nehmen Sie Ihr Versprechen jetzt nicht zurück. Denken Sie noch einmal darüber nach, wollen Sie das? Denken Sie bis morgen darüber nach, und lassen Sie mich dann wieder zu Ihnen kommen ...

Nein, ich weiß nicht, unterbrach sie ihn.

Sie wissen nicht? Sie möchten mich also heute abend am liebsten ein für allemal loswerden? Ja, ja.

Ich möchte lieber einmal zu Ihnen kommen, wenn Sie ... ja, wenn Sie verheiratet sind und alles fertig haben ... das Haus ... ich meine, wenn ... ich möchte lieber Magd bei Ihnen sein. Ja, das möchte ich lieber.

Ihr Mißtrauen gegen ihn hatte bereits tiefe Wurzeln geschlagen, er konnte es nicht mehr überwinden, vermochte nicht mehr, ihr Vertrauen wiederzugewinnen. Und mit Kummer fühlte er, wie sie, je mehr er sprach, ihm immer weiter und weiter entglitt. Aber warum weinte sie denn? Was quälte sie? Und warum ließ sie auch seine Hand nicht los? Er kam noch einmal auf Minute zurück. Das war eine Probe; er wollte sie so weit bringen, daß sie ihm morgen eine Begegnung erlaubte, wenn sie das Ganze noch einmal überlegt hatte. Er sagte:

Verzeihen Sie, wenn ich noch einmal, zum letztenmal, Minute vor Ihnen erwähne. Nein, bleiben Sie ruhig, ich habe meine Gründe, wenn ich so spreche. Ich will nichts Schlechtes über diesen Menschen sagen, im Gegenteil, Sie werden sich erinnern, daß ich sogar Ihnen gegenüber so gut wie nur irgend möglich von ihm gesprochen habe. Ich nahm an, daß er mir bei Ihnen im Wege stehen könnte, deshalb erwähnte ich seiner, ich behauptete unter anderem, daß er ebensogut wie jeder andere eine Familie versorgen könne, und glaube heute noch, daß er das kann, wenn ihm im Anfang ein wenig dabei geholfen wird. Aber Sie wollten gar nicht darauf hören, Sie hätten nichts mit Minute zu tun, Sie baten mich sogar, nicht mehr von ihm zu sprechen. Gut! Aber mein Verdacht ist noch nicht ganz beseitigt, Sie haben mich noch nicht vollständig überzeugt, und ich frage Sie wiederum, ob zwischen Ihnen und Minute etwas besteht. In diesem Fall ziehe ich mich sofort zurück. Ja, Sie schütteln den Kopf; aber dann verstehe ich nicht, warum Sie sich weigern, die Sache bis morgen zu überlegen und mir dann Bescheid zu geben. Das wäre nur gerecht. Und Sie, die Sie sonst so gut sind!

Da gab sie nach, ja sie stand sogar auf, ihre Erregung ging mit ihr durch, und lächelnd und weinend strich sie ihm über das Haar, wie schon früher einmal. Gut, sie wolle ihn morgen wieder treffen, ja, das wolle sie gerne; er möchte nur ein wenig früher kommen, um vier Uhr, fünf Uhr, solange es hell sei, dann könne niemand etwas sagen. Aber jetzt müsse er gehen, es sei am besten, er ginge sofort. Ach ja, dann sähen sie sich also morgen wieder, sie würde gewiß daheim sein und auf ihn warten ...

Dieses merkwürdige Kind von einem alten Mädchen! Wegen eines Wortes, einer halben Bemerkung flammte ihr Herz auf und riß sie zu Zärtlichkeiten, zu Lächeln hin. Sie hielt ihn bei der Hand, bis er ging, begleitete ihn an die Türe und hielt ihn immer noch an der Hand. An der Treppe sagte sie sehr laut Gute Nacht, als könne jemand in der Nähe sein, dem sie trotzen wollte.

Der Regen hatte aufgehört, hatte endlich beinahe aufgehört; hie und da sah man schon zwischen den trüben Wolken ein Stück blauen Himmels, und nur manchmal noch fiel ein Regentropfen auf die nasse Erde.

Nagel atmete freier. Ja, er würde ihr Zutrauen wiedergewinnen; weshalb sollte es ihm nicht gelingen?

Er ging nicht heim, sondern schlenderte an den Speichern vorbei, am Meer entlang, vorbei an den letzten Häusern der Stadt und kam auf den Weg zum Pfarrhof. Kein Mensch war zu sehen.

Als er noch einige Schritte gegangen war, erhebt sich plötzlich jemand vom Wegrande und geht vor ihm her. Es ist Dagny; der helle Zopf hängt über den Regenmantel herab.

Es durchschüttelte ihn vom Kopf bis zum Fuß, und einen Augenblick stand er still; er war höchst erstaunt. War denn auch sie heute nicht auf dem Basar? Oder ging sie nur ein wenig spazieren, bevor die lebenden Bilder begannen? Unendlich langsam bewegte sie sich vorwärts, blieb sogar ein paarmal stehen und sah nach den Vögeln in der Luft, die wieder zwischen den Bäumen zu fliegen begannen. Hatte sie ihn gesehen? Wollte sie ihn auf die Probe stellen? War sie bei seinem Kommen aufgestanden, um zu versuchen, ob er es noch einmal wagte, sich ihr zu nähern?

Sie konnte sich beruhigen, er würde sie jetzt nie mehr belästigen! Und plötzlich erwachte in ihm ein Zorn, ein blinder und dumpfer Zorn gegen dieses Mädchen, das ihn vielleicht noch einmal in Versuchung führen wollte, nur um der Befriedigung willen, ihn hinterher demütigen zu können. Sie war imstande, den Leuten oben im Basar noch einmal zu erzählen, daß er ihr begegnet sei. War sie nicht eben bei Martha gewesen und hatte auch dort sein Glück vereitelt? Konnte sie jetzt nicht einhalten und aufhören, ihm Böses in den Weg zu legen? Sie hatte ihm nach Verdienst heimzahlen wollen, gut, aber sie bezahlte derber, als notwendig war.

Beide gehen gleich langsam, einer hinter dem andern, es war beständig ein Abstand von fünfzig Schritten zwischen ihnen. Dies dauerte mehrere Minuten. Plötzlich verliert sie ihr Taschentuch. Er sieht es fallen, sieht, wie es an ihrem Mantel herunterflattert und auf dem Weg liegenbleibt. Wußte sie, daß sie es verloren hatte?

Und er sagt sich, daß sie ihn auf die Probe stellen wollte, ihre Wut gegen ihn hatte sich noch nicht gelegt, sie wollte ihn veranlassen, dieses Taschentuch aufzuheben und ihr zu bringen, damit sie ihm ins Gesicht sehen und sich über seine Niederlage bei Martha richtig ergötzen konnte. Sein Zorn steigt, er preßt die Lippen zusammen und zieht seine Stirne in leidenschaftliche Falten. Hehe, ja, nicht wahr, er hätte sich vor sie hinstellen, sich ihr preisgeben und von ihr auslachen lassen sollen! Sieh, sieh, dort ließ sie ihr Taschentuch fallen; es liegt auf dem Weg, mitten auf dem Weg, es ist weiß und sehr, sehr fein, ein Spitzentaschentuch sogar, man könnte sich bücken und es aufheben ...

Er ging gleichmäßig langsam weiter, und als er zu dem Taschentuch kam, trat er darauf und setzte seinen Weg fort.

In dieser Weise schritten sie beide weiter; er bemerkte, daß sie plötzlich auf die Uhr sah und auf einmal umkehrte. Sie kam gerade auf ihn zu. Hatte sie ihr

Taschentuch vermißt? Da kehrte auch er um und ging langsam vor ihr her. Als er wieder zu dem Taschentuch kam, trat er abermals darauf, zum zweitenmal, und dies vor ihren Augen. Und er ging weiter. Er fühlte, daß sie dicht hinter ihm war, und beeilte sich doch nicht. So wanderten sie eines vor dem anderen her, bis sie in die Stadt kamen.

Sie nahm, wie er vermutet hatte, den Weg zum Basar. Er ging nach Hause.

In seinem Zimmer angelangt, öffnete er ein Fenster, lehnte sich auf den Ellbogen hinaus, gebrochen, vernichtet vor Erregung. Sein Zorn war jetzt vorbei, er krümmte sich zusammen und begann, den Kopf auf die Arme gelegt, zu schluchzen, schluchzen, stumm, mit trockenen Augen und bebendem Körper. So war das abgelaufen! Oh, wie er es bereute, wie er es ungeschehen wünschte! Sie hatte ihr Taschentuch fallen lassen, vielleicht absichtlich, vielleicht, um ihn zu demütigen; aber was weiter? Er hätte es aufheben können, es stehlen und sein Leben lang auf der Brust tragen können. Es war schneeweiß gewesen, und er hatte es in den schmutzigen Weg getreten. Sie hätte es ihm vielleicht gar nicht mehr weggenommen, wenn er es erst in den Händen gehabt hätte; vielleicht hätte sie es ihm gelassen, Gott mag das wissen! Hätte sie aber trotzdem die Hand danach ausgestreckt, würde er sich niedergeworfen und darum gebeten haben, mit aufgehobenen Händen gebeten, es als ein Andenken, eine Gnade behalten zu dürfen. Was hätte es geschadet, wenn sie ihn wieder verhöhnt hätte?

Plötzlich fährt er auf, in zwei Sprüngen ist er die Treppe hinunter, stürmt auf die Straße hinaus, durchläuft die ganze Stadt in ein paar Minuten und ist wieder auf dem Weg zum Pfarrhof. Vielleicht konnte er das Taschentuch noch finden! Und richtig, sie hatte es liegengelassen, obwohl er bestimmt wußte, daß sie gesehen hatte, wie er zum zweitenmal darauf getreten war. Welches Glück hatte er trotz allem noch! Gott sei Dank! Klopfenden Herzens steckt er es zu sich, eilt heim und wäscht es, wäscht es unzählige Male in frischem Wasser und breitet es vorsichtig aus. Es war bös zugerichtet, in der einen Ecke sogar von einem Absatz zerrissen; aber was tat das! Oh, wie glücklich war er, weil er es gefunden hatte!

Erst als er sich wieder ans Fenster setzte, entdeckte er, daß er ohne Mütze durch die Stadt gelaufen war. Ja, er war verrückt, er war verrückt! Wenn sie ihn nun gesehen hätte! Sie hatte ihn auf die Probe stellen wollen, und eigentlich war er auch tatsächlich jämmerlich dabei durchgefallen. Nein, das mußte jetzt ein rasches Ende haben! Ruhigen Herzens, erhobenen Hauptes und mit kaltem Blick, ohne sich zu verraten, mußte er ihr in die Augen sehen können. Ja, er wollte es versuchen! Er wollte wegreisen und Martha mitnehmen. Sie war zu gut für ihn, ach, aber er wollte sie sich verdienen; niemals rasten, niemals sich eine Stunde der Ruhe gönnen, bevor er sie sich verdient hatte.

Das Wetter hellte sich immer mehr auf, leise Windstöße führten den Duft von frischem Gras und feuchter Erde durch das Fenster herein und belebten ihn immer mehr. Ja, morgen würde er wieder zu Martha gehen und sie so demütig bitten, nachzugeben ...

18

Aber schon am Vormittag des nächsten Tages wurde seine Hoffnung vollständig zerstört. Zuerst kam Doktor Stenersen. Er kam, noch ehe Nagel aufgestanden war. Der Doktor bat um Entschuldigung, aber dieser Teufelsbasar nehme ihn Tag und Nacht in Anspruch. Ja, er hätte einen Auftrag, eine Mission: es handle sich darum, ihn – Nagel – dazu zu bewegen, heute abend wieder auf dem Basar aufzutreten. Die wunderbarsten Gerüchte über sein Spiel liefen um, die Stadt schliefe nicht mehr vor lauter Neugierde; wirklich wahr! Sie lesen die Zeitungen, wie ich sehe! Ja, die Politik! Haben Sie die letzten Ernennungen verfolgt? Im großen und ganzen fielen die Wahlen ja nicht so aus, wie es hätte sein sollen, die Schwedischen wurden nicht genügend geschlagen ... Ich finde, Sie bleiben ziemlich lange liegen; es ist zehn Uhr. Und ein Wetter ist draußen, alles zittert vor Wärme! Sie sollten einen Morgenspaziergang machen.

Ja, Nagel wollte jetzt auch aufstehen.

Nun, was durfte also den Spitzen des Basars geantwortet werden?

Nein, Nagel wollte nicht spielen.

Nicht? Aber es sei doch eine Sache von vaterländischer Bedeutung; habe er das Recht, sich diesem kleinen Dienst zu entziehen?

Nein, er könne nicht.

Herrgott, nun war gerade solche Stimmung dafür, besonders die Damen hatten den Doktor gestern abend förmlich darum bestürmt, daß er es durchsetzen solle. Fräulein Andresen hatte ihm nicht Ruhe noch Rast gelassen, und Fräulein Kielland hatte ihn sogar auf die Seite gezogen und ihn gebeten,

Nagel auf gar keinen Fall auszulassen, ehe er nicht versprochen habe zu kommen.

Ja, aber Fräulein Kielland wisse doch gar nicht, wie er spiele? Sie habe ihn doch noch nie gehört.

Nein, aber sie war doch die Eifrigste gewesen; sie hatte sich sogar angeboten, ihn zu begleiten ... Zum Schluß meinte sie: Sagen Sie ihm, wir bäten ihn alle miteinander ... Sie könnten doch wirklich diese zehn, zwölf Bogenstriche machen und uns diese Freude bereiten.

Er könne nicht, er könne nicht!

Ja, sehen Sie, das sind nun wieder nur Ausreden; er konnte doch am Donnerstagabend.

Nagel wand sich ein wenig: Und wenn er jetzt nur diesen armseligen Brocken könnte, dieses eine unzusammenhängende Potpourri, wenn er sich nur gerade diese paar Tänze auf den Glanz eingeübt hätte, um die Leute eines Abends in Erstaunen zu setzen? Und abgesehen davon, er spiele falsch wie die Sünde; er selbst hielte es nicht aus, sich zuzuhören, nein, wahrhaftig nicht!

Ja, aber ...

Doktor, ich tue es nicht!

Aber wenn schon nicht heute abend, dann doch wenigstens morgen abend? Morgen ist Sonntag, der letzte Tag, und wir hoffen auf einen besonders starken Besuch.

Nein, Sie müssen mir verzeihen, ich spiele auch morgen abend nicht. Es ist dumm, eine Geige überhaupt anzurühren, wenn man nicht besser spielt als ich. Es ist doch merkwürdig, daß *Sie* das nicht heraushören!

Darauf biß der Doktor an.

Ja, sagte er, ich fand schon, daß es dann und wann ein wenig falsch klang; aber zum Teufel, es sind doch nicht alle Kenner.

Es nützte nichts, der Doktor erhielt ein beharrliches Nein und mußte gehen.

Nagel begann sich anzukleiden. Ach, wirklich, sogar Dagny war so eifrig bemüht, ihn dazu zu bringen, sie würde ihn sogar begleitet haben! Eine neue Falle, was? Gestern mißglückte es ihr, und nun wollte sie sich auf diese Weise schadlos halten? ... Herrgott, vielleicht tat er ihr auch Unrecht, vielleicht wollte sie ihn jetzt nicht mehr hassen, wollte ihn in Frieden lassen! Und er bat sie im Herzen um Verzeihung für seinen Verdacht. Er sah auf den Marktplatz hinaus; der herrlichste Sonnenschein und ein hoher Himmel. Er summte.

Als er beinahe zum Fortgehen bereit war, reichte Sara ihm einen Brief durch die Türe herein; er kam nicht von der Post, sondern durch einen Boten. Der Brief war von Martha und enthielt nur wenige Zeilen: Er solle heute abend doch nicht kommen, sie sei abgereist. Er möge ihr um Gottes willen alles vergeben und sie nicht mehr besuchen; sie litte bei einem Wiedersehen. Lebewohl. Zu unterst am Brief, unter ihrem Namen, hatte sie hinzugefügt, daß sie ihn niemals vergessen werde. Ich kann Sie niemals vergessen, schrieb sie. Überhaupt klang ein Ton der Wehmut durch die wenigen Zeilen des Briefes, sogar die Buchstaben hatten ein trauriges, ärmliches Aussehen.

Er ließ sich auf einen Stuhl fallen. Alles war verloren, verloren! Sogar da war er zurückgewiesen worden! Wie merkwürdig ging es doch zu; alles verschwor sich gegen ihn! Hatte er es wohl jemals besser und ehrlicher gemeint als hier! Und trotzdem, trotzdem half es nichts! Einige Minuten lang sitzt er unbeweglich da.

Plötzlich springt er vom Stuhl auf; und er sieht auf die Uhr, es ist elf Uhr. Wenn er vielleicht sofort wegginge, konnte er Martha noch treffen, ehe sie abreiste! Augenblicklich begibt er sich zu ihrem Haus hinunter; es ist abgeschlossen und leer. Er schaut durch die Fenster in beide Zimmer und kann niemand entdecken.

Geschlagen und stumm kehrt er wieder ins Hotel zurück, ohne zu wissen, wo er geht, ohne von der Straße aufzusehen. Wie konnte sie das tun! Wie konnte sie das tun! Er hätte ihr doch Lebewohl sagen und ihr alles, alles Gute wünschen können auf allen ihren Wegen. Er wäre vor ihr niedergekniet, um ihrer Güte willen, denn sie hatte das reinste Herz, und sie hätte es nicht ertragen können, daß er das getan hätte. Ja, ja, nun war nichts mehr zu machen!

Als er Sara im Gang traf, erfuhr er, daß der Brief durch einen Boten aus dem Pfarrhof geschickt worden sei. So war auch das Dagnys Werk, sie hatte das Ganze veranlaßt, hatte genau berechnet und rasch gehandelt. Nein, sie würde ihm nie verzeihen!

Den ganzen Tag streifte er in den Straßen umher, war bald in seinem Zimmer, bald im Wald draußen, überall; nicht einen Augenblick hatte er Ruhe. Beständig ging er mit gebeugtem Kopf und mit weit offenen Augen, die nichts sahen.

Am nächsten Tag war es genau das gleiche. Es war Sonntag, eine Menge Menschen waren vom Land hereingekommen, um am letzten Tag den Basar zu besuchen und die lebenden Bilder zu sehen. Nagel wurde wieder gebeten, eine einzige Nummer zu spielen, diesmal durch einen anderen Herrn der Leitung, durch Konsul Andresen, Fredrikkes Vater; aber auch diesmal schlug er es ab. Vier ganze Tage lang ging er wie ein Verrückter umher, in einer merkwürdig abwesenden Stimmung, als sei er von einem Gedanken, einem Gefühl besessen. Jeden Tag, und an jedem Tag mehrmals, war er unten an Marthas Haus und sah nach, ob sie nicht zurückgekommen sei. Wohin war sie gereist? Aber wenn er sie auch gefunden hätte, wäre es doch nutzlos gewesen; nutzlos!

Eines Abends wäre er beinahe mit Dagny zusammengestoßen. Sie kam aus einem Laden und streifte fast seinen Ellbogen. Sie bewegte die Lippen, als wolle sie ihn ansprechen, wurde aber plötzlich rot und schwieg. Er erkannte sie nicht sogleich, und in der Verwirrung blieb er einen Augenblick stehen und sah sie an, ehe er sich umwandte und sich entfernte. Sie kam nach, er hörte an ihrem Schritt, daß sie schneller und schneller ging; er hatte das Gefühl, sie wolle ihn einholen, und er beschleunigte deshalb seinen Gang, um fortzukommen, sich vor ihr zu verstecken. Er hatte Angst, sie würde ihn aufs neue in irgendein Unglück stürzen! Endlich erreichte er sein Hotel, er lief hinein und eilte in höchster Unruhe auf sein Zimmer. Gott sei Dank, er war gerettet!

Das war am vierzehnten Juli, an einem Dienstag ...

Am nächsten Morgen schien er einen Entschluß gefaßt zu haben, einen Entschluß, irgend etwas zu tun. Sein Gesicht hatte sich in diesen wenigen Tagen ganz verändert, es war grau und starr geworden, und seine Augen waren ohne Leben. Immer öfter auch ging er ein gutes Stück weit durch die Stadt, ehe er entdeckte, daß seine Mütze noch im Hotel lag. Bei solchen Gelegenheiten pflegte er sich zu sagen, daß dies ein Ende haben müsse, ein für allemal ein Ende, und wenn er das sagte, ballte er die Hände hart zusammen.

Als er am Mittwochmorgen aufstand, untersuchte er zuerst die kleine Giftflasche in seiner Westentasche, schüttelte sie, roch daran und steckte sie wieder ein. Während er sich dann ankleidete, begann er aus alter Gewohnheit, mit einer dieser langen und unordentlichen Gedankenreihen zu spielen, die ihn häufig beschäftigten und seinen müden Kopf niemals zur Ruhe kommen ließen. Mit einer verrückten, ungeheuren Hast tat sein Gehirn diese Arbeit; er war erregt und so verzweifelt, daß er oft Mühe hatte, die Tränen zurückzuhalten, und dabei drangen tausend Dinge auf ihn ein:

Ja, Gott sei Dank, er hatte seine kleine Flasche! Die Flüssigkeit war klar wie Wasser und roch nach Mandeln. O ja, er würde doch noch sehr bald, sehr bald Verwendung dafür haben, wenn sich kein anderer Rat fand. Es war eben doch das Ende. Und warum nicht? Er hatte so närrisch schön von einer Tat auf Erden geträumt, von etwas Großem, von Taten, vor denen sich die Fleischfresser bekreuzigen sollten – und das war schlimm ausgefallen; er hatte die Aufgabe nicht bewältigt. Warum sollte er keine Verwendung für die Flüssigkeit haben? Es blieb nur noch übrig, sie ohne allzu viele Grimassen zu verschlucken. Ja, ja, das würde er tun, wenn die Zeit erfüllt war, wenn die Stunde schlug.

Und Dagny sollte gewinnen ...

Wie mächtig war dieses Menschenkind, so durchschnittlich sie war, mit einem langen Zopf und einem verständigen Herzen! Er konnte sich gut in den armen Mann hineindenken, der nicht ohne sie leben wollte, jenen mit dem Stahl und dem letzten Nein. Er wunderte sich nicht mehr über ihn, der Arme hatte Schluß gemacht, und was hätte er sonst tun sollen? ... Wie ihre blauen Samtaugen funkeln werden, wenn auch ich jetzt den gleichen Weg gehe! Aber ich liebe dich, liebe dich auch deshalb. Nicht nur um deiner Tugenden, sondern auch um deiner Bosheit willen. Du quälst mich zu sehr mit deiner Nachsicht; warum duldest du, daß ich mehr als ein Auge habe? Du solltest das andere nehmen, ja, alle beide; du solltest es nicht zugeben, daß ich friedlich auf der Straße gehen darf und ein Dach über dem Kopf habe. Du hast Martha von mir weggerissen, ich liebe dich trotzdem, und du weißt das und lachst nur darüber, und auch dafür liebe ich dich, weil du darüber lachst. Kannst du mehr verlangen? Ist das nicht genug? Ich liebe deine langen, weißen Hände, deine Stimme, dein helles Haar, deinen Atem und deine Seele wie nichts in der Welt, und ich kann mich nicht davor retten und habe mich nicht mehr in der Gewalt. Ja, du darfst gerne meiner spotten und über mich lachen, was tut das, Dagny, wenn ich dich liebe? Ich kann nicht finden, daß sich dadurch etwas ändert; du kannst mir antun, was dir einfällt, und du bist immer gleich schön und liebenswert in meinen Augen, ich gebe das willig zu. Ich habe dich irgendwie enttäuscht, du findest mich böse und schlecht, du hältst mich alles Schlimmen für fähig. Könnte ich meinen geringen Wuchs durch irgendeinen Betrug verbessern, so würde ich es tun. Ja, und was weiter? Wenn du das sagst, dann ist es auch so, dann ist es auch mir recht, und ich versichere dir, meine Liebe beginnt in mir zu singen, auch wenn du das sagst. Selbst wenn du mich geringschätzig ansiehst oder mir den Rücken wendest, ohne auf meine Frage zu antworten, oder wenn du mich auf der Straße einzuholen versuchst, um mich zu demütigen, auch da bebt dir mein Herz in Liebe entgegen. Du mußt mich verstehen, ich betrüge jetzt keinen von uns beiden, aber es ist mir gleich, ob du wiederum lachst, das verändert meine Gefühle nicht; so steht es. Und sollte ich einmal einen Diamanten finden, so müßte er Dagny heißen, denn nur allein dein Name macht mich heiß vor Freude. So weit aber gehe ich sogar, daß ich unablässig deinen Namen hören könnte, ihn von allen Menschen und Tieren und allen Bergen und Sternen nennen hören könnte, daß ich für alles andere taub sein möchte und nur mein ganzes Leben lang Tag und Nacht deinen Namen als einen unendlichen Ton in meinem Ohre hören möchte. Ich könnte dir zu Ehren einen neuen Eid erfinden, einen Eid für alle Völker der Erde, nur dir zu Ehren. Und wenn ich dabei sündigte, und Gott warnte mich, würde ich ihm antworten: Schreibe es zu meinen Schulden, rechne es an, ich bezahle es mit meiner Seele, wenn die Zeit erfüllt ist, wenn die Stunde schlägt …

Wie merkwürdig ist alles! Überall bin ich gehemmt, und doch bin ich der gleiche an Stärke und Lebenskraft, die gleichen Möglichkeiten wie früher stehen mir offen, ich könnte die gleiche Arbeit tun. Warum bin ich denn gehemmt, und warum sind mir auf einmal alle Möglichkeiten unmöglich geworden? Bin ich selbst daran schuld? Ich weiß nicht wodurch. Ich habe alle meine Sinne, habe keine schädlichen Gewohnheiten, unterliege keinem einzigen Laster, stürze mich auch nicht blind in die Gefahr. Ich denke wie früher, fühle wie früher, bin Herr über meine Bewegungen wie früher, ja, und ich schätze die Menschen ein wie früher. Ich gehe zu Martha, ich weiß, sie ist die Erlösung, sie ist die gute Seele, mein guter Engel. Sie hat Angst, sie fürchtet sich sehr; aber schließlich will sie doch, wie ich will, und wir sind einig. Gut! Ich träume von einem Leben in glücklichem Frieden; wir ziehen uns in die Einsamkeit zurück, wir wohnen in einer Hütte am Rande einer Quelle, wir streifen durch die Wälder, mit kurzen Kleidern und Spangenschuhen – genau so, wie ihr sentimentales und freundliches Herz es verlangt. Warum nicht? Mohammed geht zum Berg! Und Martha ist dabei, Martha ist dabei, Martha erfüllt meinen Tag mit Reinheit und die Nacht mit Ruhe, und der Herr in der Höhe ist über uns. Jetzt aber mischt sich die Welt hinein, die Welt bäumt sich auf, die Welt nennt es Wahnsinn. Die Welt sagt, ein vernünftiger Mann und eine vernünftige Frau würden das nicht getan haben, folglich ist es Wahnsinn, so etwas zu tun. Und ich trete als der einzige vor, stampfe auf den Boden und sage, es *ist* vernünftig! Was weiß die Welt? Nichts! Man gewöhnt sich nur an ein Bild, man nimmt es an, erkennt es an, denn unsere Lehrer haben es vor uns anerkannt, alles ist einzig und allein eine Annahme, ja sogar Zeit, Raum, Bewegung, Materie sind eine Annahme. Die Welt weiß nichts, sie übernimmt nur …

Einen Augenblick hielt Nagel die Hand vor die Augen und bewegte den Kopf hin und her, als schwirre es vor ihm. Er stand mitten im Zimmer.

Woran dachte ich eben jetzt? … Gut, sie fürchtete sich vor mir; aber wir wurden doch einig. Und ich fühle in meinem Herzen, daß ich ihr mein Leben lang alles Gute tun muß. Ich will der Welt mein Bündnis aufsagen, ich sende ihr den Ring zurück; wie ein Narr habe ich mich unter anderen Narren getummelt, verrückte Streiche habe ich begangen, und ich habe auch Geige gespielt, und die Leute haben gerufen: Gut gebrüllt, Löwe! Es ekelt mich vor dem unsäglich rohen Triumph, die Fleischfresser klatschen zu hören, ich konkurriere nicht mehr mit einem Telegraphisten von Kabelvaag, ich gehe in das Tal des Friedens und werde das friedlichste Wesen des Waldes. Ich verehre meinen Gott, summe zufrieden Lieder vor mich hin, werde abergläubisch, rasiere mich nur zur Zeit der Flut und beobachte den Schrei gewisser Vögel, wenn ich mein Korn säe. Und wenn ich von der Arbeit müde bin, steht meine Frau in der Türe und winkt mir zu, und ich segne sie und danke ihr für all ihr freundliches Lächeln … Martha, wir waren doch einig, war es nicht so? Du versprachst es so bestimmt, du wolltest es zum Schluß doch selbst, als ich dir alles erklärte? Und dann wurde doch nichts aus dem Ganzen. Du wurdest mir entführt, überrumpelt und entführt, nicht zu deinem, sondern zu meinem Verderben …

Dagny, ich liebe dich nicht, du hast mich überall aufgehalten, ich liebe deinen Namen nicht, er reizt mich, macht mich zornig, ich nenne dich Dangni und strecke die Zunge heraus … Höre mich um Christi willen! Ich werde zu dir kommen, wenn die Stunde geschlagen hat, wenn ich tot bin, ich werde mich dir an der Brandmauer zeigen, mit einem Gesicht wie ein Treffbube, und ich werde dich als Skelett verfolgen, auf einem Bein um dich herumtanzen und mit meinem Griff deine Arme lähmen. Das will ich tun, das will ich tun! Gott bewahre mich vor dir, jetzt und alle Zeit, das heißt, der Teufel soll dich holen, darum bitte ich innig …

Und was dann? Zum siebenten und letztenmal, was dann? Ich liebe dich trotzdem, und, Dagny, du weißt gut, daß ich dich trotzdem liebe und alle meine bitteren Worte bereue. Aber was weiter? Was nützt es mich? Und außerdem, wer weiß, ob es nicht so am besten ist? Wenn du sagst, daß es so am besten sei, dann ist es auch so, ich fühle das gleiche wie du, ich bin ein aufgehaltener Wanderer. Aber wenn du auch gewollt hättest und mit allen anderen gebrochen und dich an mich gebunden hättest – was ich nicht verdient hätte, aber trotzdem, nehmen wir es an –, wozu hätte es geführt? Du hättest mir höchstens helfen wollen, meine Werke zu schaffen, meine Arbeit in der Welt zu vollbringen – ich sage dir, das beschämt mich, mein Herz steht still vor Scham, wenn ich daran denke. Ich würde tun, was du wolltest, denn ich liebe dich, aber ich würde dabei in meiner Seele leiden ... Na, was in aller Welt nützt es, ein Ding nach dem anderen *anzunehmen*, unmögliche Ausgangspunkte aufzustellen? Du würdest nicht mit allen anderen brechen und dich nicht an mich binden, du bedankst dich, lachst mich aus, verhöhnst mich; was habe ich also mit dir zu schaffen? Punktum.

Er schwieg. Dann mit Heftigkeit:

Übrigens will ich dir sagen, daß ich jetzt dieses gute Glas Wasser trinke und mich den Teufel um dich schere. Es ist unsagbar dumm von dir zu glauben, daß ich dich liebe, daß ich mir wirklich diese Mühe gebe, jetzt, da die Zeit so bald erfüllt ist. Ich verabscheue dein ganzes gutbürgerliches Dasein, so geziert, wohlfrisiert und nichtssagend, wie es ist. Ich verabscheue es, weiß Gott, das tue ich, und wenn ich an dich denke, fühle ich in mir eine Erbitterung wie ein heiliges Donnerwetter. Was würdest du aus mir gemacht haben? Hehe, ich möchte darauf schwören, daß du einen großen Mann aus mir gemacht hättest. Hehe, gehe hin und schlage dich an die Brust! Ich schäme mich bis ins Innerste für deine großen Männer ...

Ein großer Mann! Wieviel große Männer gibt es in der Welt? Zunächst: die großen Männer in Norwegen, die sind die größten. Dann die großen Männer in Frankreich, im Lande Victor Hugos und der Dichter, dann kommen die großen Männer dort in Barnums Reich. Und alle diese großen Männer balancieren auf einem Weltkörper, der im Verhältnis zum Sirius nicht größer ist als der Rücken einer Laus. Aber ein großer Mann ist kein kleiner Mann, ein großer Mann wohnt nicht in Paris, er bewohnt Paris. Ein großer Mann steht so hoch, daß er sich selbst auf den Kopf sehen kann. Lavoisier bat darum, mit dem Köpfen so lange zu warten, bis er eine chemische Untersuchung vollendet hätte, das heißt: Störe meine Kreise nicht! Hehe, welch eine Komödie! wenn doch nicht einmal, nein, nicht einmal Eukleides, Eukleides mit den Axiomen, mehr als einen Ör zum

Grundwert beigetragen hat! Ach, wie ärmlich und genügsam und wenig stolz hat man es auf der Erde des Herrn eingerichtet!

Da geht man hin und macht große Männer aus den zufälligsten Professionisten, die zufälligerweise den Konzentrierungsapparat der Elektrizität verbessert haben oder die zufälligerweise genügend Muskelkraft gehabt haben, sich auf einem Fahrrad durch Schweden durchzustrampeln. Ja, und zur Förderung der Anbetung großer Männer läßt man große Männer Bücher schreiben! Hehe, das ist wirklich lustig, das ist sein Geld wert! Schließlich will jede Gemeinde ihren großen Mann haben, einen Rechtskandidaten, einen Romanschriftsteller, einen Polarschiffer von ungeheurer Größe. Und die Erde wird so großartig flach und einfach und eben zu überblicken ...

Dagny, jetzt bin ich an der Reihe: ich bedanke mich, ich lache dich aus, ich verhöhne dich; was hast du denn mit mir zu schaffen? Ich werde niemals ein großer Mann sein ...

Aber sagen wir einmal, es gäbe eine ungeheure Menge großer Männer, eine Legion von Genies von der und der Größe; warum sollen wir das nicht annehmen? Und was dann? Soll mir vielleicht die Anzahl imponieren? Im Gegenteil, je mehr es von dieser Art gibt, desto gewöhnlicher werden sie! Oder soll ich so tun, wie die Welt tut? Die Welt ist sich immer gleich, sie erkennt auch hier an, was die Welt früher erkannt hat, sie bewundert, fällt in die Knie, läuft den großen Männern mit Hurrarufen nach. Und das sollte auch ich tun? Komödie, Komödie! Der große Mann geht auf der Straße, ein Menschenkind stupft das andere in die Seite und sagt: Da geht der und der große Mann! Der große Mann sitzt im Theater, eine Lehrerin kneift die andere in den entkräfteten Schenkel und flüstert: Dort in der Proszeniumsloge sitzt der und der große Mann! Hehe. Und er selbst, der große Mann? Er kassiert ein! Ja, das tut er. Die Menschenkinder haben recht, findet er, er nimmt ihre Aufmerksamkeiten wie etwas ihm Gebührendes entgegen, er verschmäht sie nicht, er errötet nicht. Warum auch sollte er erröten? Ist er nicht ein großer Mann?

Aber der junge Student Öien würde hier protestieren. Er will selbst ein großer Mann werden, in den Ferien schreibt er an einem Roman. Er würde wieder auf meine Inkonsequenz hinweisen: Herr Nagel, Sie sind nicht konsequent, erklären Sie sich deutlicher!

Und ich würde meine Meinung erklären.

Aber der junge Öien würde sich nicht zufrieden geben, er würde fragen: Dann gibt es eigentlich keine großen Männer?

Ja, das würde er fragen, auch nachdem ich ihm sogar meine Meinung erklärt hätte! Hehe, so würde es sich für ihn darstellen. Na, aber trotzdem würde ich ihm, so gut ich es vermöchte, wieder antworten, würde in Eifer kommen und erwidern: Es gibt eben ganz einfach eine Legion großer Männer, verstehen Sie jetzt, was ich meine? Es gibt eine Legion! Aber *größte* Männer gibt es sehr, sehr wenige. Sehen Sie, das ist der Unterschied. Bald wird in jeder Gemeinde ein großer Mann sein; aber von den größten Männern gibt es vielleicht nicht einmal einen in jedem Jahrtausend. Unter einem großen Mann versteht die Welt ganz einfach ein Talent, ein Genie, und, lieber Gott, Genie ist ein sehr demokratischer Begriff: So und so viele Pfund Beef am Tag zu fressen, gibt Genie bis ins dritte, vierte, fünfte, zehnte Glied. Das Genie in populärer Bedeutung ist nicht das Unerhörte, ein Genie ist nur ein menschliches Apropos; man bleibt dabei stehen, aber man steilt nicht davor zurück. Stellen Sie sich vor, Sie befänden sich an einem sternhellen Winterabend in einem Observatorium und sähen sich durch das Fernglas den Orionnebel an. Da hören Sie, wie Fearnley sagt: Guten Abend, guten Abend! Sie sehen sich um, Fearnley verbeugt sich tief, ein großer Mann ist zur Türe hereingekommen, ein Genie, der Herr aus der Proszeniumsloge. Und nicht wahr, da lächeln Sie ein wenig bei sich selbst und wenden sich wieder dem Orionnebel zu? So ist es mir ergangen ... Haben Sie nun meine Meinung verstanden? Ich will sagen: Statt der gewöhnlichen großen Männer, um deretwillen die Menschen vor Ehrfurcht einander anstoßen, ziehe ich die kleinen, unbekannten Genies vor, die Jünglinge, die in den Schuljahren sterben, weil ihre Seele sie zersprengt, feine, blendende Johanniskäfer, denen man begegnet sein muß, solange sie noch am Leben waren, um zu wissen, daß sie existiert haben. So ist mein Geschmack. Vor allem aber sage ich: Es gilt, das höchste Genie von dem hohen Genie zu unterscheiden, das höchste hoch zu halten, damit es nicht in dem Proletariat der Genies ertrinkt. Ich will den unerhörten Erzgeist an seinem Platz sehen. Treffen Sie doch eine Auswahl, bringen Sie mich zum Wanken. Lassen Sie mich mit den Gemeindegenies in Ruhe, es gilt das allerhöchste zu finden. Seine Eminenz, den Gipfelpunkt ...

Worauf Jung-Öien sagen wird – ich kenne ihn doch, er wird sagen: Aber das sind wirklich nur Theorien, Paradoxa.

Und ich kann nicht einsehen, daß es nur Theorien sind, ich kann es nicht, Gott helfe mir, so unselig anders sehe ich die Dinge an. Ist das mein Fehler, ich meine:

bin ich persönlich daran schuld? Ich bin ein Fremder, ein Ausländer des Daseins, Gottes fixe Idee, nennt mich, wie ihr wollt ...

Mit steigender Heftigkeit:

Und ich sage euch: es rührt mich nicht, wie ihr mich nennt; ich ergebe mich nicht, in alle Ewigkeit nicht. Ich beiße die Zähne zusammen und verhärte mein Herz, denn ich habe recht; als einziger will ich vor der Welt stehen und nicht nachgeben! Ich weiß, was ich weiß, in meinem Herzen habe ich recht; bisweilen, in gewissen Stunden, ahne ich den unendlichen Zusammenhang in allem. Noch etwas habe ich hinzuzufügen vergessen, ich lasse nicht nach: Eure dummen Annahmen wegen der großen Männer will ich alle zu Boden schlagen. Jung-Öien behauptet, meine Meinung sei nur eine Theorie. Gut, wenn meine Meinung eine Theorie ist, so schlage ich sie nieder und bringe eine andere vor, die noch besser ist; denn ich scheue nichts. Und ich sage ... wartet ein wenig, ich bin überzeugt, daß ich noch etwas Besseres sagen kann, denn mein Herz ist voll des Rechtes; ich sage: Ich verachte und verhöhne den großen Mann in der Proszeniumsloge, er ist in meinem Herzen ein Bajazzo und ein Narr. Wenn ich seine aufgeblähte Brust und seine siegessichere Miene sehe, verzieht sich mein Mund vor Verachtung. Hat sich der große Mann selbst zu seinem Genie durchgekämpft? Ist er nicht damit geboren worden? Warum ihm dann Hurra zurufen?

Und Jung-Öien fragt: Aber Sie selbst wollen doch Seine Eminenz den Gipfelpunkt auf seinen Platz stellen. Sie bewundern doch den Erzgeist, der ebenfalls sein Genie sich nicht selbst erkämpft hat?

Und wieder meint Jung-Öien, er habe mich auf einer Inkonsequenz ertappt, so wenigstens stellt es sich für ihn dar! Aber wieder antworte ich ihm, denn das heilige Recht hat sich meiner bemächtigt: Ich bewundere auch den Erzgeist nicht, ich zerschmettere sogar Seine Eminenz den Gipfelpunkt, wenn es notwendig ist und die Erde dadurch rein gefegt wird. Man bewundert den Erzgeist wegen seiner Größe, wegen seines Höchstmaßes an Genie, – als sei das Genie das eigene Verdienst des Erzgeistes, als gehöre das Genie nicht der ganzen Menschheit und sei nicht buchstäblich das Eigentum der Materie! Daß der Erzgeist zufälligerweise seines Urgroßvaters, seines Großvaters und seines Vaters, seines Sohnes, seines Enkels und seines Urenkels Anteil an Genie eingesogen und sein Geschlecht für Jahrhunderte verwüstet hat, das ist nicht, nein, das ist nicht das Werk des Erzgeistes. Er hat das Genie in sich vorgefunden, hat dessen Bestimmung erfaßt und es benützt ... Theorie? Nein, das ist *nicht* Theorie; wohl zu verstehen, das ist die Meinung meines Herzens! Wenn aber auch das Theorie ist, dann suche ich in meinem Gehirn, und ich finde noch einen neuen Ausweg, und ich stelle noch eine dritte und vierte und fünfte zerschmetternde Gegenbehauptung auf, so gut ich vermag, und gebe mich nicht verloren.

Aber auch Jung-Öien gibt sich nicht verloren, denn er hat die ganze Welt im Rücken, und er sagt: Dann also besitzen Sie nichts, was Sie bewundern könnten, keinen großen Mann, kein Genie!

Und ich antworte, und ihm wird immer schlimmer und schlimmer zumute, denn er will selbst ein großer Mann werden. Ich beruhige ihn wieder und erwidere: Nein, ich bewundere das Genie nicht. Aber ich bewundere und liebe das Resultat der Wirksamkeit des Genies in der Welt, wofür der große Mann nur das arme, notwendige Werkzeug, sozusagen nur der elende Pfriem ist, um damit Löcher zu bohren ... Ist es nun recht so? Haben Sie mich nun verstanden?

Plötzlich aber mit vorgestreckten Händen:

Ah, jetzt sah ich wieder den unendlichen Zusammenhang der Dinge! Wie es strahlte, wie es strahlte! Die große Erklärung suchte mich jetzt heim, jetzt, in diesem Augenblick, mitten im Zimmer! Es gab kein Rätsel mehr für mich, ich sah alles bis zum Grunde. Wie es strahlte, wie es strahlte!

Pause.

Ja, ja, ja, ja, ja, ja! Ich bin ein Fremder unter den Mitmenschen, und bald schlägt die Stunde. Ja, ja ... Übrigens, was habe ich mit den großen Männern zu schaffen? Nichts! Das mit den großen Männern ist nur Komödie und Humbug und Betrug. Gut! Aber ist nicht das Ganze Komödie und Humbug und Betrug? Ganz gewiß, ganz gewiß, alles ist Betrug. Kamma und Minute und alle Menschen und die Liebe und das Leben sind Betrug; alles, was ich höre und sehe und vernehme, ist Betrug, ja selbst das Blau des Himmels ist Ozon, Gift, schleichendes Gift ... Und wenn der Himmel so recht klar und blau ist, dann segle ich dort oben langsam umher, lasse mein Boot in den blauen, trügerischen Ozon hineingleiten. Und das Boot ist aus wohlriechendem Holz, und das Segel ...

Dagny sagte selbst, daß das so schön sei. Dagny, das hast du gesagt, und Dank, trotz allem, weil du das sagtest und mich auch damals so glücklich machtest, daß ich vor Freude bebte. Ich erinnere mich an jedes Wort und trage es mit mir, wenn ich des Weges gehe und an alles denke, und ich werde es nie vergessen ...

Und jetzt sollst du siegen, wenn die Stunde schlägt. Ich will dich nicht mehr verfolgen. Und ich will mich dir auch nicht an der Brandmauer zeigen; du mußt mir verzeihen, daß ich das aus Rache sagte. Nein, ich will zu dir kommen und dich mit weißen Flügeln umfächeln, wenn du schläfst, und dir folgen, wenn du wachst, und will dir manch gutes Wort zuflüstern. Vielleicht auch wirst du mir zulächeln, wenn du es hörst, ja, vielleicht tust du das, wenn du willst. Aber sollte ich selbst keine weißen Flügel bekommen, sollten meine Flügel vielleicht nicht so weiß werden, dann will ich einen Engel Gottes bitten, es an meiner Stelle zu tun, und ich selbst will nicht vor dich hintreten, sondern mich in einem Winkel verbergen und sehen, wie du dem andern vielleicht zulächelst. Das will ich tun, wenn ich kann, und will von dem Schlimmsten, das ich dir zugefügt habe, wieder etwas gutmachen. Oh, ich werde froh, wenn ich daran denke, und sehne mich danach, es schon gleich tun zu können. Vielleicht kann ich dich auf andere, wunderbare Weise erfreuen. Jeden Sonntagmorgen, wenn du zur Kirche gehst, will ich gerne über deinem Haupte singen, und ich will auch den Engel darum bitten. Aber wenn er das nicht tun will und ich ihn nicht dazu überreden kann, dann will ich mich vor ihm hinwerfen und ihn immer demütiger bitten, bis er mich erhört. Ich will ihm etwas Gutes dafür versprechen, und ich werde ihm gewiß auch etwas geben und ihm viele Dienste leisten, wenn er so freundlich sein will ... Ja, so werde ich es machen, und ich sehne mich danach, beginnen zu können, ich bin entzückt, wenn ich daran denke. Und es dauert jetzt auch nicht mehr lange, bis die Zeit da ist, ich selbst werde ihr Kommen beschleunigen, und ich freue mich noch überdies ... Denk dir, wenn einmal jeder Nebel verschwunden sein wird, la la la la ...

Glücklich und exaltiert lief er die Treppe hinunter und ging in den Speisesaal. Er sang noch. Da machte ein kleiner Zufall seiner frohen Laune sofort ein Ende und verbitterte ihn für mehrere Stunden. Er sang und frühstückte in aller Eile, am Tisch stehend, ohne sich zu setzen, obwohl er nicht allein war. Als er bemerkte, daß die beiden anderen Gäste ihn ärgerlich ansahen, bat er plötzlich um Entschuldigung: Hätte er sie früher bemerkt, würde er sich ruhiger benommen haben. An solchen Tagen sehe und höre er nichts; sei es nicht ein herrlicher Morgen? Nein, wie die Fliegen schon summten!

Aber er erhielt keine Antwort, die beiden Fremden sahen unverändert mißvergnügt aus und sprachen würdevoll miteinander über Politik. Nagels Stimmung sank sofort. Er schwieg und verließ den Speisesaal. Auf der Straße unten trat er in einen Laden, versah sich mit Zigarren und ging dann wie gewöhnlich in den Wald. Es war halb zwölf Uhr.

Ja, wie waren sich die Menschen doch immer gleich! Da saßen nun diese beiden Rechtsanwälte oder Handelsagenten oder Gutsbesitzer, was sie nun auch sein mochten, saßen da oben im Speisesaal, sprachen über Politik und sahen böse und scheel aus, nur weil es ihm in seiner Freude eingefallen war, in ihrer Gegenwart ein wenig zu summen. Und mit ungeheuer verständigen Mienen kauten sie ihr Frühstück und duldeten keine Störung. Hehe, beide hatten sie Hängebäuche und gepolsterte, fette Finger; die Serviette hatten sie unter dem Kinn in den Kragen gesteckt. Es war richtig gewesen, umzukehren und sie ein bißchen zu verhöhnen. Was waren das für hochwohlgeborene Herren! Reisende in Grütze, amerikanischen Häuten, Gott weiß, ob nicht in gewöhnlichem, irdenem Geschirr. Ja, davor konnte man wirklich zurückschrecken! Und doch hatten sie in einem einzigen Augenblick seine frohen Gedanken zerstört. Sie sahen nicht einmal sehr gut aus! Doch, der eine sah ziemlich gut aus, aber der andere, der mit den Häuten – hatte einen schiefen Mund, der nur nach einer Seite offen war und an ein Knopfloch erinnerte. Er hatte auch einen dicken, grauen Haarwald in den Ohren. Pfui, er war widerlich wie die Sünde! Aber nicht wahr, man durfte nicht vor Freude singen, wenn dieser Kerl am Futtertrog saß!

Ja, die Menschen waren wirklich immer dieselben, das waren sie. Die Herren sprechen über Politik, die Herren haben die letzten Ernennungen verfolgt; Gott sei Lob, noch konnte wohl Buskerud für die Rechte gerettet werden! Hehe, wie köstlich war es, ihre Grubenbesitzermienen zu beobachten, als sie das sagten. Als wenn die norwegische Politik etwas anderes wäre als Fuselweisheit und Kuhhandel! Ich, Listerbu Ola Olsen, bin damit einverstanden, daß einer Witwe im Nordland einhundertfünfundsiebzig Kronen Schadenersatz ausgezahlt werden, wenn ich dafür einen Gemeindeweg für dreihundert Kronen in der Pfarrgemeinde Fjærde erhalte. Hehe, Kuhhandel!

Aber Tod und Teufel, sing nur kein lustiges Lied und stör den Stortings-Ola nicht in seiner Arbeit! Sonst geschieht ein Unglück. Denn paß auf, Ola denkt nach, Ola studiert. Worüber zerbricht er sich den Kopf? Worüber will er morgen einen politischen Vorschlag machen? Hehehe, ein Vertrauensmann in Norwegens kleiner Welt, vom Volk dazu erwählt, in der Komödie des Königreichs seine Reden zu schwingen, in die heilige Volkstracht gekleidet, den stärksten Kautabak aus der kurzen Pfeife qualmend, den Papierkragen von treuem und ehrlichem Schweiß aufgeweicht! Platz diesem Erkorenen, wenn er daherkommt, zur Seite, zum Teufel, damit er Ellbogenfreiheit hat!

Ach du guter Gott, was sind es doch für runde, fette Nullen, die die Zahlen groß machen! ...

Übrigens: Punktum. Zur Hölle mit den Nullen! Einmal wird man des Humbugs müde und will nicht mehr daran rühren. Man geht in den Wald, bewegt sich unter freiem Himmel, dort ist mehr Raum, mehr Platz für den fremden Menschen und die fliegenden Vögel ... Und man sucht sich an einem nassen Ort ein Lager, legt sich mit dem Bauch auf den bloßen Moorboden und freut sich darüber, so ganz und gar von Nässe durchtränkt zu werden. Und man wühlt den Kopf in das Schilf und in die schlammigen Blätter, und Gewürm und Maden und kleine weiche Egel kriechen einem über die Kleider und ins Gesicht und sehen einen mit grünen Seidenaugen an, während man von allen Seiten von der ruhigen Stille des Waldes und der Luft umrauscht wird und Gott der Herr in der Höhe sitzt und auf einen herunterstarrt, wie auf seine allerfixeste Idee. Hoho, man kommt in Stimmung, in eine seltene und fremde, teuflische Freude, wie man sie noch nicht gekannt hat; man treibt das Verrückteste, was man sich denken kann, vermischt Gerade und Ungerade, stellt die Welt auf den Kopf und freut sich darüber, als sei dies eine verdienstvolle Tat. Warum nicht? Man steht unter besonderen Einflüssen und gibt ihnen nach, läßt sich von Lust und verstockter Freude hinreißen. Man hebt heute aus ungeheurem Drang alles in die Wolken, worüber man früher hohngelächelt hat, man ergötzt sich daran, sich imstande zu sehen, eine kleine Kaiserschlacht für den ewigen Frieden zu schlagen, möchte eine Kommission zur Verbesserung des Schuhwerks der Postboten einsetzen, legt ein gutes Wort für Pontus Wikner ein und verteidigt das Weltall und Gott im allgemeinen. Der Teufel hole den wahren Zusammenhang der Dinge, der geht einen nichts mehr an, man brüllt ihn an und läßt fünf gerade sein. Hehe und juchhei! Nicht wahr, man wird ein wenig freier, stimmt seine Harfe und singt Psalter und Psalmen, daß es jeder Beschreibung spottet!

Andererseits läßt man sein Inneres von Wind und Wogen treiben, überläßt es dem ärgsten Galimathias. Laßt es treiben, laßt es treiben, es ist so angenehm, ohne Widerstand nachzugeben. Und warum sollte man Widerstand leisten? Hehe, ist es einem aufgehaltenen Wanderer erlaubt, sich seine letzten Augenblicke so einzurichten, wie es ihn gelüstet? Ja oder nein? Punktum. Und man richtet sich so ein, wie einen gelüstet.

Da gibt es verschiedenes, was man tun könnte, man könnte seinen Einfluß für die Innere Mission geltend machen, für die japanische Kunst, für die Hallingtalbahn, für irgend etwas, nur um seinen Einfluß für etwas geltend zu machen und irgendeiner Sache auf die Beine zu helfen. Es kommt einem der Gedanke, daß ein Mann wie J. Hansen, wohlgeachteter Schneidermeister, von dem man einmal einen Rock für Minute gekauft hat, daß dieser Mann enorme Verdienste als Bürger und Mensch hat; man beginnt damit, ihn zu achten, und endet damit, ihn zu lieben. Warum liebt man ihn? Aus Lust, aus Trotz, aus verstockter Freude, weil man ergriffen wird und gewissen sonderbaren Einflüssen nachgibt. Man flüstert ihm seine Bewunderung ins Ohr, wünscht ihm aufrichtig großes und kleines Vieh in Menge, und wenn man ihn verläßt, drückt man ihm, Gott helfe mir, die eigene Rettungsmedaille in die Hand. Warum sollte man das nicht tun, wenn man nun doch einmal sonderbaren Einfällen nachgibt? Aber das ist nicht genug. Man bereut auch, daß man seinerzeit unehrerbietig von Stortings-Ola gesprochen haben könnte. Und jetzt gibt man sich erst richtig der süßesten Verrücktheit hin, hoho, wie man nachgibt:

Was hat nicht Stortings-Ola für Ryfylke und für das Reich getan! Erst nach und nach erkennt man seine Treue und ehrliche Arbeit, und es wird einem warm ums Herz. Die Gutmütigkeit geht mit einem durch, man schluchzt und weint vor Mitleid mit ihm und gelobt sich innerlich, ihn zwei- und dreifach wieder zu rechtfertigen. Der Gedanke an diesen kernigen Greis aus dem kämpfenden und leidenden Volk, an den Mann im härenen Gewand, versetzt einen in ein seliges und wildes Barmherzigkeitsbedürfnis, das einen zum Heulen bringt. Um Ola zu rechtfertigen, schwärzt man alle anderen und die ganze Welt an, bereitet sich den Genuß, den anderen zu Olas Vorteil alles wegzunehmen, sucht die verschwenderischsten und schönsten Worte, um ihn zu verherrlichen. Man sagt geradezu, Ola hat von dem, was in der Welt geleistet worden ist, das meiste getan, er hat die einzige Abhandlung über die Spektralanalyse geschrieben, die des Lesens wert ist, er ist eigentlich der einzige, der im Jahre 1719 alle Prärien Amerikas urbar gemacht hat, er hat den Telegraphen erfunden und ist obendrein auf dem Saturn gewesen und hat fünfmal mit Gott gesprochen. Man weiß genau, daß Ola dies alles nicht getan hat, aber aus lauter verzweifelter Gutmütigkeit sagt man trotzdem, er *habe* das getan, *habe* das getan, und man weint heftig und verflucht und verdammt sich ruchlos zu den grausamsten Qualen der Hölle: nur Ola und kein anderer habe das getan. Warum macht man das? Aus Gutmütigkeit, um Olas Ehre vielfach wiederherzustellen! Und man singt in den höchsten Tönen, um ihm eine gewaltige Genugtuung zu geben, ja man singt liederlich und gotteslästerlich, daß überhaupt Ola die Welt geschaffen habe und die Sonne und die Sterne an ihren Platz gesetzt und nun das Ganze aufrecht erhalte, und man schwört mörderisch und in allen Tonarten darauf, daß das so sei. Kurz gesagt, man läßt seine Gedanken in den sonderbarsten, hinreißendsten Ausschweifungen in Herzensgüte und der delikatesten Buhlschaft mit Flüchen und Schändlichkeiten schwelgen. Und jedesmal, wenn man etwas ganz Unerhörtes gefunden hat, zieht man die Knie in die Höhe und kichert, aus lauter Freude über die wohlgeglückte Genugtuung, die Ola zum Schluß bekommt. Ja, Ola soll das Ganze haben, Ola verdient es, weil man einmal unehrerbietig von ihm gesprochen hat und es jetzt bereut.

Stille.

Wie war es doch, sagte ich nicht auch einmal die ärgste Abgeschmacktheit über einen Körper, der ... ja, der starb ...? Wart ein wenig, – es war ein junges Mädchen, das starb und Gott dankte, weil er ihr einen Körper geliehen hatte, den sie niemals gebraucht hatte. Halt, das war Mina Meek, ich erinnere mich jetzt und schäme mich vom Scheitel bis zur Sohle. Was man doch alles so einfach ins Blaue hineinredet, das man später bereut und worüber man vor Scham stöhnt. Oh, wie man vor Scham oft stehenbleibt und gerade hinausschreit! Eigentlich hat nur Minute diese Abgeschmacktheit gehört, aber ich schäme mich um meinetwillen. Nicht davon zu reden, daß ich einmal einen noch schmählicheren Schnitzer gemacht habe, den ich nie vergessen werde, – mit dem Eskimo und einer Briefmappe. Uff, weg, Herrgott, man möchte in die Erde sinken! ... Still, die Ohren steif, zum Teufel mit allen Skrupeln! Denk, wenn einmal die Gemeinde der Erlösten aller Völker in der Herrlichkeit des Himmels, in der Herrlichkeit des Himmels versammelt ist; bist du mit dabei! Uff, Gott, wie langweilig das alles ist, Gott, wie langweilig das alles ist.

Als Nagel in den Wald gekommen war, warf er sich auf den ersten besten Heidekrauthügel und verbarg den Kopf in seinen Händen. Welch eine Verwirrung in seinem Gehirn, welch ein Gewimmel von unmöglichen Gedanken! Bald darauf fiel er in Schlaf. Erst vier Stunden waren vergangen, seit er aufgestanden war, und doch fiel er in Schlaf, todmüde und erschöpft.

Es war Abend, als er erwachte. Er sah umher, die Sonne war im Begriff, hinter der Dampfmühle in Indviken unterzugehen, und die Vögel flogen von Baum zu Baum und sangen. Sein Kopf war ganz in Ordnung, keine verwirrten Gedanken mehr, keine Bitterkeit, er war vollständig ruhig. Er lehnte sich an einen Baumstamm und dachte nach. Sollte er es jetzt tun? Warum nicht ebensogut jetzt wie später? Nein, er mußte vorher noch verschiedene Dinge ordnen, einen Brief an seine Schwester schreiben, Martha mit einer kleinen Erinnerung in einem Briefumschlag bedenken; er konnte heute abend nicht sterben. Er hatte auch im Hotel seine Rechnung noch nicht beglichen; auch Minutes wollte er gerne gedenken ...

Und langsamen Schrittes ging er heim ins Hotel. Aber morgen abend sollte es geschehen, gegen Mitternacht, ohne irgendwelche Anstalten, kurz und gut, kurz und gut!

Noch um drei Uhr morgens stand er in seinem Zimmer am Fenster und sah auf den Marktplatz hinaus.

19

Und in der nächsten Nacht gegen zwölf Uhr verließ Nagel endlich das Hotel. Er hatte keine Vorbereitungen getroffen, hatte aber an seine Schwester geschrieben und für Martha Geld in einen Briefumschlag gelegt; im übrigen standen seine Koffer, sein Geigenkasten und der alte Stuhl, den er gekauft hatte, an ihrem Platz, und auf dem Tisch lagen ein paar Briefe umher. Seine Rechnung hatte er nicht bezahlt; das hatte er vollständig vergessen. Kurz bevor er von zu Hause fortging, bat er Sara, die Fenster zu putzen, bis er wieder zurückkäme, und Sara hatte es auch versprochen, obwohl es mitten in der Nacht war; er selbst wusch sich sorgfältig Gesicht und Hände und verließ dann das Zimmer.

Er war die ganze Zeit ruhig, fast schlapp. Herrgott, war es denn der Mühe wert, deshalb viel Wesens zu machen und großen Lärm zu schlagen? Ein Jahr früher oder später spielte keine Rolle, außerdem war dies doch ein Gedanke, mit dem er schon seit langer Zeit umging. Er war jetzt auch seiner Enttäuschungen, seiner vielen fehlgeschlagenen Hoffnungen, des Humbugs überall, dieses feinen, täglichen Betruges von Seiten aller Menschen durchaus müde. Noch einmal fiel ihm Minute ein, den er ebenfalls mit etwas Geld in einem Briefumschlag bedacht hatte, obwohl ihn sein Argwohn gegen diesen armen, gichtbrüchigen Zwerg niemals verließ. Er dachte an Frau Stenersen, die, krank und asthmatisch, ihren Mann vor dessen Augen betrog und sich niemals mit einer Miene verriet; an Kamma, diesen kleinen, geldgierigen Dummkopf, die ihre falschen Arme nach ihm ausstreckte, wohin er auch reiste, und ständig in seinen Taschen nach mehr, nach immer mehr suchte. Im Osten und im Westen, im Inland, im Ausland hatte er dieselben Menschen getroffen; alles war gemein und unecht und schandbar trostlos, vom Bettler, der eine gesunde Hand im Verband trug, bis zum blauen Himmel, der von Ozon überfloß. Und er selbst, war er selbst besser? Nein, nein, er war nicht besser! Aber jetzt war er ja auch am Ende.

Er nahm den Weg an den Speichern vorbei, um die Schiffe noch, einmal zu sehen, und als er über den letzten Kai ging, zog er plötzlich seinen eisernen Ring vom Finger und warf ihn ins Meer. Er beobachtete, wie er weit draußen niederfiel. Sieh, nun, im letzten Augenblick, machte man noch einen kleinen Versuch, sich vom Humbug zu befreien!

An Martha Gudes kleinem Haus blieb er stehen und sah zum letztenmal durch die Fenster. Alles war wie gewöhnlich, ruhig und still. Und niemand war zu sehen.

Leb wohl! sagte er.

Und er ging weiter.

Ohne es selbst zu wissen, lenkte er seine Schritte zum Pfarrhof hin. Erst als er bereits den Hofplatz wie eine Lichtung im Walde liegen sah, merkte er, wie weit er gekommen war. Er hielt an. Wo wollte er hin? Was wollte er auf diesem Wege? Einen letzten Blick auf die beiden Fenster im ersten Stock werfen, der eitlen Hoffnung nachgeben, ein Gesicht zu sehen, das sich niemals zeigte, niemals? – Nein, man ging nicht dorthin! Freilich, man war die ganze Zeit entschlossen, es zu tun; aber man tat es nicht! Er blieb noch eine Weile stehen und sah mit langen Blicken zum Pfarrhof hin, er schwankte, etwas in ihm bat ...

Leb wohl! sagte er wieder.

Dann wandte er sich rasch um und schlug einen Seitenweg ein, der tiefer in den Wald führte.

Jetzt galt es, der Nase nach zu gehen und sich an dem ersten besten zufälligen Platz niederzulassen. Vor allem keine Berechnung. Keine Sentimentalität; worauf war doch Karlsen in seiner lächerlichen Verzweiflung verfallen! Als sei diese kleine Affäre so vieler Anstalten wert! ... Er bemerkt, daß eines seiner Schuhbänder aufgegangen ist, und bleibt stehen, stellt den Fuß auf einen Erdhaufen und bindet es wieder. Kurz darauf setzt er sich hin.

Ohne darüber nachzudenken, ohne es zu wissen, hatte er sich hingesetzt. Er sah sich um: große Kiefern, überall große Kiefern, hie und da ein Wacholderbusch, Erde, Heidekraut. Gut, gut!

Dann zieht er seine Brieftasche hervor und legt die Briefe an Martha und Minute hinein. In einem besonderen Fach liegt Dagnys Taschentuch in Papier eingeschlagen, und er nimmt es heraus, küßt es viele Male, kniet nieder, küßt es wieder viele Male und reißt es dann langsam in kleine Fetzen. Das beschäftigt ihn eine lange Zeit, es wird ein Uhr, wird halb zwei, und immer noch reißt und reißt er das Tuch in diese winzig kleinen Fetzen. Endlich hat er das Taschentuch vollkommen unkenntlich gemacht, es sind fast nur noch Fäden übrig, er steht auf und legt alles unter einen Stein, versteckt es vollkommen, damit niemand es finden kann, und setzt sich wieder. Ja, das war wohl alles? Und er besinnt sich, aber es fällt ihm nichts mehr ein. Dann zieht er seine Uhr auf, wie er es jeden Abend zu tun pflegte, wenn er zu Bett ging.

Er späht umher; es ist ziemlich dunkel im Wald, er kann nichts Verdächtiges sehen. Er lauscht, hält den Atem an und lauscht, kein Ton ist zu hören, die Vögel sind stumm, die Nacht mild und tot. Und er greift in die Westentasche und holt die kleine Flasche heraus.

Die Flasche hat einen Glaspfropfen, über diesen ist mit einer blauen Apothekerschnur eine dreifache Papierhülle gebunden. Er löst die Schnur und nimmt den Pfropfen ab. Klar wie Wasser, mit einem schwachen Mandelgeruch! Er hält das Glas vor die Augen, es ist halb voll. Und im gleichen Augenblick hört er in weiter Ferne einen Laut, ein paar singende Schläge; es war die Kirchenuhr, die in der Stadt zwei Uhr schlug. Er flüstert: Die Stunde hat geschlagen! Und rasch hebt er das Glas zum Mund und leert es.

Im ersten Augenblick saß er noch aufrecht, mit geschlossenen Augen, das leere Glas in der einen und den Pfropfen in der anderen Hand. Das Ganze war so leicht gegangen, daß er es nicht richtig verfolgt hatte. Hinterher begannen die Gedanken ihm nach und nach zum Kopf zu strömen, er öffnete die Augen und sah sich erschreckt um. All das, diese Bäume, diesen Himmel, diese Erde, sollte er jetzt nie mehr sehen. Wie seltsam war das! Schon schlich das Gift in ihm um, zog sich durch seine Gewebe, brach sich einen blauen Weg bis zu seinen Adern; bald würde er in Krampf verfallen, bald steif daliegen.

Deutlich spürt er einen bitteren Geschmack im Mund und fühlt, wie seine Zunge sich mehr und mehr zusammenzieht. Dann fuchtelt er ziellos mit den

Armen, um zu sehen, wie weit er schon tot ist; er beginnt, die Bäume zu zählen, kommt bis zehn und gibt es auf. Nein, sollte er wirklich sterben, jetzt, heute nacht, sterben? Nein, ach nein doch! Nein, nicht heute nacht? Wie merkwürdig war das!

Doch, er sollte sterben, er nahm ganz deutlich wahr, wie die Säure in seinen Eingeweiden ihre Wirkung tat. Nein – warum jetzt, warum sofort? Herrgott, es durfte nicht gerade jetzt geschehen! Mußte es denn sein? Wie dunkel es schon vor den Augen wurde! Wie es über dem Wald rauschte, obwohl kein Wind ging! Warum mußten nun auch rote Wolken über die Baumwipfel zu treiben beginnen? ... Ach, nicht sofort, nicht sofort! Nein, hörst du, nein! Was soll ich tun? Will ich nicht? Himmlischer Gott, was soll ich tun?

Und plötzlich stürzen die Gedanken der ganzen Welt mit übermächtiger Gewalt auf ihn ein. Er war noch nicht bereit, noch tausend Dinge mußte er vorher tun; sein Gehirn leuchtet und flammt von all dem, was er hätte tun sollen. Er hatte seine Rechnung im Hotel noch nicht bezahlt, er hatte es vergessen, ja, bei Gott, es war ein Versehen, und er wollte es wiedergutmachen! Nein, für diese Nacht mußte er verschont bleiben, Gnade, Gnade, eine Stunde noch, ein wenig mehr als eine Stunde! Großer Gott, er hatte auch vergessen, noch einen Brief zu schreiben, eine, zwei Zeilen an einen Mann in Finnland, es handelte sich um die Schwester, ihr ganzes Eigentum! ... So klar war sein Bewußtsein mitten in dieser Verzweiflung, und sein Gehirn arbeitete so wunderbar angespannt, daß er sich sogar mit den verschiedenen Abonnements der Zeitungen, die er sich hielt, beschäftigte. Nein, er hatte auch die Zeitungen nicht gekündigt, sie würden unablässig kommen, sie würden niemals aufhören, würden sein Zimmer vom Boden bis zur Decke füllen. Was sollte er tun? Und jetzt war er beinahe halbtot!

Mit beiden Händen reißt er Heidekraut aus, wirft sich auf den Bauch und versucht das Gift wieder herauszubekommen, steckt den Finger in den Hals, aber vergebens. Nein, er wollte nicht sterben, nicht heute nacht, auch morgen nicht, er wollte niemals sterben, er wollte leben, ja, wollte die Sonne noch eine Ewigkeit sehen. Und dieses bißchen Gift wollte er nicht bei sich behalten, heraus mußte es, bevor es ihn tötete, heraus, heraus, zum heißesten Satan, es mußte heraus!

Vor Schrecken wild springt er auf und beginnt im Wald herumzutaumeln und nach Wasser zu suchen. Und er ruft: Wasser! Wasser! daß weit weg ein Echo hallt. Mehrere Minuten lang rast er so umher, läuft nach allen Richtungen, prallt gegen Baumstämme, setzt mit weiten Sprüngen über Wacholderbüsche und stöhnt laut. Und er findet kein Wasser. Endlich stolpert er und fällt hin. Seine Hände reißen im Fallen die Heideerde auf, und an der einen Wange fühlt er einen schwachen Schmerz. Er versucht sich zu rühren, aufzustehen, der Sturz hatte ihn betäubt, er sinkt wieder zurück, wird immer matter und steht nicht mehr auf.

Ja, ja, in Gottes Namen, dann war also nicht mehr zu helfen! Herr, mein Gott, dann mußte er also doch sterben! Vielleicht wäre er gerettet gewesen, wenn er noch Kräfte genug gehabt hätte, irgendwo Wasser zu finden! Ach, wie schlecht endete es mit ihm, und wie gut hatte er es sich einmal gedacht. Jetzt sollte er vergiftet, unter freiem Himmel, zugrunde gehen! Aber warum war er nicht schon steif? Er konnte noch die Finger rühren, die Augenlider heben; wie lange es dauerte, wie lange es doch dauerte!

Er streicht sich über das Gesicht, es ist kalt und ganz naß von Schweiß. Er war nach vorne gefallen und lag mit dem Kopf nach abwärts. Er bleibt liegen und macht keine weiteren Umstände mit sich. Alle seine Glieder beben noch; er hat eine Wunde in der Backe und läßt sie ruhig bluten. Wie lange es dauerte, wie lange es doch dauerte! Und geduldig liegt er da und wartet. Wieder hört er die Kirchenuhr schlagen, sie schlägt drei Uhr. Er stutzt. War es möglich, daß er das Gift schon eine Stunde in sich getragen hatte, ohne zu sterben? Er stützt sich auf den Ellbogen und sieht auf die Uhr. Ja, es war drei Uhr; wie lange es doch dauerte.

Ja, in Gottes Namen, es war trotzdem am besten, er starb jetzt! Und als ihm plötzlich Dagny einfiel, der er jeden Sonntagmorgen vorsingen und der er so viel Gutes erweisen wollte, wurde er mit seinem Schicksal zufrieden und bekam Tränen in die Augen. Sentimental, unter Gebeten und stillem Weinen begann er in seinem Kopfe alles zusammenzusuchen, was er für Dagny tun wollte. Oh, wie wollte er sie vor allem Bösen beschützen! Vielleicht konnte er schon morgen zu ihr fliegen und ihr nahe sein, guter Gott, wenn er das schon morgen tun und sie richtig strahlend erwachen lassen könnte! Es war häßlich von ihm gewesen, daß er noch vor einem Augenblick nicht hatte sterben wollen, wenn er ihr doch Freude bereiten konnte. Ja, er bereute es nun und bat um Verzeihung; er wußte nicht, wo seine Gedanken gewesen waren. Jetzt aber konnte sie sich auf ihn verlassen, er sehnte sich danach, in ihr Zimmer zu schweben und vor ihrem Bett zu stehen. In einigen Stunden, vielleicht in einer Stunde war er dort, ja, dann war er dort. Und wenn er selbst nicht hinkommen könnte, würde er ganz sicher einen Engel Gottes bitten, es an seiner Stelle zu tun; er würde ihm etwas sehr

Schönes dafür versprechen und sagen: Ich bin nicht weiß, du aber kannst es tun, du bist weiß, und dafür kannst du dann mit mir machen was du willst. Du siehst mich an, weil ich schwarz bin? Gewiß bin ich schwarz, deshalb brauchst du mich nicht anzustarren. Aber ich will gerne noch lange, lange Zeit schwarz bleiben, wenn du mir dafür die Gnade erweisen willst, um die ich dich bitte. Ich will auch gerne noch eine Million Jahre schwarz bleiben und viel schwärzer als jetzt, wenn du es verlangst, und für jeden Sonntag, an dem du ihr singst, können wir noch eine Million Jahre zulegen, wenn du es so haben willst. Ich lüge nicht, ich will dir alles dafür anbieten, was ich nur kann, und mich nicht schonen, höre mich nur! Du sollst nicht allein fliegen, ich werde dabei sein, ich will dich tragen und für uns beide fliegen, mit Freuden werde ich das tun und dich nicht beschmutzen, wenn ich auch schwarz bin. Ich will alles auf mich nehmen und du sollst die ganze Zeit ausruhen. Gott weiß, ob ich dir nicht auch etwas schenken werde, falls ich etwas besitzen sollte. Vielleicht könntest du es brauchen; ich will immer daran denken, wenn mir etwa jemand etwas geben würde. Vielleicht habe ich Glück und kann viel für dich verdienen, das kann man nicht wissen ...

Doch, er würde ganz gewiß einen Engel Gottes dazu bringen können, ihm diesen Gefallen zu erweisen, dessen war er sicher ...

Und wieder schlägt die Uhr. Halb abwesend zählt er vier Schläge und denkt nicht mehr darüber nach. Es galt, geduldig zu sein. Dann faltete er die Hände und bat, schnell sterben zu dürfen, in einigen Minuten, dann konnte er vielleicht noch zu Dagny kommen, ehe sie erwachte. Er wollte dankbar alles und alle dafür preisen; es war eine große Gnade, und er habe jetzt nur noch diesen einzigen, innigen Wunsch ...

Er schloß die Augen und schlief ein.

Drei Stunden lang schlief er. Als er erwachte, schien die Sonne auf ihn nieder, und durch den ganzen Wald scholl ein lautes, brausendes Vogelgezwitscher. Rasch stand er auf und sah um sich; er erinnerte sich sofort an alles, was in der Nacht geschehen war. Die Flasche lag noch neben ihm, und er erinnerte sich auch noch, wie innig er zum Schluß Gott gebeten hatte, recht bald sterben zu dürfen. Und er lebte noch! Wiederum hatte irgendein unerwarteter und übler Umstand seinen Weg gekreuzt! Er begriff nichts, dachte vergebens über alles nach und fühlte nur, daß er immer noch nicht tot war!

Er stand auf, nahm die Flasche an sich und machte einige Schritte. Nein, wie sich ihm doch immer wieder und bei allem Hindernisse entgegenstellten, so ehrlich er es auch meinte! Was war mit dem Gift los? Es war echte Blausäure, ein Arzt hatte es für hinreichend erklärt, ja für mehr als genug. Er hatte auch den Hund des Pfarrers mit einer ganz kleinen Probe mausetot gemacht. Und es war das gleiche Glas, es war halb voll gewesen, er wußte noch, daß er dies mit seinen eigenen Augen gesehen hatte, bevor er es leerte. Er hatte das Fläschchen auch niemals aus der Hand gegeben, er trug es immer in der Westentasche. Was waren das doch für heimtückische Mächte, die ihn überall verfolgten?

Wie ein Blitz durchfährt es ihn, daß das Glas doch schon in fremden Händen gewesen war. Er bleibt stehen und knipst unwillkürlich mit den Fingern. Ja, ein Irrtum war nicht möglich. Minute hatte es eine ganze Nacht bei sich gehabt. An dem Junggesellenabend im Hotel seinerzeit hatte er Minute seine Weste geschenkt; das Fläschchen, die Uhr und einige Papiere waren in den Taschen geblieben. Minute hatte die Sachen früh am nächsten Morgen zurückgegeben. Oh, dieser alte, närrische Krüppel, da hatte er sich wieder mit seiner durchtriebenen Gutmütigkeit eingemischt! Welch eine Pfiffigkeit, welch ein ausgeklügelter Streich!

Verbittert biß Nagel die Zähne zusammen. Was hatte er in jener Nacht in seinem Zimmer gesagt? Hatte er nicht ausdrücklich erklärt, daß er nicht den Mut habe, das Gift zu nehmen? Und da hatte nun eine heuchlerische und grundverdorbene Mißgestalt von einem Mannsbild neben ihm auf einem Stuhl gesessen und hatte insgeheim nicht an seine Worte geglaubt! Der Lump, der Maulwurf! Er war sofort heimgegangen, hatte das Glas ausgeleert, es vielleicht sogar gut gespült, gereinigt und darauf halb mit Wasser gefüllt. Und nach dieser schönen Tat war er zu Bett gegangen und hatte ruhig geschlafen!

Nagel ging in der Richtung der Stadt. Er war ziemlich ausgeruht und dachte bitter und klar über die Dinge nach. Das Ereignis der Nacht hatte ihn gedemütigt und ihn in seinen eigenen Augen lächerlich gemacht. Zu denken, daß dieses Wasser sogar nach Mandeln gerochen hatte! Er hatte gemerkt, wie sich seine Zunge von diesem Wasser zusammenzog, hatte durch dieses Wasser das Gefühl des Todes in sich gespürt! Und er hatte gewütet und war um dieses Schluckes ganz gewöhnlichen Tauf- und Brunnenwassers willen himmelhoch über Stock und Stein gesprungen! Zornig und schamrot blieb er stehen und schrie gerade hinaus; aber bald sah er sich um, besorgt, jemand könnte es gehört haben, und begann zu singen, um es zu verbergen.

Und je weiter er ging, desto milder wurde er gestimmt von diesem warmen, strahlenden Morgen und dem ununterbrochenen Vogelgesang in der Luft. Ein Karren kommt ihm entgegen, der Bursche grüßt und Nagel grüßt; ein Hund, der nachläuft, wedelt vor ihm und sieht zu ihm auf ... Aber warum war es ihm nicht geglückt, heute nacht ehrlich und redlich zu sterben? Er war immer noch darüber traurig. Mit dem angenehmen Gefühl, am Ende zu sein, hatte er sich zur Ruhe gelegt, eine sanfte Freude war über ihn gekommen, bis er die Augen geschlossen hatte und eingeschlafen war. Jetzt war Dagny aufgestanden, vielleicht war sie schon ausgegangen, und er hatte sie auf keine Weise erfreuen können. Wie schmählich fühlte er sich betrogen! Minute hatte eine neue gute Tat zu den vielen anderen gefügt, von denen sein Herz voll war, hatte ihm einen Dienst erwiesen, ihm das Leben gerettet – genau den gleichen Dienst erwiesen, den er selbst einmal einem fremden, einem unglücklichen Mann erwiesen hatte, der Hamburg nicht hatte erreichen wollen. Bei dieser Gelegenheit hatte er sich seine Rettungsmedaille verdient, hehe, seine Rettungsmedaille *verdient*! Ja, man rettet die Menschen, man bedenkt sich mitunter nicht, gute Werke zu tun, rasch und entschlossen geht man hin und rettet die Leute vom Tode!

Förmlich beschämt vor sich selbst, schlich er sich im Hotel in sein Zimmer und setzte sich hin. Es war sauber und gemütlich hier, die Fenster waren geputzt und auch frische Vorhänge waren aufgemacht. Auf dem Tisch stand ein Strauß Feldblumen im Glase. Noch nie vorher hatte er Blumen im Zimmer gehabt, diese Überraschung versetzte ihn in Erstaunen und Freude, und er rieb sich die Hände. Welch ein Zufall gerade an diesem Tag! Welch ein liebenswürdiger Einfall eines armen Zimmermädchens! Ein guter Mensch, diese Sara! Ja, es war wirklich ein hinreißend schöner Morgen. Sogar alle die Gesichter auf dem Marktplatz unten sahen froh aus. Der Gipsfigurenhändler saß an seinem Tisch und rauchte behaglich aus seiner Tonpfeife, obwohl er nicht für einen Ör verkaufte. Vielleicht war es doch nicht so schlimm, daß die wilden Pläne von heute nacht gescheitert waren! Mit Grauen dachte er an den Schrecken, den er durchlebt hatte, als er nach Wasser umhergelaufen war; es schüttelte ihn noch, wenn er daran dachte. Und in diesem freundlichen, hellen, durchsonnten Zimmer, auf seinem sicheren Stuhl sitzend, hatte er in diesem Augenblick das herrliche Gefühl, von allem Bösen erlöst zu sein. Aber zum siebenten- und letztenmal gab es doch noch ein gutes und unfehlbares Mittel, das er nicht versucht hatte! Das erstemal konnte es ein wenig mißglücken, man starb nicht, man erhob sich wieder; aber da gab es nun zum Beispiel einen kleinen, sicheren, sechsläufigen Revolver, den man jederzeit in der ersten besten Waffenhandlung bekommen konnte. Aufgeschoben war nicht aufgehoben ...

Sara klopfte an. Sie hatte ihn kommen hören und wollte Bescheid geben, daß das Frühstück fertig sei. Als sie wieder gehen wollte, rief er sie zurück und fragte, ob die Blumen von ihr seien.

Ja, die seien von ihr, oh, nichts zu danken.

Er nahm sie trotzdem bei der Hand.

Lächelnd fragte sie: Wo waren Sie heute die ganze Nacht? Sie sind ja überhaupt nicht daheim gewesen!

Hören Sie, antwortete er, das mit den Blumen ist geradezu ein hübscher Zug von Ihnen; Sie haben heute nacht auch die Fenster geputzt und frische Vorhänge aufgemacht. Ich kann nicht sagen, wie Sie mich damit erfreut haben, ich wünsche Ihnen dafür alles Gute. – Und plötzlich kommt ihm einer dieser ganz tollen Augenblicke, in denen er nur Stimmung ist, unberechenbarer Einfall, und er sagt: Hören Sie, ich hatte einen Pelz dabei, als ich hierherkam. Gott weiß, wo er jetzt hingekommen ist, aber ich hatte wirklich einen Pelz dabei, und den will ich Ihnen schenken. Doch, doch, ich tue das aus Dankbarkeit, das ist bereits fest beschlossen, der Pelz gehört Ihnen.

Sara brach in ein helles, herzhaftes Lachen aus. Was sollte sie mit einem Pelz tun?

Nein, da habe sie allerdings recht; aber das sei ihre Sache. Sie solle ihn nur annehmen, ihm die Freude machen, ihn anzunehmen ... Und ihr frisches Gelächter ließ ihn mitlachen. Er scherzte: Gott, was für schöne Schultern sie habe! Aber sie dürfe ihm glauben, er habe einmal ein wenig mehr von ihr gesehen, als sie selbst wisse. Ja, das sei im Speisesaal gewesen, sie habe auf einem Tisch gestanden und die Zimmerdecke gereinigt, er sah sie durch den Türspalt; ihr Kleid war hoch aufgeschürzt, er habe einen Fuß, ein Stück Wade gesehen, doch, er habe wirklich eine halbe Elle ganz wunderbarer Wade gesehen. Hehehe. Aber wie dem auch sei, er wolle ihr bis heute abend, bis in ein paar Stunden, ein Armband schenken; sie dürfe ihm glauben. Und außerdem solle sie sich merken, daß der Pelz ihr gehöre ...

Der närrische Mensch, war er denn ganz verrückt geworden? Sara lachte, begann aber doch vor seinen vielen seltsamen Einfällen ein wenig Angst zu bekommen. Vorgestern hatte er einer Frau, die ihm seine Wäsche brachte, viel mehr Geld gegeben, als sie haben sollte; heute wollte er seinen Pelz wegschenken. Man sprach auch in der Stadt allerhand über ihn.

20

Ja, er war verrückt, er war verrückt. Das mußte er wohl sein; denn Sara bot ihm Kaffee, Milch, Tee an, bot ihm Bier an, bot ihm alles an, was es nur gab, aber trotzdem stand er, nachdem er sich kaum gesetzt hatte, sofort wieder vom Frühstückstisch auf und ließ das Essen stehen. Ihm war plötzlich eingefallen, daß eben die Zeit war, zu der Martha mit ihren Eiern auf den Markt zu gehen pflegte. Vielleicht war sie jetzt zurückgekommen. Das wäre ein glücklicher Zufall, wenn er auch sie heute, gerade heute, sehen sollte. Er geht in sein Zimmer hinauf und setzt sich ans Fenster.

Der ganze Marktplatz liegt vor ihm; Martha aber kann er nicht sehen. Er wartet eine halbe Stunde, eine ganze Stunde, behält alle Ecken scharf im Auge, aber vergebens. Schließlich wird sein Interesse von einer Szene in Anspruch genommen, die sich an der Treppe des Postgebäudes abspielt und viele Neugierige anzieht: In einem Ring von Menschen, mitten auf der sandigen Straße, sieht er Minute auf und nieder hüpfen und tanzen. Er hat keinen Rock an und hat auch seine Schuhe ausgezogen; er tanzt und wischt sich unaufhörlich den Schweiß ab, und wenn er fertig ist, nimmt er seine Öre von den Zuschauern entgegen. Ja, Minute hatte seine alte Tätigkeit wiederaufgenommen, hatte wieder angefangen zu tanzen. Nagel wartet, bis er fertig ist und die Leute sich zerstreut haben, dann schickt er einen Boten nach ihm. Minute kommt, ehrerbietig wie immer, mit gesenktem Kopf und niedergeschlagenen Augen.

Ich habe einen Brief für Sie, sagt Nagel. Und er reicht ihm den Brief, steckt ihn tief in Minutes Rocktasche und beginnt mit ihm zu sprechen. Sie haben mich in eine große Verlegenheit gebracht, mein Freund, Sie haben mich genarrt, mich mit einer Hinterlist, die ich bewundern muß, obwohl sie mich auch erbittert hat, an der Nase herumgeführt. Haben Sie Zeit? Erinnern Sie sich, daß ich einmal versprach, Ihnen etwas zu erklären? Nun wohl, ich will Ihnen jetzt diese Erklärung geben, der Augenblick ist gekommen. Darf ich Sie übrigens fragen: Haben Sie gehört, daß man in der Stadt über mich spricht und sagt, ich sei verrückt? Ich will Sie beruhigen, ich bin nicht verrückt, das können Sie auch selbst hören, nicht wahr? Ich gebe zu, in der letzten Zeit ein wenig verwirrt gewesen zu sein, es ist mir eine ganze Reihe Dinge begegnet, die mir nicht immer günstig waren, das Schicksal hat es so gewollt. Aber jetzt bin ich wieder ganz gesund, es fehlt mir nichts mehr. Ich bitte Sie, sich das zu merken ... Es hat wohl keinen Sinn, Ihnen etwas anzubieten?

Nein, Minute wollte nichts genießen.

Das wußte ich schon ... Kurz und gut: ich bin voller Mißtrauen, Grögaard. Sie verstehen vielleicht, worauf ich abziele. Sie haben mich so großartig betrogen, daß ich nicht mehr versuche, gute Miene zum bösen Spiel zu machen. Sie haben mich in einer sehr ernsten Angelegenheit einfach hinters Licht geführt, alles aus Uneigennützigkeit Ihrerseits, aus Herzensgüte, wenn Sie wollen, aber Sie haben es eben doch getan. Haben Sie nicht diese kleine Flasche hier in Ihren Händen gehabt?

Minute schielt auf die Flasche hin und antwortet nicht.

Es war Gift darin, sie ist ausgeleert und wieder halb mit Wasser gefüllt worden; heute nacht war nur Wasser darin.

Minute sagt noch immer nichts.

Sehen Sie, eigentlich ist das kein böses Werk. Der das getan hat, hat es aus reinem Herzen getan, gerade um Böses zu verhindern. Aber Sie haben es also getan?

Nach kurzem Schweigen:

Nicht wahr?

Ja, antwortet Minute endlich.

Ja. Und in Ihren Augen war das recht getan, aber in meinen nimmt sich das anders aus. Warum taten Sie das?

Ich dachte, Sie könnten vielleicht ...

Er unterbrach sich:

Ja, sehen Sie! Aber da haben Sie sich geirrt, Grögaard, Ihr gutes Herz hat Sie irregeführt. Sagte ich nicht in jener Nacht, als Sie das Gift mitnahmen, ausdrücklich, daß ich nicht den Mut finden würde, es selbst zu trinken?

Aber ich fürchtete trotzdem, daß Sie es tun könnten. Und jetzt haben Sie es ja getan.

Habe ich es getan? Was sagen Sie? Hehe, Sie haben sich selbst zum Narren gehalten, guter Mann. Allerdings habe ich die Flasche heute nacht ausgeleert; aber merken Sie sich: ich selbst habe nicht davon gekostet.

Minute sieht ihn erstaunt an.

Ja, sehen Sie, jetzt haben Sie eine lange Nase bekommen! Man geht im Lauf der Nacht spazieren, kommt zu den Speichern hinunter, stößt auf eine Katze, die sich in den fürchterlichsten Qualen über den ganzen Kai hinwindet. Man bleibt stehen, besieht sich die Katze, es ist ihr etwas in den Hals geraten, eine Fischangel, und sie hustet und windet sich und bringt sie weder herauf noch hinunter; aber aus ihrem Maul fließt Blut. Gut, man ergreift die Katze und versucht die Fischangel herauszuziehen; vor Schmerz aber kann sich die Katze nicht stillhalten, sie wälzt sich auf dem Rücken, in ihrer Raserei schlägt sie mit den Krallen um sich, und eins, zwei, drei zerreißt sie einem die Backe so, wie Sie sehen, daß zum Beispiel meine Backe zerfetzt ist. Jetzt aber ist die Katze nahe am Ersticken und blutet beständig aus dem Halse. Was soll man da machen? Während man dasitzt und überlegt, schlägt die Kirchenuhr zwei. Es ist also zu spät, um bei irgend jemand Hilfe zu holen; denn es ist zwei Uhr nachts. Da erinnert man sich plötzlich daran, daß man eine kleine wohltätige Giftflasche in der Westentasche trägt, man möchte den Qualen des Tieres ein Ende machen und schüttet ihm den Inhalt des Glases in den Schlund. Das Tier glaubt, etwas furchtbar Gefährliches eingeflößt bekommen zu haben, es krümmt sich zusammen und starrt mit entsetzten Augen um sich, macht plötzlich einen himmelhohen Satz, reißt sich los, macht wieder einen himmelhohen Satz und beginnt, sich auf dem Kai entlangzuwinden. Was nun? Ja, im Glas war nur Wasser, das konnte nicht töten, das konnte nur noch stärker peinigen, und die Katze hat immer noch den Angelhaken im Hals und blutet und keucht nach Luft. Früher oder später verblutet sie sich, oder sie erstickt stumm und qualvoll allein in einem Winkel.

Es ist in guter Absicht geschehen, sagt Minute.

Natürlich! Sie tun immer nur, was gut und ehrlich ist. Man kann Sie einfach nicht auf einem Abweg ertappen, und insofern ist dieser feine und rechtschaffene Schwindel mit meinem Gift nichts Neues für Sie. Zum Beispiel jetzt, als Sie unten auf dem Marktplatz tanzten. Ich stand hier am Fenster und sah zu. Ich will Ihnen nicht vorwerfen, daß Sie es taten, ich will nur fragen:

warum zogen Sie Ihre Stiefel aus? Sie haben doch jetzt Stiefel an, warum hatten Sie sie also ausgezogen, als Sie tanzten?

Um sie nicht abzunützen.

Genau, was ich erwartete! Ich wußte, daß Sie so antworten würden, deshalb frage ich. Sie sind die peinlichst durchgeführte Reinheit in zwei Stiefeln, die unangreifbarste Seele der Stadt. Alles ist gut und uneigennützig an Ihnen, Sie sind ohne Flecken und ohne Falte. Ich wollte Sie einmal auf die Probe stellen und Sie überreden, gegen Bezahlung die Vaterschaft an einem fremden Kind zu übernehmen. Obwohl Sie arm sind und dieses Geld wahrhaftig gut brauchen könnten, schlugen Sie doch dieses Angebot sofort aus. Ihr Gemüt kam schon bei dem bloßen Gedanken an einen unreinen Handel in Aufruhr, und ich konnte nichts bei Ihnen erreichen, trotzdem ich sogar zweihundert Kronen bot. Hätte ich gewußt, was ich jetzt weiß, würde ich Sie nicht so grob beleidigt haben. Ich hatte noch keinen klaren Eindruck von Ihnen, jetzt dagegen weiß ich, daß man bei Ihnen seinen Gaul gut in der Gewalt haben muß. Na, gut! Aber bleiben wir bei dem, was wir sprachen ... daß Sie die Schuhe ausziehen und barfuß tanzen, ohne die Leute darauf aufmerksam zu machen, ohne der Schmerzen zu achten und ohne zu klagen. Das eben ist ein Charakterzug an Ihnen. Sie jammern nicht, Sie sagen nicht ungefähr so: Seht, ich ziehe die Stiefel aus, um sie nicht abzunützen, ich bin dazu gezwungen, so arm bin ich! Nein, Sie wirken, wenn ich so sagen darf, stillschweigend. Sie führen das Prinzip durch, niemals jemand um etwas anzugehen, erreichen trotzdem alles, was Sie erreichen wollen, und haben selbst den Mund dabei nicht geöffnet. Sie sind absolut unangreifbar, sowohl den anderen wie sich selbst und Ihrem eigenen Bewußtsein gegenüber. Ich stelle diesen Charakterzug bei Ihnen fest und gehe weiter; Sie dürfen nicht ungeduldig werden, ich komme am Schluß schon noch zu meiner Erklärung ... Sie sagten einmal etwas über Fräulein Gude, worüber ich oft nachgedacht habe, Sie sagten, daß sie vielleicht nicht so vollkommen unzugänglich sei, wenn man sich nur ein wenig fein betrage, zum mindesten hätten Sie verschiedenes bei ihr erreicht ...

Nein, aber ...

Sie sehen, ich habe es mir gemerkt. Es war an dem Abend, an dem wir beide hier beisammensaßen und tranken, das heißt: ich trank, und Sie sahen zu. Sie sagten, daß Martha – ja, Sie nannten sie nur Martha und erzählten auch, sie nenne Sie immer Johannes, nicht wahr, ich lüge nicht, sie nennt Sie doch Johannes? Sehen Sie, auch daran erinnere ich mich. Na, Sie sagten, daß Martha sogar so weit gegangen sei, Ihnen alles mögliche zu erlauben, und Sie machten sogar eine wirklich ekelhafte Bewegung mit dem Zeigefinger, als Sie das sagten ...

Minute fährt auf, er ist rot im Gesicht und unterbricht ihn laut:

Das habe ich niemals gesagt! Niemals habe ich das gesagt!

Wie? Nicht? Haben Sie es wirklich nicht gesagt? Wenn ich nun Sara riefe und sie bäte zu bezeugen, daß sie sich während unseres Gespräches im Zimmer nebenan befunden und durch diese dünnen Wände jedes Wort gehört habe? So etwas habe ich auch noch nicht erlebt! Na, jetzt wird also durch Ihr Leugnen das Ganze umgestürzt. Ich hätte Sie gerne ein wenig darüber ausgeforscht, es interessiert mich, und ich habe oft daran gedacht; wenn Sie es jetzt aber abstreiten, das gesagt zu haben, dann! Ich bitte Sie übrigens, setzen Sie sich wieder, gehen Sie nicht wie das letztemal Hals über Kopf fort. Die Türe ist außerdem abgeschlossen, ich habe sie abgeschlossen.

Nagel zündet sich eine Zigarre an, und während er das tut, hält er plötzlich inne.

Nein, aber du großer Gott! sagt er. Gott behüte mich, ich habe mich ja furchtbar geirrt! Herr Grögaard, ich bitte Sie wirklich um Verzeihung; es ist wahr, Sie haben es nicht gesagt! Vergessen Sie es, lieber Freund, ein anderer, und nicht Sie, hat das gesagt, ich entsinne mich jetzt, ich hörte es vor ein paar Wochen. Wie konnte ich einen einzigen Augenblick glauben, daß Sie eine Dame bloßstellen würden – und vor allen Dingen sich selbst bloßstellen – auf solche Weise! Ich verstehe nicht, wie mir das einfallen konnte, ich muß doch ziemlich verrückt sein ... Hören Sie übrigens: ich merke es, wenn ich mich geirrt habe, und bitte sofort um Entschuldigung, also bin ich doch nicht verrückt; nicht wahr? Wenn ich trotzdem etwas ungeordnet, etwas wild rede, dann dürfen Sie nicht glauben, daß ich das mit Absicht tue, ich will nicht versuchen, Sie blind und taub zu schwätzen, das dürfen Sie nicht glauben. Das wäre ja um so unmöglicher, als Sie selbst beinahe kein Wort sagen. Nein, ich rede also in dieser seltsamen, unüberlegten Art und Weise, weil meine Stimmung augenblicklich so ist, das ist der ganze Grund. Entschuldigen Sie, daß ich von der Sache abgekommen bin. Sie werden vielleicht ungeduldig und sehnen sich nach der Erklärung?

Minute schweigt. Nagel steht auf und beginnt erregt zwischen Türe und Fenster auf und ab zu gehen. Plötzlich bleibt er stehen und sagt, des Ganzen müde und gelangweilt:

Es ist mir wirklich nicht der Mühe wert, noch länger mit Ihnen zu spielen, ich will Ihnen meine aufrichtige Meinung sagen! Doch, ich *habe* verwirrend mit Ihnen gesprochen, und ich habe es bis zu diesem Augenblick mit Absicht getan, um etwas aus Ihnen herauszubekommen. Ich habe es auf alle möglichen Arten versucht, aber es hilft alles nichts, und ich bin dessen müde. Nun wohl, ich will Ihnen die Erklärung geben, Grögaard: Ich glaube im stillen, daß Sie ein heimlicher Gauner sind. Ein heimlicher Gauner.

Als Minute wieder zu zittern anfing und seine Augen angstvoll nach allen Seiten blickten, fährt Nagel fort:

Sie sagen kein Wort. Sie fallen nicht aus der Rolle. Ich kann Ihnen nicht beikommen. Sie sind unbeweglich, sind eine stumme Kraft von ganz seltener Art; ich bewundere Sie und interessiere mich ungeheuer für Sie. Wissen Sie noch, wie ich damals einen ganzen Abend mit Ihnen sprach und Sie unter anderem scharf ins Auge faßte und behauptete, daß Sie zusammenzuckten? Das tat ich, um mich vorzutasten. Ich habe Sie im Auge behalten und auf verschiedenen Wegen vorwärtszukommen versucht, beinahe immer ohne Glück, das gestehe ich ein, denn Sie sind ein unangreifbarer Mensch. Aber ich habe nicht einen Augenblick daran gezweifelt, daß Sie im geheimen ein stiller und frommer Sünder irgendeiner Art sind. Ich habe keine Beweise gegen Sie, die fehlen mir leider, Sie können also ganz ruhig sein, es bleibt alles unter uns. Können Sie aber verstehen, daß ich mich meiner Sache so sicher fühle, trotzdem ich keine Beweise habe? Sehen Sie, das fassen Sie nicht. Und doch haben Sie, wenn wir über etwas sprechen, so eine besondere Art, den Kopf zurückzuwerfen! Sie haben ein paar Augen, die den und den Ausdruck annehmen, Augen, die blinken, wenn Sie bestimmte Worte sagen oder wenn wir uns gewissen Fragen nähern, außerdem haben Sie ein Summen in der Stimme – oh, diese Stimme! Endlich aber wirkt Ihre Person antipathisch auf mich, ich spüre es in der Luft, wenn Sie in die Nähe kommen, meine Seele beginnt sofort vor Mißbehagen in mir zu zittern. Das verstehen Sie nicht? Ich auch nicht; aber es ist so. Bei Gott, in diesem Augenblick bin ich überzeugter denn je, daß ich auf der richtigen Spur bin; nur kann ich Sie nicht fassen, denn ich habe keine Beweise. Als Sie das letztemal hier oben waren, fragte ich Sie, wo Sie sich am 6. Juni aufgehalten hätten – wollen Sie wissen, warum ich danach fragte? Nun wohl, der 6. Juni war Karlsens Todestag, und ich glaubte bis dahin, daß Sie Karlsen ermordet hätten.

Minute wiederholt, wie aus den Wolken gefallen: Daß ich Karlsen ermordet hätte! und schweigt.

Ja, das hatte ich bis dahin geglaubt. Ich hatte Sie in diesem Verdacht, ja, so weit hatte mich mein Gefühl, Sie seien irgendein Schlingel, getrieben. Nun bin ich nicht mehr dieser Ansicht, ich gebe zu, daß ich mich hierin geirrt habe, ich bin zu weit gegangen und bitte um Verzeihung. Ob Sie es mir nun glauben oder nicht, es hat mich tief betrübt, daß ich Ihnen dieses große Unrecht zugefügt habe, an manchem Abend, wenn ich allein war, habe ich Sie dafür um Verzeihung gebeten. Obwohl ich aber in diesem Punkte mich so geirrt habe, bin ich trotzdem ganz sicher, daß Sie eine unreine und heuchlerische Seele sind, Gott strafe mich, das sind Sie! Während ich hier stehe und Sie ansehe, fühle ich das in meinem innersten Herzen, bei Gottes heiligem Namen, das sind Sie! Warum ich dessen so sicher bin? Beachten Sie: von Anfang an hatte ich keinen Grund, etwas anderes als nur das Beste von Ihnen zu glauben, und alles, was Sie später gesagt und getan haben, war gut und recht, ja edel. Noch dazu habe ich etwas ganz besonders Schönes von Ihnen geträumt: Sie waren auf einem offenen Moor und litten grauenhaft unter meinen Quälereien, trotzdem aber dankten Sie mir, warfen sich auf die Erde und dankten mir, weil ich Sie nicht noch mehr gequält und Ihnen nicht noch weher getan hatte. Das habe ich von Ihnen geträumt, und das ist sehr schön. Es gibt auch in der ganzen Stadt keinen Menschen, der Ihnen irgend etwas Schlechtes zutraute, alle geben Ihnen das beste Zeugnis, Sie haben aller Sympathie, so heimlich gehen Sie vor. Und doch stehen Sie vor dem Auge meiner Seele als ein feiger und kriechender Engel Gottes da, der über alle ein gutes Wort hat und jeden Tag eine gute Handlung begeht. Aber haben Sie denn etwa schlecht von mir gesprochen, mir Böses zugefügt, Geheimnisse, die mich betreffen, verraten? Nein, nein, das haben Sie nicht, und das eben gehört zu Ihrer Art und Weise, sich durchzuschlängeln, Sie geben allen recht, Sie tun niemals etwas Böses, Sie sind heilig und unangreifbar und vor den Menschen ohne Fehl. Und das ist genug für die Welt, aber für mich ist es nicht genug, ich mißtraue Ihnen beständig. Das erstemal, als ich Sie sah, widerfuhr mir etwas Merkwürdiges. Das war ein paar Tage, nachdem ich in die Stadt hierher gekommen war, eines Nachts um zwei Uhr. Ich sah Sie vor Martha Gudes Haus unten am Kai, Sie standen plötzlich mitten in der Straße, ohne daß ich gesehen hatte, woher Sie kamen; Sie warteten, ließen mich vorbei, und als ich vorüberging, schielten Sie zu mir her. Ich hatte damals noch nicht mit Ihnen gesprochen, aber in mir war eine Stimme, die mich auf Sie aufmerksam machte, und diese Stimme sagte mir, daß Sie Johannes heißen. Und wenn es auch mein letztes Wort hier auf Erden wäre: durch mein Herz klang, daß Sie Johannes heißen und daß ich mir Ihre Erscheinung einprägen solle. Erst viel später hörte ich, daß es mit dem Namen Johannes seine Richtigkeit habe. Von dieser Nacht an aber richtete ich meine Aufmerksamkeit auf Sie. Sie aber sind mir beständig ausgewichen, ich habe Sie nicht stellen können. Zu guter Letzt gingen Sie sogar noch hin und verfälschten mir einen Schluck Gift, nur in der guten und edlen Furcht, ich könnte es möglicherweise trinken wollen. Wie soll ich Ihnen erklären, was ich bei all diesem empfinde? Ihre Reinheit vergewaltigt mich, all Ihre schönen Worte und Handlungen führen mich nur weiter vom Ziel, Sie zu Fall zu bringen, ab. Ich will Ihnen die Maske abreißen und Sie so weit treiben, daß Sie Ihr wahres Wesen verraten; so oft ich Ihre blauen, verlogenen Augen sehe, bäumt sich mein Blut in mir vor Abneigung, und ich krümme mich vor Ihnen zusammen und fühle nur, daß Sie in Ihrem Innersten ein Heuchler sind. Ich glaube sogar, daß Sie in diesem Augenblick, da Sie hier vor mir sitzen, innerlich heimlich lachen, trotz Ihrer verzweifelten und zerknirschten Miene heimlich und gemein darüber lachen, daß ich Ihnen nichts anhaben kann, weil ich keine Beweise habe.

Und Minute sagt auch jetzt kein Wort. Nagel fährt fort:

Sie finden natürlich, daß ich ein grober Bandit und Tölpel bin, weil ich Ihnen diese Beschuldigungen mitten ins Gesicht schleudere? Schon recht, darauf nehme ich keinerlei Rücksicht, Sie können über mich denken, was Sie wollen. Im Innersten wissen Sie in diesem Augenblick, daß ich Sie aufs Korn genommen habe, das ist mir genug. Warum aber dulden Sie es, daß ich mich so gegen Sie benehme? Warum stehen Sie nicht auf, spucken mir ins Gesicht und gehen Ihres Weges?

Minute schien sich zu fassen, er sah auf und sagte:

Sie haben ja die Türe verschlossen.

Sehen Sie, sehen Sie, antwortet Nagel, Sie wachen auf! Und Sie wollen mir weismachen, daß Sie glaubten, die Türe sei zugesperrt? Die Türe ist offen, sehen Sie her, sie ist jetzt weit offen! Ich sagte, sie sei zugesperrt, um Sie auf die Probe zu stellen, das war eine Falle von mir. Die Sache ist die: Sie haben die ganze Zeit gewußt, daß die Tür offen war, aber Sie taten so, als wüßten Sie es nicht, nur um hier wie immer rein und unschuldig dasitzen zu können und sich von mir Unrecht tun zu lassen. Sie gingen nicht aus dem Zimmer, nein, Sie rührten sich nicht. Sowie ich Sie verstehen ließ, daß ich Sie wegen verschiedener Sachen im Verdacht habe, spitzten Sie die Ohren, Sie wollten hören, wieviel ich wüßte, wie gefährlich ich Ihnen sein könnte. Bei Gott, ich weiß, daß es sich so verhält, und

Sie können es meinetwegen leugnen, wenn Sie wollen, das ist mir gleich ... Und warum halte ich nun diese Abrechnung mit Ihnen? Sie haben ein gutes Recht, mir diese Frage zu stellen, denn das Ganze scheint mich nichts anzugehen. Mein Freund, es geht mich doch etwas an, erstens will ich Sie gerne warnen. Glauben Sie mir, in diesem Augenblick meine ich es ehrlich, was ich sage. Sie leben irgendein heimliches Spitzbubenleben, und das geht nur eine gewisse Zeit lang. Eines schönen Tages liegen Sie offen vor der Welt da, und jedermann kann auf Ihnen herumtreten. Das war nun das eine. Zweitens habe ich eine Ahnung, daß Sie trotz all Ihrem Leugnen Fräulein Gude näher stehen, als Sie wahr haben wollen. Nun, was geht mich Fräulein Gude an? Wieder haben Sie recht, auf eine Frage wie diese muß ich verstummen, Fräulein Gude geht mich gar nichts an. Aber ganz im allgemeinen habe ich das Recht, betrübt zu sein, wenn Sie mit ihr verkehren und sie möglicherweise mit Ihrer heiligen Lasterhaftigkeit anstecken. Deshalb habe ich diese Abrechnung mit Ihnen gehalten.

Nagel zündet seine Zigarre wieder an und sagt:

Und jetzt bin ich fertig, und die Tür ist nicht abgesperrt. Ist Ihnen nun Unrecht geschehen? Schweigen Sie oder antworten Sie, tun Sie, was Sie wollen: wenn Sie aber antworten, dann lassen Sie Ihre innere Stimme für Sie antworten. Lieber Freund, lassen Sie mich Ihnen, ehe Sie gehen, auch noch sagen: Ich führe nichts Böses gegen Sie im Schilde.

Pause.

Minute steht auf, steckt die Hand in die Tasche und zieht den Brief wieder heraus. Er sagt:

Das kann ich nun nicht annehmen.

Dies kam Nagel unerwartet, er hatte an den Brief nicht mehr gedacht und sagte:

Was? Sie wollen das nicht annehmen? Warum nicht?

Ich kann es nicht annehmen.

Minute legt den Brief auf den Tisch und geht zur Türe. Nagel kommt ihm mit dem Brief in der Hand nach, seine Augen sind naß, und seine Stimme zittert plötzlich.

Nehmen Sie es, Grögaard, trotzdem! sagt er.

Nein! antwortet Minute. Und er öffnet die Türe.

Nagel drückt die Türe wieder zu und sagt noch einmal:

Nehmen Sie es, nehmen Sie es! Wir wollen lieber sagen, ich sei verrückt, Sie sollen nicht daran denken, was ich heute geredet habe. Ich bin sehr verrückt, Sie dürfen sich nicht darum kümmern, daß ich eine ganze Stunde lang ohne alle Vernunft geschwätzt und gefaselt habe. Nicht wahr, Sie verstehen schon, daß man mir nicht glauben darf, wenn ich doch nicht bei Sinnen bin? Nehmen Sie den Brief, ich habe keine schlechten Absichten, obwohl ich so aufgeregt bin. Nehmen Sie es um Gottes willen, es ist nicht viel darin, glauben Sie mir, es ist fast nichts darin, und ich wollte Ihnen so gerne zum Schluß einen Brief geben, die ganze Zeit habe ich daran gedacht, daß ich Ihnen einen Brief geben möchte, der beinahe gar nichts enthält, nur damit es ein Brief sei. Nur einen Gruß. So, ich bin Ihnen so aufrichtig dankbar.

Damit schob er den Brief in Minutes Hand und lief zum Fenster, um ihn nicht zurücknehmen zu müssen. Minute gab nicht nach, er legte den Brief wieder auf den Tisch und schüttelte den Kopf.

Er ging.

21

Nein, alles lief unglücklich ab. Ob er sich nun im Zimmer aufhielt oder sich in den Straßen umhertrieb, er fand keine Ruhe; tausend Dinge hatte er im Kopf, und jedes Ding brachte seinen besonderen Teil an Qual mit sich. Warum war doch alles gegen ihn? Er konnte es nicht begreifen; aber die Fäden zogen sich immer mehr um ihn zusammen. So weit war es sogar schon gekommen, daß er Minute wirklich nicht dazu hatte überreden können, einen kleinen Brief anzunehmen, den er ihm hatte geben wollen.

Alles war traurig und unmöglich. Dazu kam, daß er von einer nervösen Angst gequält wurde, als lauere eine heimliche Gefahr aus irgendeinem Hinterhalt auf ihn.

Oft fuhr er in dumpfem Schrecken zusammen, nur weil die Vorhänge an den Fenstern sich blähten. Welche neuen Plagen tauchten jetzt auf? Seine etwas harten Gesichtszüge, die nie schön gewesen waren, waren durch den dunklen Stoppelbart, der ihm auf Kinn und Wangen wuchs, noch weniger ansprechend geworden. Es kam ihm auch vor, als sei sein Haar an den Schläfen stärker ergraut.

Ja, was nun? Schien nicht die Sonne, und war er nicht glücklich darüber, daß er noch lebte und gehen konnte, wohin er wollte? War ihm irgendeine Herrlichkeit verwehrt? Die Sonne lag über dem Marktplatz und über dem See, die Vögel sangen in den kleinen niedlichen Gärten an jedem Haus und hüpften unablässig von Zweig zu Zweig. Überall floß Gold, der Kies in den Straßen badete sich darin, und oben auf der Turmspitze stand die versilberte Kugel und zitterte gegen den Himmel wie ein ungeheurer Diamant.

Er gerät in eine exaltierte Freude, in ein so starkes und unbändiges Entzücken, daß er sich stehenden Fußes aus dem Fenster beugt und den Kindern, die vor der Treppe des Hotels spielen, einiges Silbergeld hinunterwirft.

Seid nun artige Kinder! sagt er und kann vor Bewegung die Worte kaum hervorbringen. Wovor sollte er Angst haben? Er sah jetzt auch nicht schlechter aus als vorher; außerdem, wer konnte ihn hindern, sich zu rasieren und schön zu machen? Das stand nur bei ihm. Und er ging zum Friseur.

Auch einige Besorgungen, die er hatte machen wollen, fielen ihm ein; er durfte das Armband nicht vergessen, das er Sara versprochen hatte. Und summend und jubelnd erledigt er seine Einkäufe mit der sorglosen Zufriedenheit eines Kindes. Es war nur Einbildung, daß er sich vor etwas gefürchtet hatte.

Seine gute Stimmung hält an, und er fällt in freundliche Gedanken. Vor kurzem erst hatte er mit Minute eine scharfe Abrechnung gehabt, und das war in seinem Gedächtnis schon wieder halb ausgelöscht, er erinnerte sich des Ganzen nur noch wie eines Traumes. Minute hatte seinen Brief nicht annehmen wollen; aber hatte er nicht auch für Martha einen Brief? In dem Drang, anderen von seiner überströmenden Freude mitzuteilen, wollte er jetzt einen Ausweg finden, den Brief fortzubringen. Wie sollte er es anstellen? Er untersuchte seine Brieftasche und fand ihn. Er wagte wohl nicht, ihn in aller Heimlichkeit an Dagny zu senden. Nein, er wagte nicht, ihn an Dagny zu senden. Er dachte nach und wollte den Brief absolut sofort loswerden; den Brief, der nur ein paar Scheine, keine Zeile, nicht ein Wort enthielt. Vielleicht konnte er Doktor Stenersen bitten, ihn zu besorgen? Und zufrieden mit diesem Gedanken geht er zu Doktor Stenersen.

Es war sechs Uhr.

Er klopft an die Sprechzimmertüre des Doktors; sie war geschlossen. Während er durch den Hof geht und sich in der Küche erkundigen will, ruft ihm Frau Stenersen aus dem Garten zu. Dort sitzt die Familie an einem großen Steintisch und trinkt Kaffee. Es waren mehrere Leute da, ein paar Damen, ein paar Herren. Dagny Kielland war auch da; sie hatte einen weißen Hut auf, der Hut war ringsum mit kleinen hellen Blumen geschmückt.

Nagel wollte sich zurückziehen und stammelt:

Der Doktor, ich wollte den Doktor ...

Mein Gott, ob er krank sei?

Nein, nein, er sei nicht krank.

Na, dann dürfe er nicht wieder gehen.

Und Frau Stenersen zog ihn am Arm. Dagny stand sogar auf und wollte ihm ihren Stuhl überlassen. Er sah sie an, beide sahen einander an. Sie war sogar um seinetwillen aufgestanden, mit leiser Stimme hatte sie gesagt: Bitte, hier ist ein Stuhl!

Er aber suchte sich neben dem Doktor einen Platz und setzte sich.

Dieser Empfang verwirrte ihn ein wenig. Dagny sah ihn sanft an und hatte ihm geradezu ihren Stuhl überlassen wollen. Sein Herz klopfte heftig; vielleicht konnte er ihr doch Marthas Brief geben?

Nach einer Weile kehrte auch seine Ruhe zurück. Man sprach so wunderbar lebhaft über alles mögliche; die helle Freude bemächtigte sich seiner wieder und ließ seine Stimme beben. Er lebte doch, er war nicht tot und sollte auch nicht sterben. Rings um einen Tisch mit weißer Decke und blankem Silberzeug saß in diesem grünen, dichtbelaubten Garten eine Gesellschaft froher Menschen, die lachten und die Augen spielen ließen; gab es denn einen Grund dafür, daß einem unheimlich zumute war?

Wenn Sie nun recht liebenswürdig wären, dann würden Sie Ihre Geige nehmen und uns vorspielen, sagte Frau Stenersen.

Nein, wie könne sie darauf verfallen!

Als auch die anderen ihn baten, lachte er laut und sagte:

Aber ich besitze ja nicht einmal eine Geige!

Sie wollten jedoch die Geige des Organisten holen lassen, das würde nur einen Augenblick dauern.

Nein, das helfe nichts, er rühre sie nicht an. Und außerdem sei die Geige des Organisten durch die kleinen Rubinen, die auf dem Griffbrett eingelegt waren, ganz verdorben, sie habe dadurch einen gläsernen Ton bekommen, die Steine hätten auf keinen Fall an dieser Seite angebracht werden dürfen, das sei nicht auszuhalten. Übrigens könne er den Bogen nicht mehr führen, ja eigentlich hätte er das auch niemals gekonnt; nicht wahr, das müßte er selbst doch wissen? ... Jetzt aber erzählte er, wie es ihm bei dem ersten und einzigen Mal, an dem sein Spiel öffentlich besprochen worden war, ergangen sei; es lag beinahe ein Symbol darin. Er hatte die Zeitung am Abend bekommen und sie im Bett gelesen; er war damals sehr jung, wohnte daheim, und es war nur eine Lokalzeitung, die ihn besprochen hatte. Oh, wie glücklich war er über diese Zeitung gewesen! Er las sie viele Male und schlief ein, ohne das Licht auszulöschen. In der Nacht wachte er auf, noch todmüde, die Kerzen waren heruntergebrannt, und es war dunkel in seinem Zimmer; aber auf dem Boden sah er etwas Weißes schimmern, und da er wußte, daß in seinem Zimmer ein Spucknapf war, dachte er: Das ist doch der Spucknapf! Man möge ihm verzeihen, aber er habe gespuckt und gehört, daß er traf. Und da er beim erstenmal so ausgezeichnet traf, spuckte er noch einmal und traf wieder. Dann legte er sich wieder zum Schlafen zurück. Am Morgen aber sah er, daß er auf die kostbare Zeitung gespuckt, auf die sehr wohlwollende öffentliche Meinung gespuckt hatte. Hehe, das war sehr traurig!

Alle lachten darüber, und der Humor stieg. Frau Stenersen sagte jedoch:

Aber Sie sehen wirklich ein wenig bleicher aus als früher!

Ach, antwortete Nagel, das hat nichts zu bedeuten, es fehlt mir nichts. – Und er lachte laut darüber, daß bei ihm etwas nicht ganz in Ordnung sein solle.

Plötzlich steigt ihm eine Röte in die Wangen, er steht auf und sagt, es fehle ihm doch etwas. Er verstehe es nicht, aber es sei, als solle ihm etwas Unerwartetes begegnen, er habe ein wenig Angst. Hehe, hätte man so etwas gehört! Es sei lächerlich und habe nichts zu bedeuten; nicht wahr? Es sei ihm auch etwas begegnet.

Nun wurde er gebeten, zu erzählen.

Nein, warum das? Es sei ohne Bedeutung, sei närrisch, warum solle er die Zeit der Anwesenden damit in Anspruch nehmen? Es würde vielleicht auch langweilen.

Aber nein, durchaus nicht!

Ja, aber es sei eine so lange Geschichte. Es beginne in San Francisco und handle davon, wie er Opium geraucht habe ...

Opium? Mein Gott, wie lustig!

Nein, gnädige Frau, es ist eher ein wenig peinlich, da ich nun hier am hellichten Tag umhergehe und Angst vor etwas habe. Sie dürfen nicht glauben, daß ich jeden Tag Opium rauche; ich habe nur zweimal geraucht, das zweite Mal war jedoch nicht interessant. Das erste Mal aber erlebte ich wirklich etwas Besonderes, das ist wahr. Ich war in ein sogenanntes Den geraten. Wie ich dort hingeraten bin? Ohne Überlegung! Ich treibe mich hier und da in den Straßen umher, sehe mir die Menschen an, wähle mir eine einzelne Person aus, die ich mit Abstand verfolge, und sehe, wo sie endlich verschwindet. Ich scheue mich nicht, in das Haus und die Treppe hinauf zu gehen, um nachzuforschen, wo sie hingegangen ist. In großen Städten ist das in den Nächten ungeheuer interessant und kann zu den merkwürdigsten Bekanntschaften führen. Na, davon sprechen wir nicht! Ich bin also in San Francisco und schlendere durch die Straßen. Es ist Nacht, vor mir geht eine hohe, magere Frau, die ich im Auge behalte; im Licht der Gaslaternen, an denen wir vorbeikommen, kann ich sehen, daß sie dünne Kleider anhat, um den Hals aber trägt sie ein Kreuz von grünen Steinen. Wo wollte sie hin? Sie geht durch mehrere Viertel, biegt um Straßenecken und geht und geht immerzu, und ich bin ihr beständig auf den Fersen. Endlich sind wir im Chinesenviertel, die Frau steigt in ein Kellerloch hinab, und ich folge ihr. Sie geht durch einen langen Gang, und ich folge ihr auch hier nach. Zur Rechten ist die Mauer, aber links sind Cafés, Rasierstuben und Wäschereien. Dann bleibt sie an einer Tür stehen, klopft an, ein Gesicht mit schiefen Augen schaut durch die Scheibe in der Tür, und sie wird eingelassen. Ich warte ein wenig und stehe ganz still, dann klopfe auch ich an, die Türe öffnet sich wieder, und auch ich werde eingelassen.

Der Raum war von dickem Rauch und lauten Stimmen erfüllt. Am Schenktisch steht die magere Frau und streitet sich mit einem Chinesen in blauem Hemd, das ihm über die Hose hängt. Ich trete ein wenig näher und höre, daß sie ihr Kreuz gegen etwas verpfänden will, daß sie aber das Kreuz nicht ausliefern, sondern es selbst aufbewahren will. Es war zwei Dollar wert, sie war auch von früher her etwas schuldig, so daß es alles in allem drei Dollar ausmachte. Gut, sie jammert ein wenig, weint auch und ringt die Hände, und ich fand sie sehr interessant. Auch der hemdärmelige Chinese war sehr interessant, er wollte das

Geschäft nicht machen, wenn er das Kreuz nicht ausgeliefert bekäme; Geld oder Pfand!

Ich setze mich hin und warte ein wenig, sagt die Frau, und ich weiß, daß ich es schließlich doch tue, daß ich schließlich doch darauf eingehe. Aber ich sollte es nicht tun! – Und dann schluchzt sie und sieht dem Chinesen dabei ins Gesicht und ringt die Hände.

Was sollen Sie nicht tun? frage ich.

Aber sie hört, daß ich Ausländer bin, und antwortet mir nicht.

Sie war außerordentlich interessant, und ich beschloß, etwas zu unternehmen. Ich konnte ihr das Geld leihen, um zu sehen, wie es weitergehen würde. Ich tat es nur aus Neugierde und steckte ihr nachträglich noch einen Dollar zu, um zu sehen, wie sie auch diesen anwenden würde. Das mußte besonders spannend sein.

Sie starrt mich an und dankt mir, sagt nichts, sondern nickt wiederholt und sieht mich mit tränenfeuchten Augen an, und ich hatte es doch nur aus Neugierde getan. Gut, sie bezahlt am Schenktisch und verlangt sofort ein Zimmer. Sie hatte all ihr Geld hergegeben.

Sie geht, und ich folge ihr nach. Wir kommen wieder durch einen langen Gang, auf beiden Seiten sind numerierte Zimmer. Die Frau gleitet in eines dieser Zimmer hinein und schlägt die Türe zu. Ich warte eine Weile, sie kommt nicht zurück; ich rüttle ein wenig an der Türe, sie ist verschlossen.

Dann trete ich in das Nebenzimmer und warte. Dort ist ein roter Diwan und ein Läutwerk, das Zimmer wird von einer Lampe erleuchtet, die an der Wand befestigt ist. Ich lege mich auf den Diwan, die Zeit schleicht, und ich langweile mich. Um etwas zu tun, drücke ich auf den Knopf und läute. Ich will nichts, aber ich läute.

Ein Chinesenjunge kommt, sieht mich an und. verschwindet wieder. Einige Minuten vergehen. Komm, laß dich noch einmal anschauen! sage ich, um die Zeit zu vertreiben; warum kommst du nicht wieder? und ich läute noch einmal.

Da kommt der Knabe zurück, lautlos, wie ein Geist, auf Filzschuhen einhergleitend. Er sagt nichts, ich auch nicht; aber er reicht mir eine winzig kleine Porzellanpfeife mit einem langen, dünnen Rohr, und ich nehme sie. Dann reicht er mir Glut, und ich rauche. Ich hatte nicht um diese Pfeife gebeten, aber ich rauche. Bald darauf beginnt es vor meinen Ohren zu sausen ...

Von da ab erinnere ich mich an nichts mehr, bis ich fühlte, daß ich irgendwo in der Höhe war. Ich beginne aufzusteigen, zu schweben; ich schwebe. Um mich her war es unsagbar hell, und die Wolken, denen ich begegnete, waren weiß. Wer war ich und wohin flog ich? Ich besinne mich, kann mich jedoch an nichts mehr erinnern, aber ich glitt wunderbar hoch hinauf. In der Ferne sah ich grüne Wiesen, blaue Seen, Täler und Berge in goldenem Glanz; ich hörte Musik von den Sternen, und der Raum um mich schaukelte von Melodien auf und nieder. Die weißen Wolken aber taten mir über alle Maßen gut, sie flossen durch mich durch, und ich hatte ein Gefühl, als sollte ich vor Herrlichkeit sterben. Dies währte und währte endlos, ich wußte von keiner Zeit und hatte vergessen, wer ich war. Dann flimmert eine irdische Erinnerung durch mein Herz, und plötzlich beginne ich zu sinken.

Ich sinke, sinke, das Licht nimmt ab, um mich her wird es dunkler und dunkler, ich sehe die Erde unter meinen Augen und finde mich wieder zurecht, Städte sind da, Wind und Rauch. Dann bleibe ich stehen. Ich blicke um mich, ringsum ist Meer. Ich fühle mich nicht mehr glücklich, stoße gegen Steine und friere. Unter meinen Füßen ist weißer Sandboden, und über mir sehe ich nichts als Wasser. Ich schwimme ein paar Meter weit, komme an vielen seltsamen Gewächsen vorbei, dicken, grünen Blattpflanzen, Meerblumen, die auf ihren Stengeln hin und her schwanken – eine stumme Welt, in der kein Laut zu hören ist, in der aber alles lebt und sich bewegt. Ich schwimme wieder weiter und komme an ein Korallenriff. Es waren keine Korallen mehr da, das Riff war geplündert worden, aber ich sagte mir: Hier ist schon früher jemand gewesen! Und ich fühlte mich nicht mehr so einsam, da früher schon jemand hier gewesen war. Wieder schwimme ich, ich will an Land kommen, aber diesmal mache ich nur ein paar Stöße, dann halte ich an. Ich halte an, weil vor mir auf dem Grund ein Mensch liegt. Es ist eine Frau, sie ist groß und hager und liegt mit zerrissenem Körper über einem Stein. Ich rühre sie an und sehe, daß ich sie kenne; aber sie ist tot, und ich verstehe nicht, daß sie tot ist, da ich sie doch an dem Kreuz mit dem grünen Stein erkenne. Es ist die gleiche Frau, der ich vor kurzem durch die langen Gänge nachgefolgt bin, bis zu den numerierten Zimmern. Ich will weiterschwimmen, aber ich halte an und lege sie zurecht; sie liegt über einen großen Stein gebreitet, und es machte einen unheimlichen Eindruck auf mich. Sie hat die Augen weit offen. Ich ziehe sie zu einem weißen Fleck hin, sie trägt noch das Kreuz um den Hals, und ich schiebe es ihr unter das Kleid, damit die Fische es nicht wegnehmen können. Dann schwimme ich fort …

Aber am Morgen erzählte man mir, daß die Frau während der Nacht gestorben sei. Sie war bei dem Chinesenviertel ins Meer gesprungen; man hatte sie gegen Morgen gefunden. Das ist sehr sonderbar, aber sie war tot. Vielleicht könnte ich sie wieder einmal treffen, wenn ich mich darum bemühe! dachte ich. Und ich rauchte noch einmal Opium, um ihr zu begegnen, aber ich traf sie nicht.

Wie merkwürdig war das! Später einmal aber geschah noch etwas. Ich war nach Europa zurückgekommen, war daheim. In einer warmen Nacht ging ich spazieren, kam an den Hafen, zu den Pumpwerken, wo ich mich eine Zeitlang aufhielt und den Gesprächen auf den Schiffen zuhörte. Alles war so ruhig, die Pumpen standen still. Schließlich wurde ich müde, wollte aber doch nicht heim, weil es so warm war. Ich stieg in das Gerüst einer der Pumpen und setzte mich dort hin. Aber die Nacht war so still und warm, ich konnte mich nicht wach halten und schlief fest ein.

Da erwache ich durch eine Stimme, die mich ruft, ich sehe hinunter: unten bei den Steinen steht eine Frau. Sie ist groß und hager; wenn das Gaslicht aufblafft, kann ich sehen, daß ihre Kleider sehr dünn sind.

Ich grüße.

Es regnet, sagt sie.

Gut, ich hatte nicht bemerkt, daß es regnete, aber es war doch am besten, unter Dach zu kommen. Und ich krieche von dem Gerüst herunter. In diesem Augenblick beginnen die Pumpen zu poltern, eine Schaufel schwingt durch die Luft und verschwindet, eine zweite Schaufel schwingt durch die Luft und verschwindet, die Pumpen gehen. Wäre ich aber nicht zur rechten Zeit weggekommen, würde ich zerrissen, vollkommen zerquetscht worden sein. Das begriff ich sofort.

Ich sehe um mich, es beginnt wirklich ein wenig zu regnen; die Frau ist im Begriff zu gehen, ich sehe sie vor mir und erkenne sie wohl, auch diesmal trug sie das Kreuz. Gleich von Anfang an hatte ich sie erkannt, aber ich tat, als wüßte ich nicht, wer sie sei. Jetzt wollte ich mich ihr wieder nähern, und ich folgte ihr, so rasch ich konnte, erreichte sie aber nicht. Sie trat nicht mit den Füßen auf, sie glitt dahin, ohne sich zu rühren, bog um eine Ecke und verschwand vor mir.

Das ist vier Jahre her.

Nagel schweigt. Der Doktor möchte offenbar am liebsten lachen, sagt aber doch, so ernst er kann:

Und seitdem sind Sie ihr nicht mehr begegnet?

Doch, dann sah ich sie heute wieder. Deswegen habe ich jetzt ab und zu ein Gefühl von Angst. Ich stand in meinem Zimmer am Fenster und sah auf die Straße hinaus, da kam sie gerade auf mich zu, quer über den Marktplatz, gleichsam von den Speichern und vom Hafen her, blieb vor meinen Fenstern stehen und sah herauf. Ich war nicht sicher, ob sie mich ansah, und ging an ein anderes Fenster; aber sie folgte mir mit den Augen und sah mich auch dort an. Ich grüßte zu ihr hinunter; als sie das aber sah, wandte sie sich rasch um und schwebte über den Marktplatz wieder zu den Speichern zurück. Dem Hund Jakobsen sträubten sich die Haare, und er sprang in weiten Sätzen aus dem Hotel und bellte. Das machte einigen Eindruck auf mich. Ich hatte sie in dieser langen Zeit beinahe vergessen, da kommt sie nun heute wieder. Vielleicht wollte sie mich vor etwas warnen.

Jetzt brach der Doktor in Lachen aus.

Ja, sagte er, sie wollte Sie warnen, zu uns zu gehen.

Nein, natürlich, diesmal hatte sie sich geirrt, es ist nichts zu befürchten. Das letztemal aber waren es ein paar Schaufeln, die mich zerrissen hätten. Und mir wurde ein wenig angst. Na, es bedeutet also nichts; nicht wahr? Hehe, es müßte sich auch gut ausnehmen, wenn man auf solche Weise allem möglichen ausgesetzt würde. Ich muß über das Ganze lachen.

Nervosität und Aberglaube! meinte der Doktor kurz.

Jetzt aber begannen auch die übrigen Geschichten zu erzählen, und die Uhr schlug eine Stunde nach der anderen, es ging auf den Abend zu. Nagel saß die ganze Zeit schweigsam da; er begann zu frieren. Schließlich stand er auf und wollte gehen. Er konnte Dagny doch wohl nicht mit dem Brief bemühen, darauf mußte er lieber verzichten; vielleicht würde er den Doktor morgen treffen und konnte ihm den Brief übergeben. Seine glückliche Stimmung war ganz verflogen.

Als er gerade im Begriff war zu gehen, stand zu seiner großen Verwunderung auch Dagny auf. Sie sagte:

Nein, ihr erzählt so viel Unheimliches, daß ich auch noch ganz ängstlich werde. Ich will jetzt sehen, daß ich heimkomme, bevor es dunkler wird.

Und sie verließen zusammen den Garten. Nagel wurde warm vor Freude; nun konnte er ihr doch den Brief geben! Niemals würde er dazu bessere Gelegenheit finden.

Wollten Sie nicht mit mir sprechen? rief ihm der Doktor nach.

Nein, eigentlich nicht, entgegnete er ein wenig verwirrt. Ich wollte Sie begrüßen und ... Es war so lange Zeit her seit dem letzten Mal. Leben Sie wohl!

Sie waren beide unruhig, während sie durch die Straßen gingen, auch Dagny war unruhig. Sie begann vom Wetter zu sprechen; wie milde war es heute abend!

Ja, still und mild!

Auch er wußte nichts zu sagen, er ging und sah sie an. Sie hatte noch die gleichen Samtaugen und denselben hellen Zopf über den Rücken hinab; alle Gefühle seines Herzens erwachten von neuem, ihre Nähe berauschte ihn, und er fuhr sich mit der Hand über die Augen. Jedesmal, wenn er sie wieder sah, war sie schöner und schöner, jedesmal! Er vergaß alles, vergaß ihren Hohn, vergaß, daß sie Martha vor ihm verborgen und daß sie ihn in unbarmherziger Weise mit einem Taschentuch in Versuchung geführt hatte. Er mußte sich abwenden, um nicht von neuem einem brennenden Ausbruch zu erliegen. Nein, jetzt mußte er sich aufrecht halten, er hatte sie vorher zweimal bis zum Äußersten gebracht; er war doch ein Mann! Und er hielt beinahe den Atem an, um sich hart zu machen.

Sie waren in die Hauptstraße gekommen; das Hotel lag zur Rechten. Sie sah aus, als wolle sie sprechen. Stillschweigend schritt er neben ihr her. Ob er wohl mit ihr durch den Wald gehen durfte? Plötzlich sah sie ihn an und sagte:

Ich danke Ihnen für Ihre Erzählung! Sind Sie jetzt ängstlich? Das dürfen Sie nicht sein!

Doch, sie war heute sanft und gut; er wollte sofort das Gespräch auf den Brief bringen.

Ich würde Sie gerne um einen Gefallen bitten, fing er an. Aber ich darf vielleicht nicht, Sie wollen mir jetzt wohl keinen Gefallen erweisen?

Doch, sogar gerne, erwiderte sie.

Sie wollte es gerne, sagte sie! Er fuhr mit der Hand in die Tasche, um den Brief herauszuholen.

Ich wollte Sie bitten, diesen Brief zu besorgen. Es ist nur eine Mitteilung, etwas ... Nicht von Wichtigkeit, aber ... Er ist an Fräulein Gude. Sie wissen vielleicht, wo Fräulein Gude sich aufhält? Sie ist verreist.

Dagny blieb stehen. Ein merkwürdig verschleierter Blick drang aus diesen blauen Augen, eine Zeitlang blieb sie vollkommen unbeweglich stehen.

An Fräulein Gude? sagte sie.

Ja. Wenn Sie so freundlich sein wollen? Es eilt ja nicht, er kann vielleicht auch liegenbleiben ...

Doch, doch! sagte sie plötzlich, geben Sie ihn nur her, ich werde doch wohl einen Brief von Ihnen an Fräulein Gude besorgen. – Und als sie den Brief in die Tasche gesteckt hatte, nickte sie plötzlich und sagte:

Ja, ja, Dank für heute abend. Jetzt muß ich gehen.

Damit sah sie ihn wieder an und ging.

Er blieb zurück. Warum hatte sie so schnell abgebrochen? Und sie hatte ihn doch nicht böse angesehen, als sie ging, im Gegenteil. Und trotzdem war sie auf einmal gegangen! Jetzt bog sie in der Richtung zum Pfarrhof ab ... jetzt war sie weg ...

Als er sie nicht mehr sehen konnte, ging er ins Hotel. Sie hatte einen schneeweißen Hut aufgehabt. Und sie hatte ihn so merkwürdig angesehen ...

22

Welch einen verschleierten Blick hatte sie ihm zugeworfen! Er verstand das nicht. Bei dem nächsten Zusammentreffen mit ihr wollte er es doch wiedergutmachen, wenn er sie abermals gekränkt haben sollte. Wie schwer sein Kopf wurde! Aber er hatte wirklich keinen Grund zur Angst, soviel war Gott sei Dank sicher.

Er setzte sich auf das Sofa und blätterte in einem Buch, las aber nicht. Er stand auf und ging unruhig ans Fenster. Ohne es sich selbst einzugestehen, wagte er kaum auf die Straße zu sehen, aus Furcht, seine Augen könnten möglicherweise wieder einem ungewöhnlichen Anblick begegnen. Seine Knie begannen zu zittern; was fehlte ihm? Er ging wieder zurück zum Sofa und ließ das Buch zu Boden fallen. Es hämmerte in seinem Kopf, er fühlte sich tatsächlich krank. Kein Zweifel, er hatte Fieber; die beiden Nächte, die er nacheinander im Walde gelegen hatte, hatten ihn nach und nach angegriffen und vom Scheitel bis zur

Sohle durchkältet. Noch während er im Garten des Doktors saß, hatte er zu frieren angefangen.

Nun, das ging wohl vorüber! Es war nicht seine Gewohnheit, wegen einer kleinen Erkältung zu verzagen; morgen würde er wieder gesund sein! Er klingelte und ließ sich Kognak bringen, aber der Kognak übte keine Wirkung auf ihn aus, berauschte ihn nicht einmal, und vergebens trank er mehrere große Gläser aus. Das Schlimmste war, daß nun auch sein Kopf versagte, er konnte nicht mehr klar denken.

Wie war er doch im Laufe einer Stunde mitgenommen worden! Was nun? Warum blähten sich die Vorhänge so unruhig, da doch kein Wind ging? Hatte das eine Bedeutung? Er stand wieder auf und betrachtete sich im Spiegel, er sah verstört und schlecht aus. Ja, sein Haar war stärker ergraut, und seine Augen hatten rote Ränder ... Sind Sie noch ängstlich? Das dürfen Sie nicht sein. Herrliche Dagny! Denk doch, einen vollkommen weißen Flut ...

Es klopft an die Türe, und der Wirt tritt ein. Er bringt ihm endlich seine Rechnung, eine lange Rechnung auf zwei Blättern. Im übrigen lächelt er und ist äußerst höflich.

Nagel greift sofort zur Brieftasche und beginnt darin zu suchen, währenddessen fragt er aber, von bangen Ahnungen durchbebt, wieviel es sei, und der Wirt antwortet: Übrigens habe es gerne Zeit bis morgen oder bis zu einem anderen Tag, es eile nicht.

Ja, Gott weiß, ob er bezahlen könne, vielleicht könne er es nicht. Und Nagel findet kein Geld. Was, hatte er kein Geld? Er wirft die Brieftasche auf den Tisch und beginnt seine Taschen zu durchsuchen, er ist ganz ratlos und sucht kläglich überall, schließlich durchsucht er sogar seine Hosentaschen, bringt einiges Kleingeld zum Vorschein und sagt:

Hier habe ich etwas Geld, aber das reicht wohl nicht, nein, das reicht gewiß nicht, zählen Sie selbst nach.

Nein, sagt auch der Wirt, das reicht nicht.

Auf Nagels Stirn bricht der Schweiß aus, er will dem Wirt vorläufig diese paar Kronen geben und sucht sogar noch in seinen Westentaschen, ob er nicht auch dort etwas Kleingeld finden könnte, findet jedoch nichts. Aber er konnte wohl etwas zu leihen bekommen, vielleicht würde ihm jemand den Gefallen erweisen, ihm etwas zu leihen! Gott weiß, ob ihm nicht geholfen würde, wenn er jemand darum bat!

Der Wirt sieht nicht mehr zufrieden aus, sogar seine Höflichkeit verläßt ihn, und er nimmt Nagels Brieftasche, die noch auf dem Tisch liegt, und beginnt sie selbst zu untersuchen.

Ja, bitte schön! sagt Nagel, da können Sie selbst sehen, es sind nur Papiere darin. Ich verstehe das nicht.

Aber der Wirt öffnet das mittlere Fach und läßt die Brieftasche plötzlich fallen; sein Gesicht wird ein einziges, großes, erstauntes Lächeln.

Da ist es! sagt er. Da sind Tausender! Sie scherzten also, Sie wollten nur versuchen, ob ich einen Spaß verstünde?

Nagel wurde froh wie ein Kind und ging auf diese Erklärung ein. Er atmete wunderbar erleichtert auf und sagte:

Ja, nicht wahr, ich scherzte nur, es fiel mir ein, ein wenig Spaß zu treiben. Doch, Gott sei Dank habe ich noch viel Geld, sehen Sie her, sehen Sie nur her!

Es waren auch viele große Scheine, eine Masse Geld in Tausendkronenscheinen; der Wirt mußte gehen und wechseln, um zu seinem Geld zu kommen. Aber noch lange, nachdem, er gegangen war, standen die Schweißperlen auf Nagels Stirne, und er zitterte vor Aufregung. Wie verwirrt war er geworden, und wie leer es in seinem Kopf sauste!

Eine Weile später fiel er auf dem Sofa in einen unruhigen Schlummer, lag da und wand sich im Traum, sprach laut, sang, rief nach Kognak und trank im Halbschlaf und ganz im Fieber. Sara sah wiederholt nach ihm, und obwohl er dann beinahe die ganze Zeit mit ihr sprach, verstand sie nur wenig von dem, was er sagte. Er lag mit geschlossenen Augen da.

Nein, er wollte sich nicht ausziehen; was dachte sie denn? War es denn nicht mitten am Tage? Er hörte deutlich die Vögel zwitschern. Sie solle den Doktor lieber nicht holen. Nein, der Doktor würde ihm nur eine gelbe Salbe und eine weiße Salbe geben, und diese beiden Salben würde man dann gewiß verwechseln und verkehrt anwenden und ihn damit auf der Stelle töten. Karlsen sei daran gestorben; sie erinnerte sich doch an Karlsen? Ja, er sei daran gestorben. Wie dem nun auch sei, Karlsen war jedenfalls eine Angel in die Kehle geraten, und als der Doktor mit seinen Medizinen kam, zeigte es sich, daß es nur ein Glas mit ganz gewöhnlichem Tauf- oder Brunnenwasser war, an dem er erstickt war.

Hehehe, obwohl man eigentlich nicht darüber lachen sollte ... Sara, Sie dürfen nicht glauben, daß ich betrunken bin, nicht wahr? Ideenassoziationen, hören Sie? Enzyklopadisten und so weiter. Zählen Sie an den Knöpfen ab, Sara, und sehen Sie, ob ich betrunken bin ... Horch, jetzt gehen die Mühlen, die Mühlen der Stadt! Gott, in welch einem Rabenwinkel leben Sie, Sara; ich möchte Sie aus der Gewalt Ihrer Feinde befreien, wie es geschrieben steht. Fahr zur Hölle, fahr zur Hölle! Wer sind Sie übrigens? Ihr seid alle miteinander falsch, und ich werde einen jeden von euch in die Enge treiben. Das glauben Sie nicht? Oh, wie ich euch beobachtet habe! Ich bin überzeugt, daß Leutnant Hansen Minute zwei wollene Hemden versprochen hat, aber glauben Sie, Minute hätte sie bekommen? Und meinen Sie, daß Minute gewagt hätte, das einzugestehen? Lassen Sie mich diesen Irrtum aufklären, Minute wagte nicht, das einzugestehen, er verkroch sich; was sagen Sie dazu! Irre ich nicht, Herr Grögaard, dann sitzen Sie jetzt wieder da und lachen dreckig hinter Ihrer Zeitung. Nicht? Nun, es ist mir auch ganz gleich ... Sind Sie noch da, Sara? Gut! Wenn Sie noch fünf Minuten hier sitzenbleiben wollen, will ich Ihnen etwas erzählen, abgemacht? Aber stellen Sie sich zuerst einen Mann vor, dem die Augenbrauen nach und nach ausfallen. Können Sie daran festhalten? Dem die Augenbrauen ausfallen. Ferner muß es mir gestattet sein, Sie zu fragen, ob Sie jemals in einem Bett geschlafen haben, das knarzte? Zählen Sie an den Knöpfen ab, ob Sie das getan haben. Ich habe Ihnen sehr mißtraut. Übrigens habe ich alle Leute der Stadt mißtrauisch beobachtet. Übrigens. Und ich habe mich meiner Aufgabe gut entledigt, ich habe euch jedesmal eine Menge ungeheuer reicher Gesprächsthemen gegeben und Unordnung in euer Leben gebracht, eine unruhige Szene nach der anderen habe ich in euer ehrsames Blinddarmdasein eingefügt. Hoho, wie die Mühlen rauschten, wie die Mühlen rauschten! Sodann rate ich Ihnen, wohlgeachtetes Mädchen Sara, Caféknecht Josefstochter, klare Fleischsuppe zu essen, solange sie warm ist, denn wenn sie so lange steht, bis sie kalt ist, dann ist es, Gott verdamm mich, nur noch Wasser ... Mehr Kognak, Sara, mir tut der Kopf weh, an beiden Seiten und in der Mitte oben. Es tut ganz merkwürdig weh ...

Wollen Sie nicht etwas Warmes haben? fragt Sara.

Etwas Warmes? Was dachte sie doch immer und immer wieder? In einem Augenblick würde es in der ganzen Stadt bekannt sein, daß er etwas Warmes getrunken hätte. Wohl zu merken: er habe nicht vor, Ärgernis zu erregen, er wolle als guter Steuerzahler der Stadt auftreten, nach Vorschrift auf dem Weg zum Pfarrhof spazierengehen und die Dinge niemals so unselig anders als andere

Leute anschauen ... die Hand zum Schwure hob ... Sie solle nicht furchtsam sein. Er habe wirklich da und dort Schmerzen; aber eben deshalb ziehe er sich lieber nicht aus, dann ginge es schneller vorüber. Man müsse hart gegen hart setzen ...

Es wurde immer schlimmer mit ihm, und Sara saß wie auf Nadeln. Am liebsten wäre sie davongelaufen, aber er merkte es sofort, wenn sie aufstand, und fragte dann, ob sie ihn verlassen wolle. Sie wartete darauf, daß er in festen Schlaf fallen würde, wenn er sich müde geschwätzt hatte. Ja, wie er schwätzte, ständig mit geschlossenen Augen, und das Gesicht rot von Hitze und Fieber. Er hatte eine neue Art herausgefunden, Frau Stenersens Johannisbeerbüsche von den Läusen zu befreien. Diese bestand darin, daß er eines schönen Tages in einen Laden gehen wollte, um einen Blecheimer voll Petroleum zu kaufen, danach würde er sich auf den Markt begeben, seine Schuhe ausziehen und das Petroleum hineinschütten. Dann alle beide anzünden, einen Schuh nach dem andern, und endlich auf bloßen Strümpfen rundherum tanzen und dazu singen. Das müßte an einem Vormittag geschehen, wenn er wieder gesund war. Er wollte einen förmlichen Zirkus daraus machen, eine ganze Pferdeoper, und mit einer Peitsche dazu knallen.

Auf einmal bemühte er sich auch eifrig, seinen Bekannten sonderbare und lächerliche Namen und Titel zu geben. Den Bevollmächtigten Reinert nannte er Bilge und sagte, Bilge sei ein Titel. Herr Reinert, höchstgeachteter Bilge der Stadt, sagte er. Endlich aber begann er davon zu fabeln, wie hoch wohl die Zimmer in Konsul Andresens Wohnung sein können. Dreieinhalb Ellen, dreieinhalb Ellen! rief er immer wieder. Dreieinhalb Ellen, so ungefähr; habe ich nicht recht? Aber im Ernst, er läge wirklich da und habe eine Angel in der Kehle, es sei keine Einbildung, und er blute, es täte ihm ziemlich weh ...

Endlich, gegen Abend, schlief er ordentlich ein.

Gegen zehn Uhr wachte er wieder auf. Er war allein und lag noch auf dem Sofa. Die Decke, die Sara über ihn gebreitet hatte, war zu Boden gefallen, aber er fror trotzdem nicht. Sara hatte auch die Fenster geschlossen, er öffnete sie wieder. Es kam ihm vor, als sei er wieder klar im Kopf, aber er war matt und zitterte. Der dumpfe Schrecken ergriff ihn wieder. Wenn es in den Wänden krachte oder von der Straße her ein Ruf herauftönte, fuhr es ihm durch Mark und Bein. Vielleicht würde es vorübergehen, wenn er sich zu Bett legte und bis morgen schliefe. Und er kleidete sich aus.

Er konnte jedoch nicht schlafen. Er blieb liegen und dachte an alle seine Erlebnisse in den letzten vierundzwanzig Stunden, von gestern abend an, als er sich in den Wald hinausbegab und das kleine Wasserfläschchen leerte, bis jetzt, da er ziemlich mitgenommen auf seinem Zimmer lag und vom Fieber geplagt wurde. Wie lang hatten diese Stunden gedauert! Und die Angst wollte ihn nicht verlassen, diese dumpfe und geheime Empfindung, daß er einer Gefahr, einem Unglück nahe sei, ließ ihn nicht los. Was hatte er denn getan? Wie es rings um sein Bett flüsterte! Das Zimmer war von einem zischelnden Murmeln erfüllt. Er faltete die Hände und glaubte zu schlafen ...

Plötzlich sieht er seinen Finger an und bemerkt, daß der Ring fehlt. Augenblicklich beginnt sein Herz stärker zu arbeiten; er sieht genauer hin: ein schwacher, dunkler Rand um den Finger, aber kein Ring! Allmächtiger Gott, der Ring war weg, ja, er hatte ihn ins Meer geworfen, er hatte ja nicht geglaubt, daß er ihn noch brauchen würde, da er sterben sollte. Daher warf er ihn ins Meer. Aber jetzt war er weg, der Ring war weg!

Er springt wieder aus dem Bett, zerrt sich die Kleider an und taumelt wie ein Verrückter im Zimmer umher. Es war zehn Uhr, bis zwölf Uhr muß der Ring gefunden sein, dachte er. Schlag zwölf war die letzte Sekunde, der Ring, der Ring ...

Er stürmt die Treppe hinunter, auf die Straße hinaus, nach den Speichern zu. Vom Hotel aus wird er beobachtet, aber er kümmert sich nicht darum. Er ermattet wieder, seine Knie schlottern unter ihm, und nicht einmal das merkt er. Ja, jetzt hatte er den Grund zu dieser schweren Angst gefunden, die ihn den ganzen Tag bedrückt hatte, der Eisenring war weg! Und die Frau mit dem Kreuz war ihm erschienen.

Vor Schrecken ganz außer sich springt er am Kai unten in das nächstbeste Boot. Es ist am Land befestigt, und er kann es nicht losmachen. Er ruft einen Mann an und bittet ihn, das Boot frei zu machen; der aber antwortet, das wage er nicht, es sei nicht sein Boot. – Ja, aber Nagel wollte alles auf sich nehmen, es gälte den Ring, er wollte das Boot kaufen. – Ob er denn nicht sehen könne, daß das Boot mit einem Schloß angehängt sei? Ob er das Schloß nicht sehen könne? – Nun, dann nehme er ein anderes Boot.

Und Nagel sprang in ein anderes Boot.

Wo wollen Sie hin? fragt der Mann.

Ich will den Ring suchen. Sie kennen mich vielleicht, ich habe hier einen Ring gehabt, Sie können selbst das Merkmal sehen, ich lüge also nicht. Und jetzt habe ich den Ring weggeworfen, er liegt irgendwo da draußen.

Der Mann versteht diese Rede nicht.

Wollen Sie einen Ring auf dem Grund des Meeres suchen? sagt er.

Ja, ganz richtig! antwortet Nagel. Sie verstehen mich, wie ich höre. Denn ich muß doch meinen Ring haben, das sehen Sie doch selbst ein. Kommen Sie, und rudern Sie mich.

Der Mann fragt wieder:

Wollen Sie einen Fingerring suchen, den Sie ins Meer geworfen haben?

Ja, ja, und kommen Sie nun! Ich werde Ihnen viel Geld dafür geben.

Gott stehe Ihnen bei, lassen Sie das lieber sein! Wollen Sie ihn mit den Fingern herausholen?

Ja, mit den Fingern. Das ist mir gleich. Ich schwimme wie ein Aal, wenn es darauf ankommt. Vielleicht können wir statt der Finger etwas anderes finden, um ihn heraufzuholen.

Und der fremde Mann steigt wirklich in das Boot. Er setzt sich hin, um über die Sache zu sprechen; aber er dreht das Gesicht weg. So etwas zu versuchen sei doch verrückt. Wäre es ein Anker oder eine Kette gewesen, dann hätte es einen Sinn gehabt; aber einen Fingerring! Und wenn man nicht einmal genau wisse, wo er liege!

Nagel begann selbst einzusehen, wie unmöglich sein Vorhaben war. Aber dann wußte er sich keinen Rat mehr, dann war er verloren! Die Augen standen ihm starr im Kopf, und Fieber und Angst schüttelten ihn. Er macht Miene, über Bord zu springen, aber der Mann hält ihn fest; Nagel sinkt auch sofort zusammen, matt, todmüde, viel zu schwach, um mit jemand ringen zu können. Himmlischer Vater, jetzt wurde es immer schlimmer und schlimmer! Der Ring war verloren, bald war es zwölf Uhr, und der Ring war verloren! Er hatte ja auch eine Warnung erhalten.

In diesem Augenblick schimmerte ein Funken klaren Bewußtseins durch sein Gehirn, und in der kurzen Zeit von zwei, drei Minuten dachte er an unglaublich viele Dinge. Er erinnerte sich auch an etwas, was ihm bisher nicht mehr eingefallen war: daß er bereits gestern seiner Schwester schriftlich Lebewohl gesagt und den Brief in den Postkasten geworfen hatte. Er war noch nicht tot; der Brief aber ging weiter, konnte nicht aufgehalten werden, er nahm seinen Weg und war nun schon weit fort. Und wenn seine Schwester ihn bekommen würde, mußte er bestimmt tot sein. Übrigens war der Ring weg, alles war jetzt unmöglich ...

Seine Zähne schlagen zusammen. Ratlos sieht er sich um, die See ist nur einen kurzen Sprung weit von ihm entfernt. Er schielt zu dem Mann auf der Ruderbank vorne hin, der wendet sein Gesicht beständig ab, doch er paßt gut auf, ist förmlich bereit zuzugreifen, wenn es nötig sein sollte. Warum wendet er die ganze Zeit das Gesicht weg?

Ich will Ihnen an Land helfen, sagt der Mann. Und er greift ihm unter die Arme und bringt ihn an Land.

Gute Nacht! sagt Nagel und dreht ihm den Rücken.

Aber mißtrauisch geht der andere ihm nach, behält alle seine Bewegungen heimlich im Auge. Wütend wendet sich Nagel um und sagt noch einmal Gute Nacht; dann will er vom Kai hinunterspringen.

Und der Mann ergreift ihn wieder.

Es gelingt Ihnen nicht, sagt er dicht an Nagels Ohr. Sie schwimmen zu gut, Sie kommen wieder empor.

Nagel stutzt und denkt nach. Ja, er schwamm zu gut, er würde wahrscheinlich wieder aufsteigen und sich retten. Er sieht den Mann an, starrt ihm ins Gesicht; die häßlichste Fratze schaut ihm entgegen – Minute.

Minute wieder, abermals Minute.

Zur Hölle mit dir, du elende, kriechende Natter! schreit Nagel und läuft davon. Wie ein Betrunkener taumelt er über den Weg, stolpert, fällt und steht wieder auf; alles tanzt vor ihm, und er läuft immer noch, läuft in der Richtung der Stadt. Jetzt hatte Minute zum zweitenmal seine Pläne gekreuzt! Um Himmels willen, was sollte er schließlich noch ausfindig machen? Wie es ihm vor den Augen schwirrte! Wie es über der Stadt brauste! Er fiel wieder hin.

Er erhob sich auf die Knie und wiegte gequält den Kopf hin und her. Horch, jetzt rief es von der See her! Es war bald zwölf Uhr und der Ring noch nicht gefunden. Und hinter ihm kam ein Wesen, er hörte es, ein Schuppentier mit schlaffem Bauch, der über die Erde hinschleifte und eine nasse Spur hinterließ, eine greuliche Hieroglyphe mit Armen am Kopf und einer gelben Klaue auf der Nase. Fort, fort! Wieder rief es vom Meer, und heulend preßte er die Hände an die Ohren, um es nicht zu hören.

Und wieder springt er auf. Noch war nicht alle Hoffnung verloren, er konnte zu dem letzten Mittel greifen, dem sicheren sechsläufigen Revolver, dem besten, was es gab! Und er weint vor Dankbarkeit, läuft, was er kann, und weint vor Dankbarkeit über diese neue Hoffnung. Plötzlich fällt ihm ein, daß es Nacht ist, er kann keinen Revolver bekommen, die Läden sind geschlossen. Und sofort gibt er alles auf, sinkt vornüber, schlägt ohne einen Laut mit der Stirn auf den Erdboden auf.

In diesem Augenblick kamen endlich der Wirt und ein paar andere Leute aus dem Hotel, um zu sehen, was aus ihm geworden sei ...

Da erwachte er und starrte umher – er hatte das Ganze geträumt. Ja, er hatte doch geschlafen; Gott sei Dank, er hatte alles nur geträumt und das Bett nicht verlassen.

Einen Augenblick bleibt er liegen und denkt nach. Er betrachtet seine Hand, aber der Ring ist fort. Er sieht auf seine Uhr, es ist Mitternacht, es ist zwölf Uhr, noch fehlen einige Minuten. Vielleicht entrann er allem, vielleicht war er doch gerettet. Aber sein Herz schlägt gewaltsam, und er bebt. Vielleicht, vielleicht konnte es zwölf Uhr werden, ohne daß etwas geschah? Er nimmt die Uhr in die Hand, und die Hand zittert; er zählt die Minuten ... die Sekunden ...

Dann fällt die Uhr zu Boden, er springt aus dem Bett. Es ruft! flüstert er und sieht mit aufgesperrten Augen zum Fenster hinaus. Schnell zieht er einige Kleidungsstücke an, öffnet die Türe und läuft auf die Straße. Er sieht sich um, niemand beobachtet ihn. Dann setzt er in großen Sprüngen zum Hafen hinunter, der weiße Rücken seiner Weste leuchtet die ganze Zeit. Er erreicht die Landungsbrücken, läuft weiter bis zum äußersten Kai und springt mit einem Satz ins Meer.

Ein paar Blasen steigen auf.

23

In diesem Jahr, im Monat April, gingen Dagny und Martha eines Nachts spät zusammen durch die Stadt; sie kamen aus einer Gesellschaft und wollten nach

Hause. Es war dunkel, und hier und da lag Eis in den Straßen, deshalb gingen sie ganz langsam.

Ich muß immer noch an all das denken, sagte Dagny, was heute abend über Nagel gesprochen wurde. Vieles war neu für mich.

Ich habe es nicht gehört, erwiderte Martha, ich ging hinaus.

Aber eines wußten sie nicht, fuhr Dagny fort. Nagel sagte mir bereits im vorigen Sommer, daß Minute noch einmal schlimm enden würde. Ich verstehe nicht, wie er das damals schon wissen konnte. Er sagte das, lange, lange ehe du mir erzählt hast, was Minute dir angetan hatte.

Sagte er das?

Ja.

Sie waren auf den Weg zum Pfarrhof gekommen. Dunkel und still lag der Wald um sie her, nichts war zu hören als der Laut ihrer Schritte auf dem harten Weg.

Nach langem Schweigen sagte Dagny wieder:

Hier pflegte er immer zu gehen.

Wer? antwortete Martha. Es ist glatt, willst du nicht meinen Arm nehmen?

Doch, aber nimm lieber du den meinen.

Und schweigend gingen sie weiter, Arm in Arm, dicht aneinandergedrückt.